Maya Shepherd •Dear Sister 4
"Schattentochter"

Maya Shepherd

Dear Sister

„Schattentochter"

Roman

Für Sabrina Stocker,

jeder Buchstabe,
jedes Wort,
jeder Satz,
jede Seite,
jedes Kapitel,
jedes Buch

Liebe Schwester,

ich werde niemals aufhören dich so zu nennen, ganz egal, ob unsere DNA etwas anderes sagt. Wir wurden beide unser Leben lang belogen, aber ich kann Mum und Dad nicht einmal einen Vorwurf daraus machen. Irgendwie bin ich ihnen sogar dankbar, denn sonst wären wir vielleicht nie die geworden, die wir heute sind. Wir sind zusammen aufgewachsen, haben gemeinsam gelacht und geweint, aber vor allem haben wir uns mehr gestritten als jeder andere. Diese Streitereien sind es nun, die mir am meisten fehlen. Ich vermisse das wütende Funkeln in deinen Augen, wenn du dich zu Unrecht von mir beschuldigt gefühlt hast. Ich vermisse es dich anzuschreien, wobei unsere beiden Stimmen sich wie bei einem Duett gegenseitig in die Höhe treiben. Aber am meisten vermisse ich mich wieder mit dir zu vertragen und schluchzend in deinen Armen zu liegen – selbst wenn unsere Versöhnungen meist nicht länger als einen Tag angehalten haben.

Du wirst immer meine Schwester bleiben, auch wenn ich nicht weiß wo du gerade bist oder wie es dir geht. Ich glaube fest daran, nein ich weiß, dass du dich von niemandem unterkriegen lassen wirst, daran kann auch ein Charles Crawford mit seinen Fomori nichts ändern.

Verlass dich darauf, dass ich erst aufhören werde nach dir zu suchen, wenn ich dich gefunden habe! Ich kann mich zwar nicht in Schatten auflösen, Kontakt zu Toten aufnehmen oder die

Kontrolle über einen fremden Geist übernehmen, aber es gibt nichts, das stärker ist als die Liebe zweier Schwestern. Du bist diejenige, die mir das immer wieder bewiesen hat! Endlich kann ich dich verstehen und so wie du mich niemals aufgegeben hast, werde auch ich dich niemals vergessen.

Deine Schwester
Winter

1. Eliza

Der Wagen hatte bereits vor Minuten die geteerten Straßen verlassen und holperte über einen unebenen Steinweg. Ich klammerte mich an der Armlehne der Tür fest, um nicht bei jedem Schlagloch von einer Seite zur anderen geschleudert zu werden. Dass auch noch meine Augen verbunden waren, machte es nicht besser. Dieser Einfall kam von Rhona, kaum, dass wir Wexford hinter uns gelassen hatten. Charles hatte scharf am Straßenrand gebremst. Sie war wortlos ausgestiegen, hatte die Tür aufgerissen, sich ihren grünen Seidenschal vom Hals gezogen und ihn mir über die Augen gelegt. An ihm haftete noch der Geruch ihres schweren Parfums, das sowohl nach Orangenblüten als auch Opium roch.

Susan, meine Mum, die eigentlich meine Tante war, hatte Parfum nur zu besonderen Anlässen benutzt. Sonst hatte sie immer nach einer Mischung aus Seife, ihrem Shampoo, unserem Waschmittel und dem Essen, das sie gekocht hatte, gerochen. Ich vermisste sie schon jetzt. Was gäbe ich dafür, wenn sie neben mir auf der Rückbank der Limousine sitzen, meine Hand halten und mir beruhigend zuflüstern würde, dass alles gut werden würde. *Mummy kümmert sich schon darum.* In den letzten Jahren hatte ich nicht viel Wert auf ihre Nähe gelegt. Ich hatte sie regelrecht von mir gestoßen, schon lange bevor ich durch einen Zufall herausgefunden hatte, dass sie und Dad mich adoptiert hatten. Aber gerade wollte ich nichts mehr, als meinen Kopf an ihre Brust zu drücken und ihre sanften Hände auf meinem Rücken zu spüren.

Obwohl Rhona und Susan Schwestern waren, hätten sie kaum unterschiedlicher sein können. Susan war sanft, gutmütig, geduldig und voller Liebe. Sie hatte Mona, die nach Liams Tod völlig alleine gewesen war, bei uns aufgenommen und sie vom ersten Moment an wie ihr eigenes Kind behandelt, ohne auch nur Fragen zu stellen. Auch mir gegenüber hatte sie sich nie anders als Winter gegenüber verhalten.

Rhona hingegen erschien mir selbstsüchtig, kalt und berechnend. Sie hatte mich nach meiner Geburt einfach bei ihrer Schwester zurückgelassen, weil ihr die Verantwortung für ein kleines Kind zu groß gewesen war. Danach hatte ich sie nicht mehr als vielleicht fünf Mal in meinem ganzen Leben gesehen. Sie hatte sich auch nie nach mir erkundigt. Es war ihr egal, was aus mir wurde. Genauso wie ihr egal war, dass sie mir mit ihrem dämlichen Schal die Haare am Hinterkopf einklemmte, sodass es unangenehm ziepte.

„Es ist sicherer für dich, wenn du nicht weißt, wo wir hinfahren", zischte sie lediglich bevor sie die Autotür wieder zuschlug und zurück auf den Beifahrersitz stieg. Es war ein Wunder, dass sie nicht einfach dabei zugesehen hatte wie Charles mich aus Rache für den Tod seines Sohns, meinem Halbbruder, Will hatte töten wollen. Wenn wenigstens sein Geist noch bei mir wäre. Aber ihn hatte ich in dem Moment verloren, als ich mir selbst hatte verzeihen können, was ich ihm angetan hatte.

Wir waren bereits seit mehreren Stunden unterwegs. Anfangs hatte ich noch versucht zu zählen wie oft wir nach links oder rechts abbogen, aber es war sinnlos. Zumindest schienen wir uns noch in Irland zu befinden, denn wir hatten weder eine Fähre noch ein Flugzeug bestiegen. Aber selbst wenn, wäre es egal gewesen. Ich wollte nicht, dass jemand nach mir suchte. Nur weil mein eigenes Leben die absolute Katastrophe war, musste ich nicht auch noch meine Freunde mit hineinziehen. Ich hatte ihnen allen schon genug zugesetzt, dabei dachte ich vor allem an Winter und Lucas. Sie waren ohne mich besser dran – das hatte das Jahr, in dem ich verschwunden gewesen war, bewiesen. Lucas stand kurz vor seinen Abschlussprüfungen und sollte sich nicht von mir ablenken lassen. Er hatte immer Medizin studieren wollen und ich wusste, dass er einer der besten Ärzte werden würde, die unser Land zu bieten haben würde. Ich stand ihm dabei mit meinen ganzen Problemen nur im Weg.

Winter war meinetwegen mehrere Monate in der Psychiatrie gelandet. Ich musste einsehen, dass ich ihr nicht gut tat und egal wie sehr ich auch versucht hatte sie zu beschützen, hatte ich es eigentlich immer nur schlimmer gemacht. Sie brauchte keine Schatten in ihrem Leben, sondern Normalität und Routine.

Zudem waren sie beide gewöhnliche Menschen – ohne Frage sehr mutig und zu allem bereit, wenn es um mich ging, aber die Fomori, der Clan der Schattenwandler, war einfach eine Nummer zu groß für sie. Wahrscheinlich war ich dort, wo ich von nun an leben sollte, sogar ganz gut aufgehoben. Dort konnte ich niemandem wehtun und vielleicht würde ich lernen meine Fähigkeiten zu kontrollieren.

Der Wagen kam ruckartig zum Stehen und ich wurde unsanft nach vorne geschleudert, sodass mein Anschnallgurt sich schmerzhaft in meine Haut drückte. Rhona und Charles ließen die Türen laut zuknallen, als sie ausstiegen. Keiner von beiden sprach mit mir. Ich wusste nicht, was los war. Waren wir angekommen? Machten wir nur eine Pause? Würden wir nun vielleicht doch unsere Reise mit einem anderen Verkehrsmittel fortsetzen?

Ich lauschte angespannt und mit klopfendem Herzen in die Stille des Wagens, aber es war absolut nichts von draußen zu hören. Plötzlich wurde die Tür aufgerissen und ein kühler Wind wehte mir entgegen. Es roch nach taufeuchtem Gras und Nebel. Genauso grob wie Rhona mir den Schal umgelegt hatte, zog sie ihn nun wieder von meinem Kopf. Helles Licht schlug mir entgegen und ich kniff die Augen zusammen. Als ich sie blinzelnd wieder öffnete, blickte ich direkt in die aufgehende Sonne.

Wir befanden uns auf einer Art Hügel auf dem eine herrschaftliche Villa thronte. Doch nicht das Gebäude raubte mir den Atem, sondern die Landschaft rund um uns herum – alles war grün. Soweit das Auge reichte, erstreckten sich Wiesen und Felder, die in Nebel getaucht waren. Der Frost glitzerte in der aufgehenden Sonne auf den einzelnen Grashalmen und Blättern der wenigen

Bäume. Mein Atem hinterließ in der kühlen Morgenluft kleine Wölkchen.

„Du hast noch genug Zeit die Aussicht zu bestaunen", drängte Rhona und fasste mich am Arm. Ich hatte gar nicht gemerkt, dass Charles bereits in das Anwesen gegangen war. Verärgert wich ich vor ihr zurück und hob abwehrend die Hände. „Ich kann alleine gehen!"

Sie hob die Augenbrauen, überrascht von meiner Gegenwehr, aber zuckte dann nur mit den Schultern und wies auf die großen Flügeltüren der Villa. „Nach dir!"

Ich versuchte mir meine Neugier nicht anmerken zu lassen, als ich zielstrebig an ihr vorbei ging. Aber ich konnte nichts dagegen tun, dass mein Kopf sich unwillkürlich hob und ich staunend an dem gewaltigen Gebäude im viktorianischen Stil empor sah. Die Eingangshalle war nicht weniger beeindruckend. Der Boden war von einem dunklen Steinboden bedeckt. Ich vermutete Marmor, war mir aber nicht sicher. Vor uns erhob sich eine große Treppe aus dunklem Holz mit weißem Geländer, die in das obere Stockwerk führte. Von der Decke baumelte ein gigantischer Kronleuchter, in dessen Kristalltropfen die aufgehende Sonne reflektiert wurde. Bunte Lichtpunkte tanzten über die hohen, weißen Wände.

Rhona musterte mich belustigt von der Seite. „Kein Vergleich zu der schäbigen Hütte von Susan, oder?"

Ihre Worte versetzten mir einen Stich ins Herz. Die schäbige Hütte von der sie sprach, war mein Zuhause. Das Zuhause, das ich vielleicht nie wiedersehen würde. So prächtig die Villa auch sein mochte, hätte ich sie auf der Stelle gegen die knarrenden Holzböden, zugigen Fenster und das knisternde Kaminfeuer des Hauses in *Slade's Castle* eingetauscht. Selbst über die dreizehn Katzen mit denen wir dort wohnten, hätte ich mich nicht mehr beschwert.

„Nein, es ist kein Vergleich. Hier sieht es mehr aus wie in einem Museum als einem Zuhause", erwiderte ich kühl.

Rhona verzog beleidigt den Mund. „Du wirst dich schon noch dran gewöhnen!" Sie schob mich zu der großen Treppe und deutete mir, dass ich hoch gehen sollte. Die Stufen gaben keinen Laut von sich als ich einen Fuß vor den anderen setzte. Sie waren so anonym und leblos wie der Rest der Villa.

Im oberen Stockwerk gab es eine Vielzahl geschlossener weißer Türen. Auch hier begegneten wir keinem anderen Menschen. Entweder schliefen sie alle noch oder es lebte hier sonst niemand. Ich fühlte mich immer mehr wie in einer Entzugsklinik für Superreiche.

Rhona ging ohne zu zögern zu einer der Türen und öffnete sie. Ich folgte ihr ins Innere. Es war ein großer, leerer Raum. Neben einem großen schmiedeeisernen Bett, einem Kleiderschrank und einem Schreibtisch mit einem Sessel, gab es keine weiteren Möbel. Alles war schwarz oder weiß. Es gab keine Bilder an den Wänden, keinen Teppich oder auch nur ein buntes Glas. Der einzige Farbklecks war hinter den transparenten weißen Vorhängen zu erahnen, die vor dem Fenster hingen. Der Ausblick war direkt auf die grünen Hügel gerichtet.

„Du hast ein eigenes Badezimmer", sagte Rhona und deutete auf eine angelehnte Tür. Erwartete sie etwa, dass ich deshalb in Euphorie ausbrechen würde? Unbeeindruckt nahm ich es zur Kenntnis.

Als ich nichts sagte, drehte sie sich um und ging. Sie schloss die Tür hinter sich und erst als ich hörte wie sich der Schüssel im Schloss drehte, zuckte ich zusammen. Fassungslos rannte ich zu der Tür und versuchte sie zu öffnen, doch sie war wie befürchtet verschlossen.

„Warum schließt du mich ein?", brüllte ich zornig und hämmerte gegen das kühle Holz.

„Das ist nur für den Anfang bis wir sicher sein können, dass wir dir trauen können", entgegnete Rhona von der anderen Seite.

„Wir sind hier mitten im Nirgendwo, was glaubt ihr wo ich hingehen sollte?", fauchte ich aufgebracht.

„Schlaf dich erst einmal aus! Am Mittag kommt jemand und bringt dir etwas zu essen."

Ich hörte wie sich ihre Schritte entfernten und klopfte erneut wütend gegen die Tür. „Rhona!"

Nicht, dass ich wild auf ihre Gesellschaft gewesen wäre, aber ich wollte mich nicht wie eine Gefangene einschließen lassen. Aufgebracht stürmte ich durch das Zimmer, riss die Vorhänge beiseite und wollte das große Fenster öffnen, doch der Griff gab nicht nach. Ich rüttelte unnachgiebig daran bis ich einsah, dass es wohl ebenfalls verschlossen sein musste.

Mein Herz schien sich zusammen zu ziehen und ich begann zu frösteln, als mein Blick über die in Nebel getauchte Landschaft glitt. Es war nicht ein anderes Haus zu sehen. Nicht einmal eine richtige

Straße führte zu dem Anwesen. Zum ersten Mal, seitdem ich meinem alten Leben ‚Lebwohl' gesagt hatte, erlaubte ich mir meinen Tränen freien Lauf zu lassen. Sie quollen ungehindert aus meinen Augen, liefen über meine Wangen und tropften an meinem Kinn hinab auf meine schmutzige Kleidung, die noch nach Rauch von den Fackeln am Steinkreis stank. Meine Lippen bebten in dem verzweifelten Versuch das Schluchzen zu unterdrücken. Umso lauter brach es dann doch hervor.

Zitternd sank ich an dem kalten Glas des Fensters zu Boden, zog die Beine an die Brust und begann mich wimmernd wie ein Kind hin und her zu wiegen. Ich hatte mich schon oft in meinem Leben einsam gefühlt, aber noch nie so hoffnungslos wie in diesem Augenblick. Früher hatte ich zumindest immer die Gewissheit gehabt, dass es einen Ort gab, an den ich jederzeit zurückkehren konnte, und mit offenen Armen und liebevollen Worten empfangen werden würde. Aber wenn mir etwas an meiner Familie lag, so würde ich mich so weit wie möglich von ihnen fernhalten. Charles würde mich überall finden und je mehr ich mich wehrte, umso mehr brachte ich die in Gefahr, die ich liebte.

Diese leblose Villa, die wie ein einsamer Riese über die grüne Landschaft thronte, würde in Zukunft der Ort sein, an dem ich mein Leben verbringen musste.

Irgendwie hatte ich im Laufe des Vormittags tatsächlich den Weg ins Bett gefunden. Obwohl die Bettwäsche steif war und nicht nur fremd, sondern geradezu steril roch, musste ich zugeben, dass sich die Matratze angenehm weich anfühlte. Sie schien sich meinem Körper anzupassen und ich versank zwischen den Kissen wie in einer tröstlichen Umarmung. Der Schlafentzug der letzten Tage und Wochen machte sich bemerkbar, sodass ich bald alles um mich herum vergaß.

Ich bekam nicht einmal mit, wie sich zur Mittagszeit der Schlüssel im Türschloss drehte. Erst als jemand mit klackernden Absätzen durch das Zimmer lief, wachte ich auf. Vorsichtig spickte ich unter der dicken Decke hervor und sah wie ein Mädchen, das kaum älter als ich sein konnte, ein Tablett mit einem dampfenden Teller auf dem Schreibtisch abstellte. Sie hatte etwas typisch Irisches mit ihrem roten Haar, der blassen Haut und der leichten Spur von Sommersprossen auf ihrer Nase, die sie jedoch mit Make-up zu verbergen versuchte. Auch ihre Haarfarbe war nicht ganz natürlich, dafür war das Rot eine Spur zu dunkel. Sie trug eine weiße Seidenbluse, die sie ordentlich in einen schwarzen Glockenrock gesteckt hatte. Dazu schwarze Pumps mit hohen Absätzen, die bei jedem Schritt ein leises Klacken von sich gaben. Sie strahlte eine kühle Eleganz aus und passte perfekt in das schwarz-weiße Bild der Villa, als gehörte sie selbst zur Einrichtung.

„So eine Sauerei", murmelte sie naserümpfend, als sie den Blick über das Bett gleiten ließ. Als sich unsere Augen begegneten, zuckte sie für einen kurzen Moment zusammen. „Du bist wach", stellte sie fest.

Da es nicht länger Sinn machte sich vor ihr zu verstecken, richtete ich mich im Bett auf und sah, was sie mit ihrem Kommentar gemeint hatte. Die weiße Bettwäsche war von schwarzen, grauen und braunen Flecken übersät, die meine schmutzige Kleidung hinterlassen haben musste. Auf dem penibel sauberen Fußboden vor dem Bett lagen meine schlammverkrusteten Schuhe. Doch die *Sauerei* tat mir nicht im Geringsten leid. Herausfordernd reckte ich ihr mein Kinn entgegen: „Sieht wohl so aus."

„Dein Bett kannst du aber selbst neu beziehen", fauchte das fremde Mädchen schnippisch und warf mir einen Packen saubere Bettwäsche zu. Ich entdeckte auf dem Schreibtisch neben dem Tablett mit dem Essen auch einen Stapel Kleidung, natürlich ebenfalls in schwarz und weiß.

„Mir gefällt es eigentlich ganz gut so", behauptete ich dreist. „Aber sollte es nicht eigentlich dein Job sein als Dienstmädchen?"

Sie erstarrte in ihrer Bewegung und funkelte mich an, als wolle sie mir jeden Moment an den Hals springen und mir die Augen auskratzen. Stattdessen löste sie sich jedoch in Luft auf, um nur den Bruchteil einer Sekunde später direkt vor meinem Bett aufzutauchen. Ihr Gesicht war meinem bedrohlich nahe und sie sagte gedehnt, wobei sie jedes Wort einzeln betonte: „Ich bin kein Dienstmädchen!"

Also eine Schattenwandlerin. Ihre Augen waren von einem warmen Braunton, der gar nicht zu ihrem kühlen Auftreten passte. Sie zog sich von mir zurück und um ihr nicht unterlegen zu sein, schwang ich meine Beine aus dem Bett und stand auf. „Wer bist du dann?"

„Ich bin Faye", antwortete sie, ohne jedes Lächeln oder auch nur den Versuch mir ihre Hand zu reichen.

„Mein Name…", setzte ich an, doch sie unterbrach mich unfreundlich: „Ich weiß wer du bist. Charles hat mich beauftragt, in den nächsten Tagen ein Auge auf dich zu haben."

Mir gefiel nicht wie sie mit mir sprach. Sie kannte mich nicht einmal und schien direkt etwas gegen mich zu haben. „Das wird sicher schwer werden, nachdem sie mich hier eingeschlossen haben."

Sie ließ ihren Blick durch das geräumige Zimmer wandern und gab ein abfälliges Schnauben von sich. „Es könnte dich schlimmer treffen."

„Wo ist Rhona?", wechselte ich das Thema.

„Sie hat zu tun", entgegnete Faye und ging in Richtung Tür.

„Ich will mit ihr sprechen. Sie ist mir eine Erklärung schuldig."

„Pech gehabt." Sie zuckte nur mit den Schultern, während sich ein schadenfrohes Lächeln über ihre dunkelrot geschminkten Lippen zog. Sie deutete mit dem Kopf auf den Schreibtisch. „Wenn ich du wäre, würde ich die Suppe essen bevor sie kalt ist. Danach kannst du ein Bad nehmen und dich umziehen. Du siehst ehrlich gesagt erbärmlich aus."

Sie schien jedes herablassende Wort zu genießen. Ich hätte ihr zu gern die dampfende Suppe über den Kopf gekippt, aber mein Hunger war stärker und so biss ich die Zähne aufeinander und wartete darauf, dass diese hochnäsige Ziege wieder das Zimmer verließ. Kaum, dass sie gegangen war, stürzte ich mich auf den Teller und löffelte gierig den Inhalt in mich hinein. Es war Kartoffelsuppe, dazu gab es zwei Scheiben helles Brot und eine Tasse mit Kräutertee. Es war lecker, aber das Brot ließ mich erneut an meine Mutter, nein Susan, denken. Sie backte mindestens einmal im Monat selbst Brot. Danach duftete es bis zu den alten Burgruinen nach dem weichen Teig. Es gab nichts Besseres als eine noch warme Scheibe von ihrem Waldnussbrot mit schmelzender Butter.

2. Winter

Die Dunkelheit lag über *Slade's Castle* wie ein dunkler Vorhang, während die winterliche Kälte meine Wangen brennen ließ und in meiner Nase kitzelte. Nur am Horizont war bereits ein heller Lichtstreifen zu erkennen. Ich schloss meinen Mantel etwas fester um mich, als ich mich an die Bushaltestelle stellte und zitternd von einem Fuß auf den anderen trat.

Es war nun etwas mehr als eine Woche her, dass Eliza aus meinem Leben gerissen worden war. Der Arzt hatte mich krankgeschrieben, auch wenn er nicht wusste, was mir tatsächlich fehlte, sodass ich mich in meinem Bett hatte verkriechen können. Dairine hatte mich öfters angerufen und Lucas war sogar einmal vorbeigekommen, um nach mir zu sehen. Er hatte mir einen gelben Blumenstrauß mitgebracht, dabei müsste er doch eigentlich am besten wissen, dass ein paar Blumen mich nicht aufheitern würden. Ihn zu sehen hatte auf der einen Seite wehgetan, aber sich gleichzeitig auch tröstlich angefühlt. Auch wenn er nicht von Eliza sprach, stand in sein Gesicht geschrieben, wie sehr er sie ebenfalls vermisste. Unter seinen Augen hatten sich dunkle Ringe gebildet, was von zu wenig Schlaf zeugte. Dazu konnte er mich kaum ansehen. Er ließ seinen Blick überall durch das Zimmer wandern und schien sich unwohl zu fühlen. Alles in unserem Haus erinnerte ihn an sie, mich eingeschlossen.

Lucas und sein jüngerer Bruder Toby kamen erst angerannt, als der Schulbus bereits vor der Haltestelle hielt. Ich bat den Fahrer kurz zu warten und deutete auf die beiden rennenden Jungen. Während sich Toby schnell an mir vorbei drängte, um sich einen Platz in der letzten Reihe zu sichern, schenkte mir Lucas ein verlegenes Lächeln und nahm mit mir weiter vorne Platz.

Seitdem ich denken konnte, saßen wir im Bus nebeneinander. Selbst als Eliza noch dagewesen war, hatte sie oft keinen Wert darauf gelegt bei uns zu sitzen, sondern immer wieder ihren Platz gewechselt, wenn sie nicht gerade die Schule schwänzte.

Der Bus setzte sich in Bewegung und Lucas zog aus seiner Tasche ein Buch: *Sicher durch die Abschlussprüfung*. Ein kurzes Lächeln huschte über meine Mundwinkel. Ausgerechnet er, der alles mit links schaffen würde, schien jede Minute zu büffeln. Gleichzeitig drängte sich mir der Gedanke auf, dass er das Buch vielleicht nur als Vorwand benutzte, damit ich ihn nicht in ein Gespräch verwickelte. Vorsichtig musterte ich sein Gesicht. Die dunklen Ringe waren immer noch da und er machte generell einen unglücklichen Eindruck. Ihm fehlten der Glanz und die Zuversicht, die er sonst ausgestrahlt hatte. Er war nur noch ein Schatten seiner selbst.

Ungeachtet des aufgeschlagenen Buches, stupste ich ihn leicht an. „Wie geht es dir?", fragte ich vertraulich, als ich mich näher zu ihm beugte.

Er sah mich nur kurz an, bevor er seufzend antwortete: „Ich habe das ganze Wochenende mit Lernen verbracht."

Ich war mir sicher, dass er wusste, dass ich das nicht gemeint hatte. „Warum machst du dir so einen Stress? Du bist Jahrgangsbester. Das wird ein Kinderspiel für dich!"

„Ich wünschte, ihr würdet mir das nicht alle immer wieder unter die Nase reiben und meinen, dass für mich alles leicht wäre. Ich muss genauso viel lernen wie jeder andere. Außerdem habe ich einiges aus dem letzten Jahr nachzuholen", entgegnete er und klang dabei beleidigt. Etwa zur selben Zeit war vor einem Jahr Eliza schon einmal verschwunden. Damals hatten sowohl meine Eltern als auch Lucas kein anderes Gesprächsthema als sie gehabt. Sie waren alle krank vor Sorge gewesen, während ich die Einzige gewesen war, die überzeugt davon war, dass es Eliza bestens ging und sie nicht auch nur einen Gedanken an uns verschwendete. Ich hatte mir so oft gewünscht, dass mein Leben endlich aufhören würde sich nur um meine große Schwester zu drehen. Nun verachtete ich mich für meine Eifersucht und mein gedankenloses Verhalten. Eliza war im letzten Jahr durch die Hölle gegangen, während ich nur Angst gehabt hatte, dass sie mir Lucas wieder wegnahm, dessen Herz mir ohnehin nie gehört hatte. Gleichzeitig schien ich jetzt die einzige Person zu sein, die sie nicht einfach aufgab.

„Lass uns Freitagabend ins Kino gehen!", schlug ich Lucas vor.

Er sah mich ungläubig an. „Winter, ich muss lernen!"

„Du brauchst auch mal etwas Ablenkung!", beharrte ich und fügte leise hinzu: „Eliza würde auch nicht zulassen, dass du deine Zeit nur mit Lernen verschwendest."

Sobald ihr Name fiel, wurden seine Augen glasig, er wendete den Blick ab und presste seine Lippen aufeinander. Unsicher knete er seine Hände. „Eliza möchte, dass ich das Beste aus meinem Leben mache. Sie weiß wie wichtig mir der Abschluss ist."

„Das weiß ich auch und ich verstehe dich, aber nur weil du einmal ins Kino gehst, wirst du nicht direkt schlechter abschneiden. Manchmal sieht man vor lauter Bäumen den Wald nicht mehr."

Er konnte mich nicht mehr ansehen. Selbst das Atmen schien ihm schwer zu fallen. „Mir ist einfach nicht nach Kino."

Wenigstens war er nun ehrlich und versuchte nicht die Abschlussprüfungen vorzuschieben. Ich schwieg einen Moment, bevor ich zugab: „Mir eigentlich auch nicht." Meine Hand legte sich wie automatisch auf seinen Arm. „Ich weiß einfach nicht, was wir machen können, um sie zu finden. Meinst du sie ist überhaupt noch in Irland?"

Lucas schob bestimmt meine Hand von sich. Als er mich ansah, verschleierten Tränen seinen Blick, während seine Stirn zornig in Falten gelegt war. „Hör auf damit!", bat er mich.

„Womit?"

„Hör auf nach ihr suchen zu wollen! Sie wollte das nicht. Sie wollte, dass wir unser Leben fortsetzen. Sie wollte uns in Sicherheit wissen."

Ich schüttelte verständnislos den Kopf. „Wie soll ich mein Leben ohne sie fortsetzen? Sie ist meine Schwester!"

„Letztes Jahr war es genau das, was du dir gewünscht hast", knurrte er, ohne über seine Worte nachzudenken. Als er merkte, was er gesagt hatte, wandte er erschrocken den Blick ab. „Tut mir leid, das hätte ich nicht sagen sollen!"

Es tat weh, auch wenn es die Wahrheit war. „Gerade deshalb habe ich wieder etwas gut zu machen. Eliza würde niemals aufhören nach mir zu suchen!"

Lucas schüttelte unnachgiebig den Kopf. Er beugte sich zu mir und raunte mir ins Ohr: „Selbst, wenn wir sie finden würden, was sollten wir tun? Sie ist umgeben von lauter Schattenwandlern. Wir hätten keine Chance!"

„Aber wir müssen es doch wenigstens versuchen!"

„Hast du etwa schon vergessen wie es das letzte Mal geendet hat, als wir es versucht haben? Über die Hälfte der Wexforder Polizeibeamten sind tot!"

Ich hatte den Anblick der vielen Leichen natürlich nicht vergessen. Nachts träumte ich von ihren leeren Augen und den bleichen Körpern aus denen jedes Leben gewichen war. Detektive Windows, die wie alle anderen Überlebenden ihre Erinnerung daran verloren hatte, würde nicht aufhören nachzuforschen. Es würde mich nicht wundern, wenn sie mich beschatten ließ.

„Wir dürfen dieses Mal eben niemand anderen mitreinziehen!"

„Es wird kein dieses Mal geben!" Er sah mich traurig an. „Nicht für mich."

„Aber wir können sie doch nicht im Stich lassen!"

„Bitte halt mich da raus! Du weißt wie viel sie mir bedeutet und genau deshalb kann ich diesen aussichtlosen Kampf nicht länger führen. Eliza wollte das nicht. Für uns beide nicht, aber ich kann dir nichts verbieten. Nur bitte hör auf mich in deine Pläne miteinzubeziehen und mich ständig daran zu erinnern, dass wir sie verloren haben. Ich muss mich jetzt aufs Lernen konzentrieren, so wie es Eliza gewollt hat."

Wir hatten die Schule noch nicht ganz erreicht, trotzdem stand Lucas auf und tastete sich zum Ausgang vor. Er floh vor mir. Ich sah ihm verzweifelt nach. Von allen Menschen hätte ich erwartet, dass er mich am ehesten verstehen würde. Wir liebten Eliza beide, und ausgerechnet er wollte nun nicht einmal mehr über sie sprechen, geschweige denn nach ihr suchen. Wahrscheinlich hatte er sogar Recht und Eliza wollte nicht, dass wir uns in Gefahr begaben, aber das hatte sie auch nie davor zurückschrecken lassen, wenn es um mich ging. Sie hatte alles riskiert und dabei sogar ihren Freund und Halbbruder geopfert. Nur wegen Wills Tod waren die Fomori überhaupt in Wexford aufgetaucht und auf sie aufmerksam geworden. Ohne mich hätten sie nie von ihr erfahren und sie wäre noch hier. Ich war es ihr irgendwie sogar schuldig alles in meiner Macht stehende zu tun, um sie wiederzufinden.

Nach den ersten beiden Unterrichtsstunden schleppte Dairine mich mit den Worten „Ich brauche einen Kaffee!" zur Cafeteria. Sie parkte mich an einem der freien Tische und drängelte sich geschickt an einer Horde Schüler vorbei zum

Kaffeeautomaten. Man konnte ihr ansehen wie froh sie war, dass ich wieder in die Schule ging. Wir waren ein eingespieltes Team und wenn die eine fehlte, fühlte sich die andere verloren.

Ein leises Räuspern lenkte mich von Dairine ab und als ich aufsah, standen Mona und Aidan vor mir. „Ist hier noch frei?", fragte Mona in ihrer üblichen schüchternen Art und deutete auf den freien Stuhl vor sich.

„Natürlich", lächelte ich zurück. Früher hatte ich mich schon immer für zurückhaltend gehalten, aber gegen Mona war ich ein Wirbelwind.

Die Beiden rückten die Stühle zurück und ließen sich mir gegenüber nieder, als Dairine gerade mit den Kaffeebechern zurückkam. Sie reichte mir einen und raunte verschwörerisch: „Schwarz wie unsere Seelen." Den Spruch benutzte sie gerne und er brachte sie jedes Mal aufs Neue zum Schmunzeln. Wahrscheinlich war das überhaupt der einzige Grund, warum wir unseren Kaffee schwarz tranken.

Sie hob beim Anblick von Mona und Aidan die Augenbrauen. „Hätte ich gewusst, dass ihr auch kommt, hätte ich euch auch etwas mitgebracht."

„Ist schon okay", entgegneten beide automatisch wie aus einem Mund. Wenn ich Aidan mit Mona sah, konnte ich mir kaum noch vorstellen, dass ich je geglaubt hatte, dass aus uns mehr als Freunde werden könnte. Er und sie gehörten einfach zusammen. Es war fast, als hätte sie das Schicksal zusammengeführt, wenn es denn so etwas gab. Bei anderen Paaren konnte man nie sagen wie lange die Beziehung wohl halten würde, aber bei Aidan und Mona hatte ich keinen Zweifel daran, dass es für immer wäre. Ich beneidete sie etwas um diese Gewissheit und Stabilität in ihrem Leben, doch gleichzeitig gönnte ich es ihnen von Herzen. Denn wenn jemand etwas Glück in seinem Leben verdient hatte, dann die beiden.

„Heute Morgen bin ich wieder an der neuen Boutique vorbei gegangen, die in der Stadt eröffnet hat. Sie haben das Schaufenster umdekoriert und jetzt ist alles grün und glitzert", erzählte Dairine ganz aufgeregt. Ich wusste im ersten Moment nicht wovon sie sprach. Sie schien mir meine Ratlosigkeit an den Augen abzulesen und rief laut aus, als wäre es selbstverständlich: „St. Patricks Day!"

„Das ist doch erst in einem Monat", rutschte es Aidan heraus, worauf Dairine ihn entsetzt ansah.

„Genau, *nur* noch ein Monat! Wisst ihr etwa schon, was ihr anziehen werdet?"

„Etwas Grünes?", kicherte Mona, worauf Dairine nur mit den Augen rollte. „Das ist doch auch euer erster gemeinsamer St. Patricks Day als Paar! Wollt ihre eure Outfits nicht aufeinander abstimmen? Evan würde sich großartig in so einem altmodischen Gehrock machen, oder wir gehen als Waldgeister!"

„Weiß Evan schon von seinem Glück?", zog Aidan sie auf.

„Das ist ja gerade das Tollste an ihm! Er ist für jeden Spaß zu haben", erwiderte Dairine mit stolzem Lächeln. Nachdem ich mich bisher aus der Unterhaltung rausgehalten hatte, stupste sie mich nun an. „Frag doch Liam, ob er mit dir hingeht."

„Wohin?" Ich musste gestehen, dass ich ihr kaum zugehört hatte. Mich beschäftigten andere

Dinge zurzeit mehr als mein Outfit für ein Fest bei dem es ohnehin nur darum ging, wer als erstes betrunken war.

„Na zum Schulball!", brüllte sie fassungslos. „Die Planungen laufen bereits. Hast du die Plakate nicht gesehen?"

Wenn man ihr so zuhörte, hätte man meinen können, dass sie an Oberflächlichkeit kaum zu überbieten sei, doch im Grunde war genau das Gegenteil der Fall. Diese Gespräche über Feste und Klamotten dienten bei Dairine nur dazu, von den eigentlich wichtigen Themen abzulenken.

„Hast du mich gerade ernsthaft gefragt, ob ich mit unserem Lehrer zum Schulball gehe?", fragte ich sie ungläubig. Sie stöhnte genervt auf: „Winter, sieh das doch nicht so eng! Ihr müsst es ja nicht offiziell machen."

„Dann können wir es auch ganz sein lassen", konterte ich genervt von dem ewig gleichen Thema. „Ich habe keine Lust auf diese Versteckspielchen und Heimlichkeiten!"

„Ich fände das glaube ich ganz aufregend", kicherte Dairine und wackelte vielsagend mit den Augenbrauen.

„Dann fang du doch etwas mit ihm an", fuhr ich sie schärfer als beabsichtigt an. Es tat mir sofort leid. Sie gab sich nur Mühe mich abzulenken, aber genau wie Lucas am Morgen im Schulbus fuhr ich aus meiner Haut und sagte Dinge, die ich eigentlich nicht so meinte. Ich blickte sie entschuldigend an. „Es tut mir leid, ich bin nur mit meinen Gedanken woanders."

Sie nickte verständnisvoll. „Ich glaube das haben wir uns alle schon gedacht. Habt ihr noch etwas von Eliza gehört?"

„Nein", presste ich hervor und spürte sofort wie mir Tränen in die Augen stiegen. „Nicht ein Wort. Wir wissen nicht einmal, ob sie überhaupt dort angekommen ist, wo Rhona sie hinschleppen wollte."

„Sie hätte sich wenigstens kurz bei deiner Mutter melden können. Immerhin sind sie Schwestern", meinte nun auch Mona.

„Schwestern, die jahrelang nicht miteinander sprechen", widersprach ich ihr. „Ich möchte nicht, dass Eliza und ich genauso enden. Nachdem, was alles vorgefallen ist, ist es umso wichtiger, dass wir in Kontakt bleiben."

„Aber wie willst du das machen, wenn du nicht einmal weißt wo sie ist?", fragte Aidan.

„Genau darum geht es doch! Ich muss sie irgendwie finden."

„Irland ist vielleicht kein großes Land, aber doch groß genug, um unterzutauchen", gab Dairine zu bedenken. „Diese Fomori scheinen mir genau zu wissen, was sie tun. Wenn sie nicht gefunden werden wollen, haben wir keine Chance."

„Ich kann sie aber nicht einfach aufgeben!"

Mona sah mich mitleidig an und streckte überraschend ihre Hand über den Tisch aus, sodass unsere Finger sich berührten. „Wenn ich könnte, würde ich dir wirklich helfen", beteuerte sie und sprach damit an, dass sie keine Kontrolle mehr über ihre Magie hatte. Jeder weitere Versuch sie zu nutzen, konnte sie das Leben kosten.

„Ich denke du solltest Eliza versuchen zu vertrauen", warf Dairine ein. „Sie ist die Cleverste von uns allen und lässt sich von niemandem auf der Nase herumtanzen. Gib ihr etwas Zeit und in ein paar Monaten steht sie wieder vor uns, als wäre nichts gewesen. Das war letztes Jahr doch auch so!"

Mona sah sie plötzlich finster an. „Letztes Jahr hat sie Beth umgebracht!"

Das Ende der Pause wurde durch das Klingeln der Schulglocke eingeläutet.

„Letztes Jahr befand sie sich auch nicht in der Gewalt eines ganzen Clans", widersprach ich Dairine ebenfalls, die betreten dreischaute. Beschwichtigend hob sie die Hände: „Ich wollte doch nur damit sagen, dass Eliza stark ist."

Ich wusste, dass nichts von dem, was sie gesagt hatte, in irgendeiner Form böse gemeint gewesen war, aber genauso wusste ich auch, dass sie mir nicht würde helfen können meinen Schwester zu finden. Doch ich kannte jemanden, der dazu vielleicht in der Lage wäre.

Wenn unser Musiklehrer die Noten für den Unterricht ehrlich verteilen würde, bekäme ich dieses Jahr die schlechteste in meiner gesamten Schullaufbahn, denn wie so oft hörte ich ihm nicht zu, sah stattdessen auf die Uhr und ärgerte mich darüber, dass der Zeiger nicht schneller über das Ziffernblatt wandern wollte oder blickte aus dem Fenster in den leeren Schulhof. Doch zumindest in diesem Punkt konnte ich von Glück reden, dass Liam mein Lehrer für Musik war. Ich bezweifelte, dass er sich Notizen über das Verhalten seiner

Schüler machte. Wahrscheinlicher erschien es mir, dass er die Noten auswürfeln würde oder einfach jeden gut bewerten würde, um der beliebteste Lehrer der Schule zu bleiben. Nicht nur die Mädchen himmelten ihn an, auch die Jungen gaben sich auf den Schulfluren Handschläge mit ihm.

Als es endlich zum Unterrichtsschluss klingelte, bildete sich bereits eine kleine Gruppe vor dem Lehrerpult. Nie war Schule interessanter gewesen. Eigentlich hätte ich mich hinten anstellen müssen und warten sollen bis ich dran war. Bei jedem anderen Lehrer hätte ich das sicher auch getan, aber mich nervten die Mädchen mit ihren scheinheiligen Fragen und ihrem vorgetäuschten Interesse an der Musik. Ich hatte im Gegensatz zu ihnen wirklich Probleme und Liam war der Einzige, der mir vielleicht helfen konnte.

Ich sah ihn durchdringend an und hoffte, dass er die anderen wegschicken würde, doch er genoss die Aufmerksamkeit viel zu sehr und fühlte sich dabei mehr wie ein Rockstar als ein Lehrer. Gekonnt ignorierte er mein Starren, was mich meine Hände unwillkürlich zu Fäusten ballen ließ. Ich räusperte mich laut, wurde aber weiterhin übergangen als sei ich gar nicht da.

„Mr. Dearing", rief ich laut, wobei meine Stimme bereits vor unterdrückter Wut bebte. Alle Köpfe fuhren zu mir herum. Wenn Blicke töten könnten, wäre ich sicher auf der Stelle tot umgefallen. Es war mir unangenehm nun vor allen sprechen zu müssen. „Ich brauche noch die Unterrichtsmaterialien von letzter Woche", behauptete ich schwach.

Er hob argwöhnisch die Augenbrauen. Seit der ersten Unterrichtsstunde hatte er nicht einmal Arbeitsblätter an uns verteilt. „Hat dir deine Sitznachbarin nicht erzählt, was wir gemacht haben?", fragte er aus purer Provokation. Er wusste genauso gut wie ich, dass mich der Unterricht nicht im Geringsten interessierte.

„Doch, aber ich bin mir nicht sicher, ob ich es richtig verstanden habe."

Die anderen Mädchen stöhnten genervt auf. „Kannst du nicht jemand anderen fragen?"

Liam erhob sich von seinem Schreibtisch und machte eine einladende Geste in Richtung der Tür. „Meine Damen, ich freue mich über euer Interesse an der Rockmusik, aber wir wollen doch nicht, dass die gute Winter noch weiter im Unterrichtsstoff zurückfällt. Wir sehen uns morgen!"

Sie zogen enttäuschte Gesichter und funkelten mich wütend an, während sie den Raum verließen. Kaum, dass sie weg waren, schloss Liam die Tür und zwinkerte mir herausfordernd zu, als er auf mich zukam. Seine Hände legten sich auf meine Hüfte und er zog mich mit einem Ruck an sich. Sein Atem kitzelte meinen Hals, als er mir verführerisch ins Ohr wisperte: „Ich mag deine herrische Seite!"

Eine Gänsehaut breitete sich sofort über meinen gesamten Körper aus und ließ meine Kopfhaut kitzeln. Meine Beine wurden weich als ich seine Lippen an meinem Hals spürte. Ein Teil von mir wollte nichts lieber als in seinen Armen zu versinken und ihn leidenschaftlich zu küssen, ganz egal, dass wir uns in der Schule befanden, er mein Lehrer war und ich gerade noch wütend auf ihn gewesen war. Aber es hatte mir bisher nie viel Glück gebracht auf mein Herz zu hören und so schob ich ihn von mir, auch wenn ich dafür meine ganze Willenskraft aufbringen musste.

„Wir sind in der Schule!", wies ich ihn zurecht, das war Erklärung genug.

Er gab ein genervtes Schnauben von sich, drehte sich um und fuhr sich durch das hellblonde Haar. „Was willst du dann?"

Es war nicht unbedingt hilfreich, wenn er sauer auf mich war und so trat ich versöhnlich hinter ihn und legte meine Hand auf seine nackte Schulter. Die Haut war warm und jagte mir erneut einen Schauer über den Körper. „Ich hoffe, dass du mir helfen kannst."

Misstrauisch drehte er sich zu mir herum und schien bereits zu wissen, was als nächstes kommen würde. Seine Freude hielt sich in Grenzen. „Wobei?"

„Eliza ist seit über einer Woche verschwunden und niemand hat etwas von ihr gehört. Ich möchte sie suchen!"

Er entzog sich meiner Berührung und machte ein so desinteressiertes Gesicht, als würde ihn das alles gar nichts angehen. „Viel Glück!" Schwungvoll zog er seine abgegriffene Lederjacke an. Eine Tasche für den Unterrichtsstoff besaß er nicht, was eigentlich schon alles über ihn in der Position als Lehrer aussagte. Plötzlich schien er es eilig zu haben.

Ich baute mich vor ihm auf. „Liam, bitte!", flehte ich und sah zu ihm auf, in der Hoffnung, dass mein verzweifelter Blick seine Abwehr zum Schmelzen bringen würde. „Du bist meine einzige

Hoffnung! Die Fomori könnten sich überall aufhalten. Vielleicht sind sie nicht einmal mehr in Irland. Ohne dich finde ich sie nie!"

„Vielleicht wäre das am besten", entgegnete er unnachgiebig. „Eliza tut es sicher gut, etwas Zeit mit ihrer Mutter zu verbringen. Sie haben viel nachzuholen und sie kann ihr endlich beibringen ihre Kräfte zu kontrollieren."

Seine Worte versetzten mir einen Stich ins Herz. Rhona war zwar Elizas biologische Mutter, aber sie würde ihr niemals unsere gemeinsame Mutter ersetzen können. Wir waren Schwestern und eine Familie. „Das könntest du auch!", konterte ich. „Außerdem willst du selbst auch nichts mit den Fomori zu tun haben. Warum überlässt du ihnen dann Eliza?"

„Ganz genau, Winter, ich will nichts mit ihnen zu tun haben und deshalb werde ich mich da auch nicht einmischen." Er ging an mir vorbei. Für ihn war das Gespräch damit beendet, aber für mich noch lange nicht. Ich stellte mich ihm zornig erneut in den Weg. „Gib doch wenigstens zu, dass du mir nicht helfen willst sie zu finden!"

Er versuchte nicht einmal sich herauszureden. „Gut erkannt."

„Aber sie ist meine Schwester! Ich erwarte nicht, dass du es ihretwegen tust, sondern mir zuliebe. Bitte!" Ich hörte mich weinerlich und flehend an.

Er sah mich ernst an und ich erkannte in seinen Augen so etwas wie Bedauern. „Ich hatte gehofft, dass es jetzt wo sie weg ist, zwischen uns besser laufen würde."

Verständnislos schüttelte ich den Kopf. „Warum sollte es das? Unsere Probleme hatten nie etwas mit ihr zu tun!"

„Hatten sie nicht?", knurrte er wütend. „Glaubst du ich würde je vergessen, dass sie meine kleine Schwester auf dem Gewissen hat? Ich sage dir jetzt mal etwas - ich bin froh, dass Eliza weg ist und ich hoffe, dass ich sie sobald nicht wiedersehen werde."

Fassungslos schnappte ich nach Luft, während Tränen in meine Augen schossen. Meine Gefühle fuhren Achterbahn. Auf der einen Seite verstand ich ihn und schämte mich sogar dafür, dass ich ausgerechnet ihn, dem Eliza das Schrecklichste überhaupt angetan hatte, um Hilfe bat. Aber auf der anderen Seite hatte ich gehofft und irgendwie sogar erwartet, dass er mir dennoch helfen würde. Irgendetwas war da zwischen uns und ich hatte mir gewünscht, dass es größer wäre als alles, was in der Vergangenheit passiert war. Mir fehlten die Worte. Man konnte niemanden um Verzeihung bitten und gleichzeitig vor Wut anschreien.

Als er meine Tränen sah, schien er zu bereuen, was er gesagt hatte und streckte seine Hand tröstend nach mir aus, aber ich schreckte vor ihm zurück. „Winter, ich werde mich nicht dafür entschuldigen, was ich empfinde." Er stieß verzweifelt Luft aus und sah an mir vorbei aus dem Fenster. „Ich habe gleich einen Besichtigungstermin für eine Wohnung. Mona und ich können ja nicht ewig in der Pension wohnen. Willst du vielleicht mitkommen?"

Er hatte es mit seinem Vorschlag geschafft, dass meine Wut auf ihn überwog. Gerade hatte er selbst noch zugegeben, dass Eliza immer zwischen uns stehen würde und nun tat er so, als könnten wir einfach wieder zur Tagesordnung übergehen. Ich stieß mit zittrigen Händen die Tür auf und stolperte in den Flur, als wäre die Luft in dem Kursraum zu knapp geworden. Das alles hatte doch keinen Sinn. Ohne ihm zu antworten oder mich auch nur umzusehen, lief ich davon. Er folgte mir nicht.

Den Schulbus hatte ich dank meines erfolglosen Gesprächs mit Liam vergessen, sodass ich erst eine Stunde später als normal nach Hause kam. Rauch stieg aus unserem Schornstein und die Fensterscheiben der Küche waren beschlagen, was mir verriet, dass meine Mutter wahrscheinlich etwas gekocht hatte. Seitdem Eliza weg war, hatte sie sich von der Arbeit auf unbestimmte Zeit frei genommen, obwohl sie ohnehin nur vormittags arbeitete. Ich wusste nicht, was sie sich davon erhoffte und es wäre mir in der letzten Woche lieber gewesen das Haus für mich alleine zu haben, sofern das überhaupt möglich war, wenn dreizehn Katzen ein- und ausgingen wie es ihnen beliebte. Auch heute wollte ich mich am liebsten nur noch auf der Couch zusammenrollen und mich von dem Fernseher beschallen lassen. Doch sobald ich mich länger im Wohnzimmer aufhielt, würde meine Mutter auftauchen und das Gespräch mit mir suchen.

Ich atmete tief durch, bevor ich die Haustür aufschloss. Sofort schlug mir der Geruch von frisch gebackenem Walnussbrot entgegen, was mich unwillkürlich an Eliza denken ließ. Wie oft hatten wir uns in der Vergangenheit um das knusprige

Endstück des Brotes gestritten? Nun erschien es mir dumm, kleinlich und völlig überflüssig. Jetzt hätte ich es ihr freiwillig überlassen, wenn sie nur wieder bei uns wäre.

Mum steckte den Kopf aus der Küchentür. „Du bist spät. War noch irgendetwas in der Schule?"

Ihr Anblick ärgerte mich. Ich hatte meine Schwester und sie ihre Tochter verloren, wie konnte sie sich dann Gedanken darüber machen, warum ich eine Stunde später nach Hause kam? Und warum hatte sie ausgerechnet Walnussbrot backen müssen? sie, ich würde sonst vergessen, dass Eliza vielleicht nie wieder nach Hause kommen würde?

„Ich hab Hausaufgaben", entgegnete ich ihr ausweichend, hing meinen Mantel über die Garderobe und schlüpfte aus meinen Schuhen, bevor ich in Richtung Treppe ging.

„Ich habe Brot gebacken. Willst du ein Stück mit Butter?"

Hättest du mich nicht darauf aufmerksam gemacht, wäre es mir gar nicht aufgefallen, dachte ich spöttisch und presste die Lippen aufeinander.

Meine Mutter kannte mich gut genug, um mir anzusehen, dass ich wegen irgendetwas verärgert war, auch ohne, dass ich es aussprach. „Habe ich irgendetwas falsch gemacht?"

Ich konnte nicht länger an mich halten. „Ob du etwas falsch gemacht hast?", wiederholte ich höhnisch. „Lass mich mal überlegen, meine Schwester wurde von einer Horde Verrückter entführt und alles, was du und Dad tut, ist so zu tun, als hätte es sie nie gegeben!" Mit jedem Wort wurde meine Stimme lauter, schriller und vorwurfsvoller.

„Das stimmt doch nicht", entgegnete Mum betroffen. „Wir vermissen Eliza genauso sehr wie du…"

Ich fiel ihr ins Wort: „Und warum tut ihr dann nichts? Ihr seid ihre Eltern und wenn ihr sie bei der Polizei als vermisst melden würdet, müssten sie nach ihr suchen!"

„Eliza ist volljährig und sie ist freiwillig mit Rhona gegangen…"

„Freiwillig? Nennst du es etwa so, wenn jemand dir androht allen, die du liebst, etwas anzutun, wenn du nicht mitkommst? Eliza braucht uns und du und Dad lasst sie einfach im Stich!"

Sie trat aus der Küche und kam besänftigend auf mich zu. „Rhona ist bei ihr und sie wird sich um sie kümmern. Eliza ist ihre Tochter!"

„Hat sie nicht bereits bewiesen wieviel ihr an Eliza liegt, nachdem sie sich ihr ganzes Leben lang nicht gemeldet hat? Keine Geburtstagskarte, kein Weihnachtsgeschenk, nichts!"

„Das bedeutet nicht, dass sie nicht an sie gedacht hat. Sie glaubte es wäre das Beste so. Wir haben beide gebetet, dass bei Eliza nie das Schattenwandlergen ausbrechen würde."

„Und was wäre dann gewesen? Hätte ihr sie immer weiter belogen und mich gleich mit? Ihr seid schuld daran, dass es mit Eliza bergab ging. Wärt ihr von Anfang an ehrlich zu ihr gewesen, dann wäre das alles niemals passiert!" Ich zitterte am ganzen Körper vor Wut und hatte mich kaum noch unter Kontrolle. Tränen rannen über mein Gesicht und ich konnte mich nicht daran erinnern je meine Mutter mehr verachtet zu haben. Eliza war schon immer draufgängerisch, vorlaut und wild gewesen, aber sie hatte sich erst zum negativen entwickelt, als sie rausgefunden hatte, dass unsere Eltern sie adoptiert hatten. Sie musste sich in diesem Moment so schrecklich verraten gefühlt haben und hatte niemandem genug vertraut, um sich ihm anzuvertrauen. Weder mir noch Lucas.

Mum ließ sich von meiner Wut nicht abschrecken. Sie war mit einem Satz bei mir und drückte mich an sich, obwohl ich gegen sie ankämpfte und nach ihr schlug. Je mehr ich mich wehrte, umso fester hielt sie mich bis ich schließlich nachgab und mich weinend auf die Treppe sinken ließ. Sie setzte sich neben mich und hielt mich fest im Arm. „Dein Vater und ich lieben Eliza genauso sehr wie dich und daran wird sich niemals etwas ändern. Sie wird immer deine Schwester und unsere Tochter bleiben. Aber wir sind nicht mehr in der Lage uns um sie zu kümmern. Sie braucht Hilfe von jemandem, der weiß, was sie durchmacht. Ich weiß nicht viel von diesen Fomori, aber ich vertraue Rhona. Sie ist meine Schwester, genau wie Eliza deine. Wir haben uns oft gestritten und waren selten einer Meinung, aber ich weiß, dass sie nicht zulassen würde, dass Eliza etwas geschieht. Bitte vertrau mir!"

Ihre Stimme war so eindringlich und voller Überzeugung, dass ich ihr tatsächlich glaubte. Selbst wenn Eliza und ich uns nun Jahre lang nicht sehen würden, würde ich deshalb nicht aufhören ihr zu vertrauen, wenn es um wirklich wichtige Dinge ging. Was könnte es wichtigeres, als die eigene Tochter geben?

„Warum darf Eliza sich nicht wenigstens bei uns melden? Wenn ich wüsste, dass es ihr gut geht, dann würde ich mir nicht so viele Sorgen machen. Wir wissen ja nicht einmal, ob sie überhaupt angekommen sind, wo auch immer sie hinwollten."

„Versuch es so zu sehen: Wenn etwas passiert wäre, hätte Rhona sich gemeldet. Solange wir nichts von ihr hören, ist alles in Ordnung."

Ich runzelte die Stirn und sah sie skeptisch an. Was wenn Rhona sich gar nicht melden konnte, weil sie gar nicht mehr am Leben war?

Mum streichelte mir über den Arm. „Ich weiß es ist schwer, aber wir sollten versuchen unser Leben so normal wie möglich weiterzuführen. Wir sind keine Schattenwandler und werden auch nie welche sein. Gerade du musst an deine Zukunft denken. Das würde auch Eliza für dich wollen."

Ihre Worte erinnerten mich an die Diskussion, die ich am Morgen mit Lucas geführt hatte. Auch wenn ich ihn und meine Mutter verstand, so konnte ich den Gedanken, dass normal weiterzumachen bedeutete Eliza aufzugeben, nicht abschütteln. Aber vielleicht würde ich es versuchen, zumindest so lange bis ich wusste wie ich meine Schwester finden konnte.

3. Eliza

Ich starrte zu der makellosen weißen Decke empor und wünschte mir ich hätte etwas Farbe, um das Perfekte zu durchbrechen. Seit einer Woche wurde ich bereits in diesem Zimmer, das mir immer mehr wie ein Gefängnis erschien, gefangen gehalten. Rhona oder gar Charles hatten sich in dieser Zeit nicht einmal bei mir blicken lassen und ich fragte mich wirklich, warum sie mich überhaupt hatten mit an diesen Ort nehmen müssen, wenn sie sich nun nicht im Geringsten um mich kümmerten.

Mein einziger Kontakt war Faye, die dreimal am Tag nach mir sah und damit in der kurzen Zeit zu einer Konstante in meinem Leben geworden war. Mein gesamter Tagesablauf drehte sich um sie. Obwohl es in meinem Zimmer keine Uhr gab, konnte ich an dem Stand der Sonne erkennen, wann Faye etwa kommen würde. Auch heute saß ich bereits gewaschen und angezogen auf meinem Bett und lauschte auf ihre klappernden Schritte im Flur. Sie war nicht nur die Einzige, die zu Gesicht bekam, sondern auch die einzige Person, die ich überhaupt hörte. Ich hatte schon Stunden damit verbracht mein Ohr gegen die geschlossene Tür zu pressen und zu lauschen, aber ohne jeden Erfolg. Es war immer totenstill, dabei gab es neben meinem eigenen Zimmer noch so viele andere. Waren alle verlassen? Das erschien mir unwahrscheinlich, immerhin sollte das Anwesen der Hauptsitz der Fomori sein. Aber wo waren dann die ganzen Leute? Bei dem Ritual zur Wiedererweckung von Will waren es schon viele gewesen, doch Charles hatte behauptet es sei nur ein winziger Bruchteil von der tatsächlichen Größe der Fomori. Lebte vielleicht niemand von ihnen im Hauptsitz?

Das mir mittlerweile vertraute Klappern von Fayes Absatzschuhen hallte über den Flur. Ich setzte mich ruckartig im Bett auf und blickte erwartungsvoll zur Tür. Sie konnte mich nicht leiden und ich sie genauso wenig, dennoch war ich machtlos gegen die Freude, die in mir aufstieg, jedes Mal, wenn ich sie kommen hörte. Lieber stritt ich für ein paar Minuten mit jemandem als gar niemanden zum Reden zu haben.

Ich hörte wie sie vor der Tür inne hielt und das Tablett auf einer Hand balancierte, um mit der anderen den Schlüssel im Schloss zu drehen. Ein bekanntes Klicken ertönte, kurz bevor sie eintrat. Unsere Blicke begegneten sich. Sie war schon daran gewöhnt mich auf meinem Bett sitzen zu sehen und machte sich nicht einmal die Mühe *Guten Morgen* zu sagen als sie in das Zimmer stolziert kam. Viel mehr schien sie zu genießen, dass ich sie bereits erwartet hatte. Sie wusste ganz genau, dass ich auf sie angewiesen war.

Ich folgte ihr wie ein treuer Hund zu dem einzigen Tisch in dem Zimmer, auf dem sie das Tablett abstellte. Es gab süßes Brot, ein Stück Butter und zwei verschiedene Sorten Marmelade. Dazu eine Tasse Kaffee. Wie üblich fehlte die Milch.

Herausfordernd sah ich zu Faye auf, als ich mich auf den Stuhl setzte. Ihr provokantes Grinsen verriet mir, dass sie genau wusste, was ich fragen wollte, also verbiss ich es mir, um ihr den Gefallen nicht zu tun. Seit dem zweiten Tag bat ich sie mir zu meinem Kaffee Milch und Zucker mitzubringen, da ich schwarzen Kaffee kaum runterbekam. Am dritten Tag hatte sie mir zwar Milch und Zucker mitgebracht, aber mir dafür Haferschleim serviert, den ich verabscheute. Am vierten Tag hatte sie den Zucker durch Salz ersetzt, sodass der Kaffee ungenießbar war. Sie ließ sich jeden Tag etwas Neues einfallen, um mich zu ärgern. Wenn ich sie auf etwas davon ansprach, tat sie immer ganz überrascht.

„Ist etwas nicht in Ordnung?", fragte sie nun gehässig.

Ich legte meine Hände um den Kaffeebecher und hob ihn ihr prostend entgegen. „Nein, alles bestens. Schwarz, genauso wie ich ihn am liebsten mag." Ich lächelte ihr zu, nahm einen großen Schluck und verbat mir den Mund zu verziehen.

Sie erwiderte mein aufgesetztes Lächeln. „Ich weiß doch wie du deinen Kaffee am liebsten trinkst."

Während ich mich an das Brot machte, ließ sie sich auf mein Bett sinken und würde dort warten bis ich mit dem Essen fertig war. Zuhause hatte ich nie mein Bett gemacht, weil ich keinen Sinn darin sah. Am Abend waren die Kissen dennoch immer wie von Zauberhand aufgeschüttelt, das Lacken glatt gezogen und die Tagesdecke lag fein säuberlich gefaltet darüber. Meine Mutter hatte den Anblick des ungemachten Betts nicht ertragen

44

können und es deshalb jeden Tag für mich übernommen. Nun kümmerte ich mich zum ersten Mal in meinem Leben selbst darum. Immerhin vergingen dabei ein paar wenige Minuten meines langen, einsamen Tages.

„Hast du eigentlich schon gefrühstückt?", fragte ich Faye, nachdem ich den ersten Bissen von meinem Brot genommen hatte.

„Natürlich", antwortete sie und fügte spöttisch hinzu: „Oder dachtest du etwa ich dürfte erst etwas essen, nachdem ich die Prinzessin versorgt habe?"

Sie sprach öfters von mir als *Prinzessin*, was mich nervte, da es nicht im Geringsten den Tatsachen entsprach. Zwar war ich die biologische Tochter des Oberhaupts der Fomori, aber das brachte mir keinerlei Vorteile ein. Ganz im Gegenteil: Man hielt mich in diesem Zimmer wie Rapunzel in ihrem Turm gefangen. In dem Fall war Faye wohl die böse Hexe, die dazu abgestellt worden war sich um mich zu kümmern.

Ich überging ihre Stichelei. „Hast du alleine gegessen?"

Sie zögerte einen Moment, bevor sie antwortete und ich konnte förmlich hören wie sie darüber nachdachte, was ich mit meiner Frage bezwecken können wollte. „Warum willst du das wissen?"

Ich drehte mich zu ihr herum. „Vielleicht könnten wir morgen ja zusammen frühstücken."

Erst sah sie mich überrascht an, dann grinste sie boshaft. „Nein, danke, ich verzichte! Im Gegensatz zu dir kann ich mir meine Gesellschaft selbst aussuchen."

Genervt zuckte ich mit den Schultern und wand ihr wieder den Rücken zu. Vor lauter Einsamkeit war ich schon so verzweifelt, dass ich Zeit mit einer Person verbringen wollte, die mich nicht nur nicht leiden konnte, sondern mich das auch bei jeder Gelegenheit spüren ließ.

„Beeil dich bitte etwas, ich habe heute noch etwas anderes zu tun", erwiderte Faye hochnäsig, nachdem wir einige Zeit geschwiegen hatten.

„Was denn?"

„Das geht dich nichts an!"

Ich schluckte gerade mein letztes Stück Brot herunter und fuhr erneut zu ihr herum: „Was hast du überhaupt gegen mich? Habe ich dir irgendetwas getan? Seitdem ich hier bin, stichelst du in einer Tour gegen mich!"

„Oh, ist das Prinzesschen etwa zart besaitet?", zog sie mich lachend auf und erhob sich von meinem Bett.

Ich baute mich vor ihr auf. „Ich meine es ernst, Faye! Was hast du für ein Problem mit mir?"

Ihre Augen funkelten mich zornig an und sie zog die Luft ein, unschlüssig, ob sie etwas sagen sollte. Schließlich presste sie hervor: „Ich mag einfach keine Menschen, die alles in den Schoss gelegt bekommen, ohne je etwas dafür tun zu müssen."

Verständnislos sah ich sie an. „Sprichst du von mir?"

Sie rollte genervt mit den Augen. „Natürlich, von wem denn sonst?"

Fassungslos sah ich erst sie an und ließ dann meinen Blick durch den großen, aber kahlen Raum wandern. „Ich werde hier seit einer Woche gefangen gehalten. Mir fällt die Decke auf den

Kopf! Wenn du neidisch auf das Zimmer bist, kannst du es meinetwegen sofort haben."

„Tz", machte sie herablassend und verschränkte abwehrend ihre Arme vor der Brust. „Dein blödes Zimmer kannst du behalten. Ich muss auch nicht in einer Besenkammer schlafen."

„Was stört dich dann?"

Sie beugte sich bedrohlich zu mir vor. „Seien wir doch mal ehrlich, als Tochter des Oberhaupts trittst du früher oder später in seine Fußstapfen. Du wirst zu einer der mächtigsten Frauen weltweit werden und was musstest du dafür tun?" Ihr Gesicht verzog sich voller Verachtung. „Nichts!"

„Ich habe mir das nicht ausgesucht", verteidigte ich mich. „Außerdem glaube ich nicht, dass du dir irgendwelche Sorgen zu machen brauchst, Charles scheint sich nicht im Geringsten für mich zu interessieren. Wenn es nach ihm ginge, könnte ich vermutlich den Rest meines Lebens in diesem Zimmer verbringen."

„Tust du nur so dumm oder bist du tatsächlich so blöd?"

Als sie sah, dass ich nicht verstand, worauf sie hinauswollte, schüttelte sie herablassend den Kopf. „Er will deinen Willen brechen, damit du ihm keine Probleme bereitest, das ist alles. Sobald du am Ende bist, wird er als großer Meister auftreten und dich aus deiner Hölle befreien. Dafür wirst du ihm so dankbar sein, dass du sogar vergisst, dass er es war, der dich hier eingesperrt hat."

Ungläubig starrte ich sie an. Ihre Worte ergaben Sinn. „Du kannst ihm ausrichten, dass ich bereits jetzt am Ende bin", entgegnete ich resigniert, doch sie verzog nur spöttisch den Mund. „Du bist noch lange nicht am Ende!"

„Faye, bitte! Ich halte es in diesem Zimmer wirklich kaum noch aus. Wenn ich nicht bald hier rauskomme, fange ich noch an Selbstgespräche zu führen."

Die Vorstellung schien sie zu belustigen.

Alles in mir sträubte sich dagegen sie anzubetteln, aber was blieb mir schon anderes übrig? „Du bist scheinbar für mich zuständig. Wenn du ihm sagst, dass ich so weit bin, dann wird er auf dich hören und mich hier rauslassen."

Ihr triumphierender Blick verriet mir, wie sehr sie mein Betteln genoss. „Was hätte ich davon?"

„Wenn es wirklich eines Tages so kommen wird wie du behauptest und ich zum nächsten Oberhaupt der Fomori werde, würdest du in meiner Gunst weit oben stehen…"

Scheinbar hatte ich die falschen Worte gewählt, denn ihr Blick verfinsterte sich schlagartig und sie rauschte zornig an mir vorbei und schnappte sich das Tablett, wobei die halbvolle Kaffeetasse umfiel und sich auf den sauberen Boden ergoss. Auch ihre weiße Seidenbluse hatten braune Spritzer abbekommen, was sie wütend fluchen ließ. „Was glaubst du eigentlich wer du bist?", schrie sie mich aufgebracht an. „Glaubst du, ich habe all die Jahre die ganze Drecksarbeit gemacht, um am Ende im Schatten von irgendjemandem zu stehen? Ich will an die Spitze und nicht an die Seite einer Person, die von nichts eine Ahnung hat und ihr Glück nicht einmal zu schätzen weiß!"

„Glück?", wiederholte ich empört. „Bezeichnest du es etwa als Glück, wenn dir jemand droht jedem

Menschen, den du liebst, etwas anzutun, wenn du nicht mit ihm kommst? Ist es Glück, wenn man seine Familie nie wiedersehen darf? Ist es Glück aus seinem Zuhause gerissen zu werden und nie wieder ein normales Leben führen zu können?"

Meine Worte bewegten Faye nicht im Geringsten, obwohl sich mir selbst vor Wut der Hals zuschnürte.

„Oh, mir kommen gleich die Tränen!", stichelte sie boshaft. „Wenigstens hast du so etwas wie eine Familie! Es könnte schlimmeres geben als in einer Villa leben zu müssen und die Tochter eines der mächtigsten Männer zu sein. Siehst du nicht, dass du erst jetzt wirklich Zuhause bist?"

Es kam selten vor, dass ich sprachlos war, doch ehe mir eine passende Antwort einfallen wollte, verließ sie bereits Türen knallend das Zimmer. Ich fühlte mich von ihr zu Unrecht verurteilt. Sie stellte es so dar, als sei ich ein verwöhntes Mädchen, das nicht zu schätzen wusste, was das Leben ihr für eine Chance geschenkt hatte, aber so fühlte ich mich nicht – ganz und gar nicht.

Vielleicht war es Fayes großer Traum einmal die Führung der Fomori zu übernehmen, aber ich hätte alles dafür gegeben einfach ein normales Mädchen sein zu können, das zusammen mit ihrem Freund den Schulabschluss machte, auf Partys ging und sich mit ihrer Schwester wegen Belanglosigkeiten zankte. Mir fehlten Lucas und Winter mehr denn je. Ich hatte versucht stark zu sein, nach vorne zu schauen und das Beste aus meiner ausweglosen Situation zu machen, aber Fayes Vorwürfe und dieses Zimmer, in dem ich kaum Luft bekam, ließen meine Stärke wie ein

Kartenhaus in sich zusammen stürzen. Es war mir egal, ob mich jemand weinen hörte. Vielleicht wäre es sogar ganz gut so und es würde Charles, Faye, Rhona oder wer auch immer darüber zu entscheiden hatte, davon überzeugen, dass sie ihr Ziel erreicht und mich gebrochen hatten. Alles was besser, als weiter in diesem Zimmer gefangen zu sein.

4. Liam

Winter war sturer als jeder Esel. Seitdem ich ihr meine Hilfe bei der Suche nach Eliza verweigert hatte, sah sie durch mich hindurch als wäre ich ein Geist. Zugegeben, meine Wortwahl war ziemlich heftig gewesen und es hatte mir bereits leidgetan, kaum dass ich in ihre traurigen Augen geblickt hatte. Aber Winter schien manchmal zu vergessen, dass ihre Schwester nicht nur einen kleinen Diebstahl oder einen Einbruch begangen hatte – sie hatte durch ihre Uneinsichtigkeit und Dummheit MEINE Schwester auf dem Gewissen. So etwas konnte man niemandem verzeihen! Ganz egal wie sehr ich Winter auch mochte. Konnte sie denn nicht verstehen, dass es für mich eine Befreiung war, Eliza nicht mehr jeden Tag sehen zu müssen und daran erinnert zu werden, was sie mir genommen hatte?

Dennoch sehnte ich mich nach ihr. Vielleicht war es dumm und wir wären beide besser dran gewesen zueinander auf Abstand zu gehen, aber Winter war etwas Besonderes. Ich hatte nie zuvor etwas mit einem Mädchen wie ihr gehabt. Wahrscheinlich wäre sie mir vor einem Jahr nicht einmal aufgefallen. Doch jetzt war sie ein Teil von meinem Leben – der beste Teil in meinem Leben. Wenn ich mit ihr zusammen war, fühlte ich mich wie ein anderer Mensch – ein besserer Mensch. Sie ließ mich vergessen, was ich alles Schreckliches getan hatte. Manchmal schaffte sie es sogar, dass der Schmerz von Beths Verlust mich innerlich nicht zerriss. Ihr Lachen wirkte ansteckend auf mich und selbst ihre Wut brachte etwas in mir zum Brennen. Ich war süchtig nach ihren Küssen, die wir für meinen Geschmack viel zu selten austauschten. Wenn es nach mir gegangen wäre, hätten wir weniger reden und dafür mehr küssen sollen, dann hätten wir auch keine Probleme miteinander gehabt.

Aber Winter war kein Mädchen mit dem man nur etwas Spaß haben konnte: Sie bekam man ganz oder gar nicht. Und ich war ihr bereits hoffnungslos verfallen, sodass ich es nach einigen Tagen Funkstille nicht mehr aushielt und an einem Nachmittag im Februar zu ihr nach Hause fuhr.

Der Anblick von *Slade's Castle* ließ mein Herz schneller schlagen. Ich konnte mich noch genau daran erinnern, wie ich vor einigen Monaten mit Winter durch die Ruinen gegangen war. Der Wind hatte ihr Haar zerzaust und eine feine Regenschicht hatte auf ihrem kupferfarbenen Haar gelegen. Sie hatte mich neugierig, aber voller Misstrauen gemustert. Mein Charme schien sie damals völlig kalt zu lassen und ihr einziges Gesprächsthema war damals wie heute ihre Schwester gewesen.

Dicker, weißer Rauch stieg aus den Schornsteinen der beiden Häuser auf. Es wunderte mich nicht, dass Mona sich bei den Rices so wohl gefühlt hatte. Alles hier wirkte friedlich, familiär und gemütlich. Sie hatte sich schon immer nach einer richtigen Familie gesehnt. Sie störte der absplitternde Putz der Hauswand, die krummen Dachziegel und die Vielzahl von Katzen, die sich auf dem Hof tummelten, nicht. Ich wusste, dass sie nur meinetwegen wieder ausgezogen war. Sie schien sich verantwortlich zu fühlen, immerhin waren wir beide alles, was von unserer Familie übrig geblieben war. Umso wichtiger war es, dass ich ihr endlich ein neues Zuhause bieten konnte. Eine Pension war eine Übergangslösung und das Anwesen in Waterford kam mit seiner dunklen Vergangenheit nicht in Frage.

Meine Hände waren tatsächlich schweißfeucht als ich die Türklingel betätigte. Ich konnte mich nicht daran erinnern bei irgendeinem anderen Mädchen je nervös gewesen zu sein, aber Winter traute ich zu, dass sie mir gleich die Tür vor der Nase zuschlagen und mich wie einen Vollidioten dastehen lassen würde.

Knarrende Treppenstufen waren zu hören, bevor die Tür misstrauisch einen Spalt breit geöffnet wurde. Ihre blaugrünen Augen blitzten mir entgegen. Als sie mich erkannte, öffnete sie die Tür etwas weiter und sah mich fragend an.

„Hallo", sagte sie leise, obwohl ich an ihrer Miene ablesen konnte, dass sie eigentlich fragen wollte: *Was willst du hier?*

„Hallo", erwiderte ich mit einem versöhnlichen Lächeln. „Es regnet gerade nicht und ich habe mich gefragt, ob du vielleicht deinen Gutschein einlösen möchtest."

„Meinen Gutschein?"

„Die Fahrstunden für dein Auto, erinnerst du dich?"

Ihre Wangen röteten sich. Noch so ein Detail, das sie besonders anziehend auf mich wirken ließ. Sie hatte so etwas durchweg Unschuldiges.

„Ich hab mich bereits in einer Fahrschule angemeldet", gestand sie mir und sah dabei auf ihre Fußspitzen.

„Oh", entfuhr es mir enttäuscht. Hieß das, dass sie nun mein Geschenk nicht mehr einlösen wollte? Mir war zwar klar gewesen, dass mein Gutschein keine richtige Fahrschule mit Prüfung und allem, was dazu gehörte ersetzen konnte, aber ich hatte gehofft sie gut darauf vorbereiten zu können. Wobei es mir insgeheim natürlich immer nur darum gegangen war, unter einem Vorwand so viel Zeit wie möglich mit ihr verbringen zu können.

Sie hob verlegen den Blick. „Aber ein bisschen Training könnte mir sicher nicht schaden. Ich bin eine absolute Niete!"

Erleichtert lachte ich auf: „Wie gut, dass der beste Fahrlehrer von ganz Irland vor dir steht."

„Du bist heute aber bescheiden", stichelte sie belustigt. „Ich hatte erwartet deine Talente würden nicht nur für Irland, sondern weltweit reichen."

Bei solchen Kommentaren wollte ich sie am liebsten an mich reißen, meine Hände in ihren Haaren vergraben und sie erst nach einem langen Kuss wieder zu Atem kommen lassen. Doch ich beherrschte mich, so schwer es auch fiel, und hielt ihr stattdessen die Tür auf. Es überraschte mich bereits, dass sie überhaupt auf meinen Vorschlag einging. Ich hätte mit mehr Gegenwehr gerechnet.

Sie schlüpfte in ihren Mantel und zog sich die Schuhe an, bevor wir gemeinsam das Haus verließen. Ich hatte meinen Audi an der Straße geparkt, doch Winter blieb in der Einfahrt stehen und deutete auf ihren bunt lackierten *Triumph Dolomite*. „Wenn du mir das Fahren beibringen willst, dann wäre das am besten mit meinem Auto."

Argwöhnisch schüttelte ich den Kopf. „Das ist kein Auto, sondern eine Beleidigung für die Augen."

Sie grinste und rollte gleichzeitig mit den Augen. „Das ist mein *Batmobil*. Ich bin *Super Woman!*"

„Du weißt schon, dass das zwei völlig verschiedene Comics sind, oder?"

„Na und? Ich bin eben besser als beide zusammen."

Es war befreiend einfach nur mit ihr herumzualbern und so ließ ich mich widerwillig auf ihren Vorschlag ein. Vielleicht war es sogar besser so, wenn sie wirklich so schlecht fuhr wie sie behauptet hatte. Sie hielt mir grinsend die Schlüssel entgegen, die ich mit spitzen Fingern entgegennahm.

Mit Leidensmiene kletterte ich auf den rosa Plüschbezug, den Winter meiner Cousine und ihrem Freund zu verdanken hatte. Als ich zu ihr blickte, hielt sie kichernd ihr Handy in den Fingern und schien gerade ein Foto von mir zu machen. „Das ist ein historischer Moment", verteidigte sie sich und ließ das Gerät wieder in ihre Jackentasche gleiten.

Als ich den Motor startete, stieß es ein leises Heulen aus. „Dieses…*Ding* ist nicht nur eine Beleidigung für die Augen, sondern auch noch für die Ohren!"

„Lucas sagt es hat Klasse!"

„Na, wenn Lucas das sagt, der selbst so viel Klasse hat…", murmelte ich vielsagend und grinste sie herausfordernd an, während wir den Hügel hochfuhren, der von den Ruinen zu ihrem Haus führten.

Sie schien selbst darüber grinsen zu müssen, aber presste die Lippen zusammen, damit ich es nicht sah, und blickte aus dem Fenster.

Wir fuhren ein Stück über die Landstraße bis wir einen abgelegenen Waldparkplatz erreichten. Mittlerweile hatte es wieder zu regnen begonnen und die Regentropfen trommelten im Rhythmus der Scheibenwischer auf das Fahrzeugdach.

„Platzwechsel", wies ich sie an und öffnete die Fahrertür. Dort wartete ich bis sie um das Auto gelaufen kam. Ich hielt ihr meine Hand zum Einsteigen hin. Sie ergriff sie, aber zögerte dann und anstatt sich auf den Fahrersitz zu setzen, sah sie mich bedeutsam an. „Warum hilfst du mir?"

„Weil ich dir einen Gutschein zum Geburtstag geschenkt habe."

„Ich dachte du wärst sauer auf mich."

„War ich auch, aber nicht lange. Ich möchte einfach nur Zeit mit dir verbringen."

Sie lächelte auf diese liebevolle Weise, die ich nur von ihr kannte und ein warmes Gefühl in meiner Herzgegend auslöste. „Du bist also nicht mehr böse wegen Eliza?"

Allein ihr Name war wie eine Ohrfeige für mich. „Stell keine Fragen, auf die du nicht die Antwort hören willst, okay?"

„Okay", erwiderte sie überraschend bereitwillig und ließ sich auf den Fahrersitz gleiten. Scheinbar wollte sie auch nicht wieder streiten. Schnell lief ich zur anderen Seite und ließ mich auf den Beifahrersitz fallen. Regentropfen rannen von meinem Haar über meine Stirn.

„Bist du soweit?"

„Jawohl."

Ich deutete mit den Augen auf das leere Zündschloss. „Das ist wirklich ein tolles Batmobil. Startet es jetzt auch noch auf Befehl deiner Stimme hin?"

Sie warf mir einen genervten Blick zu, worauf ich mich zu ihr lehnte und den Schlüssel in die Zündung steckte. Sie löste die Handbremse und ließ den Wagen an, nur um den Motor sofort absaufen zu lassen.

„Du hattest noch den Gang drin. Wenn du nicht mit dem Fuß auf der Kupplung bist, säuft dir der Motor ab, wenn du einen Gang drin hast."

„Das weiß ich", behauptete sie ungeduldig. „Du machst mir nur nervös."

Ich nahm für sie den Gang raus. „Stell deinen linken Fuß auf die Kupplung und deinen rechten auf die Bremse und leg den ersten Gang ein."

Schneller als das ich hätte reagieren können, setzte sie ihren rechten Fuß auf das Gaspedal, löste den linken von der Kupplung und der Wagen schoss ruckartig vorwärts. Ich stützte mich erschrocken mit der Hand auf dem Armaturenbrett ab. „Stopp!" So langsam verstand ich, warum sie sich für eine Niete hielt. „Du musst ihn langsam kommen lassen."

Verständnislos sah sie mich an. „Ihn kommen lassen?"

„Ja, du musst mit dem Gas und der Kupplung spielen." Ich machte ihr mit meinen Händen vor, was ich meinte und tat dabei so, als seien meine Hände die Pedale. „Du darfst den Fuß nicht so schnell von der Kupplung nehmen. Gas und Kupplung müssen im Gleichgewicht sein. Du kannst fühlen wie sie ineinandergreifen. Versuch's noch mal."

Sie versuchte es noch einmal. Dieses Mal gelang es ihr schon deutlich besser.

„Langsam. Spür, wie er kommt."

Ihre angestrengte Miene spiegelte ihre Konzentration wieder. „Ich glaub, ich hab es."

„Dann lass die Kupplung langsam los, aber gib nicht zu viel Gas."

Das Auto fuhr ruckweise an, bevor es schließlich ganz ausging. Ihr zusammengekniffener Mund und ihre in Falten gelegte Stirn zeigten ihre Frustration.

„Du hast den Motor abgewürgt", stellte ich sachlich fest. „Nimm den Fuß nicht zu schnell von der Kupplung. Los, versuch es noch einmal!"

„Hast du dich bei deinen ersten Fahrstunden genauso dumm angestellt?", wollte sie stattdessen wissen. Ihre Wangen glühten vor Anstrengung.

Hatte ich nicht, aber das würde ich ihr nicht auch noch unter die Nase reiben. „Wenn du den Führerschein erst einmal hast, wirst du darüber lachen. Versuch mehr Gas zu geben. Lass den Motor nicht aufheulen, gib ihm nur genug Saft, um den Wagen in Bewegung zu setzen."

Sie probierte es erneut und der Wagen fuhr ohne zu Ruckeln an. Langsam rollte der Wagen in Schrittgeschwindigkeit über den Parkplatz.

„Tritt die Kupplung", wies ich sie an und legte meine Hand über ihre auf dem Schaltknüppel, um ihr zu zeigen wie sie in den zweiten Gang schalten musste. Ihre Hand war warm und meine Haut kribbelte unter der Berührung. Sie machte ein hochkonzentriertes Gesicht, aber sagte nichts.

Wir schafften es eine Runde über den Parkplatz zu drehen. Als wir wieder an unserem Ausgangspunkt ankamen, waren meine Finger immer noch um ihre geschlungen.

Sie holte Luft, ohne ihre Hand wegzuziehen. „Fahrstunde vorbei?"

Ihre Lippen waren leicht geöffnet und hatten die Farbe von Erdbeeren. Ich räusperte mich und nahm meine Hand von ihrer. „Hm, ja." Verlegen fuhr ich mir mit den Fingern durch mein Haar. Einzelne Strähnen fielen mir in die Stirn. Die Fensterscheiben waren leicht beschlagen und machten es mir damit noch schwerer einen klaren Gedanken zu fassen.

„Danke", sagte sie und stieß die Fahrertür auf, sodass ein kühler Windzug in das Innere geweht wurde. Ich atmete die kalte Luft gierig ein. „Ich hätte nicht gedacht, dass du so ein guter Lehrer sein kannst."

Winter Fahrstunden zu geben, grenzte an pure Folter. Nicht weil sie so extrem schlecht gewesen wäre, sondern weil die Luft zwischen uns brannte und das Wageninnere zu klein war, um mich auf Abstand zu ihr zu halten. Dieses Mal hatte ich es noch einmal geschafft mich zu beherrschen, aber beim nächsten Mal konnte ich für nichts garantieren.

5. Mona

Die neuen Möbel würden erst in ein paar Tagen kommen, aber so hatten wir wenigstens genug Zeit, um die neue Wohnung für unseren Einzug vorzubereiten. Ich hatte keine Vorstellung von ihr gehabt, als Liam mir erzählt hatte, dass er endlich etwas Passendes gefunden hätte.

Mein ganzes Leben hatte ich bisher in unserem Familienanwesen verbracht. Ich war es gewohnt, dass es im Winter kalt in den Zimmern war, da es keine Heizungen gab. Auch an den undichten Fenstern hatte ich mich nicht gestört. Selbst die Löcher im Dach, die in den letzten Jahren dazu gekommen waren, hatte ich irgendwie ignorieren können. Das gesamte Gebäude war von Efeu überwachsen. Früher hatte meine Großmutter sich darum gekümmert, dass zweimal im Jahr ein Gärtner kam und es zurecht schnitt, doch seit ihrem Tod verfiel das Haus immer mehr, sodass die Fenster alle dicht bewachsen waren und es im Inneren noch dunkler war. Selbst bei hellstem Sonnenschein konnte man in den Räumen ohne Kerzenlicht kaum etwas erkennen. Strom hatte es noch nie gegeben.

Die Wohnung, die Liam für uns beide ausgesucht hatte, war so ziemlich das komplette Gegenteil von dem Haus. Sie befand sich in einem Neubau in Wexford. Es war ein fünfstöckiges Gebäude, das hauptsächlich aus Glas und Stahl zu bestehen schien. Pro Stockwerk gab es drei Wohnparteien. Die Sonne spiegelte sich in den vielen Glasfassaden, die jedoch so verspiegelt waren, dass man nicht ins Innere blicken konnte. Selbst von außen strahlte das Haus Helligkeit aus. In dem modern gestalteten Hausflur gab es neben einer gewöhnlichen Treppe auch einen Aufzug mit dem wir in den fünften Stock hochfuhren. Liam wippte dabei ungeduldig auf seinen Fußballen. In seiner Hosentasche steckte der Schlüssel zu unserem neuen Zuhause mit dem er pausenlos klimperte. Er schien tatsächlich nervös zu sein.

Aidan, Winter und Dairine warteten vor dem Gebäude, da sie uns beim Tapezieren helfen wollten. Selbst Lucas und Evan würden sich später eine kurze Pause vom Lernen nehmen, um mitzumachen. Liam hatte jedoch darauf bestanden, dass er mir die Wohnung zuerst alleine zeigte.

Die Aufzugstüren glitten auf und wir betraten den hellen Flur von dem drei Eingangstüren abgingen. Liam schritt auf die Mittlere zu und zog grinsend den Schlüssel hervor. Er hielt ihn mir auffordernd hin. „Schließ du auf!"

Jetzt war ich tatsächlich auch etwas nervös. Meine Finger zitterten als ich ihn im Schloss drehte. Mit einem leisen Knacken sprang die Tür auf. Im ersten Moment musste ich die Augen zusammenkneifen, da die einfallende Sonne nicht nur den kompletten Wohnraum flutete, sondern bis zur Haustür reichte.

Liam ließ mich vorausgehen und hielt sich im Hintergrund, während ich mit unsicheren Schritten durch den kurzen Flur in das Wohnzimmer ging. Es war ein großer Raum. An der einen Seite befand sich noch eine offene Kochnische und in der Mitte waren große Flügeltüren im Glas, die einem Zugang auf die geräumige Dachterrasse gewährten. Von hier aus konnte man sowohl Wexford, als auch den Strand überblicken.

„Im Sommer können wir ein paar Blumen anpflanzen und eine Grillparty veranstalten", meinte Liam, der neben mir an die Fensterfront getreten war und stolz seinen Blick über die Stadt schweifen ließ.

Sowohl das Wohnzimmer als auch die Dachterrasse waren wirklich schön, aber machten mich gleichzeitig etwas sprachlos, da ich mich selbst fehl in der Wohnung fühlte. Alles war so hell und modern, während ich mir selbst so farblos, geradezu blass vorkam.

Wir gingen weiter zu dem Badezimmer und den drei Schlafzimmern. Alle Räume hatten große Fensterfronten und boten genügend Platz für jede Menge Möbel.

„Du kannst dir dein Zimmer aussuchen", sagte Liam und wirkte dabei verunsichert, weil ich bisher nichts zu der Wohnung gesagt hatte.

„Was machen wir mit dem dritten Zimmer?"

„Ich dachte wir benutzen es als Büro oder Musikzimmer."

Ich entschied mich für den Kleinsten der drei Räume, aber selbst dieser war beinahe so groß wie unser Wohnzimmer in dem Anwesen. Liam hatte mir freie Wahl bei den Möbeln gelassen, aber außer einem Bett, einem Kleiderschrank, einem Regal und einem Schreibtisch hatte ich mir nichts bestellt. Ich würde mich in dem großen Zimmer verloren fühlen.

Er sah mir mein Unbehagen an. „Was ist los? Gefällt dir die Wohnung nicht?"

„Doch", behauptete ich schnell, um ihn nicht zu enttäuschen. Er würde perfekt hier her passen. Ich konnte ihn schon mit seiner Gitarre vor dem großen Fenster oder auf der Dachterrasse sitzen sehen. „Ich weiß nur nicht, ob ich zu der Wohnung passe."

Er legte mir seinen Arm um die Schulter und zog mich an sich. „Du musst nicht zu der Wohnung passen, sondern die Wohnung zu dir. Wir werden alles so einrichten und gestalten, dass du dich schon bald zuhause fühlen wirst."

Zweifelnd sah ich zu ihm auf. „Es tut mir leid, dass ich so wenig Begeisterung zeige. Ich weiß, du hast dir viel Mühe gegeben…"

Er unterbrach mich kopfschüttelnd: „Ich will vor allem, dass es dir bald bessergeht. Wir müssen beide neu anfangen und diese Wohnung wird uns dabei helfen. Weißt du schon wie du dein Zimmer streichen möchtest?"

Die Wände waren in makellosem Weiß gestrichen, während der Fußboden mit hellem Laminat ausgestattet war. „Ich weiß nicht, ob ich sie überhaupt streichen möchte."

„Das solltest du unbedingt! Du kannst etwas Farbe in deinem Leben dringend gebrauchen. Wie wäre es mit Rot?"

Entsetzt schüttelte ich den Kopf. Rot verband ich automatisch mit Blut und davon hatte ich in den letzten Monaten mehr zu sehen bekommen, als gut für mich war. „Dann schon eher blau."

„Blau wie das Meer", lächelte Liam. „Frag aber nicht Dairine um Rat, sonst ist dein Zimmer später pink."

Das brachte mich ebenfalls zum Grinsen. Trotz allem, was gewesen war, hatten wir es geschafft, so etwas wie Freunde zu finden. Das war mehr als ich je zuvor gehabt hatte. Manchmal konnte ich es selbst kaum glauben.

„Sollen wir jetzt vor den anderen ein bisschen angeben?", fragte Liam mit hochgezogenen Augenbrauen und frechem Grinsen. Er machte mir Mut und half mir daran zu glauben, dass vielleicht irgendwann wirklich alles gut werden würde. Ich spürte immer noch die Dunkelheit in mir, aber sie wurde mit jedem Tag etwas weniger und die Helligkeit dieser Wohnung würde vielleicht ihren Teil ebenfalls dazu beitragen.

Während Lucas und Evan das Wohnzimmer in einem warmen Beige strichen und Tapeten mit Steinmuster anbrachten, kümmerten Dairine und Winter sich in Liams Zimmer um einen hellgrauen Anstrich. Aidan und ich hatten uns für einen hellblauen Farbton entschieden, auf den wir später noch ein weißes Wolkenmuster anbringen wollten. Liam ging zwischen den einzelnen Zimmern hin und her und spielte den Kontrolleur. Aus dem Radio im Wohnzimmer plärrte laut Musik. Die Stimmung war ausgelassen, beinahe albern.

Es klingelte an der Tür. Das musste der Lieferservice sein, bei dem Liam eine Runde Pizza bestellt hatte. Da niemand sonst die Klingel gehört zu haben schien, ging ich zur Tür. Sie verfügte über eine Sprechanlage.

Etwas skeptisch hob ich den Hörer ab und drückte auf die Gegensprechanlage. „Hallo?"

Anstatt aus dem Hörer, kam die Antwort durch ein Klopfen gegen die Wohnungstür. „Ich bin schon da."

Ich erschrak mich etwas. Es war eine weibliche Stimme. Misstrauisch stellte ich mich auf die Zehenspitzen und späte durch den Spion.

Vor der Tür stand eine Frau mittleren Alters mit dunklen Haaren, einem schwarzen Mantel und schwarzen Stiefeln. Ihr Äußeres ließ bereits darauf schließen, dass sie nicht vom Lieferdienst kam, aber die Tatsache, dass sie keinen Karton bei sich trug, bestätigte es noch zusätzlich.

Unsicher sah ich mich nach Liam oder einem der anderen um, doch ich befand mich alleine im Flur. Fremden Menschen gegenüber fühlte ich mich nach wie vor unwohl. Vielleicht war es eine Nachbarin.

Es klopfte erneut gegen die Tür, dieses Mal jedoch etwas leiser, beinahe behutsam. „Mach bitte die Tür auf. Ich würde mich dir gerne vorstellen."

Sie sprach mit mir, als ob sie mich trotz der geschlossenen Tür sehen könnte. Zögernd drückte ich die Klinke runter und öffnete einen Spalt breit.

Die fremde Frau lächelte mich an. Sie hatte ein freundliches Gesicht mit runden, rosigen Wangen und auffallend blauen Augen, die in starkem Kontrast zu ihrem dunklen Haar standen. „Hallo Mona, ich bin Ava McCarthy." Sie streckte mir höflich ihre Hand entgegen.

Anstatt sie anzunehmen, wich ich misstrauisch vor ihr zurück. „Woher kennen Sie meinen Namen?"

„Ich kenne viele Namen. Von den Lebenden, ebenso wie von den Toten. Deinen hast du mir so laut entgegen geschrien, dass ich ihn gar nicht überhören konnte."

Ihre Stimme hatte einen warmen, angenehmen Klang. Trotzdem schüttelte ich verständnislos den Kopf. „Ich habe Sie noch nie zuvor gesehen!"

„Bist du dir sicher? Du und ich wissen doch am besten, dass man nicht die Augen braucht, um Dinge sehen zu können. Deine Seele hat um Hilfe gerufen, deshalb bin ich hier."

Ich runzelte skeptisch die Stirn. „Sind Sie ein Medium?"

„Was sind schon Namen und Bezeichnungen. Ich stehe genau wie du mit dem Übernatürlichen in Verbindung. Für mich verschwimmen die Grenzen zwischen Leben und Tod."

„Was wollen Sie von mir?" Erneut sah ich mich verunsichert nach einem der anderen um. Ich entdeckte Aidan in dem Türrahmen zu meinem Zimmer. Als er meinen besorgten Ausdruck sah, kam er in meine Richtung gelaufen.

„Du bist eine verlorene Seele und ich möchte dir helfen zurück zu dir selbst zu finden."

Diese fremde Frau schien so viel von mir zu wissen, dass es mir unheimlich war, selbst für ein Medium. „Woher wissen Sie das?"

„Ich spüre es! Aber nicht nur das. Ich spüre auch die Finsternis, die von dir Besitz ergriffen hat und ebenso deine Magie. Weißt du eigentlich wie stark du bist?"

Ich schüttelte verwirrt den Kopf. „Ich habe meine Magie an die Dunkelheit verloren."

„Genau deshalb bin ich hier! Ich will dir helfen sie zurückzubekommen."

Sie reichte mir eine Visitenkarte, dabei fiel mir auf, dass ihre Hände wie die einer alten Frau aussahen und nicht zu ihrem faltenlosen Gesicht passten. Altersflecken und hervorstehende Adern zogen sich über ihren Handrücken. Zögerlich nahm ich die Karte von ihr entgegen. Außer ihrem Namen und einer Handynummer stand nichts darauf.

„Wie wollen Sie das machen?"

„Wollen wir das nicht drinnen bereden?", fragte sie. In dem Moment erschien Liam hinter mir und drückte die Tür etwas weiter auf, um ebenfalls in den Flur blicken zu können. „Wer ist das, Mona?", wollte er misstrauisch wissen.

„Das ist Ava. Sie ist ein Medium und hier um mir zu helfen."

Er zog kritisch die Augenbrauen zusammen und wand sich direkt an Ava. „Ich kenne Sie nicht. Wie haben Sie uns gefunden?"

Die Frau lächelte vielsagend. „Mona verfügt über eine große Magiequelle. So etwas lässt sich nicht verstecken. Ihre Magie fließt wie ein roter Faden durch die gesamte Stadt."

„Was wollen Sie von ihr?", fragte Liam unfreundlich weiter.

„Ich will ihr helfen wieder mit sich ins Reine zu kommen. Am Wichtigsten ist, dass sie zu sich selbst findet."

„Das sehe ich genauso und genau deshalb brauchen wir Leute wie Sie nicht in unserem Leben. Folgen Sie einem anderen Faden durch die Stadt und kommen bitte nicht noch einmal hierher", sagte er entschieden und schloss die Tür ohne auf eine Antwort von Ava zu warten. Ich sah ihn fassungslos an.

„Vielleicht hätte sie mir helfen können!"

„Wie denn? In dem sie die Dunkelheit wieder Stück für Stück in dein Leben holt? Du wärst zuletzt beinahe gestorben! Wir sind nicht grundlos in die neue Wohnung gezogen, sondern um neu anzufangen. Das bedeutet keine Schatten und keine Magie!"

Ich fühlte mich von ihm unverstanden. Liam konnte genauso wenig auf die Schatten verzichten, wie ich auf meine Magie. Er brauchte die Gefühle anderer Menschen, um überleben zu können und ich brauchte die Magie, um mich vollständig fühlen zu können. Mir den Kontakt zu ihr zu untersagen, war wie mir das Atmen verbieten zu wollen. Sie war ein Teil von mir!

In meiner Hand lag immer noch die Visitenkarte von Ava. Die Begegnung war seltsam gewesen und ich wusste nicht, ob ich ihr vertrauen konnte, aber das kurze Gespräch hatte mich daran erinnert, dass ich nicht einfach mit der Magie abschließen konnte, auch wenn Liam das gerne gehabt hätte.

Er ließ mich im Flur stehen und als ich erneut durch den Türspion blickte, war Ava bereits verschwunden.

6. Winter

Die so genannte *Boutique* hatte wenig mit den eleganten Ladenzeilen aus Frankreich zu tun. Es war mehr ein, für seine kleine Größe, viel zu voll gestopftes Warenlager. An der einen Wand stapelten sich Anzüge, an der anderen Kleider und zwischendrin standen so viele runde Kleiderständer, dass man sich beinahe wie in einem Labyrinth vorkam, wenn man versuchte sich einen Weg hindurch zu bahnen. Dennoch war der Laden beliebter als irgendein anderes Geschäft in Wexford, sodass es noch enger war. Überall drängten sich Frauen jeden Alters. Obwohl es mehr als genug Auswahl gab, schien jede einzelne Angst zu haben, dass wenn sie nicht schnell genug wäre, man ihr das beste Stück vor der Nase wegschnappen würde.

Es war mir ein Rätsel, was die Frauen mit den ganzen Kleidern anfangen wollten. Sie konnten sich unmöglich alle für St. Patricks Day einkleiden wollen und ansonsten gab es in Wexford nur wenige Gelegenheiten, um solche Kleider zu tragen. Hier gab es keine schicken Dinnerpartys, keine High-Society und der nächste Abschlussball war erst im Sommer.

Dairine hatte sich bereits zahllose Kleider über den Arm gehängt und suchte dennoch geradezu hektisch weiter. Ich sehnte mich nach Mona, die von der Situation noch überforderter gewesen wäre als ich. Wir hatten versucht sie zu überreden, aber sie hatte eine Möbellieferung für die neue Wohnung als Ausrede benutzt. Vermutlich war es nicht einmal eine Ausrede, sondern ein Zufall, der ihr gerade Recht kam.

So sehr ich Dairine auch mochte, konnte sie mir gewaltig auf die Nerven gehen, wenn es ums Shoppen ging. Dabei kannte sie keinen Anfang und kein Ende. „Hast du schon etwas gefunden?", fragte sie mich, ohne den Blick von den bunten Kleiderständen zu lösen.

Meine Hände waren leer. „Mir ist es hier zu voll, aber ich kann dir deine Kleider abnehmen, dann kannst du besser schauen", schlug ich ihr hilfsbereit vor. Sie fuhr mit vor Anstrengung gerötetem Gesicht zu mir empört herum. „Ich dachte wir probieren beide etwas an!"

Ich deutete auf den gewaltigen Kleiderstapel in ihren Armen, mit dem sie kaum noch laufen konnte. „Du hast genug für uns beide ausgesucht."

Sie war ein paar Zentimeter kleiner als ich, aber hatte den weiblicheren Körper, sodass wir die gleiche Kleidergröße trugen. Seitdem sie mit Evan zusammen war, trug sie keine pinken Strähnen mehr in ihren Haaren und verzichtete etwas auf das auffällige Aussehen. Manchmal war weniger wirklich mehr, denn so kam ihre natürliche Schönheit besser zum Ausdruck. Mit ihrem langen schwarzen Haar und den strahlenden blauen Augen war sie ein echter Blickfang.

„Na gut", seufzte sie und drückte mir die Kleider in die Arme, bevor wir uns weiter durch den Laden bis zu den Umkleiden kämpften. Dort mussten wir erst einmal warten bis die nächste Kabine frei war.

„Weißt du schon mit wem du zum Ball gehst?",
fragte sie mich scheinheilig, während sie ihre
Auswahl durchsah.

„Vermutlich alleine", erwiderte ich und
verschwieg dabei, dass ich eigentlich keine Lust
hatte überhaupt dorthin zu gehen. Aber ich spürte
wie wichtig es ihr war dort gesehen zu werden.
Evan war ihr erster fester Freund in Wexford und
ich konnte verstehen, dass sie sich so ein Ereignis
nicht entgehen lassen wollte. Wir waren beste
Freundinnen und deshalb war es meine Pflicht
diesen Tag mit ihr zu teilen. Sie war schließlich
auch immer für mich da, wenn ich sie brauchte.

Sie beugte sich etwas näher zu mir. „Ich finde
immer noch, dass du ein heimliches Treffen mit
Liam ausmachen solltest. Ihr versteht euch doch
wieder besser, oder?"

Wir verstanden uns wieder gut, aber das lag nur
daran, dass wir das Thema Eliza mieden. Ich fühlte
mich in seiner Nähe wohl, aber gleichzeitig hatte
ich immer ein schlechtes Gewissen, weil ich meine
Zeit nicht mit Flirten verschwenden sollte, sondern
lieber meine Schwester suchen sollte. Eliza hatte
meinetwegen ihre Beziehung mit Lucas riskiert,
weil sie mich niemals aufgegeben hatte.

„Ich will keine heimlichen Treffen!", stöhnte ich
genervt. Das Gespräch führten wir immer und
immer wieder. „Eigentlich möchte ich gerade
überhaupt keine Beziehung, aber wenn, dann etwas
Festes! Ich bin nicht der Typ Mädchen, das Affären
eingeht und schon gar nicht mit meinem Lehrer."
Die letzten Worte zischte ich ihr ins Ohr, aus
Angst, dass uns jemand hören könnte. Ich sah sie
ernst an. „Ich gönne dir dein Glück mit Evan, aber

ein bisschen beneide ich dich auch. Denn das ist genau das, was ich auch wollen würde. Eine normale Beziehung!"

Sie wendete den Blick ab und ein trauriger Ausdruck huschte über ihr Gesicht. „So normal ist unsere Beziehung gar nicht."

„Wie meinst du das?"

„Ich habe dir doch erzählt, wie schüchtern er ist, wenn wir alleine sind. Bisher hat sich daran nichts geändert und ich verliere langsam die Geduld."

Ich zweifelte nicht an ihren Worten, aber es fiel mir schwer mir Evan schüchtern vorzustellen. Er war zwar nicht unbedingt ein Draufgänger, aber er war nie um einen lässigen Spruch verlegen und scherzte viel. Im Grunde war seine Freundschaft zu Lucas ganz ähnlich wie meine zu Dairine. Sie sorgten beide dafür, dass so zurückhaltende Menschen wie Lucas und ich uns nicht in unserem Schneckenhaus verkrochen.

Zwei Umkleiden wurden frei, was Dairine nutzte, um unser Gespräch abrupt abzubrechen. Stattdessen drückte sie mir einen Stapel Kleider in die Arme, die sie für mich ausgesucht hatte, während sie mit den anderen in der Kabine verschwand.

Ich entschied mich als erstes für ein grünes Seidenkleid, das meiner Meinung nach am besten zu St. Patricks Day passen würde. Es reichte bis zum Boden, aber mit ein paar Absätzen hätte es genau die richtige Länge. „Bist du fertig?", rief ich Dairine neugierig zu.

„Ja, aber kannst du zu mir in die Kabine kommen?"

Überrascht runzelte ich die Stirn. Normal genierte Dairine sich nur selten. Passte ihr das Kleid etwa nicht?

Ich steckte meinen Kopf aus der Umkleide und huschte schnell zu ihr, als niemand zu uns schaute. Als ich sie in dem Spiegel sah, verstand ich, was sie hatte zögern lassen. Sie trug praktisch einen schwarzen Hauch von nichts. Das Kleid bestand hauptsächlich aus transparenten schwarzen Stoff, der sich eng an Dairines wohlgeformten Körper schmiegte. Lediglich an Brust und Po war der Stoff blickdicht, dafür reichte das Kleid ihr nur etwa bis zur Mitte ihres Oberschenkels. Unsicher sah sie mich an. „Was meinst du?"

„Ich weiß, was du damit vorhast", erwiderte ich vorsichtig. „Aber ich glaube nicht, dass es funktionieren wird."

Ihre Augenbrauen zogen sich zornig zusammen. „Steht es mir oder nicht?"

„Du siehst super aus, aber das liegt nicht an dem Kleid, sondern an dir! Wenn Evan bisher nicht wollte, wirst du ihn auch nicht mit dem Kleid dazu bringen."

„Vielleicht braucht er nur einen Schubs in die richtige Richtung!", meinte sie hoffnungsvoll und drehte sich zweifelnd vor dem Spiegel.

„Warum redest du nicht stattdessen mit ihm? Du hast dich doch in ihn verliebt, weil er nett und verständnisvoll ist."

„Das ist peinlich!"

„Ist es nicht!" Ich ließ meinen Blick an ihrem Kleid entlangwandern. „Das… hast du nicht nötig!"

Zuerst sah sie aus, als wolle sie mich wütend aus der Umkleide jagen, aber dann nickte sie betrübt. „Du hast ja Recht. Ich fühle mich auch nicht wirklich wohl damit."

„Eliza hätte dir Beifall applaudiert und wenn du das Kleid selbst nicht gewählt hättest, hätte sie es sich garantiert unter den Nagel gerissen", sagte ich, ohne nachzudenken. Die Worte stolperten ungehindert aus meinem Mund. Bereits beim ersten Anblick hatte mich das freizügige Kleid ungemein an meine Schwester erinnert, da es genau der Stil war, den sie bevorzugen würde.

Dairine verzog den Mund. „Haben wir uns zuletzt nicht noch darüber lustig gemacht? Und jetzt zwänge ich mich selbst in so einen blöden Fummel!" Sie warf zum ersten Mal einen Blick auf mein Kleid, schien aber nicht sonderlich begeistert. „Grün ist definitiv deine Farbe, aber ansonsten ist es ziemlich lahm!"

Ich zuckte mit den Schultern und deutete auf die volle Kleiderstange. „Willst du noch weiter nach Kleidern schauen?"

Sie schüttelte den Kopf. „Mir ist jetzt mehr nach einem Schokocroissant und einer großen Tasse Kaffee!"

Erleichtert nickte ich und drückte sie kurz an mich. „Mach dir keine Gedanken wegen Evan. Du wirst in jedem Kleid atemberaubend aussehen!"

Sie lächelte mich dankbar an. „Wenn er mir nicht bald sein Verhalten erklärt, kann er sich eine neue Begleitung für den Ball suchen und wir gehen stattdessen alleine hin."

„Guter Plan!", grinste ich frech, bevor ich zurück in meine Umkleide huschte.

7. Eliza

Dicke Schneeflocken fielen vom Himmel und legten sich wie Puderzucker auf die grenzenlose Landschaft. Es war ein für mich seltener Anblick. Zwar fiel in Wexford auch manchmal im Februar noch Schnee, aber es war meistens mehr ein Schneeregen, der eher einen grauen Matsch auf den Gehwegen hinterließ als liegen zu bleiben.

Fayes Absätze waren im Flur zu hören. Es war Mittagszeit. Der Schlüssel drehte sich im Schloss und sie öffnete die Tür, doch anstatt wie üblich einzutreten, blieb sie im Rahmen stehen. Mir fiel auf, dass sie kein Tablett mit Essen dabeihatte.

„Kommst du?", fragte sie ohne große Erklärungen.

Überrascht hob ich die Augenbrauen. Auch wenn ich sie angefleht hatte für mich ein gutes Wort einzulegen, hatte ich nicht erwartet, dass sie es tatsächlich tun oder etwas damit erreichen würde. Ich war tatsächlich aufgeregt und fühlte mich beinahe wie ein Vogeljunges, das zum ersten Mal sein Nest verlassen durfte.

Auf Socken stolperte ich zur Tür, voller Angst, dass Faye es sich doch noch anders überlegen könnte. Sie rollte mit den Augen und rümpfte die Nase. „Zieh dir Schuhe an!"

Meine Augen weiteten sich. „Gehen wir etwa raus?"

Ihre Augen formten sich zu Schlitzen. „Nein, aber Charles legt Wert auf ein gepflegtes Äußeres."

Sie ließ ihren Blick an mir hinabgleiten. Seitdem sie mich in diesem Zimmer eingesperrt hatten, schminkte ich mich nicht mehr und band meine Haare nur noch zu einem lockeren Pferdeschwanz. Von dem Stapel Kleidung, den mir Faye an meinem ersten Tag mitgebracht hatte, wählte ich immer nur eine schwarze Jeans und ein schwarzes Shirt. Schnell schlüpfte ich nun in ein Paar Stiefeletten.

„Will Charles mich sehen?", fragte ich nervös und strich mir eine blonde Haarsträhne aus dem Gesicht.

Ein gehässiges Grinsen zog sich über ihre Lippen. „Er hat besseres zu tun."

Es war ein unglaubliches Gefühl meine Füße tatsächlich über die Türschwelle zu setzen. Wenn es tatsächlich Charles' Plan gewesen war mich zu brechen, so hatte er zumindest ansatzweise funktioniert. Selbst Faye war ich dankbar, ohne die ich vermutlich noch weitere Tage in dem kargen Zimmer hätte verbringen müssen. Nicht, dass das Anwesen farbenfroher oder detailreicher eingerichtet gewesen wäre. Alles war klinisch weiß. Nur ein paar schwarze Möbel unterbrachen die Einheit. Farben fehlten hier völlig, abgesehen von Fayes dunkelroten Haaren und ihren geschminkten Lippen.

Sie führte mich an den anderen Zimmern vorbei zu der gewaltigen Treppe, die den kompletten Eingangsbereich beherrschte. „Wohnt hier niemand außer mir?"

„Wie kommst du darauf?"

„Ich höre nie jemanden außer dir."

Sie lachte spöttisch auf. „Wir sind Schattenwandler."

Als sie sah, dass ich sie immer noch nicht verstand, schüttelte sie herablassend den Kopf. „Du hast wirklich keine Ahnung, oder? Wir bewegen uns geräuschlos durch die Schatten."

Ich sah mich in dem hellen Flur um. Es gab keine Schatten.

Faye rollte genervt mit den Augen. „Wir selbst sind die Schatten! Nur Anfänger und Versager sind auf tatsächliche Schatten angewiesen."

Leute wie ich, dachte ich grimmig. Um mir zu beweisen, was sie meinte, stellte sie sich mitten in den Lichtstrahl eines Fensters und löste sich direkt vor meinen Augen in Luft auf. Nur am Boden war eine schwache dunkle Bewegung zu erkennen, bevor sie hinter mir wieder auftauchte. Ich erinnerte mich daran wie sie das an meinem ersten Tag bereits schon einmal getan hatte, als ich vermutet hatte, dass sie ein Dienstmädchen sei. Will hatte die Schatten ebenfalls auf diese Weise beherrscht, aber er war nicht mehr dazu gekommen es mir beizubringen.

Wir gingen über die Treppen hinab ins Erdgeschoss. Ein köstlicher Duft nach warmen Essen umspielte meine Nase und ließ meinen Magen knurren, obwohl das Frühstück noch nicht lange her war.

„Du musst die einzige gute Seele dieses Hauses kennenlernen", sagte Faye und grinste dabei zur Abwechslung mal nicht boshaft, sondern tatsächlich freundlich. Sie ging voraus durch die große Eingangshalle und bog nach rechts in einen angrenzenden Raum ab, von dem der Geruch zu kommen schien. Wir fanden uns in einer Wohnküche wieder. Vor der Fensterwand, die einen auf die weiße Winterlandschaft blicken ließ, stand ein großer Tisch mit bestimmt fünfzehn Stühlen, was mir nur wieder bewies, dass sich in diesem Haus deutlich mehr Menschen als Faye und ich aufhalten mussten.

Einer von ihnen stand hinter dem dampfenden Gasherd und drehte sich neugierig zu uns herum. Es war eine hübsche Frau mit blonden Haaren, die sie in einem Dutt streng zurückgebunden hatte. Ihr Alter war nur schwer zu sagen, aber ich schätzte sie auf Anfang Dreißig. Sie trug über ihrer schwarzen Kleidung eine weiße Schürze und lächelte mich höflich an.

„Hallo, du musst dann wohl Eliza sein", sagte sie und kam hinter dem Herd hervor. Sie putzte sich die Hände kurz an ihrer blütenweißen Schürze ab, bevor sie mir die Hand reichte. „Ich bin Emma. Es freut mich dich kennenzulernen."

„Emma ist dafür verantwortlich, dass du deinen Kaffee jeden Morgen genauso bekommen hast wie du ihn am liebsten magst", fügte Faye frech hinzu.

„Ich weiß nicht, was ihr alle mit schwarzem Kaffee habt", erwiderte Emma verständnislos. „Mr. Crawford trinkt ihn auch schwarz. Ohne Milch und mindestens einen Würfel Zucker würde ich die Brühe gar nicht runterbekommen."

Ich konnte mir ein verärgertes Funkeln in Fayes Richtung nicht verkneifen. Von wegen schwarz. Aber vielleicht konnte ich von nun an selbst in die Küche gehen und war nicht länger auf sie angewiesen. „Das Essen riecht köstlich!", sagte ich stattdessen zu Emma, die bisher die netteste Person in dem ganzen Anwesen zu sein schien.

„Vielen Dank! Ich hoffe du magst Spaghetti Bolognese?"

„Ich liebe Spaghetti Bolognese!", rief ich begeistert aus, doch Faye mischte sich erneut ein.

„Bist du nicht auch auf andere Weise hungrig?"

Sie brauchte mir nicht zu erklären, was sie damit meinte. Ich hatte seit Tagen, beinahe Wochen keine Gefühle mehr getrunken. Daher kam auch ein großer Teil meiner Unruhe und Gereiztheit. Es fiel mir schwer still zu sitzen, mich auf etwas zu konzentrieren oder nachts durchzuschlafen. Ich war jedoch nicht wild darauf gewesen von Faye zu trinken. Ihre Abneigung mir gegenüber war so deutlich spürbar, dass ich sie nicht auch noch schmecken wollte.

„Kann schon sein", erwiderte ich ausweichend.

Faye nickte Emma zu, die bereitwillig näher auf mich zutrat und mir ihre Hände entgegenhielt. „Trink ruhig von mir!"

„Aber versuch bitte, sie dabei nicht umzubringen", stichelte Faye. „Es wird nicht leicht werden eine so gute Köchin wie sie zu finden." Sie lächelte Emma liebevoll an, was zeigte, dass sie nur scherzte. „Außerdem würde sie mir fehlen."

Im Gegensatz zu Faye schien Emma nicht im Geringsten an mir zu zweifeln, denn sie sah mich aufmunternd an und nahm meine Hände in ihre. Ich wünschte ich hätte so zuversichtlich wie sie sein können. Selbstbeherrschung war noch nie eine Stärke von mir gewesen. Vor meinem inneren Auge tauchten die leblosen Gesichter von Beth und Kevin auf, die mir zum Opfer gefallen waren.

Wenn ich mich besser unter Kontrolle gehabt hätte, würden sie noch leben. Es war zu lange her, dass ich von einem Menschen getrunken hatte, vielleicht würde es mir nicht gelingen wieder aufzuhören.

Hilfesuchend blickte ich zu Faye. „Du passt auf, oder? Wenn du merkst, dass ich mich nicht bremsen kann, dann greifst du ein, oder?"

Das Boshafte wich aus ihren braunen Augen und sie nickte mir gewissenhaft zu. Sie war stärker als ich und im Notfall würde sie mich schon davon abhalten können, der Köchin jeden Lebens zu berauben.

Ich holte tief Luft und sah Emma in die Augen. Sofort flossen ihre Gefühle wie eine Flutwelle zu mir rüber. Sie hatte keine Angst vor mir. Es war nicht das erste Mal, dass jemand von ihr trank. Es fühlte sich eher so an, als passiere es regelmäßig. Anhand ihrer Emotionen erkannte ich auch, dass sie keine Schattenwandlerin war, wie ich automatisch angenommen hatte. Sie war ein gewöhnlicher Mensch. Ihre Gefühle waren rein, ohne jegliche Vorurteile, Abneigungen oder Vorwürfe. Sie waren für mich mindestens genauso köstlich wie ihr Essen gerochen hatte. Ich hatte noch nicht von vielen Menschen getrunken, aber die meisten waren nicht so schmackhaft gewesen, weil Angst ihre Stimmung beeinflusst hatte. Bei Lucas war immer seine unermessliche Liebe zu schmecken gewesen, aber auf ihr lag die Last von Schuldgefühlen und Vorwürfen. In Wills Gefühlen war der Wunsch nach mehr gelegen als ich bereit gewesen war ihm zu geben. Und Rhona hatte geradezu bitter geschmeckt. Bei ihr hatte ich deutlich gespürt, dass sie mich nur widerwillig von sich trinken ließ.

Aber Emma schmeckte wie eine warme, herzliche Umarmung. Hätten sich so auch meine Eltern angefühlt, wenn ich je gewagt hätte von ihnen zu trinken? Dachten sie wohl manchmal noch an mich? Vermissten sie mich genauso sehr wie ich sie?

Mit einem Ruck wurde ich von Emma weggerissen. Ich war völlig in meinen Gedanken versunken gewesen, sodass ich gar nicht gemerkt hatte, wie ich immer mehr von ihren Gefühlen in mir aufgezogen hatte. Sie machte nun einen etwas verwirrten und desorientierten Eindruck, während Faye mir vorwurfsvoll ansah. „Du musst wirklich noch viel lernen!", schimpfte sie zornig. „Am besten machen wir direkt damit weiter, solange du noch gestärkt bist. Sorg dafür, dass Emma vergisst, was gerade passiert ist und weiterkocht, bevor ihr die Bolognese anbrennt."

Ratlos sah ich sie an. „Ich weiß nicht wie das geht."

„Kannst du eigentlich überhaupt irgendetwas?"

„Ich kann in den Schatten verschwinden und am selben Ort wieder auftauchen."

„Wow, das ist ja unglaublich", zog sie mich sarkastisch auf. „Schau Emma in die Augen als wolltest du von ihr trinken und sage ihr in Gedanken, was du von ihr möchtest."

Zögerlich sah ich der hübschen Köchin ins Gesicht. Sie schien mit offenen Augen zu schlafen. *Vergiss, was gerade passiert ist und koch deine Bolognese zu Ende.*

Sie reagierte nicht auf mich, sondern blieb steif stehen. Also wiederholte ich die Worte noch einige Male bis sie sich schließlich wie ferngesteuert umdrehte und zurück an den Herd ging. Ich jubelte innerlich und sah stolz zu Faye, doch diese wirkte noch nicht überzeugt. Sie räusperte sich laut, sodass Emma sich fragend zu uns umdrehte. Als sie mich sah, breitete sich ein höfliches Lächeln auf ihren Lippen aus.

„Hallo, du musst dann wohl Eliza sein", sagte sie und wischte sich wie zuvor ihre Hände an der Schürze ab, bevor sie auf mich zu trat.

Faye schüttelte tadelnd den Kopf. „War es deine Absicht, dass sie dich komplett vergisst?"

„Nein", entgegnete ich enttäuscht. „Eigentlich sollte sie nur vergessen, dass ich von ihr getrunken habe."

„Dann hast du dich nicht deutlich genug ausgedrückt! Es ist wirklich eine Schande wie wenig du weißt, obwohl du die Tochter des Oberhaupts bist. Im Gegensatz zu Will bist du eine einzige Enttäuschung! Kein Wunder, dass er dich vor den anderen versteckt!"

Ich hatte geglaubt, dass mir egal wäre, was Faye, Rhona oder Charles von mir dachten, doch ich spürte wie ihre Worte mir einen Stich ins Herz versetzten. Schämten meine leiblichen Eltern sich meinetwegen? War das der wahre Grund, warum sie mich wegschlossen?

Emma warf Faye einen bösen Blick zu. „Warum bist du so gemein zu ihr? Hat sie es nicht schon schwer genug?"

Faye verdrehte genervt die Augen. „Habe ich es nicht viel schwerer? Immerhin bin ich diejenige, die sich um sie kümmern soll."

„Ich kenne dich so gar nicht!", erwiderte die Köchin fassungslos und sah mich mitleidig an. „Lass dich nicht verunsichern! Mit ein bisschen Training bist du bald sicher genauso gut wie die anderen. Mr. Crawford ist ein viel beschäftigter Mann, das darfst du nicht persönlich nehmen."

Es war lieb von ihr, dass sie mich aufzuheitern versuchte, aber das konnte meine Selbstzweifel auch nicht mehr vertreiben. Eigentlich kannte ich mich so gar nicht. Ich war immer selbstbewusst gewesen oder hatte zumindest so getan. Die Meinung von anderen war mir scheinbar egal und eigentlich sollte ich auch schon daran gewöhnt sein, dass ich auf ganzer Linie versagte. In der Schule war es schließlich auch nie anders gewesen. Aber ein Teil von mir hatte wohl gehofft, dass es bei den Fomori anders werden würde. Ich hatte mein altes Leben gegen meinen Willen aufgegeben und das Einzige, was mir Hoffnung gegeben hatte, war die Aussicht auf einen Neuanfang gewesen, in dem ich andere Menschen nicht immer wieder verletzte und enttäuschte.

Emma streichelte mir tröstend über den Arm. „Hat dir schon einmal jemand gesagt, dass du deiner Mutter sehr ähnlich siehst? Du hast dieselben strahlenden Augen, das volle Haar und die beneidenswerte Figur wie Miss Parker. Wenn sie nicht Anwältin geworden wäre, würde sie uns sicher von den Covern diverser Hochglanzmagazine entgegenblicken. Vielleicht wäre das ja etwas für dich?"

Sie schaffte es tatsächlich für einen kurzen Moment meine trüben Gedanken zu vertreiben und ich sah sie überrascht an: „Als Model?"

„Natürlich! Mr. Crawford hat viele Kontakte. Er könnte dir sicher dabei behilflich sein, wenn du das möchtest."

Natürlich hatte ich wie die meisten Mädchen mir in meinen Tagträumen schon einmal vorgestellt wie es wäre als gefeiertes Model über die Laufstege der Welt zu schreiten, besonders wenn es in der Schule eine schlechte Note nach der anderen gehagelt hatte, aber ich hatte nie angenommen, dass es eines Tages wirklich möglich sein würde. Als Schattenwandlerin erst Recht nicht! Aber vielleicht täuschte ich mich und es war gerade als Schattenwandlerin überhaupt erst möglich. Emma wies mich auf ganz neue Zukunftsperspektiven hin.

8. Evan

Lucas saß an seinem Schreibtisch. Er hatte die Ellbogen auf dem Tisch abgestützt und seinen Kopf in den Händen vergraben. Durch den dünnen Stoff seines Shirts zeichnete sich seine ausgeprägte Rückenmuskulatur ab. Leise murmelte er irgendwelche Formeln vor sich hin, während ich auf seinem Bett lag und vorgab ebenfalls mit Lernen beschäftigt zu sein. Ich wusste nicht einmal, ob wir uns gerade mit Chemie, Physik oder Mathematik beschäftigten. Dabei hätte ich es vor allem in Chemie dringend nötig gehabt zu lernen. Um ehrlich zu sein, hatte ich den Kurs vor zwei Jahren nur seinetwegen belegt. Genauso wie ich heute nur vorgeschlagen hatte gemeinsam zu lernen, um Zeit mit ihm verbringen zu können. Anders war er zurzeit nicht aus seinem Schneckenhaus zu locken.

Ich hatte vor einem Jahr schon einmal mit ansehen müssen wie Lucas beinahe zu Grunde gegangen wäre. Er liebte Eliza seitdem ich ihn kannte, obwohl für jeden außer ihn ersichtlich war, dass sie ihm nicht guttat. Zwar glaubte auch ich daran, dass er ihr in irgendeiner Weise wichtig war, aber sie war nicht reif oder treu genug für eine feste Beziehung.

Damals hatte Winter ihn gerettet. Sie war ihm nicht von der Seite gewichen und hatte das Lachen zurück in sein Leben gebracht. Zum Dank dafür hatte Lucas ihr das Herz gebrochen, kaum, dass Eliza wieder zurück war.

Mir würde es sicher nicht anders gehen, aber ich konnte ihn jetzt einfach nicht im Stich lassen. Wir waren seit Jahren Freunde – beste Freunde. Auch wenn ich mir gewünscht hätte, dass mehr daraus werden könnte, aber bei Lucas war jede Hoffnung vergeben. Selbst wenn sein Herz nicht Eliza gehört hätte, wäre die Vorstellung, dass er sich in einen Jungen verlieben könnte, geradezu absurd. Also ersparte ich mir die Schmach und behielt meine Gefühle, die ich mir selbst nicht erklären konnte, für mich.

„Hörst du mir überhaupt zu?", fragte Lucas. Sein dunkelblondes Haar stand ihm verstrubelt vom Kopf ab und löste in mir den Wunsch aus, es ihm aus der Stirn zu streichen.

Ich spürte wie meine Wangen bei dem Gedanken und seiner Frage zu glühen begannen. Obwohl ich ihn direkt ansah, hatte ich nicht einmal mitbekommen, dass er überhaupt mit mir sprach. Die Bettwäsche roch zu sehr nach ihm und benebelte mir das Hirn. Es war eine Mischung aus Waschmittel, Deo und eine nicht unangenehme Spur seines unverwechselbaren Körpergeruchs.

„Entschuldige, was hast du gesagt? Ich bin gerade noch einmal die Formeln im Kopf durchgegangen."

„Welche Formeln?"

Jetzt war Raten angesagt. „Die von Chemie." Meine Antwort hörte sich mehr nach einer Frage an, was Lucas belustigt den Kopf schütteln ließ.

„Von wegen Chemie, du bist mit den Gedanken ganz woanders! Lass mich raten. Dairine?" Er grinste mich anzüglich an.

Sofort meldete sich mein schlechtes Gewissen. Wenn ich tatsächlich an Dairine gedacht hätte, gäbe es keine Probleme. Doch Tatsache war, dass ich viel zu selten an sie dachte und wenn dann nur voller Schuldgefühle. Sie spürte, dass etwas nicht stimmte und ich war zu feige ihr die Wahrheit zu sagen. Was hätte ich auch sagen sollen? *Sorry Dairine, ich brauchte eine Alibi-Beziehung, damit niemand merkt, dass ich eigentlich auf Männer stehe. Aber du bist echt nett!*

Nett war sie wirklich. Viel zu nett! Ich hatte sie gern, nur leider nicht so wie sie es sich wünschte oder es sich für ihren festen Freund gehört hätte.

„Ertappt!", grinste ich schelmisch zurück. „Noch lässt sie mich zappeln, aber ich schwöre dir bald ist es soweit!"

„Bedräng sie bloß nicht! Das wirft einen nur um Wochen zurück anstatt irgendetwas zu bringen."

Ich schämte mich für meine Lügen. In Wahrheit verlor Dairine langsam die Geduld mit mir. Sie war meine ständigen Ausreden satt. „Habe ich auch nicht vor. Sie ist wirklich toll und ich möchte, dass das mit uns hält."

Lucas hob anerkennend die Augenbrauen. „Solche Töne sind ja etwas ganz Neues von dir! Bisher schien es mir eher so als seien Frauen nur ein Hobby von dir."

„War auch vor Dairine so", behauptete ich. Ich hatte nie viel mit Mädchen anfangen können. Sie interessierten mich nicht. Das ich überhaupt Zeit mit ihnen verbracht hatte, diente von Anfang an meiner Tarnung. Ich erinnerte mich nur ungern an die missglückten Dates. Meine Zurückhaltung wurde meistens als gute Erziehung und höfliches Benehmen gewertet.

Ein trauriger Ausdruck trat in Lucas' Augen, den er jedoch wegblinzelte und sich stattdessen zum Lächeln zwang. Mit seinen geraden, weißen Zähnen hätte er auch gut Werbung für Zahnpasta machen können. „Ich freue mich wirklich für dich!"

Feigling! Lügner!, schimpfte ich mich selbst, aber erwiderte das Lächeln zuversichtlich. Wie sollte ich Lucas erklären, warum Dairine mich bald verlassen würde? Ich könnte den von Liebeskummer geplagten Trauernden spielen, dann würde er sich mir vielleicht verbunden fühlen.

Wer hätte schon ahnen können, dass ich fünf Minuten vor Ladenschluss im Supermarkt noch ausgerechnet auf Dairine treffen würde? Ich hatte eigentlich nur eine Packung Eier kaufen wollte, die meine Mum für das Abendessen brauchte. Aber dann war sie an der Kühltheke plötzlich vor mir aufgetaucht.

Auf ihren Lippen hatte sich ein breites Lächeln ausgebreitet und in ihre Augen war ein freudiger Glanz getreten, was mir das Gefühl gab der mieseste Kerl der ganzen Welt zu sein. Sie hatte sich auf die Zehenspitzen gestellt, ihre Hände in meinen Nacken gelegt und mich sanft auf den Mund geküsst. Ihre Lippen waren weich und sie roch immer angenehm nach Pfefferminzbonbons, die ihren starken Kaffeekonsum überdecken sollten.

Als sie sich von mir löste, strahlte sie mich liebevoll an. „Das ist aber eine tolle Überraschung!"

„Ich hatte schon befürchtet wir würden uns heute nicht mehr sehen", säuselte ich. In Wahrheit hatte ich in der Schule bewusst die Orte gemieden von denen ich annahm, dass ich sie dort am ehesten antreffen würde.

„Dann hätte ich dich wenigstens noch angerufen", meinte sie und schmiegte sich an mich.

Sie rief mich regelmäßig abends an. Meistens wimmelte ich sie jedoch mit einer SMS ab, da sie beim Telefonieren kein Ende zu kennen schien. Einmal hatte sie es sogar ansatzweise mit Telefonsex versuchen wollen, was nicht nur mir, sondern vor allem ihr danach peinlich gewesen war, sodass wir nie wieder ein Wort darüber verloren hatten.

„Umso besser, dass wir uns jetzt noch zufällig getroffen haben. Ich mag deine Stimme zwar, aber noch lieber habe ich dich direkt vor mir."

Sie lächelte glücklich, was mir verriet, dass ich die richtigen Worte gefunden hatte. „Wer weiß, vielleicht war es ja auch Schicksal", grinste sie frech und knuffte mich in die Seite.

„Wer weiß." Ich steuerte auf die Kassen zu.

„Du könntest ja bei mir übernachten!", schlug sie vor und zum Glück lag die Packung Eier bereits auf dem Kassenband, sonst wäre sie mir vielleicht vor Schreck runtergefallen. Ich verkrampfte augenblicklich, was sie zu spüren schien, denn sie beugte sich vertraulich zu mir und raunte: „Meine Eltern sind nicht da."

„Das Angebot ist wirklich verlockend", grinste ich unsicher zurück. „Aber ich sollte wirklich noch einmal etwas für Chemie tun, wenn ich die Prüfung nicht verhauen will."

„Du hast doch schon den ganzen Nachmittag mit Lucas gelernt!"

„Ja, Lucas, der ohnehin alles kann und weiß. Was für ihn leicht ist, bereitet mir Kopfzerbrechen", versuchte ich mich rauszureden und bezahlte die Eier, sowie eine Tüte Weingummis und eine Zeitschrift von Dairine.

„Du brauchst auch mal eine Pause! Wir könnten noch eine DVD schauen. Es wird sicher nicht zu spät werden!" Sie sah mit großen, flehenden Augen zu mir auf, sodass es mir schier das Herz zerbrach, sie abweisen zu müssen. Wenn es wirklich bei einem Film geblieben wäre, hätte ich vielleicht tatsächlich bei ihr geschlafen, aber ich wusste genau, dass sie es nur als Vorwand nehmen würde, um sich mir an den Hals zu werfen. Man konnte ihr keinen Vorwurf machen, immerhin waren wir jetzt schon über drei Monate zusammen und mein Verhalten war wirklich nicht zu verstehen. Ich hatte großes Glück, dass sie überhaupt so geduldig und verständnisvoll war.

„Ein anderes Mal, okay?", versuchte ich sie zu vertrösten und beugte mich zu ihr runter, um sie zu küssen, doch sie drehte beleidigt den Kopf weg.

„Jedes Mal hast du eine neue Ausrede!"

„Das ist keine Ausrede!", verteidigte ich mich und hielt die Packung Eier hoch. „Meine Mum wollte auch kochen. Du kannst mitessen, wenn du willst."

„Solange ich danach wieder verschwinde, oder was?", fauchte sie zornig.

„Dairine, sei doch bitte nicht sauer!"

„Ich verstehe dich einfach nicht! Wenn ich irgendetwas falsch mache, dann sag es mir doch einfach!"

„Du machst nichts falsch!", beteuerte ich und versuchte ihre Hände in meine zu nehmen, um sie zu beruhigen. Aber sie ließ mich nicht. Es interessiert sie nicht einmal, dass jeder, der über den Parkplatz ging, bereits verstohlen zu uns sah.

„Was ist es dann? Hast du eine andere?"

„Nein!", rief ich fassungslos aus. Soweit hatte ich sie nun schon getrieben, dass sie annahm ich würde sie betrügen.

„Findest du mich unattraktiv? Soll ich vielleicht abnehmen oder mir die Haare färben?" An der Art wie sie es sagte, merkte ich, dass sie es nicht ganz ernst meinte. Zwar wollte sie wissen, was mich davon abhielt ihr näher zu kommen, aber sie würde nie so weit gehen sich für mich zu verbiegen. Ihre Standhaftigkeit und ihr Selbstbewusstsein waren immer zwei Punkte gewesen, die ich besonders an ihr geschätzt hatte. Ich wusste jedoch auch, dass ich beides stark ins Wanken brachte. Aber wie sollte ich es ihr nur erklären? Es gab nichts, was sie tun konnte, denn sie war nun mal kein Mann. Weder an ihrem Aussehen noch an ihrem Charakter gab es irgendetwas auszusetzen. Sie hatte es nicht verdient von mir so benutzt und hintergangen zu werden. Von der Verzweiflung in ihren Augen wurde mir schlecht.

Ich hielt sie an den Schultern fest. „Dairine, du bist wundervoll! Bitte verändere nichts an dir. Niemals!"

Sie schnaubte nur wütend. Meine Worte drangen nicht zu ihr durch. „Bist du schwul?"

Es fühlte sich an, als hätte sie mir eine Ohrfeige verpasst und ich wich erschrocken vor ihr zurück. „Nein, ich bin nicht schwul!", entgegnete ich beinahe vorwurfsvoll und mit gerunzelter Stirn. Die ganze Beziehung mit ihr diente dazu meine wahren Gefühle zu verbergen und doch hatte ausgerechnet sie mich nun scheinbar durchschaut.

„Was bist du dann?"

Mein Handy gab in meiner Hosentasche ein leises Piepsen von sich. Eigentlich hätte es mich nicht interessieren sollen, immerhin müsste mir ein Streit mit meiner Freundin wichtiger sein wie irgendeine blöde Nachricht, aber sie bot mir die perfekte Ablenkung, um mich vor einer Antwort zu drücken. Und so zog ich das Handy hervor, was Dairine mit einem frustrierten Aufschrei kommentierte. Es war nur eine Werbenachricht von meinem Netzanbieter. Etwas völlig Unbedeutendes. Trotzdem tat ich erschrocken.

„Überfällig!", antwortete ich Dairine auf ihre Frage. „Das war meine Mum! Sie fragt schon wo ich bleibe. Ich rufe dich später an", verabschiedete ich mich von ihr und hauchte ihr schnell einen Kuss auf die Lippen. Es tat weh sie mit diesem verletzten Ausdruck in den Augen auf dem Parkplatz zurückzulassen. Aber mein schlechtes Gewissen war harmlos im Vergleich zu dem, was ich ihr antat.

Meine Haare waren feucht vom Schweiß, der mir in dicken Perlen über das Gesicht und den Nacken hinab rann. Der Coach hatte uns zur Strafe für das letzte verpatzte Spiel noch zehn Runden nach dem Training um den Platz rennen lassen. Während sich meine Mannschaftskollegen in den Duschen wuschen und grölend unterhielten, saß ich schwitzend und schnaufend auf der Bank vor den Spinden. Ich wohnte nicht weit von der Schule entfernt, sodass ich es immer als Ausrede vorschieben konnte, warum ich nur selten mit den anderen die Gemeinschaftsduschen benutzte. Ich wusste nicht einmal so genau, wovor ich überhaupt Angst hatte. Vielleicht, dass meine Blicke oder die komplette Abwesenheit von Blicken mich verraten würden?

Während die anderen Jungen locker miteinander umgingen und sich auch nicht vor Berührungen scheuten, wagte ich es kaum einen der anderen nackt anzusehen. Nicht, dass ich auf die ganze Fußballmannschaft gestanden hätte. Ganz im Gegenteil – mich interessierte eigentlich nur einer. Und ausgerechnet der kam nun als Erster nur mit einem Duschtuch um die Hüften aus der Dusche.

Nass wirkte Lucas' Haar deutlich dunkler als in trockenem Zustand. Er hatte es sich streng zurückgestrichen. Feine Tropfen tanzten über seinen nackten Oberkörper, liefen über seinen Rücken und verschwanden knapp über seinem Po im Duschtuch. Schnell wendete ich den Blick ab und tat so, als würde ich etwas in meinem Spind suchen.

Lucas schloss ebenfalls die Tür zu seinem Spind auf und löste völlig unbefangen das Tuch von den

Hüften. Er stand für einen kurzen Moment vollkommen nackt neben mir, bevor er in seine Boxershorts stieg. Mein Puls raste und ich hatte das Gefühl als würden meine Wangen tausendmal roter leuchten als meine Haare. Wenigstens konnte ich es auf die Hitze schieben, falls es jemand bemerken sollte.

„Das Training hat echt gut getan", meinte Lucas plötzlich, während er sich mit Deo einsprühte. Ich wusste genau welche Marke er benutzte und hatte Zuhause ebenfalls eine Dose davon stehen. Nur mit dem Unterschied, dass ich es nicht benutzte, sondern nur hin und wieder daran roch, wenn ich an ihn dachte. Alleine dafür schämte ich mich. Ich benahm mich wie ein 14jähriges Mädchen, das von irgendeinem Superstar schwärmte und nicht wie ein erwachsener Mann, der noch in diesem Jahr Zuhause ausziehen würde, um ein Studium zu beginnen.

„Ja, aber ich bin ganz schön fertig."

Lucas setzte sich auf die Bank und sah zu mir auf. „Was machst du dann noch hier? Mir ist schon heiß, aber ich war wenigstens duschen. Für dich muss der ganze Wasserdampf ja unerträglich sein."

„Ich finde meinen Schlüssel nicht", druckste ich herum. „Der muss ganz unten in meinem Rucksack sein." Im Ausreden erfinden war ich wirklich gut. Immerhin hatte ich in den letzten Jahren genug Zeit gehabt immer besser darin zu werden. Mittlerweile gingen mir die kleinen Lügen und Ausflüchte so leicht von den Lippen, dass ich mich oft selbst darüber wunderte.

„Vielleicht leerst du ihn einmal komplett aus", schlug Lucas vor und zog sich seine Socken an.

„Mir bleibt wohl nichts Anderes übrig."

Nach und nach kamen nun auch die anderen aus der Dusche, sodass ein lautes Durcheinander in der Umkleide entstand. Es wurde über die letzte Party geredet, den kommende St. Patricks Day und die weiblichen Eroberungen der letzten Woche. Klischeehafter ging es kaum! Im Grunde waren Jungen und Mädchen gar nicht so verschieden, wenn sie untereinander waren. Man sollte nicht meinen, dass Lästereien eine reine Frauenangelegenheit wären.

Ich ließ mir Zeit dabei meinen Rucksack erst aus- und dann wieder einzuräumen. In der Hoffnung noch etwas mit Lucas alleine sein zu können und wenn es nur ein paar Minuten wären. Er schien es auch nicht eilig zu haben.

Immer wieder musste ich mir jedoch anhören, dass ich eine Dusche dringend nötig hätte, was ich immer wieder mit einer Grimasse abtat. Es fielen auch wie üblich die Vermutungen, ob ich Angst hätte, dass man mir etwas weggucke. Das machte mir jedoch nichts aus, da ich wusste, dass niemand es ernst meinte. Für meine Teamkollegen war ich ein angesehener Spieler in der Mannschaft. Sie respektierten mich alle und nie wäre einer von ihnen auf die Idee gekommen, wie es wirklich in mir aussah. Nur Dairine hatte mich durchschaut, auch wenn sie es vermutlich selbst nicht wusste. Was als Scheinbeziehung begonnen hatte, war zu viel mehr geworden: Ich hatte sie zu nah an mich rangelassen, einzig und allein, weil ich sie wirklich mochte. Wir hätten gute Freunde werden können, wenn ich ihr nicht vorgemacht hätte, dass dort mehr wäre.

Als die ersten den Heimweg antraten, kam Lucas auf mich zurück. „Hast du deinen Schlüssel immer noch nicht gefunden?"

„Nein, ist wie vom Erdboden verschluckt", log ich. Der Schlüssel befand sich in meiner Jackentasche.

„Kommst du dann jetzt überhaupt in eure Wohnung?"

„Das ist kein Problem! Wir haben einen Ersatzschlüssel für Notfälle versteckt."

„Hast du etwas dagegen, wenn ich mitkomme? Ich möchte noch nicht nach Hause."

Überrascht sah ich ihn an. Die letzten Wochen hatte er nie schnell genug nach Hause kommen können. Jede Einladung hatte er strikt abgelehnt. „Hast du jetzt etwa genug gelernt?"

„Nein, aber ich habe endlich eingesehen, dass ich auch etwas Ablenkung brauche. Ich habe schon eine Mauer in meinem Kopf! Das Training war perfekt dafür, sodass ich entschieden habe, mir heute eine Pause zu gönnen. Morgen ist auch noch ein Tag!"

Ich grinste ihn spöttisch an. „Das versuche ich dir schon seit Wochen beizubringen."

„Nicht nur du", gab er zu. „Winter habe ich völlig vor den Kopf gestoßen, dabei wollte sie mir nur helfen."

Obwohl ich wusste, dass Lucas nicht mehr als Freundschaft für Winter empfand, flammte immer meine Eifersucht auf, wenn er von ihr sprach. Sie standen einander sehr nahe und das hatte schon einmal dazu geführt, dass sie zu einem Paar geworden waren. Die Chancen standen nicht schlecht, dass es wieder so kommen würde, ganz egal, was gewesen war.

„Ich kann verstehen, dass du im Moment nicht so viel mit ihr zu tun haben möchtest", sagte ich einfühlsam und setzte mich neben ihn. „Sie erinnert dich einfach an Eliza."

„Das tut sie tatsächlich, dabei haben sie gar nichts miteinander gemeinsam."

„Sie ist ihre Schwester!"

„Nicht einmal das, wenn man es genau nimmt."

Die letzten beiden Jungen verließen gerade mit einem Gruß zur Verabschiedung die Umkleide, sodass wir nun alleine waren.

„Vielleicht tut dir ein bisschen Abstand trotzdem ganz gut. Lass uns doch am Wochenende zum Angeln oder Wandern fahren!"

Lucas sah mich skeptisch an. „Was würde Dairine dazu sagen?"

Ich machte eine wegwerfende Handbewegung. „Sie versteht das schon!"

„Eigentlich wollte ich mir nur heute eine kleine Auszeit nehmen und nicht direkt das ganze Wochenende."

„Dann nehmen wir eben die Unterlagen mit! Wo hätte man mehr Ruhe zum Büffeln als im Morgengrauen an einem seichten Gewässer?"

Lucas wirkte immer noch nicht ganz überzeugt. Er rang mit sich, aber gab sich schließlich seufzend geschlagen. „Na gut, aber nur, weil du es bist!"

Ich konnte nicht verhindern, dass sich ein breites, zufriedenes Grinsen auf meinem Gesicht ausbreitete. „Das wird großartig!"

„Wir gehen nur Angeln."

„Egal! Was gibt es besseres als ein Wochenende unter Männern mit Bier und einem frischen Fisch auf dem Grill?"

„Wir könnten Aidan und Liam fragen, ob sie mitkommen wollen."

Verwirrt sah ich ihn an. „Liam ist Lehrer an unserer Schule!"

„Du hörst dich schon an wie Winter", lachte Lucas. „Aber ich weiß, dass sie ihn mag, auch wenn ich es nicht verstehe. Aber vielleicht müssten wir uns nur besser kennenlernen. Irgendwelche guten Seiten muss er ja haben."

„Ich bezweifle, dass Winter seinen Charakter schätzt", behauptete ich mit dreckigem Lachen. Doch Lucas schüttelte augenblicklich empört den Kopf. „So ist sie nicht!"

„Du musst es ja wissen."

„Und was ist mit Aidan?"

„Wenn du ihn fragst, bringt er Mona mit. Die Beiden sind doch unzertrennlich! Und wenn Mona mitkommt, haben wir ehe wir uns versehen auch noch Dairine und Winter an der Backe. Das war es dann mit unserem Männertrip!" Ich versuchte locker zu klingen, aber merkte selbst wie verräterisch eifersüchtig ich mich anhörte. Tatsache war, ich wollte Lucas für mich!

Er zuckte mit den Schultern. „Mir egal, war nur eine Idee." Plötzlich sah er mich ernst an. „Danke!"

„Wofür?"

„Dafür, dass du immer da bist, auch wenn ich dir sicher mit meinem ständigen Liebeskummer und Rumgejammer auf die Nerven gehe. Ich komme mir dabei selbst schon manchmal vor wie ein Mädchen!"

„Auch Männer haben Gefühle", sagte ich grinsend und stieß ihn leicht mit der Schulter an.

„Aber eigentlich reden wir nicht darüber."

„Doch, aber nur heimlich! Keine Sorge, dein Geheimnis ist bei mir sicher."

Unsere Gesichter waren sich plötzlich so nah. Ich sah direkt in seine blauen Augen, bevor mein Blick zu seinen vollen Lippen wanderte, die zu einem sanften Lächeln geformt waren. Wir waren alleine in der Umkleide. Lucas wich nicht vor mir zurück. Er schwieg und irgendwie nahm ich das als Einladung.

Bevor ich einen Rückzieher machen konnte, beugte ich mich zu ihm vor und küsste ihn. Seine Lippen waren noch weicher als ich gedacht hätte. Die zarte Berührung ließ mein Herz flattern wie ein Blatt Papier im Wind.

Der Kuss dauerte nur wenige Sekunden, ehe Lucas vor mir zurückwich und mich verstört ansah. „Was sollte das?"

Wenn es ihn wirklich so sehr überrumpelte wie er nun tat, dann hatte der Kuss dennoch ein paar Sekunden zu lange gedauert. Es hatte sich für einen kurzen Moment tatsächlich so angefühlt als wollten wir beide dasselbe.

Ich verzog traurig den Mund. „Tut mir leid, ich mache es wieder gut."

Verwirrung trat in sein Gesicht. Er verstand nicht, was ich meinte. Meine Hand schloss sich um das Gehäuse der Taschenuhr, die ich an einer Silberkette um meinen Hals trug – versteckt unter meiner Kleidung. Es war ein Erbstück meiner Familie, welche zuvor meinem Großvater gehört hatte. Mit einem leisen Klacken öffnete sich das

Gehäuse in meiner Hand. Mein Zeigefinger ertastete den Minutenzeiger.

„Was soll das heißen? Erklär mir lieber, was du dir dabei gedacht hast!", fuhr Lucas mich an und stand ruckartig von der Bank auf, um so viel Abstand wie möglich zwischen uns zu bringen.

Ich wünschte den Kuss hätte es nie gegeben, dachte ich stumm, während ich den Minutenzeiger in die falsche Richtung zurückschob. Alles um mich herum begann sich zu drehen, sodass ich die Umkleide nur noch als bunten Farbkreisel wahrnahm. Mir drehte sich der Magen um und mein Kopf pochte als befände sich einer Horde Bienen darin. Es ging dabei nur um fünf Minuten, aber manchmal reichten schon wenige Sekunden aus, um ein Leben für immer zu verändern.

Kaum, dass ich den Zeiger losließ, sprang er zurück auf seine alte Position. Meine Sicht klärte sich wieder. Lucas saß immer noch neben mir auf der Bank.

„Was ist? Sollen wir jetzt endlich los?", fragte er ungeduldig und erhob sich. „Oder stehst du auf Schweißgeruch?"

Ich hatte nicht nur die Uhr von meinem Großvater geerbt, sondern auch seine Gabe: Ich war ein *Zeitmaler*. Und in der Version, die ich von unserer Realität gezeichnet hatte, gab es keinen Kuss.

9. Liam

Kaum, dass ich die Wohnungstür aufgeschlossen hatte, schlug mir bereits der penetrante Geruch von Räucherstäbchen entgegen. In unserem Familienanwesen in Waterford war das nicht so schlimm gewesen, da der Rauch sich durch die vielen Räume ausgebreitet hatte, oder sogar durch die undichten Fenster abgezogen war. Doch in der Wohnung sammelte sich der ganze Qualm.

Zudem war mir nicht klar, was Mona damit bezwecken wollte. Normalerweise benutzte sie die Kräuter, Duftöle und Dämpfe nur, um Zutritt zu der Geisterwelt zu erlangen. Aber wir hatten eine klare Absprache darüber getroffen: Keine Magie!

Der Gestank schien aus dem Wohnzimmer zu kommen, was mich besonders ärgerte, da wir es uns schließlich teilten. Ohne die Schuhe auszuziehen, stampfte ich zornig in den großen Raum. Als erstes fiel mir auf, dass die Vorhänge zugezogen waren, sodass sämtliches Tageslicht ausgeschlossen wurde. Mein Blick wanderte weiter zu dem runden Esstisch, an dem Mona saß. Sie war jedoch nicht allein. Ich brauchte einen Moment, um die Frau, die ihr gegenüber saß zu erkennen, doch dann ergriff mich haltlose Wut. „Was macht die denn hier?", blaffte ich meine Cousine außer mir an.

Das Medium, welches erst vor einer Woche vor unserer Tür gestanden hatte, erhob sich und hob beschwichtigend die Arme. „Ich bin nur hier, um zu helfen!"

„Ich dachte ich hätte mich deutlich genug ausgedrückt! Ihre Hilfe ist hier nicht erwünscht!"

Die dunkelhaarige Frau sah auffordernd zu Mona, doch diese hatte den Blick gesenkt. „Ich glaube, das hast nicht du zu entscheiden, sondern Mona. Sie hat mich angerufen und um Hilfe gebeten."

Fassungslos bohrte ich meinen Blick in Monas dunklen Pony, der wie ein Vorhang vor ihre Augen fiel. „Ist das wahr?"

Scheu sah sie mich mit hängenden Schultern an. „Liam, du kannst mir nicht die Magie verbieten! Sie ist ein Teil von mir!"

„Ein Teil, der dich beinahe das Leben gekostet hätte", rief ich bestürzt aus.

„Genau deshalb habe ich Ava angerufen. Sie ist wie ich und deshalb kann sie mir helfen wieder mit mir ins Reine zu kommen."

„Du kennst diese Frau überhaupt nicht! Woher weißt du, dass du ihr vertrauen kannst?"

„Ich weiß es nicht, aber früher hätte ich so etwas spüren können. Jetzt muss ich mich wie jeder andere auf meine Menschenkenntnis verlassen."

Am liebsten hätte ich laut aufgelacht. Mona besaß keine Menschenkenntnis. Die Menschen, die ihr je in ihrem Leben nahegestanden hatten, ließen sich an einer Hand ablesen.

Ava mischte sich erneut ein. „Ich weiß, du glaubst mir nicht, aber ich schwöre dir, dass ich nichts Böses mit deiner Cousine im Sinn habe. Sie hat wirklich Glück jemanden wie dich zu haben, der sich so sehr um sie sorgt und kümmert."

Glaubte diese unverschämte Person wirklich, dass sie mich mit Schmeicheleien besänftigen könnte?

„Liam, bitte!", flehte Mona verzweifelt. Sie bat mich nur selten um irgendetwas, daran merkte ich wie wichtig ihr die Angelegenheit war. Nicht einmal Aidan war da, der sonst jede freie Minute mit ihr verbrachte. Auch wenn es mir nicht gefiel, muss ich einsehen, dass ich verloren hatte.

„Ihr trefft euch nur hier! Keine Séancen auf irgendwelchen Friedhöfen, ist das klar?"

Beide Frauen begannen gleichzeitig über meine Forderung zu lachen.

„Wir wollen Frieden mit den Toten schließen. Ihre Ruhe zu stören wäre da der schlechteste Weg", erklärte mir Ava tadelnd. Jetzt war es schon so weit gekommen, dass ich mich in meiner eigenen Wohnung von einer verrückten Geisterbeschwörerin belehren lassen musste. Wenn Mona meinte, dass sie diesen Hokuspokus brauchte, um wieder glücklich sein zu können, konnte ich nichts dagegen tun, aber ich würde ihr nicht auch noch dabei zusehen.

Türenknallend stürmte ich wieder aus der Wohnung und stieg in meinen Wagen, den ich erst fünf Minuten zuvor in der Tiefgarage geparkt hatte. Ich brauchte dringend etwas Ablenkung und ich wusste bereits ganz genau, wo ich sie finden würde.

Winter saß hinter dem Steuer ihres *Triumphs* und stieß genervt Luft aus. Dieses Mal waren wir nicht auf den Waldparkplatz gefahren, sondern zu einer nur selten befahrenen Landstraße. Sie hatte zwar Fortschritte gemacht, aber Geduld schien keine ihrer Stärken zu sein. Am meisten ärgerte sie sich selbst, wenn sie den Wagen immer wieder abwürgte. Dabei färbten ihre Wangen sich vor Scham rot. Ich hätte sie lieber aus anderen Gründen zum erröten gebracht, doch ich wusste, dass selbst die paar Fahrstunden sie größte Überwindung kosteten und sie auch nur zugestimmt hatte, weil sie glaubte, dass uns an so abgelegenen Orten ohnehin niemand sehen würde.

„Versuch es noch einmal", bat ich sie aufmunternd, doch sie runzelte nur die Stirn. „Das bringt doch nichts!"

„Du wirst jedes Mal besser."

„Davon merke ich nichts!"

„Gib jetzt bloß nicht auf!"

„Ich gebe niemals auf!", entgegnete sie vielsagend und sah mich ernst an. Plötzlich hatte ich das Gefühl, dass wir nicht mehr über das Autofahren sprachen. Sie räusperte sich verlegen. „Von wessen Gefühlen trinkst du eigentlich in letzter Zeit?"

Ihre Frage überrumpelte mich. Ich hätte nicht gedacht, dass sie sich darüber Gedanken machen würde und fürchtete, dass meine Antwort sie nur wieder gegen mich aufbringen würde. Sobald es um Eliza oder das Schattenwandlergen ging, waren wir meist grundverschiedener Meinung. „Ich trinke von niemand bestimmten, eher von einer Menge", versuchte ich mich herauszureden, doch damit weckte ich erst Recht ihre Neugier.

„Was für eine Menge?"

„Während dem Unterricht, schöpfe ich die Gefühle meiner Schüler ab, aber nur in winzigen Mengen. Sie merken es nicht einmal!"

„Auch von unserem Kurs?", wollte sie ungläubig wissen.

„Von allen Kursen. Ich nehme ihnen für die Unterrichtsstunde die Unsicherheit, die Sorgen und die Gedanken, die sie ablenken. Deshalb fühlen sich alle immer so wohl bei mir. Die Unterrichtsstunden sind für sie entspannend, weil sie mal für ein paar Minuten abschalten können."

Sie sah mich ungläubig an und schien zu überlegen, ob sie mir glauben konnte. „Wirst du davon denn satt?"

„Na ja ein Festmahl ist es nicht gerade, aber es reicht, um mich unter Kontrolle zu halten." Es war besser sie nicht wissen zu lassen, dass ich manchmal so unruhig war, dass ich nachts keinen Schlaf fand. Aber was für Optionen hatte ich schon, wenn ich mit Mona ein neues, normales Leben beginnen wollte?

Sie sah wieder auf die mittlerweile beschlagende Windschutzscheibe. „Du könntest stattdessen von mir trinken!"

Überrascht hob ich die Augenbrauen und musterte ihr Gesicht. „Warum?"

Langsam drehte sie sich wieder zu mir um und lächelte versöhnlich. „Wir sind Freunde und Freunde helfen einander."

So ganz nahm ich ihr das nicht ab. Als sie mich zuletzt wegen Eliza um Hilfe gebeten hatte, hatte ich sie abgewiesen.

„Was wirst du dafür als Gegenleistung erwarten?"

„Nichts! Vielleicht würde es mir sogar helfen mich besser aufs Fahren zu konzentrieren, so hätten wir beide etwas davon. Außerdem funktioniert Freundschaft so nicht, sonst wäre es ein Handel. Freunde sind füreinander da, ohne eine Gegenleistung zu erwarten."

Ihr Angebot war verlockend, auch wenn ich mir sicher war, dass ihre Gefühle nicht sonderlich gut schmecken würden. Gewiss dachte sie an ihre Schwester und war immer noch enttäuscht, dass ich ihr nicht helfen wollte.

Sie nahm mir meine Entscheidung ab, indem sie ihre Hand auf meine legte. Wie automatisch verschränkten sich unsere Finger miteinander. Es reichte ein Blick in ihre Augen, die in dem schummrigen Licht des Wagens mehr blau als grün wirkten, damit ihre Gefühle zu mir überflossen.

Wie ich bereits befürchtet hatte, waren sie bitter und schwer: Von Sehnsucht erfüllt. Ihr fehlte Eliza. Der Schmerz war tief in ihrem Herzen verwurzelt. Doch auf das Bittere folgte eine unerwartete Süße. Nicht nur die Sehnsucht nach ihrer Schwester erfüllte ihre Gefühle, sondern auch eine ganz andere – versteckt hinter all dem Kummer. Sie sehnte sich nach Zuneigung und Nähe. Ihre Gefühle waren wie ein Prickeln auf meiner Zunge, das sich über meinen gesamten Körper ausbreitete. Mich traf eine Erkenntnis, die ihr selbst nicht einmal bewusst zu sein schien: Sie wollte mich!

Mein Herzschlag beschleunigte sich, als ich meine Hand von ihr löste und die Verbindung kappte. Sie war noch leicht verwirrt. Diesen Zustand nutzte ich aus, zog sie an mich und küsste sie. All ihrer Sorgen und Ängste beraubt, dachte sie nicht einmal daran sich zu wehren.

Ich fuhr mit den Fingern durch ihr Haar. Sie schlang die Arme um meinen Nacken, während sich meine Zunge vorsichtig in ihren Mund vorwärts tastete. Als sich ihre Lippen öffneten, vertiefte ich den Kuss. Unser Letzter lag bereits einige Zeit zurück, sodass ich vergessen hatte wie unglaublich es war sie zu küssen. Ihre Küsse waren sinnlich und sexy zugleich. Sie machten mich abhängig.

Es war eng im Wagen und die Vordersitze boten uns nicht genug Platz, wie von selbst befanden wir uns bereits Sekunden später auf der Rückbank. Ihr Stöhnen in meinen Ohren, ihre Küsse auf meinen Lippen und ihre Hände in meinen Haaren, machten mich wahnsinnig. Ich wollte sie nicht bedrängen, aber ohne, dass ich darüber nachdachte, wanderte meine Hand unter den Rock ihrer Schuluniform ihren Oberschenkel hoch. Es erregte mich nur noch mehr, dass sie nicht versuchte mich aufzuhalten.

Ich presste sie mit meinem Oberkörper auf den Rücksitz, während meine Finger weiter über ihren Körper tanzten. Meine Lippen liebkosten ihre Nackenbeuge und ich streifte ihr die Jacke von den Schultern. Zur Antwort half sie mir aus meiner Jacke und knöpfte mein Hemd auf. Als es offen war, wanderten ihre Finger über meine Brust und meine Schultern, während ich mich an ihrem Hals entlang nach unten küsste. Sie krallte sich mit ihren Händen in mein Haar und hätte mir nicht deutlicher zeigen können, wie sehr es ihr gefiel.

Ich zog mich ein paar Zentimeter zurück und fing ihren Blick mit meinem ein. Ihre türkisfarbenen Augen glühten vor Verlangen. Sie presste sich gegen meine Erektion, die Lust war kaum noch zu ertragen. Aber als ich mich an ihrem BH-Träger zu schaffen machen wollte, schlossen sich ihre Finger plötzlich um meine Hand und stießen sie weg. „Ich bin noch nicht so weit", brachte sie atemlos hervor. „Hör auf."

An ihrem Blick konnte ich erkennen, dass sie nun wieder ganz bei sich war. Ich rutschte von ihr runter, setzte mich aufrecht hin und wartete darauf, dass meine Erregung abklang. Winter war verdammt gut darin sich selbst etwas vorzumachen. Meiner Ansicht nach, hatte sie mehr als bereit gewirkt. Dass ich von ihren Gefühlen getrunken hatte, hatte ihr die Hemmungen genommen, aber ich hatte sie damit zu nichts gebracht, was sie selbst nicht gewollt hätte.

Als sie ihren Rock wieder zurecht geschoben hatte, konnte ich sie immer noch nicht wieder ansehen. Die Enttäuschung saß tief, obwohl ich mir zuvor befohlen hatte, mich unter Kontrolle zu halten und keine zu großen Hoffnungen zu hegen. Leider funktionierte mein Verstand in Gegenwart dieses Mädchens nur selten so wie ich es wollte.

„Es tut mir leid", entschuldigte sie sich plötzlich.

Ich fuhr mir mit der Hand durchs Haar und atmete langsam aus. Sie sollte nicht denken, dass ich beleidigt war. „Schon gut."

Sie durchschaute mich jedoch. „Nein, ist es nicht. Ich habe dir das Gefühl gegeben, dass ich es auch wollte und es ist dein gutes Recht wütend auf mich zu sein."

„Ich kann auch noch länger warten", behauptete ich, wobei meine Stimme selbst in meinen Ohren nicht danach klang.

„Es tut mir leid", beteuerte sie noch einmal.

„Hör auf dich zu entschuldigen. Egal, was gerade passiert ist, ich verbringe nicht Zeit mit dir, um dich ins Bett zu kriegen. Ich mag dich wirklich, auch wenn du es mir nicht glaubst."

 10. Winter

Wenn ich an Liam dachte, begann ich dämlich zu grinsen und wollte mich gleichzeitig in Grund und Boden schämen. Wie sollte ich morgen in der Schule vor ihm sitzen ohne einen knallroten Kopf zu bekommen? Es war nicht einmal so, dass ich bereute, was passiert war oder jedenfalls fast passiert wäre. Es hatte sich in dem Moment gut und richtig angefühlt. Aber ich war zu sehr Kopfmensch, um das große Danach außer Acht lassen zu können. Eigentlich hatte ich eine Freundschaft zu ihm aufbauen wollen, aber das erschien mir nun aussichtsloser denn je. Allein die Vorstellung war irgendwie albern. Warum musste er auch mein Lehrer sein? Er hatte so viele Talente, konnte er sich nicht einfach einen anderen Job suchen?

Es sollte mich mehr belasten, dass er meine Schwester aus gutem Grund hasste, aber das Einzige, was mich davon abhielt, mich nicht völlig in ihm zu verlieren, war die Schule. Ich wollte nicht in Elizas Fußstapfen als Skandalnudel treten. Die Gerüchteküche kochte bereits, sodass ich Liam in der Schule praktisch ignorierte. War es falsch, dass mich interessierte, was die anderen von mir dachten? Sie waren nicht meine Freunde, aber ich wollte einfach keine Probleme bekommen, weder mit meinen Mitschülern noch mit der Schulleitung.

Es klingelte an der Haustür und für eine Schreckenssekunde befürchtete ich, dass es Liam wäre, der gekommen war, um dort weiterzumachen, wo wir aufgehört hatten. Es war bereits Abend und ich hörte die Stimme meines Vaters als er die Tür öffnete und mit dem unerwarteten Besucher sprach. Danach erklangen verräterische Schritte auf der Holztreppe, die vor meinem Zimmer innehielten.

Bereits am Klopfen erkannte ich wer es war. Überrascht setzte ich mich in meinem Bett auf. „Lucas?"

Er drückte die Tür auf und steckte seinen Kopf herein. Die Haare waren wie so oft unter einer grauen Mütze verborgen. „Darf ich reinkommen?"

„Natürlich", erwiderte ich überrumpelte und machte ihm Platz. Er nahm neben mir auf dem Bett mit gewissem Abstand Platz. Mein Zimmer war klein, sodass es keine andere Sitzmöglichkeit gab.

„Du wunderst dich sicher über meinen Besuch", las er meine Gedanken und sah mich schuldbewusst an.

„Ehrlich gesagt, schon", gab ich zu. „Du wohnst zwar direkt nebenan, aber in letzter Zeit hatten wir nicht viel miteinander zu tun."

„Ich weiß", murmelte er betrübt. „Das war meine Schuld! Ich habe mich dir gegenüber mal wieder wie der letzte Idiot verhalten."

Er sah dabei so traurig aus, dass ich ihm nicht böse sein konnte. „Das bin ich mittlerweile gewohnt", erwiderte ich, grinste ihn aber dabei an, damit er merkte, dass ich nicht böse auf ihn war.

Er erwiderte das Lächeln dankbar. „Du hattest von Anfang an Recht. Eliza fehlt mir und ich wusste einfach nicht wie ich damit umgehen sollte. Ich wollte nicht wieder in so ein tiefes Loch fallen wie letztes Jahr und dachte, dass ich mich deshalb mit den Prüfungen ablenken müsste. Aber in Wahrheit bin ich nur vor meinen Problemen davongelaufen."

„Wie hast du es erkannt?"

„Wir haben beide gute Freunde, die uns manchmal den Kopf waschen, wenn es nötig ist", antwortete er vielsagend.

„Evan?"

„Ich weiß gar nicht wie er es mit mir aushält, wo ich doch der reinste Jammerlappen bin."

Mir entfuhr ein Lachen, obwohl ich ihn verstand. Es war manchmal nicht leicht nicht ständig von Eliza zu sprechen und wie sehr sie einem fehlte. Aber im Gegensatz zu mir hatte Lucas sie immer gemocht – geliebt.

„Wenn du nochmal jammern möchtest, darfst du dich gerne an mich wenden, dann jammern wir zusammen."

„Danke, dass du nicht nachtragend bist!"

Ich winkte ab. Lucas in meinem Zimmer gegenüber zu sitzen, fühlte sich normal und selbstverständlich an. Er hatte mir letztes Jahr das Herz gebrochen, aber das war nichts gegen die vielen Male, die er meine Tränen getrocknet hatte. Er war immer für mich da gewesen – wie ein großer Bruder. Unsere gemeinsamen Erinnerungen überdauerten mein ganzes Leben lang und wogen so viel mehr als ein paar Monate Herzschmerz.

Bei *Herzschmerz* musste ich unwillkürlich an Dairine denken. Die Situation mit Evan machte sie wirklich fertig. Ich fühlte mich ein bisschen unwohl dabei Lucas auf die Beziehungsprobleme meiner besten Freundin anzusprechen, aber vielleicht konnte er irgendwie Licht ins Dunkle bringen. „Hat Evan dir eigentlich irgendetwas über Dairine erzählt?"

Lucas runzelte die Stirn. „Was meinst du?"

„Ist er glücklich mit ihr?"

„Ja, warum fragst du mich das? Ist Dairine etwa unglücklich?"

„Sie haben ein paar Probleme", gab ich zögerlich zu. Vielleicht redeten Jungs einfach nicht über so etwas. „Dairine macht sich etwas Sorgen."

„Warum? Evan ist total begeistert von ihr!"

„Wirklich?", entfuhr es mir erstaunt. Ich wusste nicht recht wie ich mit Lucas über Dairines Probleme sprechen sollte. „Sie hat da manchmal ihre Zweifel."

Er sah mich fragend an und schien nicht im Geringsten zu ahnen, worauf ich hinauswollte.

„Du darfst weder mit Evan noch mit Dairine darüber reden. Versprichst du mir das?"

„Na klar, aber jetzt mach es nicht so spannend. Was ist denn los?"

„Dairine würde gerne mit Evan schlafen, aber er lässt sie immer abblitzen."

Lucas sah mich ungläubig an. „Bist du dir sicher, dass es so ist?"

„Ja, warum sollte sie mich belügen?"

„Ich weiß es nicht. Es ist nur so, dass Evan mir das Gleiche von ihr erzählt."

„Was?", rief ich empört aus und verstand nun gar nichts mehr. „Ich mag Evan, aber ich bin mir sicher, dass er in diesem Punkt lügt. Dairine hätte keinen Grund sich so etwas auszudenken. Sie ist ja nicht einmal mehr eine …" Ich sprach es nicht aus. Lucas verstand auch so. Er hatte mich selbst

Monate lang hingehalten. Ich war mir sicher gewesen, dass er der Richtige wäre, um mein erstes Mal zu erleben. Doch er hatte immer gewusst, dass er mich nicht so sehr liebte wie es sein sollte. Auch wenn er sich mir gegenüber alles andere als anständig verhalten hatte, so hatte er zumindest diesen Punkt nie überschritten.

„Ich habe mich ehrlich gesagt über ihre Beziehung gewundert", gestand Lucas plötzlich. „Evan hatte zuvor nie etwas ernsteres mit einem Mädchen. Eigentlich hatte er sogar kaum Kontakt zu ihnen."

„Meinst du es liegt daran? Traut er sich nicht?"

Lucas rang mit sich. Da war etwas, das er mir verheimlichte.

„Du weißt, dass du mir vertrauen kannst, oder? Nichts von dem, was wir hier besprechen, wird je einer der beiden erfahren."

Lucas sah mich zögernd an, dann nickte er. „Du hältst mich jetzt wahrscheinlich für paranoid, aber ich habe ehrlich gesagt gedacht, dass Evan vielleicht gar nicht auf Frauen steht."

Damit hätte ich nie gerechnet. Aber Lucas war sein bester Freund. Er musste einen Grund haben, so etwas zu vermuten. „Hast du ihn darauf mal angesprochen?"

„Nein, natürlich nicht. Ich wollte ihn nicht unter Druck setzen und bin davon ausgegangen, dass wenn es so wäre, er sich mir irgendwann von alleine anvertrauen würde."

Ich konnte gut verstehen, dass Lucas nicht direkt mit der Tür ins Haus hatte fallen wollen. Wenn ich in seiner Situation gewesen wäre, hätte ich Dairine vermutlich auch nicht darauf angesprochen. „Würde es etwas an eurer Freundschaft ändern?"

„Es wäre natürlich erst einmal komisch und ich müsste mich erst daran gewöhnen, aber ich würde auf jeden Fall weiter zu ihm stehen. Er wäre deshalb ja nicht ein schlechterer Freund."

Wir nickten beide übereinstimmend, bevor Lucas grinsend hinzufügte: „Solange er sich nicht in mich verliebt."

Grinsend rollte ich mit den Augen. „Du bist nicht so unwiderstehlich wie du glaubst!"

„Oh, ich hoffe aber unwiderstehlich genug, damit du mich zum Ball begleitest."

„Zum Ball?", fragte ich irritiert. „Der zu St. Patricks Day?"

„Ist denn noch ein anderer Ball in nächster Zeit?"

„Ich hätte nicht gedacht, dass du als Oberstreber da hingehen würdest."

„Ich gelobe doch Besserung!", grinste er mich an. „Ich würde mich wirklich freuen, wenn du meine Einladung annehmen würdest, auch wenn ich es gar nicht verdient habe. Mir ist unsere Freundschaft sehr wichtig!"

„Mir auch", bestätigte ich ohne zu überlegen. Innerlich hatte ich mich bereits damit abgefunden, dass ich als fünftes Rad am Wagen mit Dairine und Evan zum Ball gehen würde. Vielleicht wäre es deshalb ganz angenehm, wenn Lucas und ich gemeinsam alleine gingen. Bevor wir ein Paar geworden waren, hatten wir uns immer gut verstanden. Wir hatten zusammen lachen und über alles reden können. Vielleicht hatte mir deshalb sein Verrat am meisten wehgetan. Aber ich hatte das Gefühl, dass ich nun bereit war unserer Freundschaft eine neue Chance zu geben.

„Einverstanden!", lächelte ich schließlich. „Vielleicht werde ich als deine Begleitung sogar zur grünen Fee gewählt."

Traditionell wurde bei Veranstaltungen am St. Patricks Day immer die schönste Frau des Abends zur grünen Fee gewählt. Es war eine Auszeichnung vergleichbar mit der Krone der Abschlussballkönigin und somit nichts, was ich wirklich erreichen wollte. Ich war schon immer zu unscheinbar und unbeliebt gewesen, um auch nur in die nähere Wahl zu kommen. Aber das kam mir nur ganz recht, da ich es hasste im Mittelpunkt zu stehen. Wäre Eliza da gewesen, hätte sie sich sicher von niemandem den Titel wegschnappen lassen. Sie war wie für das Rampenlicht geboren und genoss es von allen bewundert zu werden. Selbst das damit verbundene Geläster ließ sie meistens kalt.

„Du wärst die erste grüne Fee, die noch geradeaus gehen kann", scherzte Lucas, denn das kam auch noch dazu: St. Patricks Day war ein einziges großes Besäufnis und die grüne Fee war meist ein Mädchen, das ganz vorne mit dabei war. Auf diese Weise sicherte sie sich die Stimmen ihrer Wähler.

„Du bist doch nur neidisch, weil es keinen Titel gibt, den du dir unter den Nagel reißen kannst", zog ich ihn frech auf. In gewisser Weise war er in diesem Punkt Eliza nämlich nicht unähnlich. Sie standen beide gern im Mittelpunkt, nur dass Lucas sich nicht darum riss.

Er ließ sich auf meine Zankerei nicht ein. „Warum geben wir uns nicht einfach unsere eigenen Titel? Du gehst als Fee und ich als Kobold!"

„Besprichst du auch mit Evan dein Outfit?", provozierte ich ihn scherzhaft weiter. „Dann wundert mich gar nicht, warum du glaubst er stände vielleicht auf Männer."

Lucas sah mich erst empört an, doch dann streckte er plötzlich seine Hände nach meinem Bauch aus und begann mich durch zu kitzeln, was mich laut kreischen ließ. Es war fast wie früher als wir noch Kinder gewesen waren. Es fehlte nur Eliza, die jeden Moment ins Zimmer gestürzt kommen würde, um sich zwischen uns zu werfen.

11. Eliza

„Wenn du immer nur in der Küche rumlungerst, siehst du bald selbst aus wie ein Pfannkuchen", stichelte Faye als sie in die Küche stolziert kam.

„Was soll ich denn sonst machen?", beklagte ich mich. Tatsächlich hielt ich mich in der Küche am liebsten wegen Emma auf. Sie war der netteste Mensch, der mir bisher in dem großen Anwesen begegnet war. Zwar hatte ich mittlerweile auch andere Schattenwandler kommen und gehen gesehen, doch niemand beachtete mich, oder schien ein Interesse daran zu haben sich mit mir zu unterhalten. Sie wirkten alle sehr geschäftig. Selbst Rhona würdigte mich keines zweiten Blickes oder fragte gar nach, wie es mir ging. Charles hatte ich seit meiner Ankunft nicht mehr zu Gesicht bekommen. Es kam mir fast so vor, als würde er mich bewusst meiden.

„Tu nicht so, als hättest du nichts zu tun. Du bist die schlechteste Schattenwandlerin, die mir je begegnet ist. Das Training mit dir ist eine einzige Nervenprobe!", schimpfte Faye ungerührt weiter. Obwohl sie nie eine Gelegenheit ausließ mir zu zeigen wie wenig sie von mir hielt, war sie mir nach Emma am liebsten – immerhin sprach sie mit mir. Zudem war sie die einzige Person, die annährend in meinem Alter war. Alle anderen waren mindestens zehn Jahre älter.

„Faye, sei nicht so hart zu ihr!", ermahnte Emma sie, während sie die Töpfe vom Abendessen spülte.

„Es ist nicht hart jemandem die Wahrheit zu sagen, sondern ehrlich", konterte Faye unnachgiebig und beugte sich plötzlich näher zu mir. „Dir fällt hier die Decke auf den Kopf, oder?"

Die einfühlsame Frage überraschte mich. Sie wusste, dass ich das Anwesen nicht verlassen durfte. Ich hatte es versucht, doch war ich an jeder Tür gescheitert, da wie aus dem Nichts ein Schattenwandler aufgetaucht war, der mich darauf hingewiesen hatte, dass Mr. Crawford mir keinen Ausgang gestattet hatte.

„Was denkst du denn?", entgegnete ich ihr misstrauisch. Was würde als nächstes kommen? Würde sie mich auslachen oder mir erklären warum ich so eine große Versagerin war?

„Was hältst du von einem kleinen Ausflug?" In ihren Blick hatte sich etwas Verwegenes geschlichen, dazu grinste sie mich herausfordernd an.

„Du weißt doch, dass ich das Anwesen nicht verlassen darf."

„Mr. Crawford muss es ja nicht erfahren", flüsterte sie mir ins Ohr. „Oder hast du etwa Angst?"

Erstaunt sah ich sie an. War das eine Falle? Bisher hatte Faye auf mich den Eindruck gemacht, als stehe es für sie an erster Stelle, was Charles über sie dachte. Ich konnte mir nicht vorstellen, dass sie gegen seine Anordnungen verstoßen würde.

„Nein, aber ich vertraue dir nicht!"

Sie zuckte mit den Schultern. „Dein Problem! Entweder probierst du es aus und siehst was passiert, oder du versauerst hier weiter. Was hast du schon zu verlieren? Noch tiefer kannst du doch gar nicht sinken. Dein Daddy hält ohnehin nichts von dir!"

„Er ist nicht mein Daddy", fauchte ich automatisch und erhob mich von dem Hocker am Tresen. „Kann ich mich noch umziehen?"

Sie musterte herablassend meinen Schlabberlook. „Ich bitte darum!"

Eine halbe Stunde später standen wir vor dem großen Spiegel in meinem Badezimmer. Wir hatten beide dunkel geschminkte Augen und rote Lippen. Dazu schwarze, leicht transparente Chiffonblusen. Faye trug eine hautenge Jeans, während ich mich für einen Minirock aus Leder entschieden hatte, der meine langen Beine betonte. Meine blonden Haare fielen mir in sanften Wellen über die Schultern, während Fayes Haar glatt über ihrem Rücken lag.

Wir hatten uns gemeinsam fertiggemacht wie es sonst nur Freundinnen taten, doch die lockere Stimmung hatte dabei gefehlt.

„Und jetzt?", fragte ich sie immer noch skeptisch.

„Wir steigen aus dem Fenster", erwiderte sie ungerührt.

„Die sind abgeschlossen."

Sie grinste belustigt und zog einen kleinen Schlüssel aus ihrer Hosentasche. „Rate mal, wer den Schlüssel zu deiner Freiheit in den Händen hält."

Während ich ihr durchs Zimmer folgte, fragte ich: „Warum tust du das? Riskierst du nicht deine Stellung, wenn das auffliegt?"

„Wer sagt denn, dass wir auffliegen?"

„Ich könnte versuchen abzuhauen!"

Sie drehte den Schlüssel im Schloss um, riss das Fenster auf und ein kühler Lufthauch wehte uns entgegen. Der Schnee war mittlerweile geschmolzen, sodass die umliegenden Hügel und Berge in tiefer nächtlicher Dunkelheit lagen. Selbst die Sterne waren hinter dichten Wolken verborgen.

„Du hättest keine Chance gegen mich", grinste Faye. „Aber versuch es ruhig. Ich habe schon lange niemanden mehr gejagt!"

Ihre Überheblichkeit ärgerte mich. Ich wollte, dass sie mich unterschätzte, aber mein Gefühl sagte mir, dass sie Recht hatte.

Sie stieg lässig auf ihren hohen Absätzen über das niedrige Gitter, welches vor dem Fenster angebracht war. Bei ihr sah es so einfach aus, als würde sie es täglich machen. Ich tat mir schwerer. Meine Beine wackelten in den hohen Stiefeln, das Dach war rutschig vom Regen und das Gitter so kalt, dass es wehtat sich daran festzuhalten. Zum Glück war es nur ein kurzer Weg an der Hauswand entlang, bis wir eine Art Blumengitter erreichten, dass im Winter jedoch nicht bewachsen war.

„Woher weißt du, dass wir nicht beobachtet werden?", wisperte ich furchtsam als wir am Boden ankamen.

„Im Gegensatz zu dir spüre ich die Anwesenheit eines anderen Schattenwandlers." Ihr kurzes Grinsen verriet mir, wie sehr sie es genoss mir erneut zu zeigen, dass ich eine absolute Null war.

„Außerdem kenne ich die Wachpläne", fügte sie dann erklärend hinzu und zwinkerte mir versöhnlich zu. Vielleicht würde die Nacht doch ganz lustig werden, immerhin war es eine Abwechslung und Faye zeigte sich mir von einer völlig neuen Seite. Bisher hatte ich sie eher als streng und gewissenhaft erlebt – eine junge Frau, die nie einen Fehler machte.

Wir rannten geduckt über den dunklen Rasen bis zu einem Nebengebäude des Anwesens. Die Tür war durch ein Zahlenschloss gesichert, für das Faye jedoch die Zahlenkombination kannte, sodass wir problemlos eintreten konnten. Flackernd sprang das Licht an, welches mich im ersten Moment die Augen von der Helligkeit zusammenkneifen ließ. Als ich sie wieder öffnete, erkannte ich, dass wir uns in einer großen Halle befanden, die den Schattenwandlern als Garage zu dienen schien: Hier stand ein Luxusschlitten neben dem anderen.

Fayes Absätze klapperten laut als sie stolz durch die Reihen schritt und mit ihren Fingern über die polierten Motorhauben strich. „Such dir einen aus!", forderte sie mich auf.

Ich ließ meinen Blick über die edlen Karossen gleiten. Die meisten waren schwarz, so wie unsere Kleidung. Am anderen Ende der Halle entdeckte ich dann tatsächlich einen roten Ferrari. „Der passt zu unserem Lippenstift!", entschied ich belustigt. Die ganze Situation war so unwirklich, dass ich mir nicht sicher war, ob ich vielleicht alles nur träumte.

Faye zog den Zündschlüssel aus ihrer Tasche, wie auch immer sie darangekommen war. „Ich wusste, dass du den Ferrari wählen würdest." Blinkend öffneten sich die Türen.

„Weil ich guten Geschmack habe?"

„Nein, weil er deinem Vater gehört!"

Nicht nur, dass sie mich für durchschaubar hielt, sie glaubte auch noch, dass Charles und ich in irgendeiner Weise etwas gemeinsam hatten. Zu blöd, dass sie mit ihrer Vermutung auch noch richtiggelegen hatte. Aber vermutlich hätte sie ebenfalls den Ferrari gewählt, wenn man ihr die Wahl gelassen hätte. Das war noch lange kein Beweis für irgendwelche Gemeinsamkeiten.

Sie nahm hinter dem Steuer Platz, während ich mich in das weiche Leder des Beifahrersitzes gleiten ließ. „Wenn der Wagen meinem Vater gehört, sollte ich dann nicht fahren?", brummte ich, als sie den Motor aufheulen ließ.

„Vergiss es! Du würdest es noch fertig bringen das gute Stück zu Schrott zu fahren."

Wie Recht sie hatte, dabei wusste sie nicht einmal, dass ich keinen Führerschein hatte. Aber vermutlich ging sie bei einer Versagerin wie mir automatisch davon aus.

Als wir auf das große Tor zusteuerten, öffnete es sich automatisch und gab uns in die dunkle Nacht frei. Faye steuerte den Wagen vom Hof, wobei ich besorgt aus dem Fenster sah und damit rechnete, dass von irgendwo jemand angerannt kommen würde, der versuchen würde uns aufzuhalten, doch alles blieb ruhig.

„Wundert sich niemand, dass so spät abends noch jemand das Anwesen verlässt?"

„Warum sollten sie sich wundern? Wir sind hier doch keine Gefangenen!"

Niemand, außer mir, dachte ich grimmig und lehnte mich zurück in das Polster. Mich umfing der

Geruch von frisch gereinigtem Leder. Das Auto wirkte wie neu.

„Greif mal ins Handschuhfach", wies mich Faye an. Neugierig folgte ich ihrer Anweisung und entdeckte einen goldenen Flachmann.

„Ich würde auf Whiskey tippen, aber natürlich nur das gute Zeug", meinte Faye und nickte mir auffordernd zu. „Na, los nimm schon einen Schluck!"

Das ließ ich mir nicht zweimal sagen und schraubte gierig den Verschluss von der Flasche. Die Flüssigkeit brannte in meinem Hals, bevor sich eine wohlige Wärme in mir ausbreitete – eindeutig Whiskey!

Faye streckte mir fordernd ihre Hand entgegen. Sie überraschte mich immer mehr.

„Solltest du nicht lieber nüchtern bleiben, wenn du fährst?", zog ich sie tadelnd auf.

„Ich hätte dich nicht für eine Spielverderberin gehalten", konterte sie und streckte mir die Zunge raus, worauf ich ihr den Flachmann reichte und sie sich einen großen Schluck genehmigte. „Zur Not kommen wir durch die Schatten zurück."

„Traust du mir das etwa zu?"

Sie warf mir einen argwöhnischen Blick zu. „Hast du mir nicht gesagt, dass du wenigstens das könntest?"

„Und du hast mir geglaubt?"

Obwohl wir uns kaum kannten, erkannte sie, dass ich scherzte. Ich hatte auch versucht durch die Schatten dem Zimmer zu entkommen, indem ich die erste Woche eingesperrt gewesen war, doch die Wände mussten mit Phosphor bearbeitet sein, was

126

ein Entkommen selbst für Schattenwandler unmöglich machte.

Wir fuhren durch die dunkle Nacht. Alles um uns herum lag in tiefer Dunkelheit. Nur die Autoscheinwerfer durchbrachen die Schwärze. „Wohin fahren wir überhaupt?"

„Wenn du eine Disco oder einen trendigen Club erwartest, muss ich dich leider enttäuschen. Dafür sind wir zu weit außerhalb, aber ein netter Pub sollte es auch tun."

„Bist du öfters da?"

„Regelmäßig. Wie sollte ich mich sonst amüsieren?"

„Amüsiert es dich nicht genug, dich über mich lustig zu machen?"

Sie verzog ihre rotgeschminkten Lippen zu einem Grinsen. „Arme Eliza, erwartest du etwa Mitleid? Ob du es glaubst oder nicht, ich hatte auch vor dir schon ein Leben."

„Seit wann bist du bei den Fomori?"

„Wenn du mich in zwei Stunden noch einmal danach fragst, hast du vielleicht Glück und ich bin betrunken genug, um dir eine Antwort zu geben."

„Was ist denn daran so besonderes, dass du es mir nicht einfach sagen kannst?"

„Nicht alle erzählen jedem, den sie gerade erst kennenlernen, direkt ihre ganze Lebensgeschichte." Es war schon wieder eine Stichelei in meine Richtung, da ich nie ein Geheimnis daraus gemacht hatte, wer ich war und woher ich kam. Das hatte jedoch auch daran gelegen, dass Faye ohnehin schon alles über mich zu wissen schien.

Nach etwa einer halben Stunde Fahrt war der Flachmann leer und wir passierten eine Orteinfahrt.

Es war jedoch zu dunkel, als dass ich den Namen des Ortes hätte erkennen können. Die meisten Fenster waren dunkel und nur vereinzelte Straßenlampen spendeten spärlich Licht. Wir bogen zweimal ab, bevor wir leise Musik hörten und ein hell erleuchtetes Gebäude erreichten, vor dem sich Autos tummelten. Das musste der Pub sein.

Faye parkte den Ferrari direkt vor dem Eingang. Ich kam mir protziger denn je vor, zwischen den ganzen normalen Autos. Außerdem war ich mir sicher, dass wir aus dem Inneren des Pubs bereits beobachtet wurden. Faye schien das nichts auszumachen. Ganz im Gegenteil, sie warf sich ihr rotes Haar über die Schulter zurück und klimperte mit den Autoschlüsseln in ihrer Hand.

„Hast du keine Angst, dass uns der Wagen geklaut wird?"

„Was glaubst du eigentlich wo wir sind? Das hier ist doch kein Ghetto! Hier wohnen nette und ehrliche Menschen", behauptete sie. „Ich wette die anderen Autos sind nicht einmal abgeschlossen."

„Die will ja auch niemand klauen!", meinte ich und sah mir die alten Rostlauben an.

„Wer von uns beiden ist jetzt die Eingebildetere?", zog sie mich erneut auf, und zog die Tür zum Pub auf. Natürlich nicht um mir den Vortritt zu lassen, sondern um selbst als erstes einzutreten.

Wie der volle Parkplatz bereits vermuten gelassen hatte, war das Lokal gut besucht. Es schien das Einzige in großer Entfernung zu sein, sodass die jungen Leute aus der Gegend sich hier versammelten. Ich hatte erwartet, dass sie uns skeptisch oder wenigstens neugierig mustern würden, doch es drehte sich nicht einmal einer zu uns um. Auf einer kleinen Bühne spielte eine Zweimann-Band typische irische Folklore Musik. Das Fiedeln der Geige ließ augenblicklich alle Anspannung von mir abfallen. Die Stimmung war ausgelassen und locker. Erst als ich mir an der Bar ein Bier bestellen wollte, fiel mir auf, dass ich gar kein Geld hatte. Faye schien jedoch dem Barkeeper bekannt zu sein, denn er fragte nur: „Auf Crawford?"

„Wie immer", lächelte sie zur Antwort. Sie stupste mich lachend an, als sie mein verdutztes Gesicht sah. „Gehört zu meiner Bezahlung!"

Wir prosteten uns gegenseitig mit den vollen Bierkrügen zu. „Auf ex?", fragte sie herausfordernd.

„Glaubst du etwa das fällt mir schwer?", entgegnete ich höhnisch. Vielleicht wusste sie doch nicht so viel über mich, wie sie glaubte. Wenn sie nicht aufpasste, würde ich sie unter den Tisch trinken. Ich hatte nicht viel in meinem Leben erreicht, aber zumindest hatte ich meine Grenzen beim Alkohol schier ins Endlose ausgeweitet. Nichts worauf man stolz sein konnte, aber Faye sollte sich besser nicht mit mir anlegen.

Wir leerten beide die Gläser mit einem Zug, worauf der Barkeeper uns lachend applaudierte und Faye direkt die nächste Ladung nachorderte. Dieses Mal ließen wir es jedoch langsamer angehen und sahen uns erst einmal die anderen Gäste etwas genauer an.

Nicht weit von uns saß in einer kleinen Nische, eine fünfköpfige Gruppe junger Männer, die neugierig zu uns schauten. Faye lächelte ihnen verführerisch zu, bevor sie auch schon meine Hand ergriff und mich zu ihnen zog. Die Männer machten uns nur zu gerne Platz an ihrem Tisch.

„Seid ihr öfters hier?", fragte Faye neugierig.

„Wir machen eine Rundreise", antwortete einer von ihnen in gebrochenem Englisch. „Wir kommen aus Deutschland!"

„Ich liebe das Oktoberfest!", säuselte Faye sofort, was mich zum Schmunzeln brachte. Ich hätte wetten können, dass sie noch nie dort gewesen war, sondern einfach nur das erste sagte, was ihr zu Deutschland einfiel. Da ich uns nicht den Spaß verderben wollte, fiel ich lachend mit ein. „Glaubt ihr, mir würde ein Dirndl stehen?"

Sie nickten ohne zu zögern. Eigentlich hatte ich die ganze Trinkerei und das Geflirte hinter mir lassen wollen, um eine ernsthafte Beziehung zu führen. Doch Rhona und Charles hatten mir jeden und alles genommen, was mir wichtig gewesen war. Da konnte ich es auch nochmal richtig krachen lassen. Vielleicht würden Faye und ich uns dadurch wenigstens besser verstehen. Sie schien jemand zu sein mit dem man Spaß haben konnte und wenn ich mich an sie hielt, würde sie mir sicher auch mit Charles helfen. Es fühlte sich ein bisschen wie eine Reise in meine Vergangenheit an.

Vor etwas mehr als einem Jahr hatte ich auf einer Party auch Liam kennengelernt. Er hatte mich in meiner schlechtesten Phase angetroffen. Ich war nicht mehr ich selbst gewesen. Aber genau wie Faye gesagt hatte, hatte er von Anfang an gewusst, was ich war und mich unter seine Fittiche genommen. Er hatte mir helfen wollen, aber ich war so überzeugt von mir selbst gewesen, dass ich seine ganzen Ratschläge und Hinweise unbeachtet gelassen hatte. Am Ende hatte er für seine Hilfsbereitschaft die Rechnung erhalten – ich hatte den einzigen Menschen getötet, der ihm wirklich etwas bedeutet hatte: seine Schwester Beth.

Schnell trank ich mein Glas leer und goss weiter nach. Auf Beth! Auf Liam! Auf meine Eltern, die nichts mehr als Tante und Onkel waren! Auf Winter! Auf Lucas! Auf meine Mitschüler, die mich verachteten! Auf die Schule, in der ich versagt hatte! Auf Rhona, der ich schon immer egal gewesen war! Auf Will, den ich umgebracht hatte! Auf Charles, der mich hasste! Auf mein beschissenes Leben!

Nach einer gewissen Zeit, von der ich nicht hätte sagen können, ob es eine oder gar vier Stunden gewesen waren, hing ich an der Schulter eines der Deutschen, während Faye direkt auf seinem Schoss Platz genommen hatte. Wir waren alle drei total betrunken und lachten über jeden Mist, ohne überhaupt zu wissen warum.

„Hast du Hunger?", fragte Faye plötzlich laut.

„Gibt es hier denn etwas zu essen?", wollte ich irritiert wissen, worauf sie mit den Augen rollte und dem jungen Mann unter ihr auf die Brust tippte. „Sieht der nicht zum Anbeißen aus? Ich wette seine Gefühle schmecken wie purer Zucker!"

Sie machte sich nicht einmal die Mühe leiser zu sprechen. Der Deutsche grinste nur und verstand ohnehin nur die Hälfte.

„Passt du auf?"

„Aber garantiert! Ich sorge schon dafür, dass für mich auch noch etwas übrig bleibt", kicherte sie und streichelte dem Mann über die Wange, drückte dann aber seinen Kopf entschieden in meine Richtung. Ich sah ihm in die Augen und für jeden anderen in dem Pub musste es aussehen, als ob wir gerade einen Dreier planten, doch stattdessen saugte ich seine Gefühle gierig in mir auf. Sie waren verworren und wie bunte Streusel wild durcheinandergewirbelt. Ich konnte sie kaum klar benennen, da unterbrach Faye bereits unsere Verbindung und nahm sich den Mann selbst vor. Es dauerte nicht lange, da wirkte er, als sei er nicht nur sturzbetrunken, sondern auch noch auf Drogen.

Faye erhob sich kichernd von seinem Schoss und nahm mich an der Hand. „Komm wir naschen weiter!", entschied sie und suchte sich bereits ihr nächstes Opfer. Ich konnte kaum gerade stehen, aber ließ mich von ihr lachend mitschleifen. Es war leicht alles zu vergessen und sich einfach treiben zu lassen. Nachdem wir erst Alkohol wild durcheinander getrunken hatten, machten wir nun mit den menschlichen Gefühlen weiter und niemand schien es zu bemerken. Es waren immer nur kleine Schlucke wie ein Schnapsglas. Ich verlor die Orientierung darüber von wem wir bereits gekostet hatten und torkelte von einem zum anderen. Alles drehte sich um mich herum. Dazwischen bekam ich immer wieder Getränke gereicht, die ich einfach leer trank ohne zu fragen, was es war oder woher es kam. Die Musik hämmerte in meinen Ohren und ließ mich ohne jedes Taktgefühl tanzen und laut mitsingen. Irgendwann verlor ich Faye aus den Augen, doch es störte mich nicht. Ich war viel zu berauscht, um mir darüber Gedanken zu machen, stattdessen feierte ich einfach mit fremden Menschen weiter. Die unterschiedlichsten Gefühle stürzten auf mich herab und ich inhalierte sie alle, ganz egal von wem. Es war ein bunter Mix, der kaum zusammenpasste und meine eigenen Emotionen ebenfalls durcheinanderwirbelte.

Plötzlich packten mich feste Hände von hinten und rissen mich so schwungvoll herum, dass sich mir der Magen umdrehte. Ich schnappte erschrocken nach Luft und riss die Augen weit auf, um etwas erkennen zu können. Rhona stand mit zornigem Gesicht vor mir. Aber selbst da war ich mir nicht sicher, ob ich halluzinierte. „Wa-has machst duhu denn hier?", lallte ich ihr genervt entgegen. Sie verzog angewidert das Gesicht und legte ihre Finger noch fester um meine Oberarme, sodass es wehtat.

„Aua!", beschwerte ich mich lautstark, als sie mich aus dem Pub zog. Erst jetzt fiel mir auf, dass die Mehrheit der Gäste bereits gegangen war und ich erinnerte mich wieder daran, dass ich nicht alleine gekommen war.

„Wo ist Faye?"

„Im Auto! Sie hat mich angerufen, weil du abgehauen bist und sie dich nicht mehr bändigen konnte. Du hast von wirklich jedem getrunken und bist auch noch zu betrunken und zu blöd, um selbst ihre Erinnerungen zu löschen!"

Ich versuchte ihre Worte so zusammenzufügen, dass sie einen Sinn ergaben, doch das Einzige, was ich verstand, war, dass sie mir vorwarf für irgendetwas zu dumm zu sein.

Faye lehnte lässig an dem roten Ferrari und machte Platz, als wir auf sie zukamen.

„Ich hab versucht sie aufzuhalten, aber sie wollte nicht hören", sagte sie entschuldigend zu Rhona, dabei lallte sie nicht im Geringsten. Sie schwankte auch nicht. Generell wirkte sie sehr nüchtern.

„Glaub bloß nicht, dass du damit durchkommst", fuhr Rhona sie jedoch barsch an. „Es ist deine Aufgabe auf sie aufzupassen und somit ist dieses Desaster auch allein deine schuld!"

Faye schob schmollend die Unterlippe vor. „Wenn die Wachmänner besser aufgepasst hätten, hätte sie gar nicht erst abhauen können! Nur weil ich ihr direkt hinterhergefahren bin, haben wir sie überhaupt wiedergefunden, sonst wäre sie jetzt irgendwo im Hinterland verschwunden."

„Spiel dich nicht als Heldin auf! Nach dieser Geschichte kannst du deine Beförderung vergessen!", fuhr Rhona sie an. Ihre laute Stimme schmerzte in meinem Kopf. „Jetzt sieh zu, dass du die Erinnerungen löschst!"

Rhona schlug mir die Tür vor der Nase zu und ging zur Fahrerseite.

„Und was ist mit mir?", fragte Faye fassungslos, denn der Ferrari war nur ein Zweisitzer.

„Wofür bist du eine Schattenwandlerin? Was glaubst du wie ich hergekommen bin?", fauchte Rhona zurück und ließ sich hinter dem Steuer nieder. Sie startete den Motor und sauste mit quietschenden Reifen aus der Parklücke, sodass ich mich erschrocken an der Seite festklammerte. Die Galle stieg mir den Hals hoch und ich wusste nicht wie lange ich meinen Mageninhalt noch würde bei mir behalten können.

Meine biologische Mutter warf mir einen drohenden Blick zu. „Wage es nicht in das Auto zu kotzen!"

„Warum nicht?", keifte ich zurück. „Charles kann mich doch jetzt schon nicht leiden!"

Sie sah mich irritiert an. „Er kennt dich einfach nicht."

„Es ist ihm auch egal, genau wie dir! Warum musstet ihr mich überhaupt mitnehmen? Macht es euch Spaß mein Leben zu zerstören?"

„Dein Leben hast du alleine zerstört, Eliza!"

„Du hast mich doch überhaupt erst in die Welt gesetzt", schrie ich sie voller Wut an. Der Alkohol nahm mir jegliche Hemmungen, sodass ich mich nicht einmal für meine Tränen und die schniefende Nase schämte. „Du hast mich bei deiner Schwester abgeladen und dich danach nie wieder für mich interessiert! Weißt du wann es mit mir bergab ging? Als sich deine beschissenen Gene durchgesetzt haben und ich rausgefunden habe, dass mein ganzes Leben eine einzige Lüge ist! Anstatt mich zu bekommen, hättest du mich lieber abtreiben lassen sollen!"

Sie bremste so plötzlich, dass ich in meinem Sitz nach vorne geschleudert wurde. Die Erschütterung ließ mich würgen und ich schaffte es gerade noch die Seitentür aufzureißen und mich außerhalb des Autos zu übergeben. Es war mehr eine instinktive Handlung gewesen, denn ich hätte Charles ein vollgekotztes Auto nur zu sehr gegönnt.

Tränen rannen aus meinen Augen, meine Nase lief und ich erbrach mich zitternd. Erst als ich mich wieder etwas beruhigt hatte, spürte ich, dass mir meine Haare gar nicht ins Gesicht hingen. Rhona hatte sie festgehalten und reichte mir ein Taschentuch als ich mich im Sitz zurücksinken ließ. Sie sagte nichts und sah mich auch nicht an. Es tat mir nicht leid, was ich gesagt hatte, denn tief in meinem Inneren wusste ich, dass es das war, was ich empfand. Aber ich bereute, ihr so tiefen Einblick in meine Seele gewehrt zu haben. Es war ein mieses Gefühl jemandem zu offenbaren wie sehr einen dessen Verhalten verletzte, während man genau dieser Person völlig egal war.

Ausgerechnet am nächsten Tag hatte sich das irische Wetter gegen alle Vorurteile dazu entschlossen sich von seiner schönsten Seite mit blauem Himmel und strahlendem Sonnenschein zu präsentieren, sodass ich bereits in der Frühe geweckt wurde. Mein Magen fühlte sich immer noch flau an, doch mein Hals brannte, ob nun vom nächtlichen Erbrechen oder vor Durst. Die Kopfschmerzen waren sogar erträglich. Meinetwegen hätten sie heftiger ausfallen dürfen, vielleicht hätte ich mich dann wenigstens nicht mehr an das schreckliche Gespräch mit Rhona erinnern können.

Zum ersten Mal wünschte ich mir die Zeit zurück, in der ich das Zimmer nicht hatte verlassen dürfen und Faye mich bedient hatte. Doch darauf könnte ich nun wohl lange warten und so quälte ich mich selbst aus dem Bett, schlurfte ins Bad und putzte die Zähne. Während ich vor dem Spiegel stand, ließ ich die letzte Nacht Revue passieren oder zumindest den Teil an den ich mich erinnern konnte. Faye und ich hatten uns wirklich gut verstanden. Nach dem ersten Bier hatte sie auch mit ihrem ständigen Gestichel aufgehört. Wir hatten viel gelacht und uns gut amüsiert. Sie war irgendwie die Freundin nach der ich mich so lange gesehnt hatte und die ich gerade mehr denn je brauchen konnte. Ich erinnerte mich noch daran, dass ich mir für einen kurzen Moment vorgestellt hatte, wie wir zusammen die Welt bereisen würden – unabhängig und frei wie es nur Schattenwandler sein konnten.

Trotz allem, was zuvor gewesen war, hatte ich mein Misstrauen abgelegt und ihr vertraut. Umso erschreckender waren die Bilder, die ich von ihr hatte, nachdem Rhona mich aus dem Pub gezerrt hatte. Faye, die völlig klar im Kopf zu sein schien und Lügen über mich erzählte. Warum hatte sie das getan? Nur um sich selbst zu schützen oder war es von Anfang an ihr Plan gewesen mich vor Rhona bloß zu stellen?

Meine Antworten sollte ich schneller bekommen als ich gedacht hätte, denn Faye saß in der Küche über einer Schale Joghurt mit Obst. Allein der Gedanke an Milch ließ meinen Magen rebellieren. „Wie bekommst du das nur runter?", fragte ich sie angeekelt.

„Du hättest eben weniger trinken sollen", murmelte sie unfreundlich und ohne den Kopf zu heben.

„Wir haben beide gleich viel getrunken."

Ihr hinterhältiges Lächeln war für mich Antwort genug. „Das glaubst du!"

Also doch! Es war alles von ihr geplant gewesen. Sie hatte mir nie helfen wollen, geschweige denn wirklich meine Freundin sein wollen.

„Warum hast du das getan?", fragte ich sie mehr enttäuscht als wütend.

„Du gehst mir auf die Nerven!"

„Was habe ich dir denn getan?"

Sie blickte mich an, als hätte ich etwas unvorstellbar Dummes gefragt. „Glaubst du, es macht mir Spaß deine Aufpasserin zu spielen und dich von vorne bis hinten zu bedienen?"

„Ich kann nichts dafür, dass Charles dich damit beauftragt hat!"

„Ich habe deinetwegen nur Ärger!"

„Niemand hat dich gezwungen mich zu entführen und betrunken zu machen. Erwarte nicht, dass ich jetzt auch noch Mitleid mit dir habe, nachdem du mich hintergangen hast. Was wolltest du damit überhaupt bezwecken?"

„Er sollte sehen wie unwürdig du bist!"

„Glaub mir, das weiß er auch schon so! Du siehst doch selbst, dass er sich nicht für mich interessiert."

„Du bist ihm so verdammt ähnlich!", warf sie mir plötzlich vor. Entgeistert starrte ich sie an.

„Ihr seid beide absolut skrupel- und rücksichtslos. Denkst du eigentlich auch nur einmal an jemand anderen als dich?", fuhr sie mich wütend an. „Du bist nur am Jammern wie schlecht es dir geht und wie böse alle zu dir sind, dabei du bist doch das wahre Monster!"

„Wovon redest du?"

„Du hast erst ein kleines unschuldiges Mädchen umgebracht und danach deinen eigenen Bruder!"

Ich hatte keine Ahnung woher sie von Beth wusste, aber die Heftigkeit dieser Worte traf mich immer wieder. Trotzdem verstand ich nicht, was das mit ihr zu tun haben sollte. „Hast du noch nie jemanden umgebracht?" Ich konnte mir nicht vorstellen, dass sie eine saubere Weste hatte, wo sie Teil der Fomori war, die nicht nur mich aus Rache hatten töten wollen, sondern zwei unbeteiligte Menschen direkt mit dazu.

„Noch nie!", antwortete sie voller Überzeugung und ohne jeden Zweifel. „Ich habe schon viele Dinge getan auf die ich nicht stolz bin, aber so weit würde ich niemals gehen!"

Sie sah mich eindringlich an, bevor sie aufstand und ging. Hatte sie wirklich Recht? War ich ein Monster? Beth und Kevin waren Unfälle gewesen und Will hatte mir verziehen, was ich ihm angetan hatte. Aber reicht das aus, um mich von meiner Schuld reinzuwaschen? Konnte ein Mensch, der einmal einen Mord begangen hatte je wieder reinen Herzens sein, oder war er viel eher wie ein Hund, der einmal gebissen hatte und danach den Geschmack von Blut nicht mehr loswurde?

12. Mona

Wir saßen nach der Schule in einem kleinen Café, etwas abseits von der Wexforder Einkaufsstraße. Vor uns standen zwei dampfende Teetassen und ein Teller mit köstlich duftenden Scones. Puderzucker bestäubte Aidans Kinn als er einen herzhaften Bissen nahm. Er schloss genießerisch die Augen. Für solche Momente liebte ich ihn umso mehr. Er konnte sich über so viele Kleinigkeiten freuen, weil alles für ihn neu und aufregend zu sein schien. *Velvet Hill* war wie ein Gefängnis für ihn gewesen, aus dem er nun endlich ausbrechen konnte. Die Welt lag ihm zu Füßen, aber er sehnte sich nicht nach großen Reisen oder gefährlichen Abenteuern, sondern ein kleiner Teller mit Gebäck konnte ihn schon zum Strahlen bringen.

Aber auch bei der ganzen Begeisterung, vergaß er seine guten Manieren nicht und schluckte erst runter, bevor er mir den Teller entgegenhielt. „Willst du nichts?"

Hunger hatte ich keinen, aber um ihn glücklich zu machen, nahm ich mir ebenfalls eines der Scones. Der Puderzucker klebte an meinen Fingern und selbst meine Nase wurde bestäubt als ich vorsichtig versuchte abzubeißen. Aidan begann zu lachen. „Wenn wir jetzt alleine wären, würde ich zu gern deine Nase küssen", flüsterte er mir über den Tisch hinweg zu, worauf ich lächelnd errötete. Unsere Beziehung war schon immer weit über körperliche Anziehung hinausgegangen. Es war fast als wären unsere Seelen miteinander verbunden, trotzdem breitete sich ein angenehmes Kribbeln in meinem Inneren aus, wenn Aidan Anspielungen in diese Richtung fallen ließ, was in letzter Zeit immer häufiger vorkam.

Er griff nach seiner Schultasche und suchte seinen Terminplaner hervor. „Ich wollte dir noch etwas zeigen", erzählte er mir lächelnd, während ich so damenhaft wie möglich versuchte das süße Gebäck zu essen. Aidan hatte gerade einmal zwei Bisse gebraucht, bei mir hingegen war es nun schon der fünfte. Manchmal sagte Liam, dass ich so spärlich wie eine Maus essen würde. Ich wusste, dass er sich Sorgen machte, weil die Dunkelheit nicht nur meinen Geist, sondern auch meinen Körper angegriffen hatte. Meistens mied ich den Blick in den Spiegel, aber vor kurzem hatte ich selbst nach dem Duschen gesehen wie unansehnlich sich meine Rippen hervorgedrückt hatten. Es war kein schöner Anblick gewesen und das war auch der Grund, warum ich noch nicht bereit war mit Aidan weiterzugehen. Ich wusste zwar, dass seine Liebe für mich dadurch nicht beeinträchtigt würde und er mich sicher dennoch ansehen würde, als sei ich das schönste Mädchen der Welt, aber ich wollte mich zumindest auch ansatzweise so fühlen und sei es auch nur für den Moment.

Er streckte mir über den Tisch ein gefaltetes Blatt Papier entgegen.

„Was ist das?", wollte ich neugierig wissen und wischte mir meine Hände an der Serviette ab.

„Schau es dir an!", forderte er mich jedoch nur grinsend auf.

Ich faltete das Blatt auseinander und erkannte sofort das Siegel von *Velvet Hill* auf dem Briefkopf. Normalerweise freute sich Aidan nicht über Dinge, die mit der Klinik zu tun hatten, aber jetzt machte er einen geradezu euphorischen Eindruck, sodass ich aufgeregt zu lesen begann. Nach der Hälfte konnte ich meine Freude nicht länger bremsen und sah ihn freudig an. „Du ziehst in ein betreutes Wohnprojekt?"

Er nickte begeistert. „Ja, schon nächsten Monat wird ein Zimmer in Wexford frei. Das ist dann meins!"

Ich wusste wieviel ihm dieses Stück Freiheit bedeutete und streckte meine Hände über den Tisch nach seinen aus. „Aidan, das ist wundervoll! Ich freue mich so sehr für dich!"

Er hielt meine Hände fest in seinen und sah mir tief in die Augen. „Das ist nicht alleine mein Verdienst. Seitdem du in mein Leben getreten bist, habe ich das Gefühl, dass endlich ein Licht am Ende des Tunnels leuchtet. Du und die anderen habt so viel für mich getan und tut es immer noch, dass ich gar nicht weiß, wie ich mich jemals dafür revanchieren soll. Zum ersten Mal habe ich ein richtiges Leben!"

In seinen Augen lag so viel Dankbarkeit, Wärme und Zuneigung, dass sich mir der Hals zuschnürte. Aidan meinte ernst, was er sagte und ich wünschte, dass ich dasselbe über ihn hätte sagen können, aber auch wenn er mir viel Sicherheit gab, wusste ich, dass die einzige Person, die mir wirklich helfen konnte nicht Aidan, sondern Ava war. Dennoch lächelte ich ihn liebevoll an und versuchte die Zweifel, die an mir nagten, zu ignorieren. Es lag nicht an ihm, sondern an mir. Ich stand mit mir selbst auf Kriegsfuß, wie sollte ich dann verstehen können, was er in mir sah?

Ava saß mir in meinem abgedunkelten Zimmer gegenüber. Dieses Mal hatten wir uns nicht für das Wohnzimmer entschieden, um nicht wieder von Liam gestört zu werden. Er akzeptierte zwar meinen Kontakt zu Ava, aber er hieß ihn nach wie vor nicht gut. Als er uns das erste Mal erwischt hatte, hatte er schlechte Laune gehabt als er wieder, von wo auch immer, zurückgekommen war und sich noch den ganzen Abend lang über den Gestank beschwert. Ich hatte vermutet, dass seine schlechte Stimmung nicht nur an den Räucherstäbchen liegen konnte, doch er hatte sich dazu nicht weiter äußern wollen.

Seitdem ich Ava kannte, fühlte ich mich schon viel sicherer, weil ich zum ersten Mal wieder so etwas wie Hoffnung empfand. Sie hatte mir versprochen mir so lange zu helfen, bis ich meine Kräfte wieder vollständig kontrollieren konnte. Wir trafen uns dafür mehrmals die Woche. An diesen Tagen konnte ich Aidan außerhalb der Schule nicht sehen. Er war dann immer sehr betrübt, weil er es hasste seine Nachmittage in *Velvet Hill* verbringen zu müssen, aber er verstand im Gegensatz zu Liam wie wichtig es für mich war, meine Magie zurückzuerlangen. Zudem gab es ihm Hoffnung, dass er bald in die betreute Wohngruppe ziehen könnte. Vielleicht hätte Ava nicht einmal etwas dagegen gehabt, wenn Aidan bei unseren Übungen anwesend gewesen wäre, aber mich hätte es gestört. Aidan und ich verbrachten jede freie Minute miteinander und seine Nähe war mein Anker gewesen, als ich gedroht hatte in der Finsternis zu ertrinken. Ich teilte alles mit ihm, aber die Zeit mit Ava wollte ich für mich alleine haben. Er sollte nicht dabei zusehen wie ich scheiterte.

Das Windspiel, welches vor meinem Fenster hing, gab ein leises Klingeln von sich, obwohl die Tür und das Fenster geschlossen waren. Ava hatte es mir geschenkt. Wenn wir zusammen waren, klingelte es immer wieder und bewies uns auf diese Weise die Existenz von magischer Energie. Ich mochte den Klang des Windspiels, der sanfter war als Glocken, und mir half in die richtige Stimmung zu kommen.

„Wie war es in der Schule?", fragte Ava, während sie die Kerzen zwischen uns anzündete. Während sich unsere Gespräche zu Beginn immer nur um Magie gedreht hatten, fragte sie mich nun immer häufiger auch nach meinem restlichen Leben. So verschlossen ich normalerweise auch war, fiel es mir ihr gegenüber leicht zu sprechen. Vielleicht lag es an ihrer ruhigen Ausstrahlung oder dem warmen Ausdruck in ihren Augen. Manchmal erinnerte sie mich an Susan.

„Okay", antwortete ich ihr. „Alle sind schon ganz aufgeregt wegen dem Schulball zu St. Patricks Day."

„Du auch?"

„Nein, ich werde gar nicht hingehen."

Sie hob überrascht den Blick von den Kerzen. „Warum nicht?"

„Dort betrinken sich alle nur. Es sind so viele Menschen an einem Ort, dass es auch wahnsinnig laut und voll werden wird."

„Gehen deine Freunde etwa auch nicht hin?"

„Doch, aber Winter hat eigentlich auch keine Lust."

„Sie vermisst sicher immer noch ihre Schwester, oder?"

Ich konnte mir selbst nicht erklären, warum ich Ava von Eliza erzählt hatte. Sie kannte zwar keine Details, aber zumindest wusste sie, dass sie verschwunden, und Winter deshalb sehr besorgt war. Wir sprachen nicht oft über sie, weil ich mir dabei wie eine Verräterin vorkam.

„Bestimmt, aber sie spricht nicht mehr von ihr."

Ava nickte verständnisvoll. „Weißt du warum Winter trotzdem zu dem Ball geht?"

Ihre Frage hörte sich rhetorisch an und ich schüttelte unwissend den Kopf.

„Wegen eurer Freunde! Es geht ihr sicher auch nicht um die ganzen anderen Menschen, die Musik, die Kostüme oder den Alkohol, sondern einfach nur Zeit mit Menschen zu verbringen, die sie gernhat. Zusammen können sie dann über die anderen lachen und selbst wenn die Situation unangenehm ist, wird es sicher ein lustiger Abend werden. Es ist ein bisschen Normalität."

„Du willst mir sagen, dass ich auch hingehen soll, oder?"

Sie lächelte auf diese herzerwärmende Art und Weise. „Ich will dir nicht sagen, was du tun sollst, aber ich weiß, was ich tun würde, wenn ich noch einmal so alt wäre wie du. Du bist zu jung, um dich immer nur in deinem Zimmer zu verschließen.

Schmeiß dich in ein schickes Kleid und sei mit Aidan für einen Abend lang mal ein normales Mädchen, ganz ohne Magie."

Bei ihr hörte es sich so leicht an. Ich hatte Panik vor großen Menschenmassen. Aber wenn Ava ohne jede Furcht davon sprach, fiel es mir schwer mich daran zu erinnern, wovor ich überhaupt so viel Angst hatte. Ich wäre ja nicht alleine. Aidan wäre immer an meiner Seite und wir wären umgeben von unseren Freunden. Vielleicht könnten wir sogar mit Liams Hilfe eine Sondererlaubnis bekommen, sodass Aidan die Nacht bei mir verbringen dürfte und nicht zurück nach *Velvet Hill* müsste.

Ich wollte mich jedoch noch nicht festlegen, deshalb bat ich Ava mit der Übung anzufangen. Die meiste Zeit meditierten wir. Ich ließ zu, dass die Seelen der Toten mit mir sprachen, ohne ihnen die Kontrolle über mich zu gewähren. Manche von ihnen waren einfach nur traurig, andere wütend und aggressiv. Ich musste lernen mich gegen sie zu behaupten und meine mentalen Grenzen wieder neu aufzubauen und zu stärken.

„Heute probieren wir mal etwas Anderes aus", meinte Ava jedoch. „Um ganz du selbst sein zu können, ist es wichtig, dass du weißt wer du überhaupt bist."

Ich verstand nicht, was sie mir damit sagen wollte, da ich glaubte mich und meine Macken bereits sehr gut zu kennen. „Ich bin Mona Dearing, ein Medium und vermutlich der schüchternste Mensch auf der ganzen Erde."

Ava lachte und nahm meine Hand in ihre. Sie hatte eine weiche und warme Haut, die immer leicht nach Rosenöl roch. „In diesem Leben bist du Mona, aber wer warst du davor?"

„Du sprichst von Reinkarnation, oder?"

„Nicht alle Seelen werden wiedergeboren. Die meisten Menschen sind tatsächlich so alt wie ihre menschliche Hülle, aber es gibt Ausnahmen und du bist so eine. Du hast eine wirklich alte Seele, Mona! Deshalb reicht es nicht sie im Hier und Jetzt zu heilen, sondern wir müssen zurück in deine vorherigen Leben gehen und dort nach Lücken in deiner Stärke suchen."

„Kann das gefährlich für mich werden?"

„Ja, wenn deine Seele nicht den Weg zurückfindet. Aber ich bin bei dir und kann dich beschützen. Vertraust du mir dafür genug?"

Ich kannte sie kaum und wusste im Grunde nichts von ihr, während ich ihr alles anvertraut hatte, was mir auf dem Herzen gelegen hatte, trotzdem nickte ich. Es war ihre Ausstrahlung, die mir ein Gefühl von Geborgenheit gab. „Fangen wir an!"

Sie stand von ihrem Stuhl auf und wies auf das Bett. „Leg dich am besten hin, damit du mir nicht umkippst."

Ich folgte ihrer Anweisung und sie setzte sich neben mich auf den Bettrand. Als ich zu ihr hochsah, war es ein komisches Gefühl. Zuletzt hatte meine Großmutter vor vielen Jahren auf diese Weise bei mir am Bett gesessen. Ich war damals noch ein halbes Kind gewesen und sie hatte mir Geschichten zum Einschlafen erzählt. Nichts erfundenes, sondern Dinge, die wirklich passiert waren, aber sich so fantastisch anhörten, dass sie auch Märchen hätten sein können.

Sie zog eine lange Kette über ihren Kopf, die zuvor unter ihrem dunklen Wollpullover verborgen gewesen war. Sie war aus Silber, welches über die Jahre jedoch leicht schwarz angelaufen war. An dem Ende der Kette baumelte ein Medaillon. Es war mit Schnörkeln verziert und geschlossen, sodass ich nicht erkennen konnte, ob sich im Inneren etwas verbarg.

„Das ist sehr schön", sagte ich staunend, worauf Ava wieder auf diese bestimmte Art lächelte.

„Ich werde es benutzen, um dich in eine Art Trance zu versetzen, ähnlich wie bei einer Hypnose", erklärte sie mir, ohne weiter auf das Medaillon einzugehen. Sie hob es an, sodass es direkt vor meinen Augen schwebte und ließ es langsam hin und her baumeln. Ich war etwas nervös, trotzdem spürte ich wie meine Augenlider bereits schwer wurden.

„Dein Körper ist schwer. Er ist nur eine Last, die dich am Boden fesselt. Lass deine Seele frei!"

Ich klimperte mit den Augenlidern, aber konnte sie kaum noch offenhalten. Mein Kopf war leergefegt und mein Körper fühlte sich tatsächlich so schwer an, dass ich mir nicht einmal mehr vorstellen konnte den kleinen Finger zu heben. Es war dunkel und nur Avas Stimme hielt mich noch davon ab, einzuschlafen. Doch selbst die wurde immer leiser und schien von weit weg zu kommen.

„Wo bist du?", fragte sie mich. „Kannst du etwas erkennen?"

„Es ist dunkel. So dunkel, dass ich nichts sehen kann."

Kaum, dass ich die Worte ausgesprochen hatte, zuckte ein Lichtblitz durch die Dunkelheit. Das

Schwarz verschwamm vor meinen Augen und schwache Umrisse waren zu erkennen. Ich erkannte das Flackern einer Kerze wie durch einen Schleier. Es sendete zuckende Schatten an die weiße Wand dahinter.

„Ich möchte, dass du mich über jede noch so kleine Entwicklung informierst", sagte plötzlich eine Frau, deren Stimme mir vage bekannt vorkam. Zwei Gestalten waren nun in dem Lichtschein zu erkennen. Beides Frauen: die eine blond, die andere dunkelhaarig.

„Wie soll ich mich ihnen nähern?", fragte die andere und ich erkannte sofort Avas Stimme.

„Das Medium braucht Hilfe. Sie ist schwach! Es wird dir leicht fallen ihr Vertrauen zu gewinnen", entgegnete die andere kühl. Es war Rhona, Elizas leibliche Mutter.

„Soll ich versuchen sie aufzuhalten, wenn sie euch auf die Schliche kommen?"

„Sie werden uns niemals finden! Aber ich möchte wissen, wenn sie etwas planen oder nach uns suchen. Du erstattest mir mindestens einmal die Woche Bericht und natürlich immer, sobald sich etwas Neues ergibt." Rhonas Stimme war herrisch und duldete keine Widerworte. Sie reichte Ava ein dickes Bündel Geldscheine. „Das sollte für deine Verpflegung und deine Dienste genügen!"

Ava nahm das Geld entgegen, zählte es und steckte es sich ein. „Du kannst Charles ausrichten, dass ich alles zu seinen Wünschen erledigen werde. Wir sehen uns bei der Sonnenfinsternis!"

Ein lauter Knall ließ mich zusammenfahren und vertrieb sämtliches Licht aus dem Bild, welches sich mir bot. Mein Hals schnürte sich zu und ich hatte das Gefühl nicht mehr zu wissen, wo oben oder unten war.

„Mona!"

Ich fiel in ein bodenloses Nichts. Mein Körper war so schwer.

Ein weiterer Knall erklang, doch dieses Mal hörte ich ihn nicht nur, sondern spürte ihn auch. Meine Wange brannte. Ich riss die Augen auf und blickte in Avas entsetztes Gesicht. Sie beugte sich immer noch über mich. Meine Hand hatte ich in ihren Arm gekrallt. Erschrocken ließ ich sie los und sah die blutigen Kratzer, die meine Nägel auf ihrer Haut hinterlassen hatten.

Ich wusste nicht, was ich da gesehen hatte, aber ich zweifelte nicht einen Moment an der Wahrheit dahinter. „Raus!", krächzte ich leise

Doch Ava verstand nicht und sah mich nur ratlos an.

„Verschwinde!", fauchte ich erneut, dieses Mal lauter.

Sie sah mich verwirrt an. „Was ist denn los?"

„Ich weiß jetzt, warum du hier bist und ich will, dass du sofort die Wohnung verlässt und dich nie wieder bei mir blicken lässt!"

Endlich schien sie zu verstehen, wovon ich sprach. Sie erhob sich vorsichtig von meinem Bett. „Was hast du gesehen?"

„Charles und Rhona haben dich engagiert, um mich auszuhorchen. Du hast mir die ganze Zeit nur etwas vorgemacht!" Mein Hals fühlte sich immer noch eng an, was nun jedoch an den aufsteigenden Tränen lag. Ich hatte dieser Frau wirklich blind vertraut. Wie hatte ich mich nur so leicht täuschen lassen können?

„Du hast Recht!", gab Ava zu und hob beschwichtigend die Hände. „Ich wurde von Charles hierhergeschickt, um dich und deine Freunde im Auge zu behalten, aber ich wollte dir nie etwas Böses. Alles, was ich zu dir gesagt habe, ist wahr. Ich habe wirklich versucht dir zu helfen!"

„Ich glaube dir nicht mehr. Geh jetzt!", forderte ich sie auf und wollte nur noch, dass sie verschwand, um nicht länger ihr Gesicht ertragen zu müssen.

„Aber hast du denn nicht gespürt wie du langsam wieder stärker wurdest? Du hast große Fortschritte gemacht! Noch mehr als das. Deine Fähigkeiten scheinen sich sogar erweitert zu haben, sonst hättest du nicht in meine Vergangenheit blicken können."

Ich wollte ihr nicht länger zuhören. „Wie soll ich dir je wieder vertrauen, wenn du alles, was ich dir erzähle, weitergibst?"

„Ich habe nicht alles weitererzählt! Charles geht es nur um Eliza. Er möchte nicht, dass Winter nach ihr sucht. Das zwischen uns ist ihm völlig egal."

„Du bist doch nur seinetwegen hier!"

„Deshalb kam ich her, aber das ist nicht der Grund, warum ich geblieben bin."

„Was ist bei der nächsten Sonnenfinsternis?", fuhr ich sie an. Es hatte sich wichtig angehört.

„Er feiert dann mit den Fomori ein Fest, zu dem ich eingeladen bin. Nicht mehr!"

Ich schüttelte den Kopf. „Nein, du verheimlichst mir etwas!"

Sie seufzte und sah mich traurig an. „Mona, ich kann wirklich gut verstehen, dass du mir nicht mehr glauben kannst. Aber ich habe dir niemals schaden wollen! Du bist ein ganz beeindruckendes Mädchen und ich würde dir auch weiterhin gerne helfen. Wenn du nicht mehr mit mir über Winter und die anderen sprechen möchtest, ist das okay. Ich werde Rhona nichts hiervon erzählen! Ich möchte dir wirklich helfen, also überleg dir bitte nochmal, ob du mich nicht doch wiedersehen möchtest. Du kannst mich jederzeit anrufen!"

Sie sah mich bedeutungsvoll an, bevor sie sich umdrehte und allein die Wohnung verließ. Mein Kopf drehte sich und ich wusste nicht mehr, was ich glauben konnte. Ava hatte sich so ehrlich angehört, dass ich ihr gern geglaubt hätte, aber gleichzeitig wusste ich nun, dass sie mir die ganze Zeit nur etwas vorgespielt hatte. Winter hatte keinerlei Erkenntnisse über Elizas Aufenthaltsort, sodass ich Ava auch nichts hatte verraten können. Aber was wäre gewesen, wenn?

13. Winter

Kaum dass es klingelte, stürmte ich aus meinem Zimmer, raste die Treppe runter, schnappte mir meinen Mantel vom Kleiderhaken und riss die Haustür auf. Davor stand wie erwartet Lucas, der mich abholen wollte, um mit mir zum St. Patricks Day – Ball zu fahren, wo wir Dairine, Evan, Mona und Aidan treffen würden. Obwohl ich mir extra meinen Mantel übergeworfen hatte, weiteten sich seine Augen überrascht beim Anblick meines Outfits. Er ließ den Blick an mir hinabgleiten, wofür ich ihm einen sanften Boxhieb gegen den Oberarm verpasste. „Lucas!", tadelte ich ihn und spürte gleichzeitig wie meine Wangen sich röteten.

Er hob abwehrend die Hände und sagte grinsend: „Sorry, aber was erwartest du? Ich bin auch nur ein Mann!"

Ich knöpfte mir schnell den Mantel zu. Vielleicht war es doch keine gute Idee gewesen sich für so ein gewagtes Outfit zu entscheiden. Ich wusste selbst nicht mehr so genau, was mich dazu bewogen hatte. War ich es nicht gewesen, die Dairine gesagt hatte, dass sie so etwas nicht nötig hätte? Irgendwie hatte mich dabei der Gedanke an Liam geritten und das Prickeln auf meiner Haut, wenn ich an unsere letzte Fahrstunde dachte. Ich wollte ihm gefallen.

Meine Eltern kamen aus dem Wohnzimmer. „Geht ihr zum Ball?", hörte ich meinen Vater fragen und fuhr zu ihm herum. Eigentlich hatte ich weg sein wollen, bevor sie mich sehen konnten. Wenigstens war mein Mantel bereits zu, sodass sie nicht sehen würden wie knapp mein Outfit wirklich saß. Sie trugen wie jedes Jahr wieder ihre albernen grünen Hüte und dazu passende Westen. Vermutlich würden sie gleich zu den Rileys gehen, um mit ihnen ein bisschen Punsch zu trinken und dabei über alte Zeiten zu quatschen. Toby, Lucas' jüngerer Bruder, konnte einem nur leidtun, denn er war zu jung, um diesem Irrsinn entfliehen zu können.

„Ja, wir haben es auch ziemlich eilig", erklärte ich ihm, als ich zu ihm herumfuhr.

Er musterte erst meine auf toupierten Haare, dann meine stark geschminkten Augen und den grünen Glitzer, der sich über meine Schläfen verteilte, bevor sein Blick an meinen Beinen hängen blieb, die nur in dünnen Seidenstrumpfhosen steckten. An den Füßen trug ich grüne Highheels von Eliza. Sie hatte sie vor zwei Jahren zu St. Patricks Day getragen – es war bereits das zweite Mal, dass sie den Feiertag verpasste, dabei liebte sie das grüne Getümmel im Gegensatz zu mir.

„Ist das nicht etwas kalt?", meinte er skeptisch.

„Hör nicht auf ihn!", fiel meine Mum ihm sofort ins Wort. „Du siehst toll aus, Schatz!" Sie wandte sich kichernd ihrem Mann zu. „Weißt du nicht mehr wie ich damals zu St. Patricks Day gegangen bin?"

Er legte seinen Arm um ihre Hüften und zog sie an sich. „Du warst eine Augenweide!"

„Ich war?", empörte sie sich scherzend.

„Bist du natürlich immer noch, aber jetzt muss ich keine Angst mehr haben, dass dich mir jemand vor der Nase wegschnappt!"

Peinlich berührt wendete ich den Blick ab. Es war natürlich toll, dass meine Eltern sich nach den vielen Jahren immer noch so gut verstanden, aber ihr Geturtel war mir unangenehm, gerade vor Lucas, auch wenn der nur dämlich grinste. Unsere Eltern waren sich in dieser Hinsicht ähnlich. Man könnte sagen wir stammten beide aus wohlbehüteten Familienverhältnissen. Früher hatte ich geglaubt, dass wir gerade deshalb besonders gut zusammenpassen würden.

„Wir sind dann jetzt weg!", rief ich laut und griff nach der Tür.

„Viel Spaß euch beiden! Und Lucas…", rief mein Vater, ehe ich die Tür schließen konnte.

„Ja, Mr. Rice?"

„Fahr vorsichtig und bleib nüchtern, sonst nehmt euch lieber ein Taxi!"

Lucas legte seinen Arm um meine Schultern. „Sie können sich auf mich verlassen. Morgen früh wird Winter friedlich schlummernd in ihrem Bett liegen!"

„Ich hoffe doch alleine", scherzte mein Vater, worauf ich genervt die Augen verdrehte und die Tür geräuschvoll zuzog. Peinlicher hätte es kaum sein können! Lucas lachte nur, als wir zu seinem Pick-up gingen.

„Wenigstens du hast deinen Spaß!", beschwerte ich mich schmollend, als er immer noch lachend den Motor startete. Es fühlte sich fast ein bisschen wie früher an, als wir noch ein Paar gewesen waren. Das Gefühl war auf der einen Seite vertraut, aber auch irgendwie komisch, weil es mir bereits so lange her erschien, obwohl es nur Monate waren.

Während wir durch die aufziehende Dämmerung fuhren, wurde es still im Wagen. Lucas stellte das Radio an, aus dem bereits typische Folkloremusik spielte. Nur ein paar Sekunden später, drehte ich es bereits leiser und drehte mich unsicher zu ihm herum.

„Findest du das Outfit doof?"

Er warf mir einen belustigten Blick zu. „Kein Mann fände dein Outfit doof!" Als er meinen ersten Gesichtsausdruck bemerkte, fügte er hinzu: „Ich habe mich nur etwas gewundert, weil es bisher nicht dein Stil gewesen wäre."

„So wie ich bin, kam ich bisher im Leben nicht besonders weit."

„Du meinst nicht das Leben, sondern die Liebe!", stellte er sachlich fest. „Es ist wegen Liam, oder?"

Erneut stieg Hitze in meine Wangen, wie meistens, wenn mich jemand auf Liam ansprach. Entweder wurde ich knallrot und stotterte rum oder ich wurde wütend und stritt alles ab. „Ich hätte es mir selbst nie vorstellen können, aber ich mag ihn. Er ist so anders als…"

„Als ich?", schloss Lucas den Satz für mich, ohne jeglichen Vorwurf in der Stimme.

Ich nickte entschuldigend. „Ich weiß es ist sinnlos, weil er mein Lehrer ist und ich sollte ihn eigentlich auf Abstand halten. Gar nicht davon zu sprechen, was er alles schon getan hat." Ich senkte den Blick und flüsterte: „Er ist ein Mörder!"

„Und trotzdem magst du ihn und das ist alles, was zählt!"

Ich sah ihn überrascht an. Eigentlich hatte ich erwartet, dass er versuchen würde, ihn mir auszureden.

„Du hast es verdient glücklich zu sein, ganz egal mit wem. Wenn Liam dich glücklich macht, dann solltest du die Zeit mit ihm genießen! Er hat Fehler gemacht, unverzeihliche, aber wer hat das nicht? Es ist keine Rechtfertigung für das, was er getan hat, aber auch er hat schlimmes erleben müssen."

Wir dachten beide an Eliza. Wenn sie Beth nicht umgebracht hätte, wäre Liam nie zum Mörder geworden.

„Meinst du ich sollte ihm eine Chance geben?"

„Das musst du selbst wissen, aber ganz egal wie du dich entscheidest, ich werde hinter dir stehen!" Er sah mich bedeutsam an und ich spürte wie mir Tränen in die Augen stiegen und ich den Blick abwenden musste. Ich hätte nicht mit so viel Verständnis von seiner Seite gerechnet. Vielleicht lag es an seinem schlechten Gewissen, aber vielleicht hatte ich auch endlich wieder meinen besten Freund zurück, dem ich alles erzählen konnte, ohne dass er mich verurteilte.

Wortlos legte ich meine Hand auf seine am Lenkrad. Unsere Finger verschränkten sich miteinander. Ich konnte nicht in Worte fassen wie sehr er mir gefehlt hatte, obwohl er nie weggewesen war. Aber schon unsere Beziehung hatte einen Keil zwischen unsere Freundschaft getrieben. Während wir zuvor immer ehrlich miteinander gewesen waren, hatten wir als Paar kaum noch Worte füreinander gefunden.

Wir trafen die anderen auf dem Schulparkplatz. Laute Musik dröhnte bereits aus der Sporthalle und überall liefen hauptsächlich grün gekleidete Menschen herum, die meisten schon gut angetrunken. Ich hatte meinen Mantel im Auto gelassen, sodass nun mein Outfit für jeden sichtbar war, weshalb ich mich etwas genierte. Lucas hatte mir, ganz Gentleman, seine grüne Anzugsjacke um die Schultern gelegt, damit ich auf dem Weg nicht allzu sehr fror.

Dairine löste sich als erste aus der Gruppe als sie uns kommen sah. Sie trug ein dunkelgrünes knielanges Seidenkleid und in ihren Haaren dazu passende Kunststrähnen. Evan hatte einen schwarzen Smoking an, mit seidengrünem Revers, wodurch er perfekt zu Dairines Kleid und ihrem schwarzen Haar passte.

„Wie siehst du denn aus?", brüllte sie laut über den gesamten Parkplatz und ging einmal um mich herum. „Ich hätte dich ja kaum erkannt!"

An ihrem breiten Grinsen erkannte ich, dass sie es nicht böse meinte, trotzdem fühlte ich mich unwohl in dem Jumpsuite, dessen Beine knapp über meinem Po endeten. Der schwarze Stoff glitzerte im Licht leicht grünlich und war am Rücken sogar transparent gearbeitet. Um meinen Hals lag eine Silberkette mit grünem Anhänger, welche mein Dekolleté betonte. „Ich dachte ich probiere mal etwas Anderes!"

Sie grinste anzüglich. „Fragt sich nur für wen."

Auffällig sah sie zwischen mir und Lucas hin und her und wackelte dann vielsagend mit den Augenbrauen. Sie schloss eindeutig die falschen Schlüsse, seine Jacke über meinen Schultern und meine Hand auf seinem Arm trugen sicherlich dazu bei. Entschieden schüttelte ich den Kopf. „Für mich! Für mich ganz alleine!", behauptete ich, aber ihr Lachen verriet mir, dass sie mir kein Wort glaubte.

Mona trug ein schwarzes Spitzenkleid, welches bis zum Boden reichte. Sie wirkte ein bisschen wie aus einer anderen Zeit. Aidan hatte eine schwarze Jeans und ein grünes Hemd an, sodass er beinahe gewöhnlich neben unseren auffälligen Kostümierungen wirkte. Trotzdem schien er sich auf die Feier zu freuen. Es war seine Erste, seitdem er auf eine normale Schule ging. Für ihn war das alles noch neu, aber er schätzte jeden Tag seiner neuen Freiheit.

Gemeinsam strömten wir mit all den anderen zu der Sporthalle. Grünleuchtende Lampen erhellten den Weg dorthin und auf dem Steinboden lag ein grüner Teppich aus. Der Eingang war mit Girlanden geschmückt. Ein grüner Glitzervorhang hing vor der Tür, die von zwei unserer Lehrer bewacht wurde. Es waren nur Schüler zu der Veranstaltung zugelassen. Beim Eintreten wünschten sie uns einen ‚Happy St. Patricks Day'.

Sofort umfing uns die laute, beinahe ohrenbetäubende Musik. Die Sporthalle war kaum wiederzuerkennen. Das Orga-Team hatte sich wirklich selbst übertroffen. Wir befanden uns in einer grünen Hölle. Überall glitzerte und funkelte es.

Wir ließen unsere Blicke über die volle Tanzfläche schweifen. Ich erstarrte, als ich Liam entdeckte. Natürlich hatte ich damit gerechnet, sogar gehofft, dass er heute Abend ebenfalls da sein würde, doch er war nicht alleine. Mitten in der Sporthalle tanzte er mit einer meiner Mitschülerin. Sie lachte über irgendetwas, das er gerade zu ihr gesagt hatte und warf dabei übertrieben den Kopf in den Nacken. Liam schmunzelte nur. Er sah kurz in meine Richtung, wandte sich dann aber wieder dem Mädchen zu, so als interessiere ich ihn nicht länger. Ein bisschen mehr Begeisterung hätte ich mir für mein Outfit dann doch gewünscht. Dairine hatte ganz Recht, ich warf mich nicht meinetwegen so in Schale, sondern seinetwegen! Und wofür? Damit er mir die kalte Schulter zeigte?

„Darf ich die wiederhaben?", fragte Lucas plötzlich und deutete auf seine Jacke, die immer noch über meinen Schultern hing.

„Klar", murmelte ich deprimiert und reichte sie ihm.

Er folgte meinem Blick. „Vielleicht hat er dich noch gar nicht gesehen."

„Er hat in meine Richtung geschaut!"

„Dann hat er dich vielleicht gar nicht erkannt!"

Skeptisch sah ich ihn an. Mein Blick sprach Bände: *Ist das dein Ernst?*

Er hob abwehrend die Hände. „Könnte doch sein! Es ist ziemlich dunkel hier und vielleicht ist er kurzsichtig."

„Hör auf damit! Er hat mich ganz genau gesehen und kurzsichtig ist er auch nicht. Das ist nur wieder eine seiner Maschen, um mich wahnsinnig zu machen. Ich wusste doch, dass es ihm nicht ernst ist!"

Lucas schien nicht zu wissen, was er noch dazu sagen sollte und verabschiedete sich deshalb mit der Ausrede, dass er uns etwas zu trinken besorgen würde. Evan folgte ihm.

Dairine hakte sich breit grinsend bei mir ein. „Ich glaube heute ist es soweit", flötete sie mir ins Ohr.

„Was ist so weit?"

„Heute werden Evan und ich es endlich tun!"

„Ich würde mich für dich freuen, aber wie kommst du darauf?"

„Er hat sich wirklich auf diesen Abend gefreut, so als wäre es für ihn genauso besonders wie für mich. Das muss doch etwas heißen!"

Ich hatte ihr nicht von meinem Gespräch mit Lucas und seiner Vermutung erzählt, doch mir gingen seine Worte nicht mehr aus dem Kopf und das machte es mir schwer ihre Euphorie zu teilen. Ich hoffte, dass sie nicht wieder enttäuscht werden würde.

Nach einer Weile kamen Lucas und Evan mit den Getränken wieder. Ganz typisch für eine Schulveranstaltung waren die grünen Cocktails natürlich alkoholfrei, aber das hinderte einige nicht daran sie heimlich mit Flüssigkeiten aus Flachmännern aufzupeppen. Dairine gehörte ebenfalls dazu. Während Evan standhaft ablehnte, ließ ich mir von ihr einen guten Schluck eingießen. Auch wenn ich versuchte nicht mehr in Liams Richtung zu blicken, tat ich es dennoch. Er war praktisch nur auf der Tanzfläche und tanzte ständig mit einer anderen Schülerin. Wenn er mich eifersüchtig machen wollte, konnte man ihm nur gratulieren. Vielleicht würde ich das Ganze mit ein bisschen Alkohol nicht mehr ganz so schlimm sehen. Irgendwie war ich ja auch selbst schuld. Er hatte mir mehr als einmal gesagt, dass er eine Beziehung mit mir führen wollte, aber ich war diejenige gewesen, die ihn immer wieder hatte abblitzen lassen.

Dairine zog Evan auf die Tanzfläche. Auch Mona und Aidan suchten sich ein Plätzchen etwas abseits, wo sie sich langsam im Takt zu wiegen begannen, sodass nur Lucas und ich übrigblieben. Unschlüssig standen wir nebeneinander, als plötzlich ein Mädchen aus dem Orga-Team uns ansprach: „Habt ihr schon eure Stimme für die grüne Fee abgegeben?" Ohne eine Antwort abzuwarten, drückte sie uns zwei Wahlzettel in die Hand.

Lucas sah mich mit schiefem Grinsen an. Genau darüber hatten wir uns zuletzt noch lustig gemacht.

„Ich wähle Dairine!", sagte ich entschieden und schrieb ihren Namen auf das Papier. „Sie würde sich wenigstens darüber freuen."

„Bist du dir sicher, dass ich nicht dich wählen soll?", scherzte er, obwohl er meine Antwort bereits kannte. „Untersteh dich!"

Ich sah wie er ebenfalls den Namen meiner besten Freundin auf seinen Stimmzettel schrieb. Danach nahm er beide Papiere und bahnte sich damit einen Weg zu der, von einer Lehrerin strengbewachten Box, in der alle gesammelt wurden und kurz vor Mitternacht ausgezählt werden würden.

Er war nicht lange weg, da raunte mir auf einmal eine vertraute Stimme ins Ohr: „Endlich ist er weg! Tanzt du jetzt mit mir?"

Ich drehte mich zu Liam herum, der vor mir stand als ob nichts gewesen wäre. Er schenkte mir wieder dieses verwegene sexy Lächeln, die Schultern selbstbewusst durchgedrückt, die eine Hand lässig im Nacken, die andere locker an seiner Seite. Eine Haltung, die vermutlich dazu dienen sollte, mich auf eine angenehme Weise verrückt zu machen. Was hatte er nur an sich, das dafür sorgte, dass ich ihn ohrfeigen und küssen wollte, von ihm wegrennen und mich in seine Arme werfen wollte und zwar alles gleichzeitig?

„Bist du nicht langsam aus der Puste, nachdem du schon mit so vielen Mädchen getanzt hast? Die Wievielte bin ich auf deiner Liste?" Ich merkte selbst wie beleidigt und zickig ich mich anhörte, doch Liam schien das nicht zu stören – ganz im Gegenteil. Er grinste nur noch breiter. „Bist du etwa eifersüchtig?"

Wie um ihm zu beweisen, dass er völlig falsch lag, ergriff ich seine ausgestreckte Hand und ließ mich von ihm auf die Tanzfläche führen. Es spielte eine langsame Melodie, sodass ich meine Arme um seinen Nacken legte und wir uns sanft im Takt zu wiegen begannen.

Seine Hände fühlten sich heiß auf meinen Hüften an und sein Atem kitzelte an meinem Hals, als er sagte: „Eigentlich müsste ich eifersüchtig sein, immerhin bist du mit deinem Exfreund gekommen."

„Lucas und ich sind nur Freunde!"

„Du sagst auch immer, dass wir nur Freunde wären. Bedeutet das etwa, dass du mit ihm dieselben Dinge tust, wie mit mir?" Für einen flüchtigen Moment streiften seine Lippen meinen Hals. Ein Schaudern jagte durch meinen gesamten Körper.

„Du weißt genau, dass das nicht stimmt!"

„Genauso solltest du aber auch wissen, dass kein anderes Mädchen für dich eine Konkurrenz darstellt."

Ein warmes Gefühl breitete sich in meinem Inneren aus und zauberte ein Lächeln auf meine Lippen. Noch vor wenigen Sekunden war ich so wütend auf ihn gewesen, dass ich ihm am liebsten mein Knie zwischen die Beine gerammt hätte, und schon hatte er mich wieder durch ein paar gehauchte Worte zu Wachs in seinen Händen gemacht. „Warum hast du dann mit ihnen getanzt?"

„Sei doch ehrlich, wenn ich direkt dich aufgefordert hätte, wärst du vor Scham im Boden versunken und hättest mir nur wieder einen Korb gegeben. So sieht es für alle anderen aus als wärst du nur eine von vielen, aber wir beide wissen, dass du die Einzige bist, die für mich zählt!"

Die Art wie er mich dabei ansah, ließ meine Knie weich werden. Ich hätte ihn am liebsten auf der Stelle geküsst. Noch mehr als das.

„Du hast noch gar nichts zu meinem Outfit gesagt."

Seine Fingerspitzen fuhren zärtlich über den dünnen Stoff an meinem Rücken. „Mir wäre dein Outfit noch lieber, wenn ich es dir ausziehen dürfte", flüsterte er mir schelmisch ins Ohr.

„Gefalle ich dir so?"

„Wem würdest du so nicht gefallen?"

„Magst du mich so mehr?"

„Mehr als was?"

„Mehr als sonst! Mehr, als wenn ich mehr ich selbst bin."

Er legte seine Hand unter mein Kinn und zwang mich ihm in die grauen Augen zu blicken. „Ich mag dein sexy Outfit und ich mag, wie jeder mich um diesen Tanz beneidet. Aber ich mag dich nicht mehr als gestern oder mehr als morgen. Ich mag vor allem an dir, dass du schüchtern und direkt im gleichen Atemzug sein kannst. Ich liebe deinen Widerspruch! Du sagst nicht viel, aber das, was du sagst, trifft den Nagel auf den Kopf. Du lässt dich nicht von mir um den kleinen Finger wickeln und ich weiß nie, woran ich bei dir bin. Mit dir zusammen zu sein ist wie ein großes Abenteuer."

Wusste er nicht wie verfallen ich ihm bereits war? „Was ist, wenn ich mich auf dich einlasse? Wirst du dann das Interesse an mir verlieren?"

„Wenn du dich endlich auf mich einlassen würdest, wäre ich der glücklichste Mann der Welt. Dennoch mache ich mir keine Illusionen, dass es irgendetwas ändern würde. Du bist und bleibst Winter, so undurchschaubar wie der Nebel. Immer wenn ich glaube dich durchschaut zu haben, stößt du mich erneut vor den Kopf."

„Genau so geht es mir mit dir", gestand ich ihm lächelnd.

„Das ist das Feuer unserer Beziehung. Mir wird es niemals langweilig mit dir werden."

Ihn in diesem Moment nicht einfach küssen zu können, schmerzte in jedem Knochen, jedem Muskel und jedem Nervenstrang meines Körpers. Hätte er mich gefragt, ob ich mit ihm den Ball verlassen wollte, hätte ich nicht einen Moment gezögert. Doch er fragte nicht, stattdessen flüsterte er mir zum Abschied ins Ohr: „Ich habe noch eine Überraschung für dich." Fragend blickte ich ihn an, doch er grinste nur und ließ mich alleine auf der Tanzfläche zurück.

Pünktlich um Mitternacht stoppte die Musik und auf der Bühne explodierten zwei Konfettibomben, die grüne Glitzerschnipsel auf die Tanzfläche schleuderten. Ein grüner, funkelnder Nebel breitete sich für einen Moment aus und alle grölten und jubelten begeistert. Der Glitter legte sich als dünne Schicht auf unser Haar und unsere Körper. Man würde ihn noch Tage später bei sich zuhause wiederfinden, von der Sporthalle mal ganz zu schweigen.

Als sich der Glitzerregen lichtete, trat Liam unter lautem Applaus auf die Bühne. Er hielt in seiner Hand eine grüne Schärpe auf die neben unserem Schullogo in großen schwarzen Lettern *Grüne Fee 2015* gedruckt worden war. Ich konnte beobachten wie angespannt die Haltung einiger Mädchen automatisch wurde. Es gab Mädchen wie Mona und mich, die den Titel weder wollten, noch je bekommen würden. Dann gab es Mädchen, die ihn gerne gehabt hätten, aber dennoch nie erhalten würden. Dazu gehörte leider Dairine. Nicht, dass sie ihn nicht verdient hätte, aber sie war genau wie ich nicht beliebt genug. Zugegeben, wir hatten uns auch nie sonderlich viel Mühe gegeben etwas daran zu ändern.

Und dann gab es auch noch die Mädchen, für die dieser blöde Titel mehr zählte als jede Schulnote. Dazu hätte Eliza gehört. Sie war zwar auch nicht beliebt, aber bekannter als jedes andere Mädchen der Schule. Irgendwie hätte sie versucht die Stimmen für sich zu gewinnen, sei es durch

Bestechung oder Betrug. Zur Not hätte sie dem auswertenden Lehrer schöne Augen gemacht. In diesem Fall wäre es Liam gewesen und unter anderen Voraussetzungen hätten ihre Chancen sicher nicht schlecht gestanden.

Unauffällig stellte ich mich neben Dairine, um ihr bei der Verkündung ein paar tröstende Worte zuzuflüstern. Es war ja nicht einmal unser Seniorjahr. Ihr blieb also noch ein Jahr, um alle von sich zu überzeugen, wenn ihr der Titel wirklich so wichtig war. Doch vermutlich würde aus Trotz ohnehin alles beim Alten bleiben.

„Ladys, erst einmal muss ich euch ein Kompliment machen. Ihr seht alle umwerfend aus!", schrie Liam ins Mikrophon, worauf die Jungs zustimmend zu pfeifen begannen.

„Das spiegelt sich auch an eurer Wahl wieder. Sie war knapp, sogar knapper als manches Minikleid." Er lachte über seinen eigenen Scherz, doch er hatte die Schüler voll auf seiner Seite, sodass auch von ihrer Seite einige Lacher ertönten.

Mir selbst entlockte er ebenfalls ein Schmunzeln. Wenn ich es wirklich wollte, könnte ich heute einfach mit ihm nach Hause gehen. Meinen Eltern könnte ich eine SMS schreiben und behaupten, dass ich bei Mona übernachten würde, was ja nicht einmal gelogen wäre. Die Vorstellung brachte mein Blut in Wallung. Es könnte nicht nur für Dairine zu einer ganz besonderen Nacht werden, sondern auch für mich. Ich konnte Liam nicht ansehen, ohne von Zuneigung überwallt zu werden: sein Haar, in dem ich meine Finger vergaben wollte, das freche Funkeln seiner Augen, seine verführerischen Lippen, die gut definierten

Schultern, sein Bauch, der zwar kein Waschbrettbauch bot, aber bei dem ich dennoch seine Muskeln ertasten konnte. Und verdammt, seine Hose saß einfach zu gut an seinem Hintern!

„…nicht länger auf die Folter spannen. Die grüne Fee des Jahres 2015 ist…"

Ein Trommelwirbel ertönte, der mich aus meinen Gedanken riss. Mir war heiß!

„…Winter Rice!"

Dairine fiel mir kreischend um den Hals, ehe ich verstand, was gerade passiert war. Mona und Aidan lächelten mich liebevoll an, während Evan und Lucas laut grölten.

Das Licht eines hellen Scheinwerfers fand mich und blendete meine Augen.

„Winter, kommst du bitte zu mir auf die Bühne?", hörte ich Liams Stimme, ohne ihn sehen zu können. Dairine löste sich von mir und versetzte mir einen kräftigen Stoß nach vorne. Stolpernd und blinzelnd ging ich durch die Menge dem Licht entgegen. Mit wackligen Beinen stieg ich die Treppen zu der Bühne empor, wo ich direkt von Liam in Empfang genommen wurde. Er küsste mich links und rechts auf die Wange, so wie er es mit jedem anderen Mädchen auch getan hätte, aber seine gewisperten Worte galten nur mir: „Niemand hat den Sieg mehr verdient als du!" Seine Hände ruhten dabei auf meinen Hüften und ich hielt mich an seinen Armen fest, um nicht zu fallen.

Passierte das gerade wirklich?, fragte ich mich benommen, während ich die Schärpe über den Kopf gestülpt bekam. Wie war das möglich? Die meisten kannten mich nur als Elizas kleine Schwester, was keine gute Auszeichnung war, da die meisten meine Schwester hassten. Warum hatte die Mehrheit der Schüler mich dann zur grünen Fee gewählt? Lag es tatsächlich nur an meinem knappen Outfit? Ich war doch bei weitem nicht die Einzige, die sich etwas freizügiger als gewöhnlich zeigte. Gegen manch andere hätte man meinen Jumpsuite sogar als keusch bezeichnen können.

Ich wurde zu der applaudierenden Menge umgedreht, die alle zu mir hoch starrten. Erst an ihren Gesichtern erkannte ich, dass hier etwas gewaltig schieflief. Sie klatschten zwar, doch ich las auch Verwirrung, teilweise sogar Verärgerung in ihren Mienen. Sie wunderten sich über das Ergebnis genauso sehr wie ich.

Ich habe noch eine Überraschung für dich, erklang Liams Stimme in meinem Kopf. Schlagartig wurde mir die Bedeutung seiner Worte bewusst und ich drehte mich entsetzt zu ihm um. Er grinste stolz auf die Schüler hinab. Nicht sie hatten die grüne Fee gewählt, sondern er ganz alleine! Er war für die Auswertung zuständig gewesen und hatte betrogen. Ich hätte wetten können, dass nicht einmal ein Stimmzettel mit meinem Namen dabei gewesen war.

Mir wurde schlecht. Ich schämte mich, so sehr wie noch nie zuvor in meinem Leben. Glaubte er wirklich, dass niemand den Fehler bemerken würde? Was sollten die anderen jetzt nur von mir denken? Bisher war ich die unscheinbare Schwester der angeblichen Mörderin gewesen und nun war ich das Mädchen, das bei der Wahl zur grünen Fee betrogen hatte.

Gallensaft stieg mir den Hals empor. Panisch riss ich mich von Liam los und stolperte von der

Bühne. Ich schaffte es nicht aus der Sporthalle, sondern übergab mich in der nächsten Ecke. Kalter Schweiß trat mir auf die Stirn, während mein Magen sich verkrampfte und mein Körper zu zittern begann. Heiße Tränen der Scham liefen mir über die Wangen. Die Geräusche um mich herum, nahm ich nur noch wie durch einen Schleier wahr.

Jemand fasste mich am Arm und führte mich durch einen Notausgang ins Freie. Es war mir ganz egal wer, Hauptsache raus. Kalte Luft schlug mir entgegen, die ich gierig einzog. Ich wurde auf eine Bank gedrückt und ließ mich erschöpft mit geschlossenen Augen zurücksinken. Alles drehte sich. Der Schwindel wurde erst besser, als sich vor Kälte eine Gänsehaut auf meinen Armen ausbreitete.

Traurig öffnete ich die Augen. Wie sehr hätte ich mir gewünscht, dass das nur ein Albtraum war.

Liam saß neben mir und musterte mich besorgt. Seine eine Hand lag in meinem Rücken, die andere auf meinem Oberschenkel. Eine dicke Laufmasche hatte meine Strumpfhose ruiniert. Nur Minuten zuvor hätte diese schlichte Berührung mich um den Verstand gebracht, nun rückte ich von ihm ab.

„Warum hast du das getan?", fragte ich anklagend.

„Was getan?" Er spielte den Ahnungslosen, was mich nicht nur verletzte, sondern auch wütend machte.

„Du hast die Wahl manipuliert! Ich hätte sonst niemals gewonnen!"

Er zuckte mit den Schultern und lächelte mich schelmisch an. „Meiner Meinung nach, hat die einzig Richtige gewonnen."

„Deine Meinung interessiert aber niemanden!",
schrie ich ihn fassungslos an. „Hast du nicht die
Gesichter der anderen gesehen? Du hast mich mit
deiner Aktion blamiert und gedemütigt!"

Er hob abwehrend die Hände. „Übertreibst du
nicht etwas? Sie waren neidisch, das ist alles!"

„Nein, sie wissen genauso gut wie ich, dass es
sich dabei nur um Betrug handeln kann. Aber sie
verdächtigen nicht dich, sondern mich! Ich bin das
Gespött der ganzen Schule."

Er fasste mich an den Schultern. „Hör auf dir so
viele Gedanken darüber zu machen, was die
anderen von dir denken! Freu dich doch lieber über
den Sieg."

Ich befreite mich aus seinem Griff. „Du kennst
mich überhaupt nicht!"

„Was hat das denn jetzt damit zu tun?"

„Wenn du mich auch nur ein bisschen kennen
würdest, dann hättest du gewusst, dass ich diesen
bescheuerten Titel überhaupt nicht haben möchte!"

„Jedes Mädchen möchte insgeheim einmal in
ihrem Leben zur Schönsten gewählt werden!",
behauptete er stur. Ich konnte ihm ansehen, dass
meine Vorwürfe ihn verärgerten. Er hatte mir eine
Freude machen wollen und war sich keiner Schuld
bewusst, was mir nur noch mehr bewies, dass er
mich nicht verstand.

„Falsch! Mir hätte es vollkommen gereicht für
dich die Schönste des Abends zu sein. Ich wollte
nicht die Bewunderung aller, sondern nur deine.
Alles lief so gut und dann machst du alles kaputt."
Ich weinte erneut, auch wenn ich es nicht wollte.
Es war nicht nur die Blamage, sondern vor allem
die Enttäuschung darüber, dass er nach den vielen

Monaten immer noch nicht kapierte, was mir wichtig war.

Er schüttelte verständnislos den Kopf. „Egal, was ich tue, es ist dir nie recht! Weißt du überhaupt selbst, was du willst?"

Ich sah ihn verletzt an. Es lagen nur Zentimeter zwischen uns, aber es fühlte sich an, als befände er sich in unerreichbarer Ferne. „Ich möchte mit dir zusammen sein! Aber nicht heimlich und unter Lügen, sondern ganz offiziell. Ich möchte deine Hand halten und dich küssen können, egal wo wir sind und egal wer uns sehen könnte. Ich möchte mich nicht verstecken müssen, sondern jedem sagen können, dass wir zusammengehören. Ich…"

…*liebe dich*, lag mir auf der Zunge, doch ich behielt die letzten beide Worte für mich. Ich konnte sie nicht aussprechen, nachdem was gerade vorgefallen war. Liam wirkte nun weniger wütend, sondern genauso verletzt wie ich. Ein leises Räuspern ließ uns herumfahren. Lucas und die anderen hatten uns gefunden.

„Alles okay mit dir?", fragte Dairine vorsichtig.

„Ich möchte jetzt nach Hause", entschied ich, ohne Liam noch einmal anzusehen. Lucas kam mir entgegen, legte mir erneut seine Jacke um und stützte mich. Ich wollte mein Gesicht gegen seine Brust drücken und hemmungslos weinen, stattdessen presste ich meine Lippen fest aufeinander. Er führte mich zu seinem Wagen, ohne dass Liam versuchte uns aufzuhalten. Es hätte auch nichts gebracht. Die Nacht war ruiniert.

14. Evan

Kaum, dass Lucas und Winter von dem Schulparkplatz gefahren waren, hakte sich Dairine bei mir unter, und gab vor sonst nicht gerade gehen zu können. Wir beschlossen gemeinsam mit Mona und Aidan den Nachhauseweg anzutreten. Je länger wir unterwegs waren, umso betrunkener schien Dairine jedoch zu werden. Eigentlich sollte ihr die kühle Nachtluft dabei helfen einen klaren Kopf zu bekommen, doch bei ihr schien das Gegenteil der Fall zu sein – sie lallte, benahm sich peinlich und stolperte über ihre eigenen Füße.

Ich hatte sie natürlich nicht den ganzen Abend beobachtet, aber solange wir in der Sporthalle gewesen waren, war sie mir nicht sonderlich betrunken erschienen. Um ehrlich zu sein, ging sie mir auf die Nerven. Da ich jedoch nicht mit Sicherheit sagen konnte, ob sie mir nur etwas vorspielte, wollte ich sie auch nicht alleine nach Hause gehen lassen und bot ihr deshalb an sie zu begleiten.

Mein Plan war sie direkt an der Haustür abzusetzen und danach zu gehen. Doch kaum hatten wir die luxuriöse Villa ihrer Familie erreicht, umklammerte sie meine Hand noch fester, als wollte sie mich gar nicht mehr loslassen. „Bringst du mich ins Bett?", hauchte sie mir verführerisch ins Ohr, plötzlich gar nicht mehr lallend.

„Du bist doch schon ein großes Mädchen und schaffst das sicher alleine", versuchte ich sie zu vertrösten.

„Ich weiß nicht, ob ich die Stufen hochkomme. Nachher falle ich die Treppe runter und breche mir ein Bein, oder schlimmer noch, das Genick", behauptete sie übertrieben. Mir war fast klar, dass das nur eine weitere Masche von ihr war, um mich ins Haus zu bekommen. Am besten wäre gewesen ihr einen Gute-Nacht-Kuss zu geben und zu gehen, doch das hätte vermutlich zu weiteren Diskussionen geführt, sodass ich mich nicht traute. Also ließ ich mich breitschlagen sie noch in ihr Zimmer zu bringen.

Leise schlichen wir durch die große Eingangshalle zu der modernen Steintreppe. Dairine hatte ihre Absatzschuhe ausgezogen und stieg die Stufen empor, ohne sich auch nur am Geländer abstützen zu müssen. So viel dazu, dass sie angeblich so betrunken war. Am besten hätte ich auf der Stelle kehrtgemacht, doch nun waren wir bereits in ihrem Haus. Da sie sich Mühe gab leise zu sein, schien zur Abwechslung auch zumindest ein Elternteil von ihr anwesend zu sein. Ich wollte niemanden wecken und das wäre sicher passiert, wenn ich ihr erklärt hätte, dass ich nun gehen würde. Vor meinem inneren Auge sah ich sie mich schon mit Vorwürfen bombardieren.

Wir erreichten ihr Zimmer. Sie zog leise die Tür auf und ehe ich mich versah, fasste sie nach meinem Arm und zerrte mich ebenfalls ins

Innere. Die Tür fiel ins Schloss und Dairines Arme um meinen Hals. Sie presste stürmisch ihre Lippen auf meine und vergrub ihre Hände in meinem Haar. Ich war davon so überrumpelt, dass ich im ersten Moment sogar aus Gewohnheit ihren Kuss erwiderte. Das war mein Fehler, denn davon fühlte sie sich nur noch ermutigt weiterzumachen. Ihre Hände glitten über meine Brust und sie streifte mir blitzschnell den Smoking von den Schultern, bevor ihre Finger sich an der Knopfleiste meines Hemdes zu schaffen machten. Dabei stöhnte sie mir leidenschaftlich ins Ohr. Ich musste die Notbremse ziehen, bevor es endgültig zu spät gewesen wäre.

Ruckartig umschloss ich ihre Handgelenke und hielt sie von mir. Sie sah mich völlig verwirrt an. Doch im Bruchteil einer Sekunde füllten sich ihre Augen bereits mit Tränen. Sie verstand ganz genau, was das zu bedeuten hatte. Ich ließ sie los, konnte kaum ertragen sie anzusehen. Sie drehte mir den Rücken zu, der unter ihrem leisen Schluchzen bebte.

Ich wusste nicht, was ich tun sollte. Sie war ein tolles Mädchen und ich benahm mich ihr gegenüber wie der größte Vollidiot. Warum konnte ich mich nicht einfach in sie verlieben? Meine ganzen Probleme wären mit einem Schlag gelöst. Aber ich wusste, dass der Versuch zwecklos wäre. Vorsichtig streckte ich meine Hand nach ihr aus und berührte zaghaft ihre linke Schulter. Sie fuhr zu mir herum, als hätte ich sie verbrannt. Ihre Mascara hatte eine schwarze Spur auf ihren Wangen hinterlassen.

Zu gern hätte ich ihr die Tränen, an denen ich schuld war, aus dem Gesicht gewischt. Doch ihr Blick verriet mir, dass ich sie nicht anfassen durfte.

„Ich ertrage das nicht länger!", zischte sie mir mit zittriger Stimme entgegen. Sie schien selbst nicht zu wissen, ob sie traurig oder wütend sein sollte. „Du sagst, du bist keine Jungfrau! Du sagst, du hast keine andere! Du sagst, du findest mich attraktiv! Du sagst, du bist nicht schwul! Was verdammt nochmal, mache ich dann falsch? Warum willst du mich einfach nicht?" Ihre Stimme wurde immer lauter, sodass ich Angst bekam, dass gleich ihr Vater oder ihre Mutter besorgt an die Tür klopfen würden. Schweißperlen bildeten sich auf meiner Stirn, obwohl es kühl war in ihrem dunklen Zimmer.

Beschwichtigend hob ich die Hände. „Bitte, ich kann es dir nicht erklären!"

„Warum nicht?", schrie sie verständnislos. „Was erwartest du von mir? Soll ich mich für immer mit Händchenhalten zufriedengeben? Evan, ich bin achtzehn und keine acht! Wir sind seit über drei Monaten ein Paar und du zierst dich schon davor mich mit Zunge zu küssen! Was ist dein Problem?"

Die Schamesröte brannte auf meinen Wangen. Mein Herz raste und mein Hals fühlte sich so rau wie Schmirgelpapier an. Wie sollte ich aus dieser Situation nur wieder herauskommen? Automatisch griff ich nach der Taschenuhr unter meinem Hemd. Doch selbst die Zeit zurückzudrehen, würde mir nicht helfen. Es würde immer wieder auf diese

Situation hinauslaufen. Dairine hatte Antworten verdient! Ich konnte nicht einfach mit ihr Schluss machen, ohne ihr zu erklären warum.

„Ich habe gelogen", presste ich hervor.

Ihre Augen weiteten sich. „Wer ist es?", fragte sie automatisch in der Annahme, dass ich doch eine andere hätte.

Schnell schüttelte ich den Kopf. „Nein, so ist es nicht! Dairine, ich…" Die Worte wollten einfach nicht über meine Lippen kommen.

Sie packte mich an den Armen und schüttelte mich verzweifelt. „Jetzt sag es mir doch endlich!"

„Ich bin schwul!", stieß ich hilflos aus und dachte direkt panisch an ihre Eltern, die vielleicht etwas gehört haben könnten. Doch es blieb still.

Dairine ließ mich los und trat von mir zurück. Völlig fassungslos und ungläubig blickte sie mir in die Augen, als würde sie hoffen, dass ich im nächsten Moment das Gegenteil behaupten würde. Sie war der erste Mensch, dem ich mein Geheimnis anvertraut hatte. Es fühlte sich schrecklich und befreiend zugleich an. Ich schämte mich, aber hätte es am liebsten direkt noch einmal gesagt. Nicht einmal vor mir selbst hatte ich je gewagt es laut auszusprechen. Ich bin schwul! Die meisten Jungs meines Alters benutzen den Ausdruck als Schimpfwort. Ich selbst hatte es auch schon getan, nur damit ja niemand etwas merkte.

Plötzlich wich die Wut aus ihrem Blick und sie ließ resigniert die Schultern hängen. „Ist das wirklich wahr?"

„Ja", antwortete ich ihr ohne zu Zögern. Es war ihr hoch anzurechnen, dass sie es immer noch fertig brachte mir in die Augen zu sehen und nicht einfach den Blick abwendete.

„Seit wann weißt du es?"

„Schon lange. Die ersten Vermutungen hatte ich schon mit zwölf, aber sicher bin ich mir erst seit etwa drei Jahren."

Zitternd legte sie ihre flache Hand vor ihre Lippen. Erneut stiegen Tränen in ihre Augen. „Warum hast du mir die ganze Zeit etwas vorgemacht?" Ihre Stimme war nicht mehr als ein Wispern.

Ich trat einen Schritt auf sie zu, doch sie wich sofort zurück. „Es tut mir so leid! Ich hatte Angst, dass irgendjemand etwas bemerkt und deshalb dachte ich, dass ich eine Freundin bräuchte."

„Nur zum Schein", schloss sie. „Du hast mich nie geliebt!"

„Am Anfang war es nur zum Schein, aber da kannte ich dich noch nicht. Dairine, ich mag dich wirklich!"

Zum ersten Mal brach sie den Augenkontakt ab und schüttelte ungläubig den Kopf. „Du hättest mir schon viel früher die Wahrheit sagen müssen! Warum hast du zugelassen, dass ich mich so quäle? Seit Wochen frage ich mich, was ich falsch mache…"

Ich unterbrach sie, weil ich es nicht länger ertrug sie so unglücklich zu sehen. Das alles war meine Schuld! Ich hatte sie zutiefst verletzt und würde es niemals wieder gut machen können.

„Du bist die Erste, der ich es überhaupt sage. Niemand weiß etwas davon!"

Sie ließ ihre Hand von ihren Lippen sinken und sah mich mit einer Mischung aus Verachtung und Enttäuschung an. „Und jetzt hast du Angst, dass ich dich verrate!" Es war keine Frage, sondern eine Feststellung.

Tatsächlich schlossen sich meine Finger erneut panisch um das warme Gehäuse der Uhr, die an meinem Brustkorb lag. Ich könnte mein Geständnis zurücknehmen und ihr stattdessen erzählen, dass ich mich in eine andere verliebt hätte. Kein Mädchen aus unserer Schule, sondern eine, die ich im Internet kennengelernt hatte. Dairine würde niemals erfahren, dass es sie gar nicht gab. Aber wenn ich in ihr tränenverschmiertes Gesicht und ihre traurigen Augen blickte, konnte ich es nicht. Ich hatte bei ihr alles falsch gemacht, was man nur falsch machen konnte. Das einzige, was ich für sie tun konnte, war ihr die Wahrheit zu sagen.

„Ich vertraue dir!", sagte ich eindringlich. „Wahrscheinlich kannst du mir nicht mehr glauben, aber ich ab dich wirklich gern und ich hoffe, dass du mir irgendwann verzeihen kannst. Du bist mir wichtig!"

„Du hast Recht, ich kann dir nicht mehr glauben", entgegnete sie kalt. „Bitte geh jetzt!"

Sie gab mir kein Versprechen, dass sie mein Geheimnis für sich behalten würde. Wenn sie mich aus verletztem Stolz und Wut verriet, könnte ich ihr nicht einmal einen Vorwurf machen. Dennoch glaubte ich nicht, dass sie es tun würde, denn dann wäre alles, was ich über sie zu wissen glaubte, falsch. Dairine war ein netter Mensch und eine der besten Freundinnen, die man sich wünschen könnte. Geheimnisse waren bei ihr sicherer als bei jedem anderen. Vielleicht wäre sie irgendwann in der Lage auch wieder meine Freundin zu sein.

15. Eliza

Als es am Morgen gegen meine Zimmertür klopfte, zuckte ich erschrocken zusammen. Ich putze mir gerade die Zähne und rechnete nicht mit Besuch. Außer Emma, und gezwungenermaßen Faye, interessierte sich hier niemand für mich. Aber Emma würde mich nicht in meinem Zimmer besuchen kommen und Faye würde nicht anklopfen – sie würde einfach wie selbstverständlich hinein marschiert kommen. Allerdings bezweifelte ich, dass ich sie sobald wiedersehen würde. Sie war immer noch wütend auf mich, weil sie nach unserem Ausflug in den Pub den Ärger dafür bekommen hatte. Eigentlich sollte ich mich darüber freuen, immerhin war ihre einzige Absicht gewesen, mich schlecht dastehen zu lassen, aber sie fehlte mir. Die Streitereien mit ihr hatten mich entfernt an Winter erinnert, auch wenn sie völlig anders gewesen waren. Lieber ließ ich mich von jemandem den ganzen Tag aufziehen und tadeln, als alleine in diesem schrecklichen Gebäude gefangen zu sein.

Es klopfte erneut, nachdem ich keinen Laut von mir gegeben hatte. „Herein", rief ich in einer Mischung aus Neugier und Furcht.

Die Tür wurde schwungvoll geöffnet und Rhona betrat das Zimmer. Rhona, die ich, seitdem ich hier war, genau einmal gesehen hatte. Rhona, der ich betrunken mein Herz ausgeschüttet hatte, bevor sie mir die Haare aus dem Gesicht gehalten hatte, während ich mich am Straßenrand übergeben hatte. Mit ihr hätte ich wirklich am wenigstens gerechnet.

„Was willst du?", fuhr ich sie misstrauisch an.

„Wir machen einen Ausflug", sagte sie entschieden.

Überrascht hob ich die Augenbrauen. „Wohin?"

„Das siehst du dann." Sie ließ den Blick an mir hinabgleiten. Während ihr schlanker, gut trainierter Körper in einem eleganten Hosenanzug verpackt war, trug ich erneut Jeans und ein schlichtes Shirt. Meine Haare waren in einem Zopf nach hinten gebunden. Sie stieß frustriert Luft aus. „Zieh dir etwas Warmes an", war jedoch alles, was sie sagte, bevor sie das Zimmer wieder verließ.

Früher hatte ich Freude dabei empfunden mich in schicke Kleider zu hüllen, doch es kam mir in dieser Einöde sinnlos vor. Niemand sprach oder sah mich nur an. Ich fühlte mich an manchen Tagen wie ein Geist, wenn die anderen Fomori, die ich alle nicht kannte, an mir vorbeigingen ohne mich auch nur eines Blickes zu würdigen. Hätte Charles mich ihnen nicht als seine Tochter vorstellen sollen? Es erschien mir immer unwahrscheinlicher, dass er auch nur in Erwägung zog, mir jemals die Leitung der Fomori anzuvertrauen. Faye war völlig umsonst eifersüchtig.

Ich zog noch einen weißen Pullover über und schlüpfte in eine schwarze Daunenjacke, bevor ich das Zimmer verließ und zu Rhona in die Eingangshalle ging. Sie tippte bereits ungeduldig mit den Füßen. Über ihrem Anzug trug sie einen beigen knielangen Mantel.

Ich imitierte ihr Nasenrümpfen. „Seit wann ist beige erlaubt?"

Sie runzelte irritiert die Stirn. „Möchtest du dich jetzt wirklich über deine Anziehsachen bei mir beschweren?"

„Schwarz-weiß ist auf die Dauer ziemlich langweilig."

„Schwarz-weiß ist ein Klassiker und kommt nie aus der Mode."

„Ich fühle mich damit wie die Gefangene einer Sekte."

Ihre Mundwinkel zuckten, ohne dass ich hätte sagen können, ob sie wütend oder belustigt war. „Willst du jetzt weiter über Mode diskutieren oder können wir los?"

„Du hast mich auch nicht gefragt, ob ich überhaupt mitmöchte, warum fragst du mich dann jetzt, ob ich fertig bin?", konterte ich streitlustig, woraufhin sie genervt mit den Augen rollte und zum doppeltürigen Ausgang ging. Ich folgte ihr mit zufriedenem Grinsen. Immerhin hatte ich es geschafft das letzte Wort zu haben. Es war kindisch und albern, aber es war mein erster Sieg, seitdem ich bei den Fomori war.

Direkt vor dem Anwesen stand bereits ihr schwarzer BMW parat. Wir stiegen wortlos ein und fuhren vom Hof. Es war noch früh, sodass Nebel über den grünen Hügeln und der einsamen Landstraße hing.

Bereits nach kürzester Zeit wurde das Schweigen unangenehm und ich schaltete ungefragt das Radio ein. Es war nicht leicht so weit außerhalb Empfang zu bekommen, aber zumindest einen Sender bekamen wir dann doch leicht knisternd hinein. Der Sprecher schwärmte von der großartigen St. Patricks Day Parade, die durch Dublin gezogen war. Erst jetzt fiel mir auf, dass ich bereits seit über einem Monat bei den Fomori war. St. Patricks Day war immer einer meiner liebsten Feiertage im Jahr gewesen und nun hatte ich nicht einmal etwas davon mitbekommen. Hatten die anderen den Tag wohl auch ohne mich gefeiert? Ich hoffte, dass jemand dafür gesorgt hatte, dass Lucas nicht nur den ganzen Tag lernte und Winter sich nicht wie ein Mauerblümchen in ihrem Zimmer versteckte. In meiner Wunschvorstellung hatte sie sich herausgeputzt, meine grünen High-Heels angezogen und sich den Titel der grünen Fee unter den Nagel gerissen. Die Vorstellung ließ mich schmunzeln, auch wenn sich mein Herz vor Sehnsucht schmerzhaft zusammenzog.

„Früher habe ich St. Patricks Day geliebt", sagte Rhona plötzlich nachdenklich.

Ich fuhr zu ihr herum und ließ meinen Blick über ihr Gesicht schweifen. Es fiel mir schwer mir vorzustellen, dass sie irgendwann einmal in ihrem Leben etwas zum Spaß und nicht aus irgendeinem Nutzen heraus getan hatte. Sie schien immer irgendetwas zu planen und ihr ganzes Leben danach auszurichten. „Was hat sich geändert?"

„Ich bin erwachsen geworden", gestand sie mir und ich glaubte dabei eine Spur von Wehmut in ihrer Stimme zu hören. „Vor etwas mehr als neunzehn Jahren habe ich Charles ebenfalls an einem St. Patricks Day kennengelernt."

„Ich wette ihr wart beide betrunken."

„Er weniger als ich", lächelte sie. „Wenn ich nicht am nächsten Morgen neben ihm aufgewacht wäre, könnte ich mich vermutlich gar nicht an ihn erinnern."

„Und ich dachte es sei Liebe auf den ersten Blick gewesen", murmelte ich sarkastisch. Ich wusste nicht einmal, ob es überhaupt Liebe war, was Rhona mit Charles verband. Macht erschien mir wahrscheinlicher.

„Er war damals noch mit Wills Mutter verheiratet."

„Na und? Ich bezweifle, dass du so etwas wie ein Gewissen hattest." Ernst sah ich sie an. „Daran scheint sich bis heute nichts geändert zu haben."

Sie zuckte mit den Schultern. „Ich war jung und wollte meinen Spaß. Charles sah gut aus, hatte Geld und Einfluss. Alles andere war mir egal."

Es erschreckte mich wie sehr ihre Worte mich an mich selbst erinnerten. So ähnlich war es mit Liam gewesen. „Wusstest du damals schon, dass du eine Schattenwandlerin bist?"

„Ich nicht, aber er wusste es vom ersten Moment an. Wahrscheinlich war das der einzige Grund, warum er sich überhaupt für mich interessiert hatte."

„Was ist passiert, als du es herausgefunden hast?"

„Ich bin abgehauen! Ich habe sogar geglaubt, dass es eine ansteckende Krankheit sei mit der Charles mich infiziert hätte." Sie sah mich nicht an, während sie sprach. Ihre Hände lagen fest um das Lenkrad und ihr Blick war stur auf die Straße vor uns gerichtet.

„Aber wie konntest du alleine zurechtkommen?" Auch ich hatte geglaubt, dass Liam mit all seiner Vorsicht maßlos übertrieb. Ich hatte gedacht, ich könnte alles alleine schaffen. Dieser Irrglaube war der größte Fehler meines Lebens, der Beth das Leben gekostet hatte.

„Ich war nicht alleine." Sie sah mich bahnbrechend an. „Du warst bei mir!"

Die Art wie sie es sagte und wie sie mich dabei ansah, berührte etwas tief in meinem Inneren. Es hörte sich nicht an, als sei ich ihr damals eine Last gewesen, sondern eher ihre Rettung.

„Ich wollte nichts mehr mit Charles und seinem Gefolge zu tun haben. Deshalb durfte er auch nichts von meiner Schwangerschaft erfahren. Zuerst dachte ich, dass ich irgendwo mit dir neu anfangen könnte, aber ich habe es ohne Schulabschluss und Geld nicht einmal geschafft eine Wohnung oder einen Job zu finden."

Auch wenn ich es nicht wollte, so musste ich zugeben, dass wir einander tatsächlich ähnlich waren. Sie hatte dieselben Probleme gehabt wie ich. „Deshalb hast du dann Hilfe bei Susan gesucht?"

„Sie war meine große Schwester und ich wusste, dass ich auf sie im Notfall zählen konnte." Ich war Winters große Schwester und trotzdem war ich nie für sie da gewesen. Eigentlich hatte ich ihr immer nur Probleme bereitet, anstatt sie zu unterstützen. Früher hatte ich geglaubt, dass es ihre Schuld sei, weil man einfach keinen Spaß mit ihr haben konnte. Heute wusste ich, dass sie von Anfang an meine Rolle übernommen hatte. Sie war stets die Vernünftige gewesen, die immer meinetwegen hatte zurückstecken müssen. Kein Wunder, dass sie froh gewesen war als ich im letzten Jahr verschwunden war.

„Als sie dich nach deiner Geburt zum ersten Mal im Arm gehalten hat, wusste ich, dass sie eindeutig die bessere Mutter von uns beiden wäre. Ich wünschte es gäbe ein Foto davon, dass ich dir zeigen könnte. Sie hat dich angesehen als seist du das größte Glück und das Schönste, was sie jemals gesehen hat. Ich hatte keinen Zweifel daran, dass sie dich grenzenlos lieben würde."

Ihre Worte trieben mir die Tränen in die Augen. Susan war immer eine gute Mutter gewesen, aber ich hatte angefangen ihre Liebe in Frage zu stellen, nachdem ich von der Adoption erfahren hatte.

„Sie war die beste Mutter, die ich hätte haben können", stimmte ich Rhona mit kratzigem Hals zu.

„Du glaubst wahrscheinlich, ich hätte dich aus purem Egoismus bei ihr gelassen, aber so war es nicht. Jedenfalls nicht nur. Ich habe nie daran gedacht dich nicht zu bekommen, aber ein Kind ist nicht immer bei seiner leiblichen Mutter am besten aufgehoben. Wenn ich sehe wie sehr du an deiner Familie hängst, dann weiß ich, dass ich alles richtiggemacht habe."

Der Nebel lichtete sich langsam und die Landschaft zog an uns vorbei - diesig und wie unter einem grauen Schleier.

„Aber warum hast du mich dann aus meinem Leben gerissen? Warum konntest du mich nicht bei ihnen lassen?"

„Eliza, du bist eine Schattenwandlerin und für dich wird es niemals ein normales Leben geben."

Nach etwas mehr als einer Stunde, erreichten wir die Ortseinfahrt von Letterkenny: Eine

Ortschaft am Meer an der nördlichsten Spitze von Irland. Mein Eindruck hatte mich also nicht getäuscht - wir waren so weit entfernt wie möglich von Wexford.

„Jetzt weiß ich grob, wo wir sind", stellte ich fest, während Rhona den BMW durch den Stadtverkehr steuerte. „Hast du keine Angst, dass ich jetzt versuchen könnte abzuhauen?"

„Wie solltest du das anstellen? Du würdest dich in den Wäldern verlaufen."

„Mir ist es schon einmal gelungen", behauptete ich trotzig und benutzte Fayes Lüge für meine Zwecke.

Doch Rhona hob nur spöttisch die Augenbrauen. „Du meinst doch nicht etwa deinen kleinen Ausflug mit Faye?"

„Ich bin abgehauen und niemand hat mich aufgehalten!", konterte ich und verschränkte dabei die Arme vor der Brust.

„Faye hält sich für clever und vielleicht ist sie das sogar, aber ihr fehlt meine Erfahrung. Ich weiß ganz genau wie es ablief. Sie hat dir vorgemacht ihr würdet ein bisschen Spaß zusammen haben und du bist drauf reingefallen."

Ich fühlte mich augenblicklich gedemütigt. Rhona stellte es so hin, als sei ich schlicht zu blöd gewesen, Fayes wahre Absichten zu durchschauen. Aber was hatte ich schon für Optionen gehabt? Ich war verzweifelt gewesen, sodass ich vermutlich mit jedem gegangen wäre. „Ich könnte durch die Schatten reisen."

„Und dann? Vielleicht würdest du eine Ortschaft erreichen und vielleicht würdest du sogar einen netten Kerl finden, der dich mit in die nächste Stadt nimmt, aber was solltest du da? Du kannst nicht zurück nach Wexford."

„Weil ihr dort als erstes nach mir suchen würdet. Charles hat mir sehr deutlich gemacht, was meiner Familie und meinen Freunden passiert, wenn ich mich gegen ihn stelle."

Sie schüttelte den Kopf und parkte den Wagen in einer Lücke am Straßenrand. „Mit Charles oder den Fomori hat das nichts zu tun. Du gehörst einfach nicht mehr dorthin. Willst du wirklich das Leben deiner Familie mit deiner Anwesenheit immer wieder durcheinanderbringen? Sieh es doch ein, du gehörst nicht mehr zu ihnen."

Die Deutlichkeit mit der sie es sagte, schmerzte. Liam konnte doch auch unter normalen Menschen leben, warum dann nicht auch ich? Wenn ich meine Kräfte besser unter Kontrolle hätte, wäre ich für niemanden mehr eine Gefahr.

„Wenn du das alles so genau weißt, warum haltet ihr mich dann im Anwesen wie in einem Gefängnis? Ich darf alleine nicht einmal einen Fuß vor die Tür setzen!"

Sie schien zu überlegen, ob sie mir darauf antworten sollte oder nicht. Schließlich zuckte sie mit den Schultern und gestand mir ehrlich: „Ich weiß es nicht. Charles hält es für besser. Er hat gerne die Kontrolle…"

„…über alles und jeden", vollendete ich ihren Satz. „Kontrolliert er auch dich?"

„Mich?" Rhona lachte. „Das hätte er gern."

„Kannst du dann nicht mit ihm sprechen und dafür sorgen, dass ich wenigstens spazieren gehen darf?"

„Du bist mir bisher nicht wie ein Naturmensch erschienen."

„Mir fällt die Decke auf den Kopf! Niemand spricht mit mir. Alle ignorieren mich. Warum überhaupt? Es kommt mir fast vor, als hätte Charles ihnen verboten mit mir zu sprechen!"

Sie hob argwöhnisch ihre linke Augenbraue. „Das glaubst du doch nicht wirklich, oder?"

„Doch, anders kann ich es mir nicht erklären!"

„Vielleicht liegt es daran, dass du dir erst einmal ihren Respekt verdienen musst. Für die anderen Fomori bist du nur ein kleines Mädchen, das ihre eigenen Kräfte nicht unter Kontrolle hat und dabei den Fehler gemacht hat, den Sohn des Oberhaupts umzubringen."

„Es war kein Versehen", murmelte ich leise. „Ich wusste genau, was ich tat."

„Glaubst du, das macht es besser? Sei ehrlich, würdest du an ihrer Stelle mit jemandem wie dir etwas zu tun haben wollen?"

Sie stieg aus dem Auto und schien auch der Diskussion mit mir entfliehen zu wollen.

„Charles hat mich ja nicht einmal offiziell vorgestellt! Ich bin seine Tochter, aber werde behandelt wie eine Aussätzige. Er spricht ja selbst nicht mit mir!" Ich lief ihr nach, während sie in Richtung Strand ging.

„Er hat viel zu tun."

„Das behauptet Emma auch immer, aber niemand kann so viel beschäftigt sein, dass er sich keine fünf Minuten Zeit für ein Gespräch mit seiner Tochter nehmen könnte."

„Worüber willst du überhaupt mit ihm sprechen?"

Ich wusste es nicht, doch plötzlich kam mir Emmas Vorschlag wieder in den Kopf. Fast war es mir peinlich es vor Rhona laut auszusprechen, aber ich brauchte scheinbar einen Grund, um einen Termin bei meinem Erzeuger zu bekommen. „Ich möchte Model werden!"

Sie sah mich abrupt an und schien zu überlegen, ob ich scherzte. „Ist das dein Ernst?"

„Ja!", beteuerte ich energisch. „Ich habe keinen Schulabschluss und mir fällt das Lernen auch nicht unbedingt leicht. Was für Chancen habe ich dann schon groß? Aber ich möchte nicht mein Leben lang in diesem Anwesen festsitzen. Du bist doch auch Anwältin, warum kann ich mich dann nicht als Model versuchen? Emma meinte, dass Charles viele Kontakte hätte und er mir sicher weiterhelfen könnte."

„Na, wenn Emma das meint, muss es wohl so sein!", erwiderte Rhona spitz. „Sie hat als Hausangestellte schließlich Ahnung vom Modelbusiness."

„Sie glaubt wenigstens an mich!"

„Hast du überhaupt schon einmal gemodelt? Du glaubst vielleicht es sei ein Kinderspiel und du bräuchtest nichts mehr, als einen schlanken Körper und ein hübsches Gesicht, aber es erfordert auch Durchhaltevermögen und Engagement!"

„Und du glaubst ich habe beides nicht?", fragte ich herausfordernd.

„Das habe ich nicht gesagt!", verteidigte sie sich, als wir durch die Dünen den Weg zum Strand hinabgingen. Der Wind wehte uns so stark in die Gesichter, dass wir beide unsere Augen zusammenkneifen mussten. Gleichzeitig waren der

Geruch von Salzwasser und das Rauschen des tosenden Meeres tröstlich vertraut. Als wir die Wellen erreichten, schwiegen wir und ließen den Blick über das Wasser schweifen. Wir hatten nur wenige Stunden miteinander verbracht, trotzdem hatte ich das Gefühl sie nun besser zu kennen. Sie war ehrlich gewesen und hatte mir einen Einblick in ihre Vergangenheit gewährt.

Zudem war ich froh auf sie gehört, und mir etwas Warmes angezogen zu haben, doch sie selbst schien ihre eigenen Ratschläge nicht beherzigt zu haben, denn sie zitterte nach einiger Zeit in ihrem beigen Mantel.

„Hast du Hunger?", rief sie mir gegen das Rauschen zu. Als ich eilig nickte, verließen wir den Strand wieder und suchten Schutz in einem Café, von wo aus man direkten Blick auf den Strand und die Dünen hatte. Mir entfuhr ein Lachen, als ich sah wie Rhonas sonst so perfekten Haare ihr zu allen Seiten vom Kopf abstanden. Sie sah mich erst empört an, aber lachte dann ebenfalls als sie versuchte Ordnung in ihre Frisur zu bringen. „Denkst du etwa du siehst besser aus?"

Auch ich begann mir nun die Haare aus dem Gesicht zu streichen. So standen wir uns nun gegenüber und versuchten beide unser langes blondes Haar zu bändigen. Es musste für andere komisch aussehen, fast wie bei einem Spiegel. Zwei Frauen mit fast identischer Frisur, grünen Augen, der gleichen leicht spitz zulaufenden Nase, vollen Lippen und einer schlanken Figur - ich war ihr Ebenbild. Wenn ich Rhona ansah, konnte ich mich selbst in ein paar Jahren sehen. Ging es ihr genauso, wenn sie mich ansah? Sah sie einen Teil von sich selbst in mir?

Wir suchten uns einen Platz am Fenster und bestellten beide einen großen Milchkaffee und eine Portion Waffeln mit heißen Kirschen, aber ohne Sahne. Kaum, dass die Kellnerin unseren Tisch wieder verlassen hatte, räusperte sich Rhona provokativ. „So wirst du aber kein Model."

„Auch Models müssen mal etwas essen!"

„Aber weder Milchkaffee noch Waffeln."

„Wer sagt denn, dass ich ein Magermodel werden möchte?"

Sie grinste mich frech an. „Du hast Glück, dass du meine Gene geerbt hast."

„Es wird mir nichts bringen, wenn Charles mich weder das Haus verlassen lässt noch mir mit seinen Kontakten weiterhilft."

„Von mir aus rede später mit ihm, aber überzeugen musst du ihn schon selbst."

„Wird er denn überhaupt Zeit für mich haben?", wollte ich verunsichert wissen. Ich hatte ihn unbedingt sehen wollen und nun fürchtete ich mich beinahe vor einem Treffen.

„Für mich hat er immer Zeit", behauptete Rhona. „Aber erwarte dir nicht zu viel davon. Er hat seine ganz eigenen Vorstellungen."

„Für mich?"

„Für jeden!"

Ich musste erneut an Faye denken, die mich vom ersten Moment an gehasst hatte, nur, weil ich Charles' Tochter war. Sie wollte bei den Fomori aufsteigen und somit war es ihr auch wichtig, was Charles von ihr dachte.

„Wie lange ist Faye eigentlich schon bei den Fomori?"

Rhona machte erst ein überraschtes, dann ein nachdenkliches Gesicht. „Es müssten etwa zwei Jahre sein, warum willst du das wissen?"

„Faye ist neben dir und Emma der einzige Mensch, der mit mir spricht. Ich wüsste einfach gern mit wem ich es zu tun habe."

„Warum fragst du sie dann nicht selbst?"

„Das habe ich schon, aber sie will nicht darüber reden. Ist ihr irgendetwas Schlimmes passiert?"

Rhona stieß die Luft aus. „Man könnte ihr ganzes Leben als schlimm bezeichnen. Ihre Eltern sind früh gestorben, deshalb ist sie in einem Heim groß geworden. Sie hat gelernt, dass alles, was man im Leben erreichen möchte, hart erarbeitet werden muss. Deshalb ist sie sehr ehrgeizig."

Unwillkürlich kam Mitleid für sie in mir auf. Kein Wunder, dass sie nicht verstehen konnte, dass ich mich bei ihr über das mangelnde Interesse von Rhona und Charles beschwert hatte – sie hatte nie Eltern gehabt.

„Und wie habt ihr sie gefunden?"

Rhona lachte kurz auf. „Gar nicht, sie hat uns gefunden. Eines Tages stand sie plötzlich vor dem Anwesen und stellte sich uns als Schattenwandlerin vor."

Ungläubig riss ich die Augen auf. „Aber das Anwesen liegt mitten im Nirgendwo. Woher wusste sie überhaupt von euch?"

„Sie war damals nicht alleine, sondern hatte einen jungen Mann bei sich. Du kennst ihn sogar."

Verständnislos wartete ich darauf, dass sie fortfuhr.

„Liam Dearing!"

Ich schüttelte ungläubig den Kopf. Wenn Liam Faye kannte, dann wusste er auch wo sich das Anwesen der Fomori befand. Hatte er etwa meiner Familie nichts davon erzählt? Wenn Winter wüsste wo ich war, wäre sie längst gekommen, um mich zu befreien. Oder etwa nicht? Ich hatte sie zwar darum gebeten nicht nach mir zu suchen, aber würde sie sich daran halten? Wenn ich an ihrer Stelle gewesen wäre, hätte mich niemand davon abhalten können. War sie vielleicht ganz froh über die Normalität in ihrem Leben, seitdem ich wieder weg war? Ich versuchte die nagenden Gedanken zu vertreiben.

„Gehört Liam auch zu den Fomori?"

„Nein, er kam zwar mit Faye, aber im Gegensatz zu ihr ging er nach einer Woche bereits wieder. Es hat ihm wohl nicht gefallen."

„Und ihr habt ihn einfach wieder gehen lassen?", fragte ich beinahe entsetzt.

„Warum nicht?" Sie zuckte mit den Schultern. „Die Familie Dearing steht schon lange unter Beobachtung der Fomori. Sie stellen keine Gefahr mehr für uns da."

„Nicht mehr?", wiederholte ich interessiert. Liam hatte bereits angedeutet, dass er nicht gut auf die Fomori zu sprechen war, doch er hatte es nicht benennen können, sondern sich nur in Vermutungen geäußert. Es hatte etwas mit dem Tod seiner Eltern zu tun, die Teil der Fomori gewesen waren.

Rhona schien bereits zu bereuen, dass sie überhaupt mit mir gesprochen hatte. Denn sie riss in übertriebener Begeisterung die Augen auf, als unser bestelltes Essen kam. „Oh, riech nur wie die duften!", jubelte sie beim Anblick der frischen Waffeln und da wusste ich, dass sie mir keine weitere Auskunft erteilen würde.

Als wir am Nachmittag das Anwesen erreichten, war ich tatsächlich nervös. Nach über einem Monat würde ich nun endlich die Gelegenheit bekommen mit Charles zu sprechen. Der Tag mit Rhona war schön gewesen und ich versuchte positiv in die Zukunft zu blicken. Zwar hatte ich alles verloren, was mir wichtig gewesen war, aber dafür konnten die Fomori mir neue Möglichkeiten eröffnen. Charles sah ich weniger als meinen Vater, sondern mehr als potenziellen Geldgeber an. Ich würde ihn nicht mit Sentimentalitäten überzeugen können, sondern mit eisernem Willen und Hartnäckigkeit.

Zum ersten Mal verließ ich die mir bekannten Bereiche des Gebäudes und folgte Rhona in einen weiteren Flur, der nur durch eines der Zimmer im oberen Stockwerk erreichbar war. Die Tür war jedoch mit einem Zahlencode gesichert, den Rhona mir hatte nicht verraten wollen.

Dieser zweite Flur unterschied sich kaum von dem Ersten, abgesehen davon, dass hier einige der Türen offenstanden und Einblick auf Konferenzräume und verschiedene Büros boten. Hier schien die Verwaltung der Fomori untergebracht zu sein. Am Ende des Gangs befand sich eine letzte Tür vor der wir stehen blieben.

„Du wartest hier", befahl mir Rhona und ehe ich widersprechen konnte, huschte sie bereits ohne zu klopfen in das Zimmer. Ich erhaschte nur einen kurzen Blick auf Charles, der sich hinter einem gewaltigen Schreibtisch verbarrikadiert hatte.

Eigentlich erwartete ich, dass Rhona mich wenige Sekunden später hereinrufen würde, doch nichts geschah. Ich wurde ungeduldig, sah mich zögerlich auf dem leeren Flur um und presste schließlich meinen Kopf gegen das kalte Holz der Tür. Es war nur leises Stimmengewirr zu hören, das ich nicht verstand. Weigerte sich Charles etwa mich zu empfangen? Oder redeten sie am Ende vielleicht gar nicht über mich?

Ich zögerte, dann nahm ich meinen Mut zusammen und legte vorsichtig meine Hand auf die goldene Türklinke. Ehe ich sie runterdrückte, holte ich noch einmal tief Luft.

„…möchte nicht, dass du Zeit mit ihr verbringst!", forderte Charles von Rhona in dem Moment als ich in das Zimmer trat.

Sie fuhren beide erschrocken zu mir herum und starrten mich fassungslos an.

„Was soll das? Hat dir niemand beigebracht anzuklopfen, bevor du ein Zimmer betrittst?", schnauzte Charles mich bereits im nächsten Atemzug an.

Ich straffte meine Schultern und sah ihm herausfordernd ins Gesicht. „Man muss sich nehmen, was man will und ich verlange mit dir zu sprechen!"

Er schien nicht zu wissen, ob er mich vor Wut anschreien oder lieber auslachen sollte. „Wir werden uns noch früh genug unterhalten! Jetzt sei ein braves Mädchen und suche dir jemand anderen zum Spielen."

„Ich bin kein kleines Kind, das du einfach herumschubsen kannst wie es dir gefällt!", empörte ich mich. „Seit über einem Monat wohne ich hier und du hast dir nicht einmal Zeit für ein Gespräch genommen. Man könnte fast meinen du versteckst dich vor mir!"

Nun lachte er tatsächlich, aber es war kein freundliches Lachen. „Warum sollte ich mich vor dir verstecken? Deine Fantasie geht mir dir durch!" Er wandte sich an Rhona. „Sieh zu, dass du sie mir aus den Augen schaffst!"

Sie nickte demütig und packte mich sogleich am Arm, um mich aus dem Raum zu schleifen. Von wegen sie ließ sich nichts von ihm sagen! „Komm jetzt", drängte sie und schloss die Tür seines Büros hinter sich.

„Was sollte das?", fuhr ich sie wütend an. „Warum will er nicht, dass du Zeit mit mir verbringst?"

„Was?", fragte sie fassungslos. „Wie kommst du denn darauf?"

„Ich habe gehört wie er es zu dir gesagt hat!"

Sie machte ein ahnungsloses Gesicht. „Da vertust du dich! Wir haben über etwas ganz Anderes gesprochen."

„Worüber denn?"

„Das geht dich nichts an!"

„Du hast gesagt, ich könnte mit ihm reden!"

„Es ist etwas dazwischen gekommen…"

„Ja, seine Laune", fiel ich ihr ungehalten ins Wort. „Warum will er mich nicht sehen? Liegt es an Will?"

„Nein."

„Hätte mich auch gewundert, denn ihm war er auch nie ein guter Vater. Aber was ist es dann? Was ist sein Plan für mich? Soll ich vielleicht vor Langeweile eingehen?"

„Eliza, wir sind nicht dein Unterhaltungsprogramm!", fuhr sie mich scharf an als wir den Flur zu den Schlafzimmern erreichten.

„Hast du ihn wenigstens dazu bringen können, dass ich das Gebäude verlassen darf?"

Sie machte eine wegwerfende Handbewegung. „Ich habe gerade wichtigeres zu tun!" Während sie mir am Vormittag so nah erschienen war, zeigte sie sich nun wieder von ihrer kalten Seite.

„Was ist denn auf einmal los? Ist irgendetwas passiert?"

„Such Faye und trainier deine Fähigkeiten", wies sie mich desinteressiert an und knallte mir die Tür vor der Nase zu. Ich konnte ihr nicht einmal folgen, da ich den verdammten Code nicht kannte. Auch wenn Rhona es abstritt, war ich mir sicher, dass Charles von mir gesprochen hatte. Aus irgendeinem Grund hielt er sich nicht nur selbst von mir fern, sondern erwartete das auch von Rhona. Sie verheimlichten mir etwas. Es musste einen Grund geben, warum ich hier war und warum ich das Gebäude nicht alleine verlassen durfte. Sie schienen sich vor irgendetwas zu fürchten. Aber was hätte ich schon tun können, dass ihnen eine solche Angst bereitete? Meine Fähigkeiten waren wirklich mangelhaft und es gab niemanden, den ich zu Hilfe hätte rufen können.

16. Winter

Mein Magen fühlte sich in etwa genauso unruhig und nervös an, wie vor wenigen Monaten, als ich aus *Velvet Hill* entlassen worden war und meinen ersten Schultag vor mir gehabt hatte. Meine Hände zitterten leicht und waren schweißfeucht. Nach St. Patricks Day hatten wir ein paar freie Tage gehabt und nun musste ich den anderen wieder gegenübertreten. Sicher hatte noch niemand meine Wahl zur grünen Fee vergessen. Nicht nur, dass ich zu Unrecht den Titel erhalten hatte, mein Abgang von der Bühne war fast noch peinlicher. Ob ich nun wollte oder nicht, würde mich das zum Hauptgesprächsthema machen. Das alles verdankte ich Liam!

Meistens verflüchtigte sich meine Wut auf ihn, wenn ich ihn ein paar Tage nicht sah und ich begann stattdessen ihn zu vermissen, doch dieses Mal war es anders gewesen. Ein Teil von mir hatte gehofft, dass er bei mir vorbeikommen würde, um sich zu entschuldigen, aber das tat er nicht. Dass ich ihm auch noch mehr oder weniger meine Liebe gestanden hatte, machte es nicht besser.

Dafür hatte mich Dairine am Tag nach St. Patricks Day ins Telefon schniefend angerufen und mir erzählt, dass sie und Evan Schluss miteinander gemacht hatten. Auf die Frage, was denn passiert sei, hatte sie mir keine Antwort geben wollen, aber ich konnte es mir auch so ungefähr vorstellen. Vermutlich hatte Evan ihre Annährungsversuche erneut abgewiesen und sie hatte es einfach nicht mehr ausgehalten.

Ungünstig war gewesen, dass sie mich genau zur selben Zeit Zuhause besuchen kam, als auch Evan bei Lucas aufschlug. Sie hatten sich nicht einmal ansehen können. Dabei hatte Evan wie ein geprügelter Hund gewirkt und sie hatte ihm die kalte Schulter gezeigt. Während wir uns zwei Tage in meinem Zimmer mit Eiscreme, Chips, Schokolade und jeder Menge DVDs verkrochen, fuhren die Jungs zum Angeln. Auch wenn meine Loyalität eindeutig Dairine galt, hoffte ich, dass sie bald über ihre Probleme hinwegsehen könnten, damit unsere Clique nicht auseinanderbrach. Lucas und ich hatten uns erst wieder vertragen und die Zeit mit meinen Freunden half mir, nicht ständig an Eliza zu denken.

Als der Schulbus hielt, war mir so schlecht, dass ich überlegte mit dem Taxi wieder nach Hause zu fahren. Lucas, der neben mir saß, schien meine Gedanken gelesen zu haben, denn er versetzte mir einen aufmunternden Schulterklopfer. „Es wird schon nicht so schlimm werden", flüsterte er mir zu. „Lass sie einen Tag reden und morgen gibt es schon wieder ein anderes Thema, über das sie sich die Mäuler zerreißen können."

Ich blickte ihn zweifelnd an. Er legte mir seinen Arm um die Schulter. „Du bist nicht allein."

„Was? Willst du den ganzen Tag den Bodyguard für mich spielen? Du bist nicht einmal in meiner Stufe!"

„Ich nicht, aber sie", grinste er und schob mich ich Richtung von Dairine, Mona und Aidan, die vor dem Schulgebäude scheinbar auf mich gewartet hatten, um mir Geleitschutz zu geben.

Dairine zog mich in eine feste Umarmung. Während sie sich vor ein paar Tagen noch die Augen aus dem Kopf geheult hatte, machte sie nun bereits wieder einen gefestigten Eindruck. In ihrem schwarzen Haar waren immer noch die leuchtend grünen Strähnen von St. Patricks Day zu erkennen. „Jeder, der meint sich mit dir anlegen zu müssen, bekommt es mit mir zu tun!"

Ich bewunderte sie wieder einmal für ihre Stärke. Wenn mein Freund mit mir Schluss gemacht hätte, könnte ich längst noch nicht wieder scherzen. Als Lucas mich verlassen hatte, war die Welt für mich untergegangen und ich hatte wochenlang schlechte Laune gehabt. Das Einzige, oder besser gesagt der Einzige, der es geschafft hatte mich auf andere Gedanken zu bringen, war Liam gewesen.

Mona schenkte mir ein liebevolles Lächeln. „Es ist egal, was die anderen denken, solange wir einander haben."

„In ihren Augen sind wir doch eh die Freaks", fügte Aidan grinsend hinzu.

Es klingelte zur ersten Unterrichtsstunde und wir gingen gemeinsam in das Schulgebäude. Vielleicht war ich paranoid, aber ich hatte ständig das Gefühl, als würden sich alle nach mir umdrehen und leise tuscheln. Wenigstens sprach mich aber niemand direkt an.

Sobald wir den Kursraum erreichten, war ich froh, mich in die letzte Reihe verziehen zu können. So hatte ich die Blicke der anderen wenigstens nicht im Rücken.

Doch mein Herzschlag beruhigte sich nicht, ganz im Gegenteil, er beschleunigte sich, während wir auf den Lehrer warteten, denn die erste Stunde war Musikunterricht angesagt, was bedeutete, dass ich Liam wiedersehen musste. Würde er überhaupt in meine Richtung blicken oder mich ignorieren so wie er es am Anfang auch immer getan hatte? Ganz egal, wie er sich auch verhalten würde, es würde irgendetwas bei mir auslösen.

Er war bereits fünf Minuten zu spät dran, was für ihn nicht ungewöhnlich war, als plötzlich ein altbekanntes Gesicht den Kursraum betrat: Mrs. Kelly. Sie hatte vor Liam den Musikkurs geleitet und auch in der Zeit als er tot gewesen war. Sie war eine ruhige, geradezu ängstliche Person, die es nicht schaffte sich gegen die Schüler durchzusetzen. Manchmal hatte man sogar den Eindruck, dass sie sich am liebsten unter ihrem Lehrerpult versteckt hätte. Als auch die anderen ihr Eintreten bemerkten, ging ein unwilliges Raunen durch die Runde.

„Was machen Sie denn hier?", rief eine besonders vorlaute Schülerin aus der ersten Reihe genervt.

Mrs. Kelly straffte die Schultern und versuchte einen taffen Eindruck zu machen, doch das Zittern ihrer Hände verriet sie. „Erst einmal guten Morgen!"

Sie machte eine Pause und wartete darauf, dass ihr ebenfalls jemand einen guten Morgen wünschen würde, doch als es ruhig blieb, fuhr sie fort: „Ab heute übernehme ich wieder den Musikkurs. Kann mir jemand sagen, was ihr zuletzt durchgenommen habt?"

„Wo ist Mr. Dearing?", riefen direkt mehrere empört.

„Mr. Dearing ist nicht länger Lehrer an dieser Schule", entgegnete Mrs. Kelly kühl und schlug ihr Lehrbuch auf. „Nach dem Lehrplan müsstet ihr…"

Ihre ohnehin leise und piepsige Stimme ging in dem lauten Protest der Schüler unter. Entsetzt sah ich erst Dairine an, und suchte dann den Augenkontakt zu Mona, doch sie zuckte auch nur ahnungslos mit den Schultern. War Liam etwa womöglich gekündigt worden? Wegen der Manipulation bei der Wahl zur grünen Fee? Meinetwegen?

Ich hatte immer gewollt, dass er seinen Lehrerjob aufgab, aber nicht so. Schuldgefühle stiegen in mir auf, die mich davon abhielten Mrs. Kelly auch nur einen Moment zuzuhören. Nach Liam, den die Schüler geliebt hatten, hatte sie einen noch schwereren Stand im Kurs. Sie tat mir leid. Vielleicht wäre sie in einer Klasse mit jüngeren Schülern, oder gar Kindergartenkindern besser aufgehoben.

Nach dem Unterricht trat ich vor ihr Pult. Sie sah mich geradezu entsetzt an.

„Kann ich dir irgendwie helfen, Winter?"

„Mrs. Kelly, wissen Sie warum Mr. Dearing nicht mehr an der Schule unterrichtet?"

Ihre Miene verfinsterte sich augenblicklich. „Ich darf dir aus Datenschutzgründen keine Auskunft darüber erteilen."

„Bitte! Ich will doch nicht den genauen Grund wissen, sondern nur, ob er gekündigt wurde. Hat er irgendetwas falsch gemacht?"

Sie runzelte die Stirn. „Warum sollte er gekündigt worden sein?"

Ich spürte augenblicklich wie mich Erleichterung durchflutete: Er war nicht gekündigt worden! Aber warum arbeitete er dann nicht mehr als Lehrer? Wenn er nicht entlassen worden war, konnte das nur bedeuten, dass er selbst gekündigt haben musste. Er hatte sich bisher immer geweigert, was hatte seine Meinung geändert? Etwa ich?

„Danke, Mrs. Kelly", sagte ich eilig und lief aus dem Kursraum. Die anderen warteten vor der Tür auf mich.

„Ich muss schnell weg", erklärte ich ihnen. „Könnt ihr den anderen Lehren sagen, dass mir schlecht geworden wäre?"

„Schon wieder?", meinte Dairine und erinnerte mich daran, dass erst vor wenigen Tagen die halbe Schule dabei zugesehen hatte wie ich mich nach der Wahl zur grünen Fee in einer Ecke übergeben hatte.

„Dann sag eben, dass ich Kopfschmerzen hab."

„Was ist denn los?"

„Ich erzähle es dir später", vertröstete ich sie und bahnte mir einen Weg durch die anderen Schüler. Ich spürte ihre Blicke nicht mehr und hatte auch nicht das Gefühl, dass ihre Tuscheleien sich auf mich bezogen. Aber selbst wenn, es war mir plötzlich egal. Ich musste zu Liam und von ihm den Grund für seine Kündigung erfahren. Alleine bei dem Gedanken vor ihm zu stehen, schlug mein Herz vor Aufregung so heftig gegen meine Brust, dass ich das Gefühl hatte, es würde mir jede Sekunde herausspringen.

Als ich auf den Klingelknopf drückte, rechnete ich irgendwie damit, dass mir niemand öffnen würde. Die ganze Situation kam mir so irreal vor. Doch es dauerte nicht einmal eine Minute, da ertönte der Summer, der mich ins Treppenhaus einließ. Ich rief erst den Aufzug, doch bereits nach den ersten Sekunden konnte ich nicht länger stillstehen und warten. Also holte ich tief Luft und begann die Treppe bis in den fünften Stock hinaufzusteigen.

Mein Puls schien sich bei jedem Schritt zu beschleunigen, ob nun vor Anstrengung oder vor Aufregung. Als ich das Dachgeschoss erreichte, war ich atemlos. Liam stand in einem schwarzen Shirt, locker sitzenden grauen Jeans und barfuß in der geöffneten Wohnungstür, so als ob er mich bereits erwartet hätte.

„Was machst du hier?", fragte er, als ich schnaufend vor ihm hielt.

„Ähm", begann ich unsicher. Auf dem Weg zu ihm hatte ich mir so viel überlegt, was ich ihm hatte sagen wollen, doch jetzt war alles wie weggefegt. *Bitte lass mich das hier hinbekommen.* „Ich, äh, hab erfahren, dass du deinen Job gekündigt hast. Ich musste einfach gucken, ob es dir gut geht."

Ein schwaches Lächeln umspielte seine Lippen. „Du schwänzt die Schule, nur um nachzusehen, wie es mir geht?"

Ich nickte, denn ich hatte plötzlich einen Knoten in der Zunge. Für einen Moment sahen wir einander in die Augen und ich spürte die Anziehungskraft zwischen uns ganz deutlich. Wir könnten endlich zusammen sein! Warum zog er mich nicht an sich und küsste mich?

Stattdessen wich er zurück. „Na dann. Jetzt, wo du gesehen hast, dass ich okay bin, kannst du ja zurück in die Schule. Ich muss weitermachen, damit ich mir diese schicke Wohnung auch weiterhin leisten kann, jetzt wo ich arbeitslos bin."

„Was machst du denn jetzt?"

Er zeigte mir das Plektrum, welches er zwischen Daumen und Zeigefinger hielt. „Musik."

Ein Lächeln stahl sich auf mein Gesicht. „Wirklich?", fragte ich stolz. Genau dazu hatte ich ihm die ganze Zeit geraten. Nicht, weil ich wollte, dass er nicht länger mein Lehrer war, sondern weil ich wirklich an ihn und sein Talent glaubte. Wenn ich mir den Song anhörte, den er mir zum Geburtstag geschrieben hatte, bekam ich immer wieder eine Gänsehaut. Er berührte mich tief in meiner Seele. Damals hatte ich das Gefühl gehabt, dass er mich wirklich so gesehen hatte wie ich war.

„Nein, ich tue nur so", erwiderte er ironisch und rollte mit den Augen. „Im Ernst, Winter, wenn das hier schiefgeht, packe ich meine Koffer und stelle mich vor deine Haustür. Ich hab mir sagen lassen, deine Mutter ist eine sehr großherzige Frau, die einem Mann in Not nicht die Tür vor der Nase zuschlagen würde."

Ich grinste ihn an. „So weit wird es nicht kommen. Du schaffst das!"

„Wenn ich jemals einen Grammy gewinnen sollte, werde ich dich in meiner Dankesrede erwähnen", scherzte er weiter.

Wir sahen einander unschlüssig an. Es gab so viel das wir uns sagen wollten, doch jetzt, wo wir es konnten, schwiegen wir. Er trat ungeduldig von einem Fuß auf den anderen. „Ich mach dann mal weiter, geh am besten zurück in die Schule." Er wollte die Tür schließen.

„Warte", rief ich. Ich holte tief Luft. „Hast du wegen der Musik oder meinetwegen gekündigt?"

„Für mich gehört beides untrennbar zusammen. Erst seitdem ich dich kenne, mache ich wieder Musik. Nach Beth…" Er brach ab und sah mich entschuldigend an.

Es war soweit. Das war der Augenblick, in dem ich ihm meine Gefühle offenbaren würde. Man spricht oft davon, dass man auf den richtigen Moment wartete. Kein Moment hätte richtiger sein können. Ich spürte es mit jeder Faser meines Körpers. „Ich weiß nicht, warum oder wann ich mich in dich verliebt habe, Liam. Aber es ist so. Seit ich dir zum ersten Mal gegenüberstand, gehst du mir nicht mehr aus dem Kopf und ich kann nicht aufhören darüber nachzudenken, wie es wäre, mit dir zusammen zu sein. Ich habe so etwas noch nie erlebt. Du hast meine Welt völlig aus den Fugen gerissen und warst gleichzeitig mein Anker. Ich weiß, es ist verrückt, weil wir so verschieden sind, aber ich muss zumindest probieren, ob es nicht doch funktionieren könnte. Es wäre wirklich toll, wenn du jetzt irgendetwas sagen könntest, damit ich mir nicht noch mehr wie eine Idiotin vorkomme…"

„Kannst du das noch einmal sagen?", forderte er mich auf.

„Alles?" Ein zweites Mal würde ich das sicher nicht schaffen. Ich erinnerte mich jetzt kaum noch daran, was ich ihm gesagt hatte, außer dass ich mich in ihn verliebt hatte.

Er kam näher. „Nein. Mir würde der Teil darüber, dass du dich in mich verliebt hast, schon vollkommen reichen."

Mein Blick versank in seinem. „Ich denke immerzu an dich."

Seine Mundwinkel bewegten sich nach oben.

Unfähig seinem Blick standzuhalten, sah ich zu Boden. „Mach dich bitte nicht lustig über mich", bat ich zittrig. Mir war es zu ernst, um jetzt einen seiner Scherze vertragen zu können.

„Schau mich an", wisperte er und ich hob meinen Blick, um ihm in die Augen sehen zu können.

„Ich wollte mich nicht in dich verlieben", gab ich zu.

„Ich weiß."

„Es wird wahrscheinlich nicht funktionieren."

„Ich bin aber bereit das Risiko einzugehen. Du auch?"

„Wäre ich sonst hier?", lächelte ich ihn an.

„Ich glaube eine kleine Pause könnte ich mir nehmen. Willst du nicht reinkommen und ich zeige dir…"

Ich ließ ihn den Satz nicht zu Ende bringen, indem ich meine Hand in sein dichtes Haar grub und seinen Kopf zu mir runterzog. Liams starken Arme umschlangen mich, als ich meine Lippen öffnete. Seine samtene Zunge spielte mit meiner und tief in meinem Inneren fühlte ich ein mir unbekanntes Sehnen. Ich schmolz dahin. Das war viel mehr als ein Kuss. Es fühlte sich nach so viel mehr an.

Seine Hände kreisten über meinen Rücken, während meine über seine Brust tasteten. Die kurzen Stoppeln seines Dreitagebarts kratzen an meiner Haut.

Ein lautes Räuspern ließ uns auseinanderfahren und wir blickten erschrocken in das grimmige Gesicht einer älteren Dame, die aus dem Fahrstuhl gestiegen war. Sie warf uns einen feindseligen Blick zu, als sie an uns vorbei zu ihrer Wohnungstür ging.

„Die ist nur neidisch", raunte Liam, kaum, dass sich ihre Tür geschlossen hatte.

„Wäre ich an ihrer Stelle auch", grinste ich frech und beugte mich erneut zu ihm vor, doch er legte mir seinen Zeigefinger auf die Lippen. „Lass uns nichts überstürzen. Ich möchte wirklich, dass das funktioniert."

„Wow", lachte ich ungläubig. „Du musst wirklich ein Meister der Selbstbeherrschung sein!"

Er erwiderte mein Lachen. „Ich hatte eine strenge Lehrerin. Sie hat mich erst Monate zappeln lassen, sodass ich mein Glück nun kaum fassen kann."

17. Liam

Die Noten setzen sich praktisch von alleine zusammen und die Textzeilen beflügelten das Papier. Ich konnte mich nicht mehr daran erinnern, wann ich mich zuletzt so gut gefühlt hatte. Jemals?

Wenn ich an Winter dachte, konnte ich nicht aufhören zu grinsen und in meinem Bauch breitete sich dieses unglaubliche Gefühl der Vorfreude aus. Im letzten Sommer hätte ich nicht daran geglaubt, dass ich in meinem Leben je wieder Glück empfinden könnte. Mein ganzes Sein war von dem Wunsch nach Rache erfüllt gewesen, aber all meine Pläne waren zum Scheitern verurteilt gewesen, als Winter das erste Mal vor mir gestanden war. Sie war völlig anders als ich mir die Schwester von Eliza vorgestellt hatte. Völlig anders als jedes Mädchen, das ich zuvor kennengelernt hatte. Ein bisschen verschoben, um nicht zu sagen kompliziert, aber dabei von einer unschuldigen Liebenswürdigkeit. Sie steckte voller Widersprüche. Wie konnte ein Mensch misstrauisch und naiv zugleich sein? Wie konnte man einen Menschen hassen und lieben zugleich?

Wir hatten schon so viel zusammen durchgestanden, selbst der Tod war kein Hindernis für uns gewesen, sodass es uns doch gelingen musste eine Beziehung zu führen. Es mangelte uns beiden nicht an Willen, Leidenschaft und Liebe. Sie war das erste Mädchen mit dem ich mir alles vorstellen konnte. Beziehungen waren sonst nie mein Ding gewesen: zu eng und zu anstrengend. Aber Winter wollte ich nicht mehr gehen lassen. Ganz egal, was die Zukunft auch bringen würde, ich wollte sie an ihrer Seite erleben.

Ich hörte wie sich Monas Zimmertür öffnete und sich zwei Fußpaare zur Wohnungstür bewegten. Ein paar geflüsterte Worte und die Tür wurde wieder geschlossen. Kurze Zeit später stand Mona in der Tür zum Wohnzimmer und musterte mich mit der Gitarre auf meinem Schoss.

„Bei dir läuft es gut, oder?"

„Könnte nicht besser sein", grinste ich ihr zufrieden entgegen.

Sie erwiderte das Grinsen, jedoch nicht ganz so breit und zuversichtlich. „Ich bin wirklich stolz auf dich! Sich ganz auf die Musik zu konzentrieren, ist ein mutiger und großer Schritt. Ich wünschte, ich hätte etwas in meinem Leben von dem ich so überzeugt wäre, wie du von deiner Musik."

Mona konnte nie ohne einen Funken Wehmut glücklich sein. Selbst wenn alles gut lief, fürchtete sie bereits, dass das nächste Unglück schon auf sie warten würde.

„Was ist mit deiner Magie?", hakte ich nach. „Zuerst war Ava Dauergast bei uns und jetzt kommt sie gar nicht mehr. Habt ihr euch gestritten?"

Bei der Erwähnung ihres Namens, zuckte Mona leicht zusammen, was mich nur in meiner Annahme bestätigte, dass irgendetwas vorgefallen sein musste. Doch meine Cousine glaubte einfach das Thema wechseln zu können: „Wie geht es Winter eigentlich?"

„Hervorragend!", entgegnete ich ihr ohne zu zögern.

Sie rollte mit den Augen. „Ich weiß, dass ihr jetzt zusammen seid und es freut mich für euch, aber das meinte ich nicht. Spricht sie dir gegenüber noch oft von Eliza?"

„Gar nicht mehr! Ich glaube sie hat sich damit abgefunden, dass sie sie nicht finden wird und versucht jetzt nach vorne zu schauen."

Mona runzelte ungläubig die Stirn. „Sie ist ihre Schwester, so jemanden vergisst man nicht."

Nein, seine Schwester vergaß man nie. Aber man lernte mit dem Schmerz umzugehen. „Es ist das Beste für alle!"

„Du meinst es ist das Beste für dich", konterte sie plötzlich überraschend feindselig. Mona hielt sich sonst immer mit ihrer Meinung zurück.

„Warum fragst du Winter nicht einfach selbst, wenn es dich so sehr interessiert und du ohnehin glaubst alles besser zu wissen?", fuhr ich sie genervt an. Ich wollte weder an Eliza denken, noch über sie sprechen. Nicht mit Winter und auch mit sonst niemanden. Nur weil wir Frieden geschlossen hatten, bedeutete das nicht, dass ich ihre Anwesenheit vermisste.

„Ich möchte keine Wunden bei ihr aufreißen. Sie scheint mit der Situation gerade klar zu kommen", sagte Mona nachdenklich.

„Was ist dann dein Problem?"

„Winter wollte unbedingt wissen, wo Eliza sich aufhält. Damals konnte ich ihr nicht helfen." Sie sprach nicht weiter, doch das große *Aber* hing spürbar zwischen uns.

„Hat sich daran etwas geändert?"

Wie üblich, wenn sie sich nicht sicher war, vermied sie es mir in die Augen zu sehen. „Ava war nicht zufällig hier. Sie wurde von den Fomori geschickt, um uns im Auge zu behalten."

Entsetzt legte ich meine Gitarre beiseite und stand auf. „Und das sagst du mir erst jetzt?"

Sie hob beschwichtigend die Arme. „Sie wird uns nichts tun!"

„Wenn du dir dessen so sicher bist, warum hast du dann den Kontakt zu ihr abgebrochen?", schrie ich sie vorwurfsvoll an. Am meisten ärgerte mich, dass ich von Anfang an Recht gehabt hatte. Ich hätte mich auf mein Gefühl verlassen sollen, anstatt Mona zu vertrauen, die nicht eine Spur Menschenkenntnis besaß.

„Sie hat mich belogen und mein Vertrauen missbraucht!"

„Aber du glaubst immer noch, dass sie uns nichts Böses will. Könntest du mir bitte erklären wie du auf diesen Schwachsinn kommst? Vielleicht stehen noch heute Nacht die Fomori bei uns vor der Tür, weil deine tolle Freundin ihnen gesteckt hat, dass sie uns nicht länger ausspionieren kann."

„Wir haben doch gar nichts unternommen, was sie ihnen hätte sagen können!"

„Zum Glück, und dabei wird es auch bleiben!"

„Aber Ava könnte mir verraten, wo Eliza sich aufhält!"

„Eliza ist bei den Fomori am besten aufgehoben!"

„Das kannst du nicht wissen. Vielleicht vermisst sie ihre Familie und würde gerne zurück nach Hause. Und selbst wenn nicht, ich weiß, dass Winter sie sehen will. Sie ist meine Freundin und ich hätte sie eigentlich sofort einweihen müssen, aber stattdessen habe ich geschwiegen."

Ich packte sie an den Schultern, bevor sie sich selbst noch mehr Schuldgefühle einreden konnte. „Das hast du vollkommen richtig gemacht! Du hast ihr nichts gesagt, weil du ihre Freundin bist und sie schützen musst. Winter ist nur ein Mensch. Wir dürfen nicht zulassen, dass sie sich in Gefahr begibt."

„Aber hat sie nicht ein Recht auf die Wahrheit?"

„Nein!", brüllte ich energisch. „Nicht, wenn es bedeutet, dass sie ihr Leben aufs Spiel setzt. Das würde Eliza auch nicht wollen."

Mona sah mich verschreckt von meiner lauten Stimme an. Sie wirkte nicht überzeugt, aber schien nicht zu wagen mir weiter zu widersprechen. Sie durfte auf keinen Fall Winter von Elizas Aufenthaltsort erzählen, sonst wäre mein eigenes Schweigen völlig umsonst gewesen. Ich hatte die ganze Zeit gewusst, wo die Fomori sich aufhielten. Natürlich, schließlich war ich schon selbst dort gewesen. Aber ich hatte genug davon mir von Eliza mein Leben durcheinander wirbeln zu lassen. Sie hatte mir bereits mehr genommen, als sie mir je zurückgeben könnte. Hatte ich nicht ein bisschen Glück verdient?

Auch wenn es so aussah, dachte ich dabei nicht nur an mich, sondern auch an Winter. Eliza war eine einzige Gefahr für sie, solange die Fomori hinter ihr her waren. Sie selbst hatte mir das Versprechen abgenommen, auf Winter aufzupassen und zumindest in diesem Punkt dachte ich nicht daran sie zu enttäuschen. Mona durfte sich jetzt auf keinen Fall einmischen!

18. Evan

Die Teambesprechung war gerade vorbei und der Trainer bereits davongeeilt, als plötzlich ein anderer Spieler meiner Mannschaft mir zu rief: „Hey Evan, ich hab gehört du hast mit Dairine Schluss gemacht, weil sie dich nicht rangelassen hat."

„Ich hab gehört du hast eine andere", meinte ein Zweiter. Sofort entstand wildes Stimmengewirr voller Spekulationen und Gerüchten von denen keines stimmte. Eigentlich ging niemanden von ihnen an, warum Dairine und ich uns getrennt hatten, aber sie würden eine Antwort von mir erwarten.

„Ich kann ohnehin nicht verstehen, was du von ihr wolltest. Immer diese komischen Outfits und bunten Strähnen in den Haaren. Kann das Mädchen sich nicht normal anziehen?", äußerte sich ein Dritter. Automatisch ballte sich meine Hand zur Faust.

„Dazu dieser komische Akzent", lachte ein weiterer und ahmte Dairine nach, jedoch auf eine Weise die ihr überhaupt nicht entsprach. Ihr Akzent war minimal und ich hatte ihn sogar besonders an ihr gemocht. Sie war durch und durch jemand ganz Besonderes.

„Hört auf damit!", brüllte ich wütend. „Wenn ihr unbedingt die Wahrheit wissen wollt, nicht ich hab Schluss gemacht, sondern Dairine!"

Sie sahen mich erst überrascht an, doch dann ging bereits das Getuschel weiter. „Aber warum? Hat sie rausgefunden, dass du sie betrügst?"

„Wer ist die andere?"

Es wäre so leicht gewesen ihnen eine weitere Lüge aufzutischen, aber davon hatte ich endgültig genug. Seit Jahren versteckte ich mich vor meinen wahren Gefühlen. Dairine die Wahrheit zu sagen, war mir schwer gefallen, aber es war auch befreiend gewesen. Das Einzige, was mir leidtat, war nicht früher ehrlich zu ihr gewesen zu sein und sie deshalb verletzt zu haben. Sie schien niemandem von dem Grund für unser Beziehungsaus erzählt zu haben und da verdiente sie es erst Recht nicht, dass ich weiter Lügen verbreitete.

„Ich habe keine andere!", unterbrach ich laut das Stimmengewirr. Sie sahen mich alle neugierig an und warteten auf eine Erklärung. Ich holte noch einmal tief Luft, bevor ich mein jahrelang gehütetes Geheimnis endlich lüftete: „Ich bin schwul!"

Ihre Augen weiteten sich vor Entsetzen und alle schienen die Luft anzuhalten. Man hätte wahrhaftig eine Stecknadel fallen hören können. Ich hatte ihnen mit meinem Geständnis die Sprache verschlagen.

Die ersten senkten bereits betreten den Blick.

„Deine Sache", meinte einer derjenigen, die zuvor am lautesten Gerüchte verbreitet hatten. Er hob abwehrend die Hände und stand von seinem Stuhl auf. Die anderen folgten ihm langsam. Niemand sagte direkt etwas zu mir. Die meisten wagten es nicht einmal mehr mich anzusehen.

Die Situation war angespannt und es würde sicher einige Zeit dauern, bis mich alle so akzeptieren würden wie ich war, aber ich dachte nicht einmal für einen Moment daran die Zeit zurückzudrehen. Ich wollte nicht länger lügen und mich verstecken! Wenn ich Freunde verlieren würde, nur weil ich schwul war, dann waren es auch nie wahre Freunde gewesen. Auf solche Menschen konnte ich verzichten!

Erst als alle anderen gegangen waren, fiel mir auf, dass Lucas immer noch auf seinem Stuhl neben mir saß. Er hatte sich aus der ganzen Diskussion rausgehalten und kein Wort dazu gesagt. Jetzt, wo wir alleine waren, hob er den Blick und sah mich mit einem Gesichtsausdruck an, den ich nicht zu deuten wusste. „Beeindruckend!"

Es war wohl ein Kompliment. Ich spürte wie meine Ohren zu glühen begannen und fuhr mir verlegen mit der Hand über den Nacken. „Es war Zeit für die Wahrheit!"

Lucas hob anerkennend die Augenbrauen. „Trotzdem! Sich direkt vor der ganzen Fußballmannschaft zu outen, erfordert Mut. Warum hast du mir nicht schon vorher etwas gesagt?"

„Ich hatte Angst vor deiner Reaktion."

„Ehrlich gesagt, habe ich so etwas schon geahnt."

Ungläubig riss ich die Augen auf. Ich hatte geglaubt, meine Tarnung sei perfekt gewesen. „Wieso?"

„Ich weiß nicht, es war die Art wie du dich manchmal verhalten hast. Ich hatte immer das

Gefühl du würdest irgendetwas verbergen. Manchmal warst du geradezu verklemmt."

„Du hättest mich darauf ansprechen können."

„Hättest du mir dann denn die Wahrheit gesagt?", fragte Lucas mit einem zaghaften Lächeln auf den Lippen, worauf ich den Kopf schüttelte.

„Wahrscheinlich nicht."

„Jeder muss für sich selbst entscheiden, wann er bereits ist zu sich selbst zu stehen. Aber ich bin froh, dass du dich jetzt dazu entschlossen hast."

„Es wird sicher nicht leicht werden. Gerade waren die anderen noch ziemlich geschockt, aber morgen weiß es sicher die ganze Schule und den einen oder anderen blöden Spruch kann ich mir sicher auch anhören", meinte ich betrübt, auch wenn ich meinen Entschluss nicht bereute.

„Da stehst du drüber!", meinte Lucas zuversichtlich und versetzte mir einen leichten Boxhieb gegen den Arm. „Mir ist egal, ob du schwul bist, vom Mars kommst oder fliegen kannst. Auf mich kannst du auch weiterhin zählen."

„Danke", murmelte ich gerührt. Lucas ahnte vermutlich nicht wieviel mir sein Zuspruch tatsächlich bedeutete. Ein Grund warum ich so lange geschwiegen hatte, war die Angst gewesen ihn zu verlieren. Mir war klar, dass er meine Gefühle niemals erwidern würde, deshalb war mir seine Freundschaft umso wichtiger.

Gemeinsam verließen wir den Konferenzraum. „Weiß Dairine eigentlich Bescheid?"

Ich nickte. „Sie war ziemlich geschockt und verletzt als ich mich vor ihr geoutet hab, aber immerhin hat sie dicht gehalten."

„Immerhin hast du sie nicht betrogen", sagte Lucas und sah dabei sehr schuldbewusst aus. Er hatte Winter ebenfalls Monate lang vorgemacht, dass er sie lieben würde, jedoch aus einem völlig anderen Grund als ich. Ob es das für Dairine leichter machte, wagte ich jedoch nicht zu beurteilen.

Schweigend traten wir aus dem Schulgebäude und schlenderten zu dem Parkplatz, auf dem Lucas' Pick-up beinahe als letztes Auto wartete.

„Gibt es eigentlich jemanden an dem du interessiert bist?", wollte Lucas plötzlich wissen. Meine Ohren, die sich gerade erst abgekühlt hatten, begannen sofort erneut vor Scham zu glühen.

Mein erster Impuls war ihn anzulügen, aber ich wollte nicht direkt damit weitermachen, nachdem ich mich gerade erst geoutet hatte. „Ja, aber ich bin mir sicher, dass er meine Gefühle nicht erwidert."

„Wie kannst du dir so sicher sein?" Er sah mich neugierig mit seinen blauen Augen an. Einige Strähnen seines dunkelblonden Haares guckten unter der grauen Mütze hervor.

„Er ist auf jeden Fall hetero!"

„Und das weißt du so genau, weil...?"

„Er hatte schon einige Freundinnen...", setzte ich an, doch Lucas unterbrach mich.

„Na und? Von dir wusste bisher doch auch niemand, dass du schwul bist. Vielleicht ist es bei ihm genauso!"

„Das glaube ich nicht!"

„Du solltest nicht so schnell aufgeben. Versuch doch einfach dein Glück! Was kann schon passieren? Im schlimmsten Fall holst du dir einen Korb."

Im schlimmsten Fall verliere ich meinen besten Freund, dachte ich zerknirscht. Wenn Lucas auch nur geahnt hätte, dass es dabei um ihn ging, hätte er mich niemals ermutigt zu meinen Gefühlen zu stehen. Unsicher tastete ich nach der Uhr unter meinem Sweatshirt. Einen Versuch wäre es wert. Wenn es schief ging, könnte ich immerhin die Zeit zurückdrehen. Lucas würde sich dann an nichts mehr erinnern, weil für ihn dieser Moment gar nicht existieren würde. Aber ich selbst würde mich dafür umso deutlicher an seine Reaktion erinnern und müsste mit der Schmach leben. Es hieß immer, dass Gewissheit besser war als Ahnungslosigkeit, weil man dann wusste woran man war, aber ich brauchte keine Gewissheit, um mir sicher sein zu können, dass aus Lucas und mir nie mehr als Tagträumereien werden würden.

Doch der Blick mit dem er mich bedachte, war so zuversichtlich und vertrauensvoll, dass ich ins Wanken geriet.

„Ich bin schon ziemlich lange in ihn verliebt", druckste ich herum.

„Geht er auf unsere Schule?"

„Ja."

„Kenne ich ihn?"

Ein Teil von mir wehrte sich dagegen auch nur ein weiteres Wort zu sagen, doch der andere Teil kribbelte bei dem Gedanken daran, dass es vielleicht eine winzige Chance gab, dass Lucas meine Gefühle erwidern würde. Wir würden die Schule mit unserem gemeinsamen Outing völlig auf den Kopf stellen. Mit Lucas an meiner Seite wäre es mir wirklich völlig egal, was der Rest von uns denken mochte.

„Du kennst ihn sogar ziemlich gut, wenn nicht sogar am besten."

Er runzelte verwirrt die Stirn und schien gedanklich die Namen unserer Teamkollegen durchzugehen, doch keiner stand ihm so nahe wie ich. Die Freundschaften zu den anderen waren immer oberflächlich geblieben. Er teilte keine Geheimnisse mit ihnen. In der Hinsicht war ich sogar dankbar dafür, dass es Eliza gab, denn durch ihr Schattenwandlerdasein waren Lucas und ich einander noch näher gekommen. Zudem war ich mir sicher, dass Lucas auch mit meiner Zeitmalerei kein Problem haben würde, wobei ich nicht beabsichtigte ihm allzu bald davon zu erzählen. Es war etwas völlig Anderes als bei Eliza. Sie hatte Menschen verletzt oder sogar getötet. Ich tat niemandem damit weh.

Schließlich gab Lucas auf. „Wer ist es?", fragte er und konnte sich vor Neugier kaum halten.

Ich sah ihm eindringlich in seine Augen, die mich an den Himmel eines warmen Sommertages erinnerten. Wenn er bereits geahnt hatte, dass ich schwul war, konnte er dann nicht auch sehen, was ich wirklich für ihn empfand?

„Du bist es!", stieß ich aus und zwang mich ihn anzulächeln, voller Zuneigung aber auch Unsicherheit.

Lucas reagierte gar nicht, sodass ich mir nicht sicher war, ob er mich verstanden hatte. Er stand regungslos da und starrte mich wie zur Salzsäule erstarrt an. Nicht das kleinste Zucken ging durch sein Gesicht.

„Ich bin in dich verliebt!", fügte ich hinzu und hoffte, dass er endlich etwas sagen würde, ganz egal was. Wenn er mich nun verachtete, könnte ich wenigstens so schnell wie möglich die Zeit zurückdrehen.

Er blinzelte, als ein Windstoß an seiner Mütze riss. Ich war mir sicher, dass er einen Schritt zurückgegangen wäre, weg von mir, wenn er nicht seinen Pick-up im Rücken gehabt hätte. „Damit habe ich nicht gerechnet", gestand er.

„Ich habe mir das auch nicht ausgesucht", versuchte ich mich ihm zu erklären. „Zuerst habe ich gedacht, ich würde es mir nur einbilden, aber mit der Zeit konnte ich es nicht mehr abstreiten."

„Mit der Zeit? Wie lange empfindest du denn schon so?"

„Etwa zwei Jahre."

Lucas' Augen weiteten sich besorgt. „Wir haben uns schon immer gut verstanden, aber erst seitdem du vor zwei Jahren in das Team gekommen bist, sind wir so etwas wie beste Freunde. War es immer mehr für dich?"

Ich spürte bereits, dass das Gespräch nicht das Ende nehmen würde, was ich mir gewünscht hätte. Ganz im Gegenteil – ich schien ihn völlig zu verschrecken.

„Es ist beides! Selbst wenn du meine Gefühle nicht erwiderst, möchte ich, dass wir Freunde bleiben. Wir haben so viel zusammen erlebt!"

Lucas musterte skeptisch mein Gesicht. „Ich weiß nicht, ob das geht, Evan."

„Warum nicht? Wir sind seit Jahren befreundet, ohne dass du etwas von meinen Gefühlen wusstest."

„Aber jetzt weiß ich es und ich müsste immer daran denken, wenn wir etwas zusammen unternehmen. Man kann mit niemandem befreundet sein, den man liebt. Das weiß ich selbst am besten." Er dachte an Eliza. Es war unglaublich, dass sie immer noch zwischen uns stand, obwohl sie nicht einmal mehr da war. Ich hatte sie noch nie leiden können, aber in diesem Augenblick war ich dankbar dafür, dass sie vermutlich meilenweit entfernt von uns war und wir sie nicht so bald wiedersehen würden.

„Ich bekomme das hin!", versprach ich ihm.

„Ich weiß aber nicht, ob ich das hinbekomme. Tut mir leid!"

Es passierte genau das, wovor ich mich so sehr gefürchtet hatte. Ich war dabei meinen besten Freund zu verlieren. „Aber du wollest doch, dass ich zu meinen Gefühlen stehe!", warf ich ihm verzweifelt vor.

Er streckte seine Hand nach mir aus, doch zog sie zurück als sie kurz über meiner Schulter in der Luft schwebte. „Es ist niemals falsch zu sich selbst und anderen ehrlich zu sein. Ich bewundere dich wirklich für deinen Mut, aber ich brauche etwas Zeit, um mit der neuen Situation zu Recht zu kommen. Kannst du das verstehen?"

Ich konnte es verstehen, aber das machte es nicht weniger schmerzhaft. Wie sollte ich die Schule nach meinem Outing überstehen, wenn selbst mein bester Freund sich nun von mir abwandte? Ehrlichkeit war mir wichtig und ich hatte mir fest vorgenommen nicht mehr zu lügen und irgendwelche Ausflüchte zu erfinden, aber diese Situation war untragbar für mich. Kurzentschlossen fanden meine Finger die alte Uhr an meiner Brust. Das Gehäuse sprang praktisch von alleine auf und ich drehte bereits den Minutenzeiger rückwärts. Nicht viel, nur ein paar Minuten. Bis zu der Stelle, als Lucas mich gefragt hatte, ob ich für irgendjemanden mehr empfinden würde. Meine eigentliche Antwort ersetze ich durch ein klares Nein. Lucas fragte nicht weiter nach und somit kam es nie zu meinem sinnlosen und alles zerstörenden Liebesgeständnis.

Er hielt mir zum Abschied seine Hand entgegen in die ich kameradschaftlich einschlug, bevor er davonfuhr. Nun hatte ich die Gewissheit, dass Lucas und ich nie mehr als Freunde sein würden. Doch mir wäre eine trügerische Ahnungslosigkeit, die Raum für Hoffnungen und Träume gelassen hätte, lieber gewesen.

19. Eliza

Der nächste Schlag traf mich direkt unter dem Kinn und ließ meinen Kopf zurückknallen. Ich versuchte mich zu konzentrieren, um in den Schatten abtauchen zu können, doch Faye war bereits im nächsten Moment hinter mir und schlang mir den Arm um den Hals. Sie drückte fester zu, als es nötig gewesen wäre, um mir bewusst zu machen, dass ich in einem echten Kampf keine Chance gegen sie gehabt hätte.

Verzweifelt versuchte ich den Schmerz und die fehlende Luft auszublenden, um vor ihr flüchten zu können. Es klappte: Ich löste mich in den Schatten auf. Jedoch war ich zu erschöpft, um meine Schattengestalt lang genug halten zu können, sodass ich nur wenige Sekunden später direkt vor ihr wieder auftauchte. Sofort hob ich abwehrend meine Hände und rang nach Atem. Als ich sah, dass Faye nur genervt die Hände in die Hüften stemmte, aber nicht versuchte mich erneut zu attackieren, ließ ich mich kraftlos auf die Knie sinken. Mein Kinn pulsierte noch immer von ihrem letzten Hieb.

„Glaubst du ein echter Gegner würde dir eine Verschnaufpause gönnen?", fauchte Faye, während sie unruhig neben mir auf und abging.

„Nein, aber das ist ein Training und kein Ernst! Deine Schläge sind dafür ziemlich fest!"

„Das ist Absicht, in der Hoffnung, dass du dir dann mehr Mühe gibst!"

„Wenn ich grün und blau bin, werde ich mich vor niemandem mehr verteidigen können."

„Vor wem solltest du dich schon verteidigen müssen? Du sitzt hier in deinem sicheren Turm, Prinzesschen."

Ich hätte ihr gern gesagt, dass ich alles dafür gegeben hätte aus diesem Gefängnis zu fliehen, doch ich verbiss es mir, da sie es ohnehin nicht verstehen würde. „Wie kommt es überhaupt, dass du dir auf einmal wieder Zeit für mich nimmst?", fragte ich stattdessen. Ihr Vorschlag hatte mich wirklich überrascht. Seit Tagen war sie mir aus dem Weg gegangen und ganz plötzlich sprach sie nicht nur wieder mit mir, sondern wollte auch noch Zeit mit mir verbringen.

„Die anderen sind alle auf einer Konferenz, zu der ich leider nicht eingeladen wurde", gab sie zerknirscht zu und drückte mir eine Wasserflasche in die Hand. Sie ließ sich neben mir auf dem Boden nieder.

„Was für eine Konferenz?"

„Wenn ich das mal wüsste. Seit unserem kleinen Ausflug werde ich aus allen Angelegenheiten der Fomori ausgeschlossen."

„Du bist selbst schuld", konterte ich. „Ich hätte dir auch schon vorher sagen können, dass ich in Charles' Ansehen nicht tiefer sinken kann, ganz egal, was ich tue oder nicht tue."

Erstaunlicherweise sah sie mich fast in einer Spur aus Mitleid an. „Hat er immer noch nicht mit dir gesprochen?"

„Nein, selbst dann nicht, als ich direkt vor seinem Büro stand. Ich glaube wirklich nicht, dass du dir irgendwelche Sorgen darum machen musst, dass ich je die Führung der Fomori übernehmen könnte."

Sie zuckte traurig mit den Schultern. „Selbst wenn nicht, meine Chancen stehen auch nicht besser. Ich habe alles gegeben, um es ihm Recht zu machen und zu gefallen, aber er nimmt mich gar nicht wahr. Vermutlich denkt er gar nicht daran die Führung je abzugeben!"

„Irgendwann wird er zu alt sein, das muss selbst jemand Selbstverliebtes wie ihm bewusst sein."

„Dann bin ich wahrscheinlich selbst eine alte Frau", lachte Faye freudlos. „So habe ich mir das nicht vorgestellt, als ich vor zwei Jahren herkam. Irgendwie dachte ich, dass sei meine große Chance."

Mir kam wieder das Gespräch mit Rhona in den Sinn. Faye, die ohne Eltern aufgewachsen war und die ohne jede Hilfe die versteckten Fomori gefunden hatte. Jedenfalls fast ohne Hilfe. Wie würde sie wohl reagieren, wenn ich sie auf Liam ansprach? „Verrätst du mir endlich, was du gemacht hast, bevor du zu den Fomori kamst?"

Sie sah mich zögernd an. „Mein bester Freund und ich hatten eine Band."

„Ihr habt Musik gemacht?"

„Nein, wir haben Schutzgeld erpresst", erwiderte sie sarkastisch und streckte mir die Zunge raus. „Natürlich haben wir Musik gemacht. Eine Mischung aus sämtlichen Musikrichtungen. Er an der Gitarre und ich am Schlagzeug. Wir haben uns nicht an irgendwelche Regeln gehalten, sondern einfach gemacht, was wir wollten. Es war eine tolle Zeit!"

„Du am Schlagzeug?", lachte ich ungläubig. „Ich hätte eher an Geige oder Klavier gedacht!"

Sie rollte mit den Augen. „Glaub niemals, dass du mich wirklich kennst. Ich stecke voller Überraschungen!"

„Warum bist du von ihm weggegangen?"

„So viel Spaß es auch gemacht hat, der Erfolg blieb aus. Ich wollte mehr vom Leben als einem hoffnungslosen Traum nachzurennen."

Es drängte sich mir der Verdacht auf, dass sie dabei nicht nur von der Musik, sondern auch von Liam selbst sprach. Ich konnte mir schwer vorstellen, dass er nur mit einem Mädchen ohne jegliche Hintergedanken befreundet sein könnte.

„Wo findet eigentlich die Konferenz statt?", fragte ich sie, um das Thema zu wechseln.

„Wenn du schon vor Mr. Crawfords Büro gestanden hast, müsstest du doch die Konferenzräume des zweiten Flurs gesehen haben."

„Habe ich auch, ich war mir nur nicht sicher, ob er tatsächlich das Risiko eingehen würde, abgehört zu werden."

Sie runzelte die Stirn. „Wer sollte ihn denn in seinem eigenen Haus abhören?"

Ich grinste sie verschwörerisch an und deutete erst mit dem Zeigefinger auf sie, dann auf mich.

Sie schüttelte im ersten Impuls sofort den Kopf. „Kommt nicht in Frage, ich habe schon genug Ärger!"

„Komm schon, was hast du dann noch zu verlieren? Außerdem bist du nicht clever genug dafür zu sorgen, dass wir nicht erwischt werden?"

„Ich habe dich am Bein!"

„Interessiert dich denn gar nicht worüber sie sprechen? Es muss etwas Wichtiges sein, warum würden sie uns sonst ausschließen?"

Ich konnte die Neugier deutlich in ihrem Gesicht lesen. Dazu ärgerte sie sich darüber, nicht eingeweiht worden zu sein. „Wenn ich mich darauf einlasse, dann machst du, was ich dir sage!"

Ich salutierte ihr scherzhaft „Aye aye, Sir!"

Sie verdrehte die Augen und ließ sich von mir auf die Beine helfen. „Lass die Schuhe aus", befahl sie mir und nahm ihre eigenen Absatzpumps in die Hand anstatt sie anzuziehen. Grinsend machte ich es ihr nach und folgte ihr auf Strümpfen aus dem Trainingsraum in die Eingangshalle. Sie sah sich um, und als sie sich sicher war, dass wir nicht beobachtet wurden, rannte sie zur Treppe.

„Sind keine Wachleute da?", flüsterte ich leise. Das ich keine erkennen konnte, wenn sie sich in den Schatten verbargen, war mir nichts neues, doch Faye spürte sie normalerweise dennoch.

„Sind alle bei der Konferenz", knurrte sie. Es bewies nur wie sehr erniedrigt sie sich fühlte, wenn selbst die Wachmänner ihr vorgezogen wurden.

Wir erreichten die unscheinbare Tür, die in den zweiten Flur führte. Ohne zu zögern, tippte Faye den vierstelligen Code ein und die Tür öffnete sich mit einem leisen Knacken. Wie bereits beim ersten Mal war es still. Nur die Spur von verschiedenen Parfums, die in der Luft hing, ließ vermuten, dass hier zuvor eine Gruppe Menschen entlanggelaufen sein musste.

Faye zog mich bereits nach wenigen Metern in einen Raum rechter Hand. Es handelte sich dabei um eine kleine, unscheinbare Teeküche, die aus einer Küchenzeile bestand, auf der sich ein schicker Kaffeevollautomat neben einem Hightech-Wasserkocher befand. Der Kühlschrank aus Edelstahl gab ein leises Brummen von sich. Ich wusste nicht wie uns das bei unseren Plänen weiterhelfen sollte, doch Faye schien sich sehr sicher zu sein, denn sie schloss leise hinter uns die Tür. Neben dieser entdeckte ich einen kleinen Kasten auf Kopfhöhe: Eine Gegensprechanlage.

Sie bedeutete mir still zu sein, indem sie ihren Zeigefinger auf ihre Lippen legte, bevor sie mit einem ihrer rotlackierten Fingernägel auf einen kleinen Knopf an der Anlage drückte. Nach einem leisen Knistern, hörten wir die Stimme eines fremden Mannes.

„Was ist mit dem Mädchen? Ich sehe sie ständig durchs Haus streifen…"

„Sie ahnt nichts!", unterbrach Rhona ihn abrupt.

„Nur noch ein paar Tage und mit der Sonnenfinsternis beginnt ein neues Zeitalter für uns", meinte nun Charles. Verwirrt sah ich zu Faye. Verstand sie wovon sie sprachen?

Doch Faye machte einen genauso ahnungslosen Eindruck wie ich.

„Mir ist noch nicht klar, wie uns eure Unsterblichkeit weiterbringen soll. Wir haben nicht alle das Glück einen Erben mit dem erwachten Schattengen zu haben", wandte ein weiterer Mann ein.

„Wir sind erst der Anfang", versicherte ihm das Oberhaupt der Fomori. „Rhona und ich gehen voran. Wir sind sozusagen der Schlüssel. Wenn das Ritual bei uns funktioniert, werden wir Wege finden, auch alle anderen Mitglieder die Unsterblichkeit zu verleihen."

Fayes Augen weiteten sich vor Neugier. Was ging hier vor? Was hatte ich mit ihrer Unsterblichkeit zu tun?

„Ist alles vorbereitet?", fragte Charles nun in die Runde.

„Das Medium wird rechtzeitig eintreffen", antwortete ihm Rhona. „Der Zeitmaler sitzt bereits seit Wochen in unserem Keller. Es wird nicht schwer werden einen gewöhnlichen Menschen aufzutreiben. Zur Not wird es auch Emma tun, wobei es schade um ihre Kochkünste wäre. Aber das Wichtigste ist, dass unsere Hauptakteurin bleibt wo sie ist."

Ich verstand kaum etwas, aber zumindest so viel, dass mit Hauptakteurin wohl ich gemeint war. Was hatten sie mit Emma vor? Sollte sie etwa sterben? Sollten wir am Ende vielleicht alle bei dem Ritual sterben?

„Was für ein Zeitmaler?", zischte ich Faye zu.

„Zeitmaler sind Menschen, die die Zeit zurückdrehen und in der Vergangenheit Dinge verändern können. Je nachdem, was verändert wird, wirkt sich das natürlich auch auf die Zukunft aus. Aber mir war bisher nicht bewusst, dass wir einen im Keller gefangen halten."

„Das Blut der Erbin des Schattenwandlergens, das Blut eines Menschen und das Blut eines Zeitmalers bei Sonnenfinsternis vergossen, wird mir die Unsterblichkeit bringen", sagte Charles feierlich.

„Uns", verbesserte ihn Rhona scharf. „Sie ist nicht nur deine Tochter!"

Ich konnte spüren wie mir sämtliche Farbe aus dem Gesicht wich. Meine Beine gaben nach und ich musste mich an der Küchentheke festhalten, um nicht zu Boden zu stürzen. Sie wollten mich umbringen! Darum war es ihnen die ganze Zeit gegangen. Sie brauchten mich für ihr Ritual. Kein Wunder, dass Charles nicht mit mir hatte sprechen wollen und er es Rhona sogar verboten hatte. Ich war für ihn nur Mittel zum Zweck. Vermutlich hatte er dasselbe Ritual mit Will durchziehen wollen, aber ich hatte ihm unbewusst einen Strich durch die Rechnung gemacht, als ich seinen einzigen Sohn getötet hatte. Erst als Rhona ihm anvertraut hatte, dass ich seine Tochter war, hatte er den Rachefeldzug gegen mich aufgegeben. Nicht aus Mitleid oder aus väterlichen Gefühlen, sondern weil seine Pläne so immer noch möglich waren.

Verzweifelt sah ich zu Faye auf und griff nach ihrer Hand. „Du musst mir helfen von hier zu verschwinden!", flehte ich sie panisch an.

Sie schaltete die Gegensprechanlage ab. „Sei still und lass uns gehen, bevor sie uns bemerken", wies sie mich an. Ich folgte ihr auf wackligen Beinen aus dem zweiten Flur, zurück in die majestätische Eingangshalle.

„Am besten brechen wir sofort auf, solange die Wachen noch nicht wieder im Dienst sind", meinte ich und hetzte zu der großen Flügeltür, doch Faye baute sich vor mir auf. „Du kannst nicht einfach abhauen!"

„Warum nicht? Die wollen mich umbringen!" Verstand sie nicht den Ernst der Lage?

„Wenn du jetzt verschwindest, werden sie wissen, dass ich dir geholfen habe. Hast du eine

Ahnung was mit Verrätern passiert? Die bringen mich direkt mit dir um."

„Dann lass uns zusammen fliehen!"

„Sie würden uns in nicht einmal einer Stunde eingeholt haben!"

Ich schüttelte verständnislos den Kopf. „Wir müssen es doch wenigstens versuchen!" Erneut umklammerte ich ihre Hand. „Bitte, Faye! Du hast mir gesagt, dass du noch nie einen Menschen umgebracht hast. Wenn du mir jetzt nicht hilfst, wirst du an meinem Tod mitschuldig sein."

Sie riss sich zornig los. „Ich bin keine Mörderin, aber ich bin auch keine Heldin! Es ist mir egal, was mit dir passiert."

Wut ergriff mich. „Du bist so verdammt feige! Wenn du nicht mit mir kommst, werde ich eben alleine gehen."

Ich versuchte die Eingangstür aufzureißen, doch Faye schlug sie wieder zu, kaum, dass sie ein paar Zentimeter offen stand. „Tut mir leid, aber das kann ich nicht zulassen." Ihre Faust traf mich an der Schläfe und raubte mir für einen Moment nicht nur die Sicht, sondern auch den Atem. Nicht nur, dass sie nicht bereit war mir zu helfen, nun wollte sie mich auch noch daran hindern zu fliehen. Ich holte ebenfalls aus, bereit mir meinen Weg in die Freiheit zur Not zu erkämpfen. Doch meine Faust traf ins Leere. Bevor sie mich ein weiteres Mal treffen konnte, verschwand ich ebenfalls in den Schatten. Es wäre so leicht gewesen durch die Schatten ins Freie zu gelangen, doch der verarbeitete Phosphor verhinderte jedes Entkommen aus dem Anwesen.

Im Gegensatz zu mir, konnte Faye mich auch in den Schatten aufspüren, sodass ich bereits Sekunden später einen Stoß in den Rücken erhielt und in meine menschliche Gestalt zurückkehren musste. Sie presste mich gegen das kalte Holz der Eingangstür und hielt meine Arme auf meinen Rücken gepresst, sodass es schon wehtat.

„Bitte lass mich gehen!", flehte ich sie erneut an, dieses Mal den Tränen nahe.

„Was ist hier los?", unterbrach unseren Kampf plötzlich eine aufgebrachte Frauenstimme. Emma stand im Türrahmen der Küche und hatte beide Hände in die Hüften gestemmt. Faye fuhr erschrocken zu ihr herum. Das war meine Chance, wahrscheinlich die Einzige, die sich mir bieten würde. Ich befreite mich aus ihrem Klammergriff und versetze ihr eine Kopfnuss. Mein eigener Kopf dröhnte, aber Faye hatte ich unvorbereitet getroffen.

Bevor sie etwas tun konnte, riss ich die Tür auf und rannte ins Freie. Es war beinahe befreiend sich in die Schatten gleiten zu lassen. Selbst wenn Faye nun sofort die Wachen rief, würde ich einen kleinen Vorsprung haben. Ich wusste jedoch nicht wo ich hin sollte. Wexford war ausgeschlossen, da man dort als erstes nach mir suchen würde. Nun war ich komplett auf mich alleine gestellt. Ohne Geld, ohne eine warme Jacke – nicht einmal Schuhe hatte ich an den Füßen. Ich musste so weit weg wie möglich.

Orientierungslos jagte ich durch die Schatten den grünen Hügel hinab. Die Dämmerung zog bereits herauf. Nicht mehr lange und es wäre Nacht.

20. Winter

Evans Outing hatte sich wie ein Lauffeuer in der ganzen Schule herumgesprochen. Öffentlich sprach ihn niemand darauf an, aber hinter seinem Rücken redete jeder über ihn. Dazu kamen die wildesten Gerüchte, von denen sicher nicht einmal die Hälfte stimmte.

Als Dairine und ich in der Pause die Cafeteria betraten, saß Evan alleine an einem Tisch, während Lucas mit den anderen aus der Fußballmannschaft vor der Cafeteria einen Ball herumkickte. Früher hatte man ihn und Evan meistens zusammen gesehen. Gerade in letzter Zeit waren sie beinahe unzertrennlich geworden. Ich wollte nicht glauben, dass er sich von ihm wegen seines Outings abgewandt hatte. Genau darüber hatten wir doch auch erst noch gesprochen. Lucas' Ansichten waren völlig vernünftig und nachvollziehbar gewesen und nun ließ er ihn trotzdem links liegen.

Evan tat mir leid, wie er dort alleine an dem Tisch saß. Ich blickte heimlich zu Dairine. Auch wenn sie nicht darüber sprach, hatte er ihr sicher mit seinen Lügen sehr wehgetan und sie war bestimmt nicht wild auf seine Gesellschaft. Aber als wir mit unseren Kaffeebechern an Evan vorbeigingen, war sie es, die einen Stuhl zurückzog und ihn fragte: „Ist hier noch frei?"

Er sah überrascht auf, nickte dann aber. Sie lächelte ihn nicht an, aber setzte sich ihm gegenüber. Dabei ließ sie bewusst den Stuhl zwischen ihnen für mich frei. Beide sprachen nicht miteinander, sodass das Schweigen drückend wurde.

„Wie kommst du mit dem Lernen voran?", fragte ich Evan, um wenigstens irgendetwas zu sagen.

„Es könnte besser sein", murmelte er. „Vor allem Chemie liegt mir gar nicht."

„Lernst du nicht mehr mit Lucas?"

Automatisch drehte sich sein Kopf zu Lucas und den anderen vor der Cafeteria, die jedoch mittlerweile verschwunden waren. „Ich glaube es fällt ihm schwer meine Probleme nachzuvollziehen."

Ich hatte das Gefühl er würde damit etwas ganz Anderes meinen, trotzdem nickte ich zustimmend: „Lucas ist vermutlich einer der schlausten Köpfe, die diese Schule je gesehen hat, aber er ist ein grauenvoller Lehrer. Wenn er versucht einem etwas beizubringen, fühlt man sich danach noch dümmer als zuvor."

Plötzlich räusperte sich Dairine: „Ich bin zwar ein Schuljahr unter dir, aber Chemie liegt mir ganz gut, vielleicht kann ich dir ja helfen."

Während Evan sie ansah, als hätte sie ihm gerade das größte Geschenk aller Zeiten gemacht, hätte ich meine beste Freundin am liebsten umarmt. Sie war einmalig! Kein anderes Mädchen, das so belogen worden wäre wie Dairine, wäre nach so kurzer Zeit bereit gewesen eine Freundschaft mit ihrem Exfreund einzugehen. Doch sie stand über allem und brachte Verständnis für ihn auf.

Evan lächelte sie warmherzig an. „Das wäre wirklich toll!"

Sie winkte ab, als sei es keine große Sache. „Versprechen kann ich dir nichts und du zahlst den Kaffee plus ein großes Stück Schokokuchen!"

„Abgemacht", willigte er sofort ein, als das Ende der Pause von der Schulglocke eingeläutet wurde. Wir verabschiedeten uns voneinander. Als Evan außer Sichtweite war, drückte ich Dairine einen Kuss auf die Wange. „Du bist unglaublich!"

Sie wurde augenblicklich rot und lachte verlegen. „Ich kann ihm ja nicht für immer böse sein."

„Er hat es gerade wirklich nicht leicht. Schade, dass manche Leute immer noch so ein Problem mit Homosexualität haben. Eigentlich sollte es etwas völlig Normales sein."

„Sprichst du von Lucas?"

„Nein, warum?"

„Er ist angeblich Evans bester Freund und ausgerechnet jetzt hält er sich von ihm fern. Hat er Angst, dass Homosexualität ansteckend ist oder was soll sein Benehmen?" Ich hörte ihr ihre Wut und ihr Unverständnis an. Mir ging es ja nicht anders, aber ich wollte Lucas nicht verurteilen, ohne mit ihm gesprochen zu haben.

Die Chance zum Gespräch bekam ich früher als ich es erwartet hätte, denn Lucas saß unerwartet im Schulbus. Normalerweise blieb er wegen verschiedener Lerngruppen immer etwas länger. Ich ließ mich neben ihm ins Polster sinken und versuchte mir nichts anmerken zu lassen. Eigentlich wollte ich ihn an beiden Schultern packen, schütteln und ihn anschreien, was verdammt nochmal mit ihm los war. So benahm sich nicht der Junge, den ich als meinen besten Freund ansah.

Wir fuhren los, ohne ein Wort miteinander zu wechseln. Erst als die ersten Schüler wieder den Bus verließen, räusperte sich Lucas. „Du bist wütend auf mich, oder?"

Er war sich auch noch bewusst wie blöd er sich benahm. Scheinbar feindseliger als beabsichtigt, sah ich ihn an.

„Ich habe dich in der Pause bei Evan sitzen sehen", fügte er zur Erklärung hinzu.

„Ja, wo warst du? Sollte sein bester Freund nicht gerade jetzt zu ihm stehen?"

„Auf jeden Fall sollte er das", bestätigte Lucas. „Ich fühle mich selbst schrecklich dabei ihm aus dem Weg zu gehen."

„Warum tust du es dann?"

Er machte ein unglückliches Gesicht und sah sich erneut im Bus um, als habe er Angst von jemandem belauscht zu werden. „Seitdem ich weiß, dass er auf Männer steht, fühle ich mich in seiner Nähe einfach komisch."

„Hast du Angst, dass er dir um den Hals fällt oder was?" Es fiel mir schwer meinen Ärger zu verbergen.

„Nein, das ist es nicht", versicherte er mir sofort. Er sah sich erneut im Bus um, als würde er verfolgt. Danach glitt sein Blick zum Fenster. Irgendetwas verbarg er vor mir. Er holte tief Luft und wisperte: „Es macht mir Angst, was ich in seiner Nähe empfinde."

Irritiert runzelte ich die Stirn. „Was fühlst du denn?"

Er zog sich die Mütze vom Kopf und fuhr sich durch das verstrubelte Haar. „Ich weiß es nicht. Es ist einfach nicht mehr das Gleiche. Früher habe ich mir nie Gedanken darüber gemacht, aber jetzt…" Er machte eine Pause, weil ihm die Worte so schwer fielen. „Jetzt ertappe ich mich manchmal dabei, dass ich seine zufälligen Berührungen vielleicht mehr mag, als es normal wäre."

„Es gibt dabei kein normal", erwiderte ich leise. „Wir suchen uns nicht aus, was wir fühlen, oder in wen wir uns verlieben. Das hast du mir selbst einmal gesagt."

„Ich weiß", flüsterte er zurück. „Aber damals ging es nicht um die Gefühle für meinen besten Freund." Er ballte seine Hand zur Faust. „Ich weiß ja nicht einmal, ob ich wirklich mehr als Freundschaft empfinde, vielleicht mache ich mich auch nur verrückt."

Sein Geständnis überraschte mich wirklich. Ich hätte niemals erwartet, dass Lucas tatsächlich auch nur darüber nachdenken könnte mehr für Evan zu empfinden. Lucas war immer verrückt nach Eliza gewesen, sogar mehr als es ihm guttat. Zudem war er ein absoluter Mädchenschwarm.

„Du wirst es nicht herausfinden, indem du Evan aus dem Weg gehst. Damit verletzt du ihn nur."

Er sah mich so verzweifelt an, dass sich mein Herz zusammenzog. „Was würdest du denn an meiner Stelle tun? Vielleicht findest du es albern, kleinkariert oder schlicht bescheuert, aber ich habe wirklich Angst, dass da mehr dahinterstecken könnte. Evan schafft es vielleicht sich zu outen und zu seinen Gefühlen zu stehen, aber ich könnte das nicht."

„Du denkst viel zu weit voraus! Vielleicht ist alles nur falscher Alarm und du machst dir umsonst Gedanken. Geh Evan nicht aus dem Weg, sondern suche seine Nähe und schau, wie es sich anfühlt."

Meine Worte schienen ihn nicht zu beruhigen. Er war nervöser und unsicherer, als ich ihn je zuvor erlebt hatte. „Aber was, wenn er etwas merkt? Vielleicht steht er gar nicht auf mich und ich mache mich zum Vollidioten! Am Ende bin ich schuld, wenn unsere Freundschaft zerbricht, weil ich nicht weiß, was ich fühle."

„Wenn du ihm weiter aus dem Weg gehst, wird eure Freundschaft erst Recht daran kaputtgehen. Ich glaube Evan hat dein Verhalten heute wirklich sehr verletzt! Er braucht dich jetzt mehr denn je als Freund. Und selbst wenn er nichts von dir will, würde er dir sicher als Letzter deine Unsicherheit vorwerfen. Evan weiß besser als jeder andere, wie sich das anfühlt. Er ist auch nicht an einem Morgen aufgewacht und wusste sofort, dass er schwul ist."

„Ich bin mir sicher, dass ich nicht…" Er schaffte es nicht einmal das Wort auszusprechen.

„Es ist auch egal, ob du schwul, bi oder hetero bist. Man verliebt sich nicht in das Geschlecht, sondern in den Menschen." Der Bus hielt an unserer Haltestelle und wir traten hinaus in das kalte Märzwetter. Leichter Sprühregen legte sich auf unsere Haare, Haut und Kleider.

„Winter?"

Ich rollte lächelnd mit den Augen, da ich annahm genau zu wissen, was er mich fragen wollte. „Das bleibt natürlich unter uns!"

Er erwiderte mein Lächeln. „Ich wollte eigentlich nur Danke sagen."

Als Liam mich in sein Zimmer führte und die Tür hinter uns schloss, klopfte mein Herz wie verrückt. Man hätte meinen können, ich wäre die gesamten fünf Stockwerke über die Treppe hochgerannt, doch stattdessen hatte ich mich gezwungen auf den Aufzug zu warten. Zuhause hatte ich eine Stunde im Badezimmer verbracht, ohne dass man irgendeine große Veränderung hätte sehen können. Ich trug Jeans und einen gewöhnlichen Pullover. Meine Haare steckten in einem lockeren geflochtenen Zopf und das Make-up war nicht auffälliger als an jedem anderen Tag. Trotzdem fühlte ich mich völlig anders als je zuvor in meinem Leben. Das war Liams und mein erstes *Date* als Paar – ich machte mir nichts vor: Es würde etwas passieren. Aber es war gut so und irgendwie längst überfällig. Seit Monaten schlichen wir umeinander herum und das Knistern in der Luft war kaum noch zu ertragen. Sicher war er nicht der perfekte Freund, aber er war echt. Genauso wie seine Liebe für mich.

Ich drehte mich mit einem zaghaften Lächeln auf den Lippen zu ihm herum. „Wie klappt es mit der Musik?" Mein Bauch kribbelte unaufhörlich, sodass mir abwechselnd warm und kalt wurde und ich am liebsten gleichzeitig geschrien und aus vollem Hals gelacht hätte.

Wie selbstverständlich streckte er seine Hände nach mir aus. Ich mochte seine Hände, denn sie waren maskulin: Deutlicher größer als meine und an den Mittelfingern waren leichte Schwielen zu spüren von den Songtexten, die er mit der Hand schrieb und dem jahrelangen Spielen seiner Gitarre.

Als er noch mein Lehrer gewesen war, hatte ich versucht ihn so wenig wie möglich anzusehen, da jeder Blick mein Begehren nur noch steigerte. Nun konnte ich kaum die Augen von ihm lassen und speicherte jedes noch so winzige Detail in meinem Kopf ab. „Ich bin äußerst inspiriert", grinste er vielsagend.

Liams Hand hielt auf meiner Schulter inne. Seine Lippen umspielte ein siegessicheres Lächeln, als er unendlich langsam die Finger unter den Saum meines Pullovers schob und ihn herunterzog. Dabei ließ er mich nicht einen Moment aus den Augen. Er schien förmlich auf einen Protest von mir zu warten, doch meine Lippen blieben verschlossen. Wie um mich herauszufordern, beugte er sich vor und küsste mich auf die nackte Schulter.

Ich rang nach Luft und legte meine Hand in seinen Nacken. Jedes Wort wäre überflüssig gewesen. Sein Atem beschleunigte sich, während seine Lippen sich suchend über meine Schulter zu meinem Hals herauftasteten. Der Raum um mich herum begann sich zu drehen und ich schloss die Augen.

Liams Lippen wanderten höher, streiften mein Kinn, näherten sich meinem Mund. Als ich spürte, dass er sich von mir löste, öffnete ich die Augen und blickte in seine, die weit geöffnet waren und mein Gesicht musterten. Worauf wartete er?

Ich schloss erneut die Augen und küsste ihn. Er reagierte hungrig, seine Hände glitten unter den weichen Stoff meines Pullovers und schlossen sich fest um meine Taille. Ich erwiderte den Kuss mit derselben fiebrigen Leidenschaft, griff in sein Haar und bedeckte sein Gesicht mit gehauchten Küssen. Während ich auf seinen Schoss kletterte. Er stöhnte, dann packte er mich an den Hüften und zog mich mit einem Ruck an sich. Meine Hände tasteten sich unter sein T-Shirt vor und zogen es nach oben.

Unsere Lippen trennten sich nur den Augenblick, in dem ich ihm das Shirt über den Kopf streifte, und vereinten sich sofort wieder. Ich streichelte mit beiden Händen über seinen Brustkorb, schmiegte mich an ihn und spürte die Konturen seiner Muskulatur unter meinen Fingern. Liam umfasste meine Oberarme stürmisch und drückte mich sanft, aber entschieden, auf sein Bett.

21. Liam

Ich zog ihr den Pullover über den Kopf und strich ihr danach eine kupferfarbene Haarsträhne aus dem Gesicht. Dann kuschelte ich mich neben sie. Als sie ihre Arme um meinen Hals schlang, wollte ich nichts mehr als die Zeit anhalten zu können und für immer neben ihr zu liegen. Ein blütenweißer BH aus Spitze leuchtete mir entgegen. Andere Mädchen hätten sich sicher für schwarz oder rot entschieden, Winter nicht und genau deshalb liebte ich sie.

Ihre Finger lagen auf meiner Brust. Spürte sie mein Herz unter ihrer Hand pochen? „Ich habe Kondome dabei", sagte sie.

Früher gehörten Kondome zu meiner Grundausstattung. Ich hatte immer welche dabei, man konnte ja nie wissen wen man so treffen oder kennenlernen würde. Aber die letzten hatte ich wohl beim Umzug verloren und es war mir nicht wichtig erschienen neue zu besorgen. Ich schätzte, dass ich nie ganz daran geglaubt hatte, dass es mit Winter und mir wirklich einmal so weit kommen würde. Sie griff in ihre Hosentasche und direkt drei Kondome fielen auf die Decke.

„Du hast aber viel vor", zog ich sie auf und stellte voller Befriedigung fest wie ihre Wangen sich röteten. „Ich wollte auf Nummer sichergehen."

Ich legte meine Stirn an ihre. „Ich könnte mir keinen schöneren Zeitvertreib vorstellen."

Während ich ihr die Jeans von den Beinen streifte, spürte ich wie sie unter meinen Händen erbebte. Eine Gänsehaut breitete sich auf ihrem Körper aus. Langsam zog ich eine Spur aus Küssen von ihrem Bauchnabel bis zu ihrem Kinn.

„Was, wenn ich alles falsch mache?", unterbrach sie mich. Sorgenvoll blickte sie zu mir auf. Tatsächlich hatte ich noch nie zuvor mit einer Jungfrau geschlafen, so gesehen war es auch für mich ein erstes Mal.

„Es gibt kein *falsch*. Nur wir beide sind wichtig, alles andere ist egal."

„Okay", flüsterte sie sanft. Ihre Augen glänzten. In dem Moment fragte ich mich, womit ich sie überhaupt verdient hatte. An meinen Händen klebte das Blut unschuldiger Menschen. Ich belog sie, selbst jetzt noch. Wir würden immer unsere Differenzen haben, trotzdem liebte ich sie.

Sie zog meinen Kopf zu ihrem hinunter und vertrieb meine Gedanken mit einem Kuss. Wir berührten uns bis wir beide nackt waren. Ich presste mich an sie, vollkommen überwältigt von dem Gefühl ihres weichen warmen Körpers an meinem. „Hast du Angst?", wisperte ich in ihr Ohr, als ich nicht mehr länger warten konnte.

„Ich vertraue dir", erwiderte sie und in meinen Inneren breitete sich ein Brand aus, der nie wieder zu löschen sein würde. Ich löste mich von ihr und griff nach einem Kondom. Es war ein geübter Handgriff, trotzdem zitterten dieses Mal meine Hände. „Bist du sicher?"

„Ja, ich bin sicher", lachte sie, wobei sich ihre Anspannung zu lösen schien. Sie nahm mein

Gesicht zwischen ihre Hände. „Ich liebe dich, Liam."

Ihre Worte drangen in meinen Körper und ich musste mich bremsen, um ihr nicht wehzutun. Wem versuchte ich etwas vorzumachen? Das erste Mal war für ein Mädchen immer etwas schmerzhaft, egal wie vorsichtig der Junge auch war. Es würde für sie nicht die Nacht der Nächte werden, aber ich hoffte, dass uns noch viele weitere blieben, um es jedes Mal ein bisschen besser zu machen. Ich hätte ihr gern gesagt, was ich empfand und wollte ihr sagen, dass sie zum Mittelpunkt meines Lebens geworden war. Aber ich konnte nicht. Die Worte wollten nicht kommen.

Sie schnappte nach Luft und ich wünschte mir ich könnte den Schmerz von ihr nehmen. Eine Träne rann von ihrer Wange. Ihre Verletzlichkeit war mein Verderben. Zum ersten Mal, seitdem ich meine kleine Schwester tot in meinen Armen gehalten hatte, kamen auch mir die Tränen.

Winter küsste lächelnd die Träne weg. „Ist schon gut", versicherte sie mir.

Aber das war es nicht. Ich wollte, dass es perfekt war. Es gäbe sonst vielleicht keine zweite Chance und für sie sollte es genauso überwältigend sein wie für mich.

Ich konzentrierte mich ganz auf sie und tat alles, damit es für sie schön war. Danach zog ich sie an mich. Sie schmiegte sich an meine Brust, während ich meine Finger durch ihr Haar wandern ließ. Es war, als wären wir in einer Zeitblase gefangen. Nur sie und ich. Winter und Liam.

So oft hatte ich es schon darauf angelegt und nun wo es endlich so weit gekommen war, konnte ich kaum glauben, dass sie mir tatsächlich ihren Körper geschenkt hatte. Ich sollte der glücklichste Mensch der Welt sein, stattdessen fühlte ich mich einfach nur elend.

Sie vertraute mir und ich belog sie. Nicht was meine Gefühle für sie anging, aber ich verweigerte ihr meine Hilfe in Bezug auf ihre Schwester. Es würde ihr das Herz brechen, wenn sie je rausfinden würde, dass ich die ganze Zeit gewusst hatte wo Eliza war.

Ich zog sie noch etwas fester an mich, in dem Wunsch sie nie wieder loszulassen. „Bist du okay?"

„Mir geht es gut", lächelte sie. „Mehr als gut."

Ich wollte diesen perfekten Moment nicht verderben, aber ich konnte ihr auch nichts vormachen. „Es fühlt sich nicht richtig an."

Sie stütze sich auf den Ellbogen und sah mich nachdenklich an. „Mach dich nicht verrückt. Wir lassen es langsam angehen und sehen was passiert." Ein freches Grinsen zog sich über ihre Lippen. „Beim nächsten Mal bist du sicher besser."

Irgendwie hatten wir die Rollen getauscht. Normalerweise war sie immer die Besorgte und Furchtsame. Jetzt musste ich mich von ihr aufziehen lassen.

„Geduld ist nicht deine Stärke", konterte ich. „Warte es nur ab, in drei Wochen willst du mich heiraten." Es war leichter mit ihr herumzualbern als sich den Zweifeln zu stellen. Sie lachte laut auf, wobei ihr Körper meinen kitzelte. Es kam nur selten vor, dass ich sie so unbeschwert sah.

Sie ließ sich wieder neben mich sinken und schmiegte ihren Kopf an meine Schulter. Es war bereits dunkel draußen. Durch das Fenster fiel das Licht der Straßenlaternen und ganz entfernt war das leise Rauschen des Meeres zu hören.

„Musst du nicht nach Hause?"

„Ich schlafe heute bei Dairine", nuschelte sie schläfrig.

Erleichtert entspannte ich mich. Das bedeutete wir könnten zumindest noch eine ganze Nacht lang so tun als sei alles wie in einem wahrgewordenen Traum. Die Realität würde uns noch früh genug wieder einfangen.

Das schrille und laute Klingeln der Wohnungstür ließ mich aus dem Schlaf hochfahren. Es war noch dunkel im Zimmer und ich spürte wie sich neben mir ein warmer Körper regte – Winter. Das Klingeln hatte sie ebenfalls geweckt, doch anstatt sich daran zu stören, streckte sie ihre Hand nach meinem Rücken aus. Die Berührung ihrer Fingerspitzen jagte mir einen Schauer durch den Körper. Ich war gewillt mich wieder neben sie zu legen, als es erneut klingelte. Dieses Mal unnachgiebiger und länger. Es war Wochenende und noch nicht einmal acht Uhr. Wer wagte es um diese Zeit zu stören?

Genervt schwang ich meine nackten Beine aus dem Bett, während Winter sich stöhnend zurück ins Bett sinken ließ. „Kann Mona nicht die Tür aufmachen?", beschwerte sie sich, ohne es ernst zu meinen. Sie wusste schließlich Bescheid über Monas Ängste gegenüber fremden Menschen.

„Wir können froh sein, wenn sie sich vor Schreck nicht unter dem Bett versteckt hat", scherzte ich zurück, während ich in meine

Boxershorts schlüpfte und barfuß zur Tür ging. Kaum, dass ich die Gegensprechanlage erreicht hatte, klingelte es erneut.

Ich hob den Hörer ab und bellte unfreundlich: „Wer ist da?"

Da klopfte es bereits an der Wohnungstür. Im ersten Moment vermutete ich Ava, doch als ich durch den Türspion sah, traute ich meinen Augen kaum. Ungläubig öffnete ich die Tür. Es war lange her, dass ich das Mädchen, welches dort ungeduldig vor mir stand, gesehen hatte. Etwa zwei Jahre.

Sie ließ ungeniert den Blick an mir hinabgleiten und verzog spöttisch den Mund. „Störe ich?"

Ihr Auftauchen verwirrte mich und warf mich völlig aus der Bahn. „Wie hast du mich gefunden?"

Sie legte lachend den Kopf schief und drückte mich mit der flachen Hand in die Wohnung. Ihre Finger waren kühl auf meiner warmen Haut. „Deine Schattenspuren sind unverkennbar, Liam. Mir scheint du bist ziemlich aus der Übung."

Neugierig ließ sie den Blick durch den weißen Flur gleiten und ging unaufgefordert in Richtung Wohnzimmer.

„Faye, was willst du hier?"

Sie drehte sich mit einem aufgesetzten Schmollmund zu mir herum. Ihre Lippen waren in demselben dunklen Rot geschminkt, wie ihre Haare gefärbt waren. „Begrüßt man so seine ehemalige beste Freundin?"

Wir sahen einander in die Augen und eine Flut der Erinnerungen überkam mich. Die meiste Zeit unseres Lebens hatten wir zusammen verbracht und trotzdem hatte ich kaum noch an sie gedacht. Sie hatte sich für die Fomori und gegen mich entschieden. Danach machte ich ohne sie weiter. Eliza kam und mit ihr das Unheil.

Ein Räuspern ließ mich herumfahren. Winter stand in meinem grauen Shirt, das ihr knapp über den Po reichte, in der Tür zum Wohnzimmer und sah skeptisch zwischen Faye und mir hin und her.

Obwohl nichts vorgefallen war, fühlte ich mich ertappt und fuhr mir beschämt durchs Haar. „Wir haben überraschend Besuch bekommen", brachte ich hervor. „Winter, das ist meine Freundin Faye."

Ich drehte mich zu Faye. „Faye, das ist…" Nachdem ich Faye als meine Freundin betitelt hatte, wusste ich nicht wie ich nun Winter bezeichnen sollte. Ihr schien mein Zögern zu lange zu dauern, denn sie ging an mir vorbei und reichte Faye ihre Hand. „Winter!", schloss sie. „Ich bin Liams feste Freundin!"

Faye schien ihr Verhalten zu belustigen, denn ihre Augen leuchteten vor Schalk, während ihre Lippen sich zu einem süffisanten Lächeln verzogen. Sie ergriff Winters Hand. „Mach dir keine Gedanken, ich bin es gewohnt bei Liam halbnackten Mädchen zu begegnen."

„Ich mache mir keine Gedanken", erwiderte Winter automatisch als sie ihre Hand zurückzog und Faye feindselig anfunkelte. Diese ließ das jedoch völlig kalt. „Tatsächlich habe ich sogar schon viel von dir gehört."

Überrascht sah Winter von ihr zu mir, doch ich konnte nur mit den Schultern zucken. „Wir haben seit etwa zwei Jahren keinen Kontakt mehr gehabt", rechtfertigte ich mich.

„Ich meinte auch nicht dich, sondern Eliza", sagte Faye und sah voller Genugtuung wie sich Winters Miene von feindselig schlagartig zu höchst interessiert wandelte.

„Du kennst meine Schwester?"

„Nicht gut, aber ich komme gerade von ihr. Sie steckt in Schwierigkeiten."

Winter sah aus, als hätte sie Faye am liebsten wie eine Zitrone ausgequetscht. „Was ist los? Wo ist sie?"

In dem Moment trat auch Mona ins Wohnzimmer. Ihre Augen weiteten sich ungläubig als sie Faye erkannte. Sie hatte sie vielleicht ein- zweimal zuvor gesehen, doch ihr Gedächtnis war im Gegensatz zu ihrer Menschenkenntnis stark ausgeprägt.

„Eliza ist immer noch bei den Fomori, aber genau das ist ihr Problem. Denn ihre Eltern haben beschlossen sie für ihre Unsterblichkeit in einem Ritual zu opfern."

Entsetzt riss Winter die Augen auf. „Ich wusste, dass es ihnen nicht darum geht sie kennenzulernen! Wir müssen sofort zu ihr und sie befreien." Sie war so außer sich, dass sie tatsächlich beabsichtigen zu schien in einem Shirt und Slip zu einer Rettungsaktion aufzubrechen. Völlig durch den Wind ging sie auf und ab.

Faye hob beschwichtigend die Hände. „Ganz langsam! Ohne Plan brauchen wir da gar nicht aufzutauchen. Wir haben es nicht mit zwei Entführern zu tun, sondern mit dem gesamten Clan der Fomori. Nur damit euch das klar ist, wir sprechen über hundert Mitglieder, die alle bestens ausgebildet sind."

„Aber wir müssen irgendetwas tun!", beharrte Winter und blickte verzweifelt zu Faye. „Du wärst doch nicht hier, wenn du nicht glauben würdest, dass es eine Möglichkeit gäbe."

„Ich bin hier, um euch zu warnen. Es wird nicht leicht werden, aber vielleicht fällt uns gemeinsam etwas ein."

„Wie viel Zeit bleibt uns?"

Anstatt Faye antwortete plötzlich Mona an ihrer Stelle: „Bis zur Sonnenfinsternis!"

Irritiert fuhren beide Mädchen zu ihr herum. Faye nickte. „Das stimmt. Das Ritual scheint aus irgendeinem Grund nur zur Sonnenfinsternis stattfinden zu können."

„Woher weißt du das?", wollte Winter sofort von Mona wissen. Das war der Moment in dem die Fassade meiner Cousine völlig in sich zusammenbrach. Schuldbewusste Tränen traten in ihre Augen und sie blickte flehentlich zu Winter. „Erinnerst du dich an das Medium, das hier war, um mir zu helfen meine Kräfte wieder unter Kontrolle zu bekommen?"

Winter nickte und schien sich ebenfalls davor zu fürchten, was als nächstes kommen würde.

„Sie wurde von den Fomori geschickt, um uns zu überwachen…"

„Was?", schrie Winter empört dazwischen. „Seit wann weißt du das?"

„Noch nicht lange, ich schwöre es dir!", beteuerte Mona und klammerte sich verzweifelt an den Arm ihrer einzigen Freundin. Dairine und sie waren nie warm miteinander geworden, was vermutlich daran lag, dass sie zu verschieden waren. „Ich habe sie sofort weggeschickt, als ich es rausgefunden habe. Es gab nichts, was sie hätte weitersagen können…"

Winter unterbrach sie erneut, auch wenn sie sich nicht von ihr losriss. „Aber sie hätte uns sagen können, wo sie Eliza gefangen halten!"

„Das kann sie immer noch!", sagte Mona sofort. „Ich glaube ihr tut ihr Verrat wirklich leid. Vielleicht können wir sie dazu bringen uns zu helfen."

„Du wusstest die ganze Zeit nicht wo deine Schwester ist?", fragte sie überrascht. Winter und Mona bemerkten es vielleicht nicht, aber ich sah das boshafte Zucken ihrer Mundwinkel und ahnte bereits, was als nächstes kommen würde, weshalb ich sie am Arm packte und sagte: „Komm, wir gehen etwas zu Frühstücken besorgen!"

„In Boxershorts?", zog Faye mich amüsiert auf. Kaum trat sie zurück in mein Leben, sorgte sie bereits wieder für Probleme. Ich hatte vergessen wie sie sein konnte.

Winter stellte sich uns in den Weg. „Warum überrascht es dich, dass ich nicht wusste, wo Eliza ist?", fragte sie Faye direkt.

Faye sah erst von mir, dann zu Winter und setzte ihre Unschuldsmiene auf. „Ich dachte als feste Freundin von Liam müsstest du wissen, dass er selbst schon für eine Woche Gast bei den Fomori war."

Fassungslos starrte Winter mich an. Ihre Augen füllten sich mit Tränen. „Du wusstest es die ganze Zeit?"

„Ich war in ihrem Anwesen, aber die Fomori haben viele Anwesen. Woher hätte ich wissen sollen in welchem genau sich jetzt Eliza aufhält?", versuchte ich mich herauszureden, doch ich merkte noch während ich es aussprach, dass ich es damit nur noch schlimmer machte.

„Du wusstest wie sehr sie mir fehlt!"

„Es ging dir doch besser!"

„Weil ich nicht mehr weiterwusste", brüllte sie mich an. „Dabei hättest du mir die ganze Zeit helfen können!"

„Wir haben uns darauf geeinigt, dass ich mich aus allem heraushalte, was Eliza angeht", versuchte ich sie zu besänftigen. „Es ist nicht zu verzeihen, was sie mir angetan hat."

Winter sah mich so wütend, verletzt und enttäuscht an, dass es völlig egal war, was ich auch sagen würde. Ich könnte ihr meinen Verrat nicht erklären. Sie würde es niemals verstehen. Ein Beben ging durch ihren Körper, als sie an mir vorbei aus dem Zimmer eilte. Sie brauchte nicht einmal eine Minute, um ihre Klamotten zusammen zu suchen und aus der Wohnung zu stürmen. Mona rannte ihr nach, während ich wie angewurzelt im Wohnzimmer stand und gar nichts tat. Was hätte ich auch tun oder sagen sollen? Genau davor hatte ich mich am vergangenen Abend gefürchtet, aber ich hätte nicht ahnen können, dass meine Lügen so schnell ans Licht kommen würden.

Faye trat neben mir von einem Fuß auf den anderen. „Das renkt sich sicher wieder ein", behauptete sie.

Zornig fuhr ich zu ihr herum. „Bist du hier aufgetaucht, um Eliza zu helfen oder mir mein Leben zu ruinieren?"

Sie wich einen Schritt zurück. „Kann ich ahnen, dass du Geheimnisse vor deiner Freundin hast?"

„Du weißt, dass Eliza Beth umgebracht hat! Was erwartest du?"

„Umso mehr hat es mich gewundert, dass du ausgerechnet mit ihrer Schwester einen auf verliebt machst. Ist das eine neue Art von Rache? Du solltest dich schämen die Kleine da mitreinzuziehen."

„Halt die Klappe, Faye!", knurrte ich zornig und ließ sie ebenfalls stehen. Doch ich kam nicht weit. Sie nutzte die Schatten um direkt vor mir aufzutauchen. Mir schlug der vertraute Geruch ihres Parfums entgegen, als sie sich zu mir vorbeugte. „Liam, wenn du ihr wirklich etwas bedeutest, wird sie dir verzeihen!" Sie sah mir bedeutungsvoll in die Augen. „Ich habe dir auch immer alles verziehen!"

Da war er wieder, der alte Vorwurf in ihrer Stimme und der Grund, warum sich unsere Wege getrennt hatten. Obwohl sie einer der wichtigsten Menschen in meinem Leben gewesen war, hatte es ihr nie gereicht. Sie hatte immer mehr gewollt. Warum wunderte es mich nicht, dass sich daran auch nach fast zwei Jahren Funkstille nichts geändert hatte?

22. Evan

Eigentlich hätte ich ganz froh darüber sein können, wie meine Mitschüler auf mein Outing reagierten. Niemand beschimpfte mich oder drückte mir irgendwelche doofen Sprüche rein. Stattdessen ignorierten sie mich, sodass ich mir teilweise schon unsichtbar vorkam. Vielleicht brauchten sie etwas Zeit, um mit der neuen Situation zu Recht zu kommen und zu erkennen, dass nur weil ich schwul war, ich nicht direkt jeden anspringen würde. Aber viel Zeit blieb ihnen und mir dafür nicht mehr, denn bereits in einem Monat begann die Lernphase für die Abschlussprüfungen. Dann würde kein Unterricht mehr stattfinden und wir würden nur noch für die Prüfungen in die Schule kommen müssen.

Natürlich hätte ich mich darüber freuen können, denn dann müsste ich mich nicht länger mit dem Problem auseinandersetzen, aber es würde mich enttäuschen und verletzen, wenn Menschen, die ich jahrelang kannte und für so etwas wie Freunde gehalten hatte, mir bei meinem Abschluss als Fremde gegenübertreten würden. Nicht nur ich war in ihren Augen nicht mehr derselbe, sondern sie auch in meinen. Von vielen hätte ich einfach mehr Offenheit erwartet. Ausgerechnet Dairine, der ich am übelsten mitgespielt hatte, ging auf mich zu. Ich war froh darüber, gleichzeitig empfand ich Schuldgefühle, wenn ich sie ansah. Sie hatte jemanden verdient, der sie mit allen Facetten ihres wundervollen Charakters zu schätzen wüsste.

Plötzlich klopfte es gegen meine Zimmertür. Ich stellte die Musik leiser und rief ‚Herein'. Ich erwartete den rotbraunen Haarschopf meiner Mutter zu sehen, da ich keinen anderen Besuch erwartete, doch stattdessen erblickte ich Lucas im Türrahmen. Sein Auftauchen verschlug mir tatsächlich die Sprache. Er hatte mich auch früher nur selten besucht. Zwar lag die Wohnung meiner Mutter deutlich näher zur Schule und der Stadt, aber mein Zimmer erinnerte von der Größe her an eine Besenkammer, genauso wie auch der Rest unserer Wohnung. Alles war klein und beengt, dazu roch es permanent nach indischem Essen von dem Lokal unter uns. Ich bemerkte den Geruch kaum noch, doch andere konnten es nicht ignorieren. Entweder bekamen sie daraufhin Hunger oder sie ekelten sich davor so sehr, dass sie es nicht länger als ein paar Minuten bei uns aushielten.

„Hey", sagte Lucas mit einem zaghaften Lächeln. „Deine Mum hat mich reingelassen. Hast du kurz Zeit?"

Ich hatte nicht einmal mitbekommen, dass es geklingelt hatte. Aber ich hätte auch niemals mit Lucas gerechnet. Aktuell am wenigsten.

Verunsichert deutete ich auf mein Bett, das die einzige Sitzmöglichkeit neben meinem Schreibtischstuhl, auf dem ich selbst bereits saß, bot.

Lucas schloss die Tür hinter sich und nahm Platz. Er zog sich die Mütze vom Kopf und strich sein Haar glatt, was er meistens nur tat, wenn er nervös war. „Kommst du gut mit dem Lernen voran?", fragte er scheinheilig. Uns war beiden klar, dass er deshalb nicht extra zu mir gefahren war.

„Ich setze auf mein Kurzzeitgedächtnis und fange erst nächsten Monat richtig an", antwortete ich ihm dennoch. „Und bei dir?"

„Ich habe das Gefühl schon so viel gelernt zu haben, dass ich gar nicht mehr Stoff in meinen Kopf bekomme", sagte er abwinkend. „Vielleicht habe ich es schon etwas übertrieben."

Meiner Ansicht nach, musste er sich nicht die geringsten Sorgen machen. Er würde schon erreichen, was er sich vorgenommen hatte, so wie meistens. Menschen wie Lucas schien alles in die Hände zu fallen. Nicht nur die Schulnoten, auch das gute Aussehen und das Ansehen in der Schule. Er war schon immer beliebter als ich gewesen. Es hatte mich jedoch nie gestört, da Lucas dennoch ein netter Kerl gewesen war. Umso mehr enttäuschte mich sein aktuelles Verhalten.

„Wolltest du etwas Bestimmtes?"

Er schien sich unwohl in seiner Haut zu fühlen, denn er konnte mir nicht einmal in die Augen sehen und rutschte unruhig hin und her. „Nein, ich war nur zufällig in der Gegend und dachte mir, ich schaue mal vorbei. Wir haben in der Schule so wenig miteinander gesprochen."

Wenigstens schien er ein schlechtes Gewissen zu haben, auch wenn er es nun so hinstellen wollte, als wäre alles reiner Zufall und keine Absicht gewesen. „Das lag nicht an mir."

Er hob den Kopf und sah mir in die Augen. „Ich hatte das Gefühl du würdest dich etwas zurückziehen."

„Komisch, mir kommt es bei dir genauso vor", konterte ich beleidigt.

„Du hättest dich doch den anderen aus der Mannschaft und mir anschließen können."

„Wenn ich den Raum betrete, verstummen alle Gespräche oder ihr habt es plötzlich eilig woanders hinzukommen. Hältst du mich für so blöd, dass ich das nicht merke?"

Lucas blickte verlegen an mir vorbei. „Vielleicht bildest du dir das nur ein wegen…du weißt schon."

Sein Verhalten machte mich wirklich wütend. War er nur hergekommen, um mir auch noch Vorwürfe zu machen? „Wegen meines Outings?" Ich hätte ihm sagen können, dass wenn ich es gewollt hätte, ich alles ungeschehen hätte machen können. Aber ich wollte nicht! Ich war froh, dass es raus war und nicht ich hatte ein Problem damit, sondern er und die anderen.

„Erst sagst du mir, dass du zu mir halten würdest, ganz egal, ob ich nun auf Männer oder Frauen stehe, und dann benimmst du dich genauso bescheuert wie die anderen. Ihr tut gerade so, als hätte ich eine ansteckende Krankheit!"

„Das stimmt doch nicht", behauptete Lucas auch noch dreist.

„Nein? Dann weiß ich nicht, was du hier willst!", knurrte ich verletzt. Es fiel mir nicht leicht ihn abzuweisen, aber ich wollte mir auch nicht von ihm die Schuld in die Schuhe schieben lassen.

Lucas sah mich erst entsetzt, dann geknickt an, als er sich langsam von meinem Bett erhob und zur Tür trottete. Dort hielt er jedoch an und drehte sich noch einmal zu mir herum. Er schien mit den Worten zu ringen und stieß schließlich aus: „Du hast Recht, ich habe mich bescheuert benommen und ich bin eigentlich gekommen, um mich zu entschuldigen. Aber ich hab es vermasselt, weil ich ein Feigling bin!"

Er überrumpelte mich mit seiner Entschuldigung mindestens genauso sehr, wie mit seinem Auftauchen. „Wovor fürchtest du dich denn?"

Verunsichert sah er zum Bett. „Darf ich mich wieder setzen?"

Er benahm sich wirklich seltsam. So hatte ich ihn in unserer jahrelangen Freundschaft noch nicht einmal erlebt. „Von mir aus."

„Dein Geständnis hat uns ziemlich überrascht", gestand er mir, doch bereits im nächsten Moment schüttelte er den Kopf. „Es hat mich überrascht!", korrigierte er sich.

„Du hast doch gesagt, du hättest es bereits geahnt", erinnerte ich ihn verständnislos. Er widersprach sich selbst, merkte er das nicht?

„Ja, aber es ist etwas völlig Anderes etwas zu vermuten und die Bestätigung dafür zu erhalten."

„Und was ist jetzt dein Problem damit?"

„Ich habe kein Problem damit!"

Skeptisch hob ich die Augenbrauen. „Wenn du kein Problem damit hättest, würdest du mir nicht aus dem Weg gehen!"

„Ich habe wirklich kein Problem mit dir", versicherte er mir. „Sondern mit mir!"

„Aber was hast du damit zu tun?"

Er blickte auf seine Hände, die er unruhig knetete. „Seitdem du dich geoutet hast, kann ich nicht aufhören darüber nachzudenken."

„Worüber?" Mein Puls beschleunigte sich, während ich mich zwang nicht auf das Unmögliche zu hoffen.

Er schwieg. Unendlich langsam hob er den Kopf und unsere Blicke begegneten einander. „Ob ich mich auch in einen Jungen verlieben könnte."

Ich konnte mein Herz bis in meinen Hals schlagen spüren. Was passierte hier? Das ergab keinen Sinn – ich hatte Lucas erst vor wenigen Tagen meine Liebe gestanden und er hatte mir eindeutig zu verstehen gegeben, dass für ihn nicht mehr als Freundschaft in Frage kam, weder mit mir noch mit irgendeinem anderen Mann. Er war so entschieden gewesen, dass ich die Zeit zurückgedreht hatte.

Trotzdem rutschte ich unsicher auf meinem Stuhl näher in seine Richtung. „Wie kommst du darauf? Du liebst Eliza doch noch immer, oder nicht?"

„Ich werde niemals ein Mädchen mehr lieben als Eliza. Aber sie ist nicht der einzige Mensch in meinem Leben, der mir etwas bedeutet. Du…" Er ließ seinen Blick über mein Gesicht wandern, wobei mir ganz heiß wurde und mein Nacken zu kribbeln begann. „Du bist immer für mich da und verstehst mich wie kein anderer. Ich fühle mich wohl in deiner Nähe und irgendwie ist dann alles nur noch halb so schlimm."

Er hatte mich völlig in seinen Bann gezogen. „Mir geht es genauso."

Lucas beugte sich ein Stück vor. Seine Stirn berührte nun beinahe meine. Spürte er dieses Knistern auch? Ich konnte es nicht länger ertragen und legte meine Hand in seinen Nacken. Wenn ich alles völlig falsch verstand, könnte ich immer noch die Zeit zurückdrehen. Aber es fühlte sich nicht falsch an. Auch nicht als er seinen Kopf hob und unsere Nasenspitzen sich berührten. Seine vollen, weichen Lippen strichen über meine. Wir küssten uns. Nur kurz, aber so intensiv, dass ich die ganze Nacht würde nicht schlafen können. Ich wollte nicht daran denken, was das nun zu bedeuten hatte, sondern den Augenblick für immer in mein Gedächtnis, als den wohl schönsten und zugleich unwahrscheinlichsten Kuss speichern. Selbst wenn es das nun gewesen sein sollte, wäre mir diese Erinnerung unendlich wertvoll.

Doch Lucas wich nicht vor mir zurück. Er blieb genau dort wo er war. Sein Atem kitzelte über meine Haut als sich unsere Hände miteinander verschlossen.

Das plötzliche Klingeln eines Handys ließ uns beide erschrocken auseinanderfahren. Lucas war knallrot im Gesicht als er in seine Hosentasche nach dem störenden Gerät suchte. Es fiel ihm vor Schreck auf den Boden und ich konnte auf dem Display *Winter* lesen, ehe er es aufhob und abhob.

„Ja?", sagte er atemlos. Ich zog mich ein Stück von ihm zurück. Alles schien sich zu drehen. So musste es sich anfühlen, wenn man Traum nicht mehr von Wirklichkeit unterscheiden konnte.

Er machte erst eine besorgte Miene, dann riss er plötzlich entsetzt die Augen auf. „Bist du dir sicher?", fragte er in das Handy, wobei seine Stimme panisch zitterte.

Ich verstand zwar nicht, was Winter sagte, aber ich konnte ihre aufgeregte und laute Stimme hören. Irgendetwas schien vorgefallen zu sein, was nicht nur sie, sondern auch Lucas in helle Aufregung versetzte.

„Ich komme sofort!", schloss Lucas schließlich und legte auf. Als er mich ansah, schien er unseren einzigartigen Moment bereits vergessen zu haben. „Eliza soll von den Fomori umgebracht werden."

„Schon wieder?", rutschte mir heraus, denn genau in derselben Situation hatten wir uns doch erst vor wenigen Wochen befunden.

Lucas schüttelte energisch den Kopf und erhob sich von meinem Bett. „Dieses Mal ist es anders! Sie wollen sie in einem Ritual opfern, wodurch ihre leiblichen Eltern unsterblich würden. Ich muss mich sofort mit Winter treffen. Wir müssen irgendetwas unternehmen."

Er war völlig durch den Wind, dennoch hielt er erneut an der Tür inne und drehte sich zu mir um. „Kommst du mit?"

In seinen Augen war noch eine Spur von den Gefühlen, die gerade zwischen uns gebrodelt hatten. Es war ihm nicht egal, ob ich mitkam oder nicht. Ich war ihm nicht egal. Er brauchte mich. Diese winzige Spur reichte aus, damit ich ihm überall hin gefolgt wäre. Also erhob ich mich ebenfalls und erzählte meiner Mutter irgendeine Ausrede, bevor wir gemeinsam aufbrachen.

23. Eliza

Es war genauso gekommen wie Faye es mir vorausgesagt hatte. Die Fomori fanden mich bereits eine halbe Stunde später, wie ich mich zitternd und ohne Schuhe durch die Kälte kämpfte. Aber es war weder Faye bei ihnen, noch hatten Rhona oder Charles sich selbst die Mühe gemacht nach mir zu suchen. Fremde Männer ergriffen mich und drückten mich in den vom Regen durchnässten Boden. Sie rammten mir ihre Knie in den Rücken, sodass ich keine Luft mehr bekam. Als ich nicht aufhörte mich gegen sie zur Wehr zu setzen, verpasste mir einer von hinten einen Schlag auf den Kopf, der mich bewusstlos zusammensacken ließ.

Als ich das nächste Mal zu mir kam, befand ich mich in einem feuchten Keller. Der modrige Geruch, der mir in die Nase stieg, ließ mich würgen, obwohl mein Hals sich so trocken anfühlte, als hätte ich tagelang nichts getrunken. Meine Kleidung war schmutzverkrustet und lag klamm auf meiner Haut. Schuhe trug ich nach wie vor nicht, sodass ich das Gefühl hatte Eisklumpen, anstatt Zehen zu haben.

Erst steckten sie mich in dieses hübsche Zimmer, fütterten mich und zogen mir teure Designerkleider an, doch nun wo ihr Plan aufgeflogen war, war ich ihnen nicht einmal mehr genug wert, um mich vor einer Lungenentzündung zu bewahren. Warum auch? Für das Ritual machte es vermutlich keinen Unterschied, ob ich todkrank war. Hauptsache mein Herz schlug noch kräftig genug, damit sie sämtliches Leben in mir selbst auslöschen konnten.

Ich nahm einen Fuß zwischen meine Hände und begann ihn warm zu reiben, als ich plötzlich ein leises Schnaufen wahrnahm. Erschrocken fuhr ich herum und starrte in die Dunkelheit. Die einzige Lichtquelle, die ich ausmachen konnte, kam durch den dünnen Türspalt, oberhalb der Treppe. Ich konnte erkennen, dass der große Raum in einzelne Parzellen unterteilt worden war, die alle durch Eisengitter voneinander getrennt waren. Ich zweifelte nicht einen Moment daran, dass sie mit Phosphor verstärkt waren. In einigen Abteilen waren Umrisse von abgedeckten Möbeln und anderen Gegenständen zu erkennen, aber andere schienen leer zu sein.

Jetzt wo ich in die Stille lauschte, glaubte ich deutlich den Atem eines anderen Menschen zu hören. „Hallo?", rief ich in die Stille. „Ist da jemand?"

Ich kam mir albern dabei vor, aber ich war mir sicher, dass dort noch jemand war. Vielleicht war ich doch nicht ganz so unbeobachtet wie ich gedacht hatte. Auch wenn ich keine Antwort erhielt.

„Bitte antworten Sie mir doch oder zeigen sich, wenn Sie können. Es ist etwas beängstigend jemanden atmen zu hören, aber nicht zu wissen wo er sich befindet, oder wer er ist." Meine Stimme zitterte leicht, obwohl ich mir Mühe gab stark zu wirken.

Ein kratziges Lachen drang durch den Keller, das sich beinahe wie ein Husten anhörte. „Wenn das deine einzige Sorge ist, kann ich dir nur gratulieren." Abgesehen davon, dass die Worte vor Sarkasmus trieften, konnte ich kaum etwas über den anderen sagen. Es war ein Mann und seine Stimme hörte sich so rau und eingerostet an, als gebrauche er seine Stimme zum ersten Mal wieder seit Wochen. Das Alter der Person war dadurch schwer zu erraten.

Ich erinnerte mich daran, was ich mit Faye durch die Gegensprechanlage gehört hatte: Sie brauchten für das Ritual neben einem Erben bei dem das Schattenwandlergen bereits ausgebrochen war, auch einen Menschen und einen Zeitmaler. Sie hatten davon gesprochen, dass er sicher im Keller warten würde. Das musste er dann wohl sein.

„Du bist ein Zeitmaler, oder?", fragte ich ohne ausmachen zu können, wo genau er sich befand. Nachdem er mich auch einfach geduzt hatte, entschied ich mich ebenfalls gegen das *Sie*.

„Vielleicht war ich das mal, aber jetzt bin ich nur noch ein Niemand. Und was bist du? Mensch oder das zu bemitleidende Kind von zwei Ungeheuern?"

Er wusste scheinbar genau über das Ritual Bescheid – zumindest besser als ich. „Ich bin Eliza", antwortete ich ihm, ohne auf seine Frage einzugehen. „Wie heißt du?"

Erst blieb es eine Weile ruhig und ich befürchtete bereits, dass er beschlossen hatte nicht länger mit mir zu reden, doch schließlich kam leise seine Antwort: „Cian. Ich heiße Cian Butler und ich hätte nicht gedacht, dass sich jemals noch jemand dafür interessieren würde."

„Du bist schon lange hier unten, oder?"

„So lange, dass ich den Überblick verloren habe. Es müsste bereits über einen Monat sein, vielleicht sind es aber auch schon zwei."

„Wie bist du an die Fomori geraten?"

„Sie haben mich ganz überraschend angeworben und ich war dumm genug ihnen zu glauben, dass ich mit ihrer Hilfe ein reicher Mann werden könnte. Es ging ihnen nie darum mir bei irgendetwas zu helfen. Kaum, dass ich einen Fuß in das Anwesen gesetzt hatte, landete ich in diesem Keller."

Ich versuchte mich daran zu erinnern, was Faye mir über Zeitmaler gesagt hatte, doch es war alles so schnell gegangen und die Tatsache, dass ich sterben sollte, hatte alles andere überlagert, sodass ich mich nur noch vage erinnern konnte. „Aber du bist doch ein Zeitmaler, warum drehst du nicht einfach die Zeit zurück und machst alles ungeschehen?"

Als er mir antwortete, hörte es sich an als würde er dabei unglücklich lächeln. „Ich sagte doch bereits, dass ich nur noch ein Niemand bin. Sie haben mir meine Uhr abgenommen und ohne Uhr bin ich völlig nutzlos."

„Was für eine Uhr?"

„Ein Familienerbstück. Sie wurde in unserer Familie immer weitergegeben und nur wer in Besitz der Uhr ist, kann seine Fähigkeiten entfalten. Es gibt nur noch wenige von uns. Uhren gehen verloren und Kinder werden immer weniger in die Welt gesetzt. Mit meinem Tod wird dann wohl auch meine Blutlinie aussterben."

„Also würde es mit einer anderen Uhr nicht funktionieren?"

„Nein."

„Wer hat dir die Uhr denn abgenommen?"

„Versuchst du dir gerade einen Fluchtplan auszudenken?", fragte Cian spöttisch. „Das kannst du vergessen. Am besten löschst du deinen letzten Funken Hoffnung so schnell wie möglich aus."

„Warum sollte ich? Noch bin ich nicht tot! Gibt es niemanden, der nach dir sucht?", konterte ich verständnislos.

„Meine Mutter war vor mir die einzige lebende Zeitmalerin, aber sie ist im letzten Jahr gestorben. Das bedeutet der Rest meiner Familie besteht aus gewöhnlichen Menschen und sie wollen mit so einem Hokuspokus nichts zu tun haben. Was sollten sie auch schon ausrichten können?"

„Nicht die Fähigkeiten sind entscheidend, sondern der Wille. Sie können dich doch nicht einfach aufgegeben haben!"

„Doch, genauso sieht es aus. Und für deine Familie wäre das ebenfalls am besten. Aber da ich davon ausgehe, dass du die Schattenwandlerin in diesem Spiel bist, stehst du wohl ohnehin auf der anderen Seite."

„Das ist kein Spiel, es geht um unser Leben!", knurrte ich wütend. „Außerdem ist das nicht meine Familie. Sie sind lediglich meine Erzeuger!"

„Nenn es wie du willst. Deine Abstammung wird dir den Tod bringen."

Wie auf Kommando öffnete sich plötzlich die Kellertür und ein breiter, heller Lichtstrahl fiel in die Dunkelheit. Ich kniff die Augen zusammen als das Licht eingeschaltet wurde und das Klappern von Absatzschuhen auf der Treppe zu hören war. Vermutlich hatten sie Faye gezwungen nach mir zu sehen, doch als ich die Augen öffnete, blickte ich in mein älteres Spiegelbild: Rhona.

Sie trug einen Korb bei sich und hielt vor einer der vorderen Zellentüren an. Achtlos warf sie eine Wasserflasche aus Plastik, einen Apfel und eine weiße Papiertüte in das Innere. Ich vermutete dort Cian, doch er war verborgen hinter abgedeckten Möbeln, sodass ich ihn nicht erkennen konnte.

Rhona ging weiter und blieb vor meinem Gitter stehen. Sie griff erneut in den Korb und zog eine weitere Wasserflasche hervor. Aber anstatt sie so respektlos in meine Richtung zu feuern, hielt sie sie mir auffordernd entgegen. „Du hast doch bestimmt Durst."

Ihre Stimme hörte sich versöhnlich, fast bedauernd, an, aber sie hatte mich schon einmal getäuscht. „Wer sagt mir, dass du das Wasser nicht vergiftet hast?"

Sie rollte genervt mit den Augen und warf die Flasche dann doch in meine Richtung. Da ich nicht einmal versuchte sie aufzufangen, kullerte sie über den schmutzigen Boden. Genauso wie der Apfel und die Papiertüte, die krachend folgten.

„Es sind doch nur noch ein paar Tage bis zur Sonnenfinsternis. Warum gebt ihr euch überhaupt die Mühe?", fauchte ich sie an. „Die kurze Zeit würde ich auch ohne Essen und Trinken überstehen."

„Ich wollte nie, dass es so kommt", sagte Rhona entschieden.

„Nein, du wolltest mich in Ungewissheit wiegen bis ihr mir die Kehle durchgeschnitten hättet."

„Nein, es sollte nie dich treffen!", behauptete sie und sah zu mir in die Zelle.

„Wen dann? Will?"

„Ja."

„Aber was hättest du davon gehabt? Er war nicht dein Sohn, somit hätte es für dich auch keine Unsterblichkeit gegeben."

„Mir ist die Unsterblichkeit gar nicht so wichtig", sagte sie und bückte sich plötzlich. Sie zog ihre Schuhe samt Socken aus und schob beides zu mir in die Zelle. „Deine Füße müssen eiskalt sein. Ich wette wir haben die gleiche Schuhgröße." Sie versuchte es mit einem schwachen Lächeln, doch das machte mich nur noch zorniger. Wie konnte sie es wagen immer noch die Nette zu spielen, wenn ihr egal war, dass ich starb?

„Was würde Susan dazu sagen, wenn sie wüsste, dass du das Kind, welches sie wie eine Mutter aufgezogen und geliebt hat, nun einfach umbringen willst?", schrie ich sie verachtend an. Augenblicklich bildete sich in meinem Hals ein Kloß. Warum konnte ich nicht wirklich Susans Tochter sein? Sie hätte mir niemals etwas angetan. Ganz im Gegenteil: Mein ganzes Leben hatte sie versucht alles Böse von mir zu halten, ihre eigene Schwester, meine Mutter, eingeschlossen.

„Sie würde alles stehen und liegen lassen, um es zu verhindern. Aber sie könnte nichts tun, genauso wenig wie ich. Dafür ist es zu spät!"

„Selbst wenn du könntest, würdest du mir nicht helfen."

„Doch, das würde ich. Aber was hatte ich schon für eine Wahl? Wenn ich Charles nicht gesagt hätte, dass du seine Tochter bist, hätte er dich aus Rache sofort getötet. So habe ich dir wenigstens etwas mehr Zeit verschafft."

„Wofür? Du hast nie versucht mir zur Flucht zu verhelfen, stattdessen bist du mir aus dem Weg gegangen!"

„Charles durfte keinen Verdacht schöpfen!"

Ich wusste, dass es falsch war auf etwas zu hoffen, was mit Rhona zu tun hatte, aber ich war machtlos dagegen. Sie war gerade die Einzige, die in der Lage wäre mir zu helfen. Warum sollte sie sich noch die Mühe machen mir etwas vorzuspielen? „Wirst du mir jetzt helfen?"

„Ich weiß nicht, ob ich das kann, aber ich werde es versuchen", versprach sie und streckte mir ihre Hände durch die Zellengitter entgegen. Sie sah dabei beinahe so verzweifelt aus wie ich mich fühlte. Zögerlich kroch ich zu ihr und zog mir ihre Strümpfe und Schuhe an. Dabei streifte ihre Hand meinen Arm. „Eliza, ich weiß, dass ich eine Katastrophe als Mutter bin. Das wusste ich immer, deshalb habe ich dich bei Susan gelassen. Ich werde niemals wieder gutmachen können, was ich dir angetan habe, aber ich werde nicht zulassen, dass dein Leben so früh endet."

Ich sah misstrauisch zu ihr auf. Meine Augen fühlten sich feucht an und mein Hals war so zugeschnürt, dass ich kein Wort mehr herausbrachte. Rhona hatte mich immer wieder belogen. Ich hatte keinen Grund ihr zu vertrauen, aber sie war meine einzige Hoffnung. *Bitte spiel nicht mit mir*, flehte ich sie stumm an.

Sie blinzelte, als sei ihr etwas ins Auge geflogen und presste die Lippen aufeinander, bevor sie sich wieder erhob und zurück zur Kellertür ging. Kurz bevor sie die Treppe erreichte, hielt sie noch einmal an und drehte sich erneut zu mir herum. „Faye ist übrigens verschwunden. Du weißt nicht zufällig, wo sie hingegangen sein könnte?" Ihre Stimme war wieder völlig unter ihrer Kontrolle – kalt und emotionslos.

„Faye und ich sind nicht miteinander befreundet", entgegnete ich ihr genauso kühl, während ich mich fragte, ob das wirklich der Wahrheit entsprach. War es möglich, dass Faye nach Wexford aufgebrochen war, um Hilfe für mich zu holen? Sie hatte sich geweigert es zu tun, aber warum sollte sie sonst abgehauen sein?

Das Licht erlosch wieder im Keller und ich war alleine mit meinen Gedanken. Erst Minuten später räusperte sich Cian. „Du glaubst ihr doch hoffentlich nicht, oder?"

„Habe ich eine andere Wahl?"

„Sie ist deine Mutter, aber begehe nicht den Fehler ihr zu vertrauen. Ohne sie befändest du dich gar nicht erst in dieser Situation. Jemand wie sie gibt ein ewiges Leben nicht einmal für seine Tochter auf."

Vermutlich hatte er sogar Recht. Rhona hatte sich nie für mich interessiert, aber sie hatte mir einen Hinweis gegeben, der wichtiger war als alles andere. Wenn Faye es bis nach Wexford geschafft hatte, würde sie Kontakt zu Liam aufnehmen und dort wo Liam war, konnte Winter nicht weit sein. „Es gibt da ein Mädchen, das würde jeden Winkel der Erde absuchen, nur um mich zu finden. Sie ist nur ein Mensch, aber sie ist meine Schwester und das macht sie stärker als jeden anderen."

24. Mona

Ava brauchte nicht einmal fünfzehn Minuten, um unsere Wohnung zu erreichen, nachdem ich sie angerufen hatte. Auf ihrer Visitenkarte hatte keine Adresse gestanden, nur ihr Name und ihre Telefonnummer. Sie musste ganz in der Nähe wohnen. Da sie von den Fomori beauftragt worden war uns zu überwachen, wohnte sie wahrscheinlich ganz in der Nähe in einem angemieteten Zimmer, Hotel oder einer Pension.

Sie hatte nicht einmal gefragt, worum es ging, sondern sofort zugesagt. Entweder waren ihre medialen Fähigkeiten deutlich ausgeprägter als meine, oder sie wollte tatsächlich Kontakt zu mir. Darauf setzte ich, denn wir würden ihre Hilfe brauchen, wenn wir Eliza befreien wollten. Zwar kannte Faye das Anwesen vermutlich besser als jeder andere, aber durch ihre Flucht war sie selbst auf der schwarzen Liste der Fomori gelandet. Ava hingegen wurde für das Ritual gebraucht. Charles und die anderen waren mehr oder weniger auf sie angewiesen, sodass sie am ehesten etwas ausrichten könnte. Vorausgesetzt sie erklärte sich bereit uns zu helfen.

Liam, Faye, Winter, Dairine, Evan, Lucas und Aidan hatten sich bereits in unserem Wohnzimmer eingefunden. Dabei war nicht zu übersehen, dass sich die Gruppe in zwei Lager gespalten hatte. Faye saß entspannt mit übereinandergeschlagenen Beinen alleine auf der Couch und Liam tigerte unruhig auf und ab, während die anderen am Esstisch Platz genommen hatten. Winter würdigte Liam nicht eines Blickes, während er alle paar Minuten in ihre Richtung sah und dabei kaum unglücklicher hätte aussehen können.

Es war komisch, denn ich spürte, dass Ava in der Nähe war, Minuten bevor sie klingelte. Ehe ich aufstehen konnte, eilte Liam bereits zur Wohnungstür und riss sie ungeduldig auf.

„Komm ruhig rein. Ich überlege mir später wie ich mich an dir für deinen Verrat rächen kann", schnauzte er sie unfreundlich an.

Ava trat unsicher an ihm vorbei, als sie mich jedoch im Türrahmen entdeckte, hellte sich ihr Gesicht augenblicklich auf. „Hallo Mona, schön, dass du mich angerufen hast", säuselte sie.

„Wir brauchen deine Hilfe", erwiderte ich kühl. Sie wiederzusehen, erinnerte mich daran, wie sehr ihre Lügen mich verletzt hatten. Ich hatte ihr wirklich vertraut und ihr war es nur ums Geld gegangen.

„Wirwiederholte sie verwirrt und folgte mir ins Wohnzimmer, wo sie die anderen erblickte. Sie wich erschrocken einen Schritt zurück, als sie Faye unter ihnen entdeckte. Diese grinste gehässig und erhob sich von ihrem Platz. „Du hättest wohl nicht erwartet mich hier anzutreffen."

„Was macht sie hier?", wollte Ava von mir wissen. „Sie ist der Schoßhund von Mr. Crawford. Egal, was ich dir erzähle, sie wird es an ihn weitergeben."

Liam ergriff sofort Partei für Faye: „Du bist die Einzige hier, der wir nicht vertrauen können. Faye ist eine langjährige Freundin der Familie und sie hat viel riskiert, um zu uns zu kommen. Ohne sie wüssten wir nicht einmal, dass Eliza in Lebensgefahr schwebt."

Faye lächelte zufrieden und blickte triumphierend zu Ava.

„Ich wusste nichts davon, dass Eliza in Lebensgefahr schwebt", entgegnete sie ohne zu zögern. „Was ist denn los?"

Sie versuchte die Ahnungslose zu spielen, aber das nahm ich ihr nicht ab. „Du selbst hast mir erzählt, dass du zur Sonnenfinsternis wieder bei den Fomori im Anwesen sein wirst, um ein Fest zu feiern. Aus welchem Anlass findet deiner Meinung nach denn das Fest statt?"

„Die Sonnenfinsternis ist ein seltenes und besonderes Ereignis. Ist das nicht Grund genug?"

„Stell dich nicht doof", knurrte Liam bedrohlich. „Du sollst schließlich das Ritual durchführen!"

„Was für ein Ritual?", wollte Ava verständnislos wissen und wich weiter vor uns zurück bis sie gegen einen Schrank stieß und nicht weiterkam.

„Mr. Crawford hat beschlossen unsterblich zu werden", erzählte ihr Faye.

Erkenntnis spiegelte sich in Avas Augen. „Aber es gibt nur einen Weg zur Unsterblichkeit. Er müsste…", stotterte sie.

„…seine eigene Tochter töten!", schloss Winter, die unbemerkt neben mich getreten war. „Meine Schwester! Und Sie werden uns helfen das zu verhindern!"

Ihre Stimme hatte eine Autorität angenommen, wie ich es von ihr noch nie erlebt hatte. Sie duldete keine Widerworte und war in ihrem Willen unbeugbar. Dabei erinnerte sie mich zum ersten Mal an Eliza. Sie hatte immer auf dieselbe Weise gesprochen, wenn es darum gegangen war den Jägersfluch von Winter zu nehmen. Für sie hatte es damals kein Risiko oder Opfer gegeben, dass sie nicht bereit gewesen wäre einzugehen.

Ava schüttelte verängstigt den Kopf. „Selbst wenn ihr Recht habt, wüsste ich nicht wie ich euch helfen könnte."

„Du könntest dich weigern das Ritual durchzuführen", schlug ich ihr vor.

„Das würde euch nicht im Geringsten helfen. Ich bin nicht das einzige Medium, das im Kontakt mit den Fomori steht", behauptete Ava, was Faye durch ein Nicken bestätigte.

„Aber es würde uns Zeit verschaffen, wenn Sie einfach nicht zum verabredeten Zeitpunkt auftauchen würden", meinte Winter zu Ava. „Die Fomori müssten erst einmal ein neues Medium besorgen und vielleicht würden sie es nicht rechtzeitig zur Sonnenfinsternis schaffen."

Erneut schüttelte Ava den Kopf. „Die Fomori erwarten mich bereits morgen. Wenn sie mich nicht erreichen können und ich nicht auftauche, werden sie sich sofort um Ersatz kümmern. Mr. Crawford verlässt sich niemals auf einzelne Personen. Er hat immer ein Ass im Ärmel."

„Damit hat sie Recht", stimmte Faye ihr zu. „Wir müssen die Fomori im Glauben lassen, dass alles nach Plan läuft und können erst im letzten Moment zuschlagen."

„Aber was, wenn wir zu lange warten und es dann zu spät ist?", rief Lucas besorgt aus. Der Gedanke bereite ihm mindestens genauso große

Sorgen wie Winter. Sie standen dicht beieinander, als könnten sie sich ohne die Stütze des anderen nicht auf den Beinen halten. Sie beide waren die Menschen, die Eliza am meisten liebten.

„Können Sie nicht einen Zauber sprechen, der Eliza vor dem Tod bewahrt?", wollte Winter verzweifelt von Ava wissen. „Irgendetwas, das ihrem Vater unmöglich macht sie zu töten?"

„Er würde es bemerken…"

Liam fiel ihr ungehalten ins Wort: „Kommt es nur mir so vor oder habt ihr nicht langsam auch den Verdacht, dass sie uns gar nicht helfen will? Auf jeden Vorschlag hat sie eine Ausrede parat! Vielleicht müssen wir den Anreiz etwas erhöhen." Er baute sich dicht vor ihr auf und blickte kalt aus seinen grauen Augen auf sie hinab. „Wieviel kostet uns deine Hilfe?"

Avas Augen weiteten sich vor Empörung. „Darum geht es nicht!"

„Nein?", fragte Liam ungläubig. „Rhona konnte dich für die Fomori kaufen. Wie viel müssen wir zahlen, um dich gegen sie einsetzen zu können?"

„So viel Geld hast du nicht", meinte Faye. „Wer sich den Fomori in den Weg stellt, bezahlt in der Regel mit seinem Leben dafür."

Plötzlich zuckte Ava zusammen und das Vibrieren eines Handys ertönte. Sie hob entschuldigend ihre Hände.

„Geh ran!", befahl ihr Liam. „Es könnten die Fomori sein."

Sie tastete in ihrer Jackentasche nach dem Mobiltelefon. Es war ein altes Modell, das sie sich mit zittrigen Händen ans Ohr hielt. „Hallo?"

Ihre Augen weiteten sich, als die Person am anderen Ende der Leitung etwas zu ihr sagte.

„Mach den Lautsprecher an", forderte Liam sie zischend auf.

Sie gehorchte ihm und es war gerade noch Rhonas Stimme zu hören: „...ahnungslos?"

„Faye hat sich bisher nicht blicken lassen. Es ist alles ruhig", versicherte ihr Ava daraufhin.

Rhonas Antwort kam nicht sofort. Sie schien zu zögern, so als ob sie gemerkt hätte, dass Ava nicht alleine war. „Es hat eine Planänderung gegeben", sagte sie schließlich. „Charles plant für die Sonnenfinsternis ein Ritual, das du durchführen sollst."

„Worum geht es?"

Wenn sie selbst Rhona danach fragen musste, schien sie tatsächlich nicht gelogen zu haben und keine Ahnung von den Plänen der Fomori zu haben.

„Er will unsterblich werden, aber dafür muss Eliza sterben", sagte Rhona. „Wir müssen das verhindern!"

Winter und Lucas rissen sofort hoffnungsvoll die Augen auf. Das war eine Wendung mit der sie nicht gerechnet hatten, aber von der sie sofort zu profitieren hofften.

Ava blickte fragend zwischen Liam und mir hin und her. Sie wusste nicht, was sie antworten sollte. Ehe wir uns etwas überlegen konnten, riss Winter Ava das Handy aus der Hand. „Tante Rhona, hier ist Winter! Wir kennen nun die Wahrheit und es ist unsere Pflicht, dass wir alles in unserer Macht Stehende tun, um Eliza zu retten. Wir sind doch eine Familie!"

„Hallo Winter", antwortete Rhona durch den Lautsprecher. Sie schien nicht überrascht zu sein plötzlich ihre Nichte dran zu haben. „Mach dir bitte keine Sorgen, wir schaffen das zusammen! Richte Ava bitte aus, dass sie es nicht noch einmal wagen soll mich anzulügen."

Winter sah bedeutungsschwer zu Ava, die bei Rhonas Worten in sich zusammenzusacken schien.

„Und jetzt sei bitte ehrlich zu mir, ist Faye bei euch?"

Faye schüttelte energisch den Kopf, doch Winter sagte: „Ja, sie steht direkt vor mir."

„Das ist gut!", meinte Rhona. „Sie braucht keine Angst zu haben. Wir stehen auf einer Seite. Ich wünschte es wäre anders, aber ich werde deine Hilfe und die deiner Freunde brauchen, um Eliza helfen zu können. Ihr müsst noch heute zu dem Anwesen der Fomori aufbrechen. Ava, Faye und Liam kennen den Weg."

„Wir machen uns sofort auf den Weg!", versicherte Winter ihr ohne zu zögern.

„Ich melde mich morgen bei euch, damit wir ein Treffen vereinbaren können, um alles Weitere zu besprechen. Kannst du mir jetzt bitte Ava wiedergeben? Ich habe eine Nachricht von Eliza für Lucas, die nur sie ihm übermitteln kann."

Winter sah unsicher zu Lucas, dem die Neugier ins Gesicht geschrieben stand.

„Rhona?", fragte Winter in den Hörer, dabei hörte sie sich enttäuscht an, weil Eliza ihr keine Nachricht überbringen ließ.

„Ja?"

„Kannst du Eliza bitte von mir ausrichten, dass ich nie aufgegeben habe nach ihr zu suchen, ihr alles was war, verzeihe und sie immer wie eine Schwester lieben werde?"

„Eliza weiß das, Winter", versicherte Rhona ihr. „Aber ich werde es ihr noch einmal sagen. Sie hat Glück eine Schwester wie dich zu haben."

Winter schaltete den Lautsprecher aus und reichte das Telefon weiter an Ava. Die es darauf an sich nahm und damit den Raum verließ. Kaum, dass sie das Zimmer verlassen hatte, zischte Faye: „Ich traue ihr nicht! Sie kennt nun alle unsere Pläne und wird uns bei nächster Gelegenheit an die Fomori ausliefern."

„Sie ist ein Teil meiner Familie", entgegnete Winter. „Vielleicht hat sie sich nicht immer richtig verhalten, aber sie ist die Schwester meiner Mutter und somit muss irgendetwas Gutes in ihr stecken."

„Sie hat Eliza in dem Wissen entführt, dass ihr Vater sie opfern wird. Wie kannst du ihr auch nur noch ein Stück über den Weg trauen?", konterte Liam verständnislos.

„Menschen machen Fehler. Das solltest du eigentlich am besten wissen!", fauchte Winter zurück.

Dairine meldete sich nun ebenfalls zu Wort, um ihrer Freundin den Rücken zu stärken: „Außerdem haben wir wohl kaum eine andere Chance, oder? Vielleicht ist es eine Falle, aber das Risiko müssen wir eingehen."

„Wir sind auf jeden Fall dabei!", sagte auch Evan entschieden. „Uns ist es schon einmal gelungen Eliza gemeinsam zu befreien."

„Niemand zwingt dich mitzukommen", entgegnete Winter kühl in Liams Richtung. „Jemand, der Eliza genug hasst, um sie ihrem Tod zu überlassen, ist sicher der Falsche, um sie nun zu retten."

Er schüttelte energisch den Kopf und packte Winter gegen ihren Willen an ihren Schultern. „Ich würde mit dir überall hingehen, egal aus welchem Grund! Es geht mir um dich, reicht das nicht?"

Sie wehrte seinen Griff ab. „Nein, das tut es nicht!"

Ava räusperte sich, als sie zurück in den Raum kehrte. Das Handy war aus ihrer Hand verschwunden. „Lucas, dürfte ich kurz alleine mit dir sprechen?"

Er nickte sofort und folgte ihr bereitwillig.

25. Winter

Mrs. Snowwhite kam mir über den vom Regen feuchten Boden zur Haustür entgegengerannt. Ihre sonst schneeweißen Pfoten, hatten nun braune Stiefel. Sie schüttelte sich als sie neben mir ankam und mauzte laut, damit ich endlich die Haustür aufschloss und sie sich vor dem Kamin oder einer Heizung zusammenrollen und sich ausgiebig ihrer Fellpflege widmen konnte.

Ich zögerte jedoch den Schlüssel ins Schloss zu stecken, weil ich nicht wusste wie ich meinen Eltern erklären sollte, dass ich nun, trotz Schule, für einige Tage aus der Stadt verschwinden würde. Auf der Fahrt von Wexford nach *Slade's Castle* hatten Lucas und ich nur über Eliza geredet. Theoretisch musste ich meinen Eltern nicht einmal etwas erklären, immerhin war ich achtzehn, aber ich wollte sie nicht ängstigen.

Aus dem Inneren waren aufgeregte Stimmen zu hören. Die Katze streifte schnurrend um mein Bein. Ich holte noch einmal tief Luft und schloss die Tür auf. Im Flur kam mir bereits mein Vater entgegen. Er hielt eine Landkarte in den Händen und zu seinen Füßen befand sich eine von unseren Reisetaschen – gepackt. Er warf mir einen gehetzten Blick zu. „Da bist du ja endlich! Wir wollen in spätestens einer halben Stunde aufbrechen, damit wir noch heute Abend in Letterkenny eintreffen. Geh schnell in dein Zimmer und packe deine wichtigsten Sachen für ein paar Tage ein."

Als er meinen irritierten Blick bemerkte, runzelte er verständnislos die Stirn. „Rhona sagte du wüsstest Bescheid."

„Sie hat mit euch gesprochen?"

„Natürlich hat sie das! Es geht um Eliza. Sie ist immer noch unsere Tochter, wenn auch nicht biologisch. Rhona hätte uns schon viel früher einweihen müssen!" Den letzten Satz knurrte er zornig, wobei er seine Hand zur Faust ballte.

Mum kam aus dem oberen Stockwerk die Treppe runtergepoltert. „Wir bekommen das schon hin!", sagte sie zuversichtlich, aber schien sich damit vor allem selbst überzeugen zu wollen. Auf ihrem Hals hatten sich rote Flecken gebildet, wie immer, wenn sie unter Stress stand oder sich wegen irgendetwas Sorgen machte.

„Lucas und die anderen kommen auch mit", sagte ich kleinlaut, weil ich nicht wusste, was ich sonst sagen sollte. Es war komisch meinen Eltern dabei zuzusehen wie sie ohne zu zögern bereit waren ins Ungewisse aufzubrechen, um sich übermächtigen Gegnern gegenüberzustellen. Sie waren genau wie ich *nur* Menschen und wir würden es mit über hundert Schattenwandlern aufnehmen müssen.

Mum machte ein besorgtes Gesicht. „Ich verstehe natürlich, dass Lucas dabei sein will und auch, dass deine Freunde dir beistehen möchten, aber wir müssen dafür sorgen, dass sie sich im Hintergrund halten. Sie haben auch Eltern und wir können nicht riskieren, dass sie ihr Leben für unsere Familie aufs Spiel setzen."

„Was machen wir, wenn wir Eliza gefunden haben?"

Sie sahen sich ratlos an. „Das sehen wir dann. Wichtig ist erst einmal, dass wir sie da rausbekommen."

„Charles wird überall nach ihr suchen!", gab ich zu bedenken.

„Zur Not wandern wir aus", behauptete Dad, obwohl er sicher besser als ich wusste, dass das nicht so einfach gehen würde.

„Habt ihr die Polizei informiert?"

Mum machte ein unglückliches Gesicht. „Wir haben uns dagegen entschieden. Es würde zu lange dauern sie davon zu überzeugen, dass wir die Wahrheit sagen und zur Not können wir uns immer noch an die Polizei vor Ort wenden. Wir möchten nicht, dass mehr Menschen als nötig verletzt werden. Am liebsten wäre uns du würdest ebenfalls hierbleiben."

„Sie ist meine Schwester!", protestierte ich sofort. „Ich wusste die ganze Zeit, dass irgendetwas nicht stimmt." Ich dachte an Detektive Windows, die mir ohnehin angedroht hatte mich im Auge zu behalten, seitdem Eliza die Stadt verlassen hatte. Sie war eine der wenigen Polizisten, die das Massaker von Kealkill überlebt hatten. Ihr Gedächtnis war danach von den Schattenwandlern gelöscht worden, aber sie ahnte, dass etwas nicht stimmte. Wir hätten wahrscheinlich leicht ihre Neugier wecken können, aber was hätte es uns gebracht? Als ich das letzte Mal auf die Hilfe der Polizei gehofft hatte, waren viele Menschen dabei gestorben. Menschen, die mit all dem nichts zu tun hatten und nicht gewusst hatten, worauf sie sich überhaupt einließen. Zwar starb ein gewöhnlicher Schattenwandler auch, wenn er von einer Pistolenkugel ins Herz getroffen wurde, aber sobald sie die Polizisten erst einmal bemerkt hatten, waren sie ihnen durch ihre Fähigkeiten deutlich überlegen.

„Das wissen wir", versuchte Dad mich zu besänftigen und legte seine Hand auf meine Schulter. „Wir würden dich auch nicht darum bitten, weil wir wissen, dass du unter allen Umständen dabei sein möchtest. Ganz egal was war, wir sind immer noch eine Familie!"

Mum trat neben meinen Vater und legte ihre Arme um uns beide herum. „Wir hätten Eliza niemals mit Rhona gehen lassen dürfen. Es ist unser Fehler, dass es so weit gekommen ist und genau deshalb werden wir nun dafür sorgen, dass sie wieder sicher zu uns zurückkommt. Sie gehört zu ihrer richtigen Familie und das werden immer wir Drei sein."

Das war die Unterstützung und das Verständnis meiner Eltern, das ich mir seit Wochen gewünscht hatte. Endlich sahen sie ein, dass Eliza uns brauchte. Sie mochte eine Schattenwandlerin sein, aber noch wichtiger als das war, dass sie uns gehörte. Unsere Eltern würden einen kühlen Kopf bewahren und dafür sorgen, dass alles klappen würde. Wenn alles überstanden wäre, könnten wir irgendwo als Familie ein neues Leben anfangen.

26. Liam

Am späten Abend erreichten wir mit insgesamt drei Wägen Letterkenny. Von dort aus war es noch ein Stück bis zum Anwesen der Fomori, aber so würde unser Auftauchen vielleicht wenigstens unbemerkt bleiben. Mona und Aidan waren bei Evan und Dairine mitgefahren, Lucas hatte einen Platz im Auto der Familie Rice gefunden, sodass für mich als Begleitung nur Faye und Ava übriggeblieben waren. Ich hätte mir gewünscht, dass es auf der mehrstündigen Fahrt eine Möglichkeit geben würde noch einmal mit Winter zu reden, doch sie schaffte es mich völlig zu ignorieren. Es war noch nicht einmal ein Tag vergangen seitdem wir einander so nahe gewesen waren und uns gegenseitig unsere Liebe gestanden hatten. Nun schien sie sich auf einem ganz anderen Kontinent zu befinden.

Ich verstand, dass sie wütend, verletzt und enttäuscht war, aber konnte sie denn nicht auch mich verstehen? Wir mussten uns aussprechen, bevor wir das Anwesen der Fomori stürmten. Ich könnte mir niemals verzeihen, wenn etwas passieren würde und ich nicht einmal die Chance gehabt hätte, ihr zu sagen wie leid mir alles tat. Es war falsch gewesen ihr etwas zu verheimlichen, das sah ich nun ein. Aber ich hatte sie schützen wollen, so wie Eliza es auch von mir verlangt hatte. Was wäre geschehen, wenn Winter die Wahrheit gekannt hätte? Sie wäre sofort ohne jeden Plan losgestürmt und hätte sich selbst nur in Gefahr gebracht, ohne irgendetwas bewirken zu können.

Wir verbrachten die Nacht in verschiedenen Hotels, um kein Aufsehen auf unsere doch relativ große Gruppe zu lenken. Mir blieb die Wahl zwischen einem Gemeinschaftszimmer mit Lucas, Evan und Aidan oder einem Einzelzimmer. Ich bevorzugte dann doch die Einsamkeit.

Am Morgen fanden wir uns alle in einem Pub, in einer abgelegenen Seitenstraße ein, welches auch Frühstück anbot. Der Hunger verging jedoch jedem Gast, der das Lokal betrat und als erstes gegen eine Wand von abgestandenem Zigarettenqualm des letzten Abends rannte. Der Wirt hatte bereits alle Fenster aufgerissen, doch der Gestank saß in den Wänden und Polstern.

Der unangenehme Geruch trug dazu bei, dass Winter einen noch nervöseren und kläglicheren Eindruck machte, als ohnehin schon. Sie schien die ganze Nacht nicht geschlafen zu haben und hatte dunkle Schatten unter den sonst so aufgeweckten Augen. Vielleicht hatte sie sogar geweint. Wenn, dann aus Sorge um ihre Schwester, dessen war ich mir durchaus bewusst. Zwar ließ sie unser Streit sicher genauso wenig kalt wie mich, aber sie hatte wichtigere Probleme, um auch nur einen Gedanken an mich zu verschwenden. Ich hätte mich gerne zu ihr gesetzt, sie in den Arm genommen und ihr einen Kuss auf die Stirn gedrückt, um sie wissen zu lassen, dass ich für sie da war, ganz egal, was zwischen mir und Eliza vorgefallen war. Doch den Job übernahm bereits Lucas und ich konnte nur dabei zusehen wie sie sich völlig erschöpft gegen ihren Exfreund sinken ließ.

In mir brodelte die Eifersucht. Winter weigerte sich auch nur noch ein Wort mit mir zu wechseln, aber ließ sich nur zu gern von Lucas trösten, der ihr Monate lang die große Liebe vorgespielt, und sie dann mit ihrer eigenen Schwester betrogen hatte. Vielleicht sollte ich es positiv sehen. Wenn sie ihm hatte verzeihen können, würde sie das vielleicht auch irgendwann bei mir können.

Rhonas Eintreffen war nicht zu übersehen. Sie fuhr mit ihrem luxuriösen BMW vor dem schäbigen Pub wie ein Weltstar vor, der sich verirrt hatte und nur nach dem Weg fragen wollte. Danach riss sie die Tür so energisch auf, dass der Wirt beinahe sein Glas, das er gerade polierte, hätte fallen gelassen. Ihr langes blondes Haar fiel ihr in perfekten Wellen auf den teuren Stoff ihres beigen Mantels, an dem nicht der geringste Fleck, oder auch nur ein Fussel zu erkennen war. Sie rümpfte bei dem Zigarettengestank angewidert die Nase.

„Ich nehme einen Kaffee", teilte sie dem Wirt hinter der Theke ungefragt mit und fügte *schwarz* hinzu.

Sie marschierte durch den Raum direkt auf unsere Gruppe zu und verteilte dabei eine schwere Parfumwolke. Weder Winters Vater noch ihre Mutter erhoben sich um sie zu begrüßen. Sie sahen lediglich von ihren Teetassen auf und betrachteten sie mit verachtenden Blicken. Einzig Winter drängte sich an ihren Freunden vorbei ihrer Tante entgegen. Im ersten Moment sah es so aus, als wolle sie sie umarmen, doch dann hielt sie mit hängenden Schultern doch direkt vor ihr inne. „Wie geht es Eliza?"

„Den Umständen entsprechend gut", antwortete Rhona kühl. „Sie befindet sich aktuell im Keller des Anwesens."

„Hast du ihr gesagt, dass wir kommen?"

„Nein, es ist am besten, wenn sie keine Ahnung hat. Ich habe ihr lediglich versprochen, dass ich ihr helfen werde."

„Ich bezweifle, dass sie dir noch irgendetwas glauben wird", zischte Winters Mutter vorwurfsvoll. „Wie konntest du nur zulassen, dass es soweit kommt?"

Rhona zuckte nicht einmal unter den Worten ihrer Schwester zusammen. Sie bedachte sie lediglich mit einem kurzen geringschätzigen Blick, bevor sie entgegnete: „Vorwürfe werden uns nicht weiterbringen. Ich bin hier, um ihr zu helfen und nicht um mich beschimpfen zu lassen. Mir ist klar, dass du meine Lage nicht verstehst."

Während Susan ihre Lippen fest aufeinander presste, um sich nicht mit Rhona zu streiten, machte George, Winters Vater, eine auffordernde Geste. „Dann weih uns ein! Was wird bei dem Ritual passieren?"

Rhona nahm ihren Kaffee von dem Wirt entgegen und gab ihm durch einen scharfen Blick zu verstehen, dass er sich in die andere Ecke des Ladens verziehen sollte. Danach nahm sie an dem Tisch Platz, um den sich die meisten gequetscht hatten.

„Morgen findet um zwölf Uhr und sieben Minuten die Sonnenfinsternis statt. Genau zu dieser Zeit wird das Ritual seinen Höhenpunkt erreichen. Es wird schrittweise durchgeführt. Zuerst stirbt der Zeitmaler, dann der Mensch und zuletzt der Erbe.

Wenn Elizas Leben erlischt, werden Charles und ich automatisch unsterblich. Der Moment des Übergangs ist unsere einzige Chance ihn anzugreifen."

Den meisten aus unserer Gruppe war deutlich anzusehen, dass sie nur die Hälfte von dem verstanden, was Rhona gerade erzählt hatte. Doch niemand wagte genauer nachzufragen.

Einzige Faye ergriff das Wort: „Das bedeutet wir können den Zeitmaler und den Menschen nicht retten?"

„So sieht es aus", entgegnete Rhona unbeeindruckt.

„Wer wird der Mensch sein?", wollte Faye weiterwissen und schien sich um eine bestimmte Person zu sorgen.

Rhona zuckte mit den Schultern. „Es ist nicht so als hätten wir nicht genug Auswahl. Charles wird sich schon jemanden überlegt haben." Sie ließ ihren Blick missbilligend über unsere Runde wandern, die zu einem großen Teil aus gewöhnlichen Menschen bestand. „Am besten haltet ihr euch während des Rituals vom Anwesen fern."

„Wir sind nicht den weiten Weg hierhergekommen, um in einem Hotelzimmer darauf zu warten, dass du wieder alles vermasselst", brauste Susan auf und erinnerte mich dabei sehr an Winter. „Wie sieht dein Plan aus?"

„Es gibt kein Plan! Unsere einzige Chance ist ein Überraschungsangriff im Moment des Übergangs. Charles und ich werden zu diesem Zeitpunkt außer Gefecht gesetzt sein und die anderen Schattenwandler werden nicht damit rechnen, dass noch etwas passiert, da das Ritual dann bereits praktisch beendet ist. Diesen Augenblick müsst ihr zum Angriff nutzen. Tötet Charles! Wenn er stirbt, erhält Eliza ihre Lebensenergie zurück."

„Was ist mit dir?", entgegnete Faye ihr misstrauisch. „Eliza ist genauso deine Tochter wie seine. Wenn wir nur ihn töten, wird sie nur die Hälfte ihrer Lebenskräfte wiedererlangen."

Rhona warf ihr einen vernichtenden Blick zu. „Ich bin keine Gefahr für euch!"

„Wird denn die Hälfte ihrer Energie ausreichen, um sie am Leben zu erhalten?", wollte Winter besorgt wissen.

Ehe Rhona ihr eine Ausrede auftischen konnte, mischte ich mich ebenfalls ein: „Sie wird nicht nur die Hälfte ihrer Energie erhalten. Entweder überlebt sie oder ihre gesamte Lebenskraft geht in Rhona über, womit sie unsterblich wäre. Wir können uns nur sicher sein, dass Eliza am Leben bleiben wird, wenn ihre Energie nur zu ihr zurückfließen kann."

Susan sah entsetzt von mir zu ihrer Schwester. „Ist das wahr, Rhona?"

Sie sah an ihr vorbei und gab es mit einem schlichten Nicken zu.

Susan schnappte darauf nach Luft und schüttelte unwillig den Kopf. „Das darf nicht wahr sein!" Plötzlich flammte Zuneigung in ihren Augen auf. „Du bist meine Schwester! Wie soll ich zwischen dir und meiner Tochter wählen können?"

Ein betretenes Schweigen breitete sich am Tisch aus. Niemand wagte das unvermeidliche auszusprechen: Rhona musste sterben, damit Eliza leben konnte. Plötzlich räusperte sich Winter.

„Ich brauche etwas frische Luft." Sie erhob sich von ihrem Stuhl und schien dabei fast umzufallen. Ihre rechte Hand klammerte sich an die Stuhllehne. Dairine wollte ihr bereits zur Hilfe eilen, doch stattdessen suchte Winter meinen Blick. „Würdest du mich kurz nach draußen begleiten?"

Ich willigte ohne zu zögern ein und bot ihr meinen Arm zur Stütze an, den sie jedoch unbeachtet ließ. Es ging ihr nicht um meine Gesellschaft, so viel war mir klar. Sie wollte etwas von dem sie glaubte, dass nur ich in der Lage wäre es ihr zu geben.

Als wir aus dem verqualmten Pub traten, sogen wir beide gierig die frische Morgenluft ein. Für einen Augenblick standen wir schweigend nebeneinander, ehe Winter sagte: „Du musst sie töten!"

Damit hatte ich bereits gerechnet. Es war nicht weiter verwunderlich. Winter kannte ihre Tante kaum und hatte keinerlei Bindungen zu ihr. Aber selbst wenn es anders gewesen wäre, hätte sie sich immer für Eliza entschieden. Das wusste ich aus eigener Erfahrung.

„Ich kümmere mich darum", sagte ich ohne zu zögern. Rhona wäre im Moment des Übergangs genauso leicht angreifbar wie Charles. Es würde nicht schwer werden ihr Leben auszulöschen. Ich hatte bereits völlig unschuldige Menschen umgebracht. Rhonas Tod würde wenigstens etwas bewirken. Zumindest schien mir Winter noch so weit zu vertrauen, dass sie mich mit dieser entscheidenden Aufgabe betraute.

Sie hatte ihre Arme um ihren Körper geschlungen und zitterte, als sie mich mit einem unergründlichen Ausdruck in den Augen ansah. „Danke!"

Ich machte einen Schritt in ihre Richtung und wollte meine Hände nach ihr ausstrecken, doch sie wich vor mir zurück. „Das bedeutet nicht, dass alles zwischen uns wieder in Ordnung ist. Natürlich könnte ich jetzt so tun als ob, um sicher zu gehen, dass du dein Versprechen hältst, aber ich möchte dir nicht etwas vorspielen so wie du es bei mir getan hast."

„So war es nicht!", beteuerte ich verletzt.

„Du hast mich belogen! Es ging dir die ganze Zeit nur darum mich von Eliza fernzuhalten. Wenn wir früher eingegriffen hätten, wäre es vielleicht nie so weit gekommen."

„Wir hätten nichts gegen die Fomori ausrichten können. Außerdem wusste ich doch nicht einmal, was sie mit ihr vorhaben. Glaub mir, ich würde nicht wollen, dass sie stirbt!"

Meine Worte erreichten sie nicht. „Du hast dabei zugesehen wie ich leide, weil ich nicht wusste wie ich sie finden sollte. Es war dir egal wie es mir dabei geht."

Der Drang sie an den Schultern festzuhalten überwältige mich und ich klammerte mich gegen ihren Willen an sie. „Ich war für dich da!"

Sie versuchte sich nicht zu befreien, aber was sie sagte, traf mich härter, als jeder Schlag es gekonnt hätte. „Wenn du wirklich für mich hättest da sein wollen, hättest du mir direkt gesagt, dass du weißt wo sie ist. Aber dir ging es wie üblich nur um dich. Ich habe dir wirklich vertraut und mich auf dich eingelassen."

„Winter, ich habe alles, was ich gesagt habe, auch so gemeint. Ich liebe dich!"

„Als ich gesagt habe, dass ich dich liebe, wusste ich nicht, dass du nur mit mir spielst. Sonst hätte ich es niemals gesagt!"

Meine Hände rutschten kraftlos von ihren Schultern. Sie ging zurück in den Pub, ohne mich weiter zu beachten. All meine Hoffnungen lagen wie Scherben zu meinen Füßen.

Ich stand noch immer bewegungslos in der Kälte als Rhona mit Ava das Lokal verließ und sich zurück auf den Weg zum Anwesen der Fomori machte.

27. Eliza

Nach ein paar Stunden in dem Keller der Fomori hatte ich bereits jegliches Zeitgefühl verloren. Nach ein paar Tagen konnte ich nicht mehr im Geringsten sagen, wieviel Zeit bereits vergangen war, und ob es Tag oder Nacht war. Ich rechnete ständig damit, dass jemand kommen würde, um mich meinem Todesurteil entgegenzuführen. Doch als es dann tatsächlich soweit war, empfand ich keine Angst, sondern beinahe Erleichterung. Während ich Cian zuerst vorgeworfen hatte, dass er ein Feigling war, weil er sich selbst aufgegeben hatte, konnte ich ihn nun immer besser verstehen. Er hatte Wochen in diesem dunklen, nassen und kalten Keller verbringen müssen. Bei mir waren es nur Tage gewesen und trotzdem hatte ich das Gefühl keine Kraft mehr zu haben. Wenn heute der Tag sein sollte an dem ich starb, dann war ich bereit den Tod mit erhobenem Kopf zu empfangen.

Die beiden Männer, die mich aus meinem Verließ holten, waren mir genauso fremd wie die meisten der Fomori. Sie packten mich unter den Armen und führten mich zu der Kellertreppe. Dabei merkte ich, dass meine Knie sich so weich anfühlten, dass ich mich kaum auf den Beinen halten konnte. Die Männer trugen mich mehr die Stufen hinauf, als das ich ging. Kaum, dass wir den Keller verließen, kniff ich die Augen zusammen. Es war später Morgen und die Sonnenstrahlen fluteten den ohnehin hellen Eingangsbereich des Anwesens.

Noch bevor ich meine Lider wieder öffnete, hörte ich die vielen Stimmen. Sie waren ungewohnt an diesem sonst so einsamen Ort. Es beobachteten tatsächlich unzählige Männer und Frauen wie ich aus dem Keller geführt wurde. Alle trugen schwarze Kutten, die mit einem blutroten Ewigkeitszeichen bestickt waren. Waren diese vielen Menschen in den Schatten schon immer hier gewesen oder waren sie extra angereist, um sich das Schauspiel nicht entgehen zu lassen? Ein Blick in ihre neugierigen, aber abweisenden Augen verriet mir, dass ich von ihnen keine Hilfe erwarten konnte.

Meine beiden Wachen gaben den Anwesenden kaum Zeit das Mädchen zu bewundern, welches ihrem Oberhaupt die Unsterblichkeit bringen sollte, sondern schleiften mich durch die Eingangshalle ins Freie. Für irische Verhältnisse war es ein erstaunlich milder Tag. Der kühle Wind war verschwunden und am Himmel schob sich die Sonne an vereinzelten Wolken vorbei. Gerade heute hätte ich nichts gegen ein bisschen Regen und Gewitter gehabt, aber selbst das Wetter schien sich gegen mich verschworen zu haben.

Ich hatte mir immer vorgestellt, dass das Ritual an einem Steinkreis stattfinden würde, umso erstaunter war ich, als ich nicht in ein Auto gesetzt wurde, sondern lediglich um das Anwesen herumgeführt wurde. Auf der Rückseite hatten sich noch mehr Schattenwandler in schwarzen Kutten eingefunden. Sie hatten einen Kreis gebildet, in dessen Mitte mich bereits meine *Eltern* erwarteten.

Weder Charles noch Rhona trugen Kutten. Mein *Vater* trug einen seiner teuren schwarzen Anzüge – ich hatte ihn nie in etwas Anderem gesehen. Meine *Mutter* hatte ein dunkelrotes Seidenkleid an, das sich perfekt an ihren schlanken Körper schmiegte. Ihr blondes Haar rahmte ihr faltenloses Gesicht ein. Sie war fast vierzig Jahre alt, aber wie sie dort so stand, hätte man sie auch gut für Ende zwanzig halten können. Ihre Schönheit würde ihr für die Ewigkeit erhalten bleiben. Sie hatte mir versprochen, dass sie nicht zulassen würde, dass ich starb, aber ihre Worte erschienen mir mehr denn je wie ein Versuch mich ruhig zu stellen. Cian hatte Recht gehabt und ich war wieder so dumm gewesen ihr zu glauben. Eine Frau wie Rhona, der es in ihrem Leben immer nur um ihren eigenen Vorteil gegangen war, würde weder auf die Unsterblichkeit verzichten noch irgendein Risiko eingehen ihre Macht zu verlieren.

Erst als man mich vor ihnen positionierte, bemerkte ich, dass sie auch den Zeitmaler aus seinem Gefängnis entlassen hatten. Er war die ganze Zeit hinter uns gewesen, sodass ich ihn nicht hatte sehen können. In meiner Vorstellung war er ein Mann mittleren Alters mit verhärmtem, blassem Gesicht und leicht schütterem Haar gewesen, der seine Haltung zum Leben durch hängende Schultern ausdrückte. Doch er war so ziemlich das Gegenteil davon. Er schien nur ein paar Jahre älter als ich zu sein und war zwar nicht besonders groß, aber machte es durch seinen sportlichen Körperbau wett. Doch er war niemand, der Stunden in einem Fitnessstudio verbringen würde, sondern ich sah ihn eher als einen Menschen, der die meiste Zeit seines Lebens im Freien verbrachte, das bestätigte seine gebräunte Haut. Jemand, der jede Sportart ausprobieren musste und jedes Land zu Fuß bereisen wollte. Jemand, der sich vor keinem Abenteuer fürchtete. Jemand, der das Leben mit vollen Zügen genoss.

Die Fomori hatten ihm bereits mehr als seinen Tod angetan – sie hatten ihm seinen Lebenswillen geraubt. Sein Blick begegnete meinem. Was mochte er in mir sehen?

Die Männer, die uns hergeführt hatten, zogen sich zurück. Zwischen Charles und Rhona entdeckte ich nun auch noch eine dritte Person. Sie hatte dunkles Haar und trug ebenfalls keine Kutte, sondern ein schlichtes schwarzes Kleid. Vor ihr brannte in einer Schale ein Feuer über das sie nun ihre Hände hielt. Die Flammen berührten ihre Haut, doch sie schien weder Schmerz zu empfinden, noch konnte das Feuer ihr etwas anhaben.

Ihre Lippen bewegten sich, ohne dass ich verstehen konnte, was sie sagte. Doch noch im selben Moment zischte eine Spur aus Feuer rund um mich herum. Ich befand mich in einem Flammenkreis aus dem es kein Entkommen gab. Dasselbe war mit Cian geschehen. Lediglich an einer Stelle berührten sich unsere beiden Kreise.

Charles löste sich von seiner Position und kam mir entgegen. Er blieb in sicherem Abstand vor dem Feuer stehen. „Hallo liebste Tochter", sagte er zynisch. Es war das erste Mal, dass er mich so nannte. Dabei betrachtete er mich wie ein wildes Tier in einem Käfig. Ich hatte keine Bindung zu ihm, dennoch schmerzte mich sein Blick. Er hatte mich gezeugt. In gewisser Weise verdankte ich ihm deshalb mein Leben. Nun war er es, der es mir zu seinem eigenen Vorteil wieder entreißen wollte. Ich dachte an Will. Wenn ich nicht gewesen wäre, würde er vielleicht jetzt in diesem Kreis stehen und auf seinen Tod warten.

„Wir sind beinahe komplett", fuhr Charles fort. „Der Zeitmaler ist da und mein Erbe. Wer fehlt also noch?"

Der Mensch. Ein boshaftes Grinsen zog sich über seine Mundwinkel, das mich erschaudern ließ. Wen hatte es getroffen? Bitte nicht Emma. Sie war die einzige nette Person gewesen, die ich bei den Fomori kennengelernt hatte. Ich wollte nicht, dass ihr so etwas Schreckliches widerfuhr.

Auf Charles' Worte hin, wurde eine dritte Person von zwei seiner Männer zu den beiden Flammenkreisen geführt. Sie trug einen dunklen Stoffbeutel über dem Kopf, sodass ich nicht erkennen konnte wer es war. Aber zumindest konnte ich so viel sagen, dass es sich dabei nicht um Emma handeln konnte, denn die Person war eindeutig männlich. Als Charles nach wie vor nicht den Blick von mir abwandte, ahnte ich bereits böses. Doch der Moment, indem der Beutel ihm vom Kopf gerissen wurde, traf mich dennoch bis ins Mark. Vor mir stand mein Vater George! Nicht mein Erzeuger, sondern der Mann, der mich großgezogen hatte. Der Mann, der mich als kleines Mädchen auf seinen Schultern getragen hatte und sich für mich Gute-Nacht-Geschichten ausgedacht hatte. Der Mann, der mich bedingungslos geliebt hatte, obwohl ich nicht einmal sein Blut in meinen Adern trug.

Ich schüttelte panisch den Kopf. „Bitte lass ihn gehen!", flehte ich, obwohl ich wusste, dass es zwecklos war. „Er hat damit gar nichts zu tun!"

„Ich habe ihn ausgewählt", entgegnete Charles kühl.

Plötzlich stürmte Rhona in ihrem roten Kleid zu uns und deutete anklagend auf meinen Vater. „Was macht er hier?", forderte sie von Charles zu erfahren.

„Er ist als menschliches Opfer genauso gut wie jeder andere."

„Genau, deshalb wirst du auch jemand anderen nehmen!"

Charles sah sie erst ungläubig an, dann grinste er. „Glaubst du etwa dein Wort steht über meinem? Ich habe ihn ausgewählt und deshalb wird er sterben. Weder du noch unsere Tochter können etwas dagegen tun!"

Rhona blickte ihn an, als wolle sie jedes Haar einzeln ausreißen. „Das war so nicht abgemacht!"

Charles strich ihr herablassend mit der Hand über die Wange, woraufhin sie zornig das Gesicht verzog und seine Hand wegschlug. „Mein Liebling, eine Ewigkeit wird ausreichen, damit du mir verzeihst", spottete Charles.

Er und Rhona zogen sich zurück und ein dritter Feuerkreis bildete sich um George. Sein Kreis berührte den von Cian und mir. Das durfte nicht passieren!

Tränen schossen mir in die Augen. Wenn ich sterben musste, war das eine Sache, aber ich wollte nicht, dass auch dem Rest meiner Familie etwas passierte. Wie war Dad überhaupt hierhergekommen?

„Eliza, weine nicht!", bat George mich verzweifelt und streckte seine Hände in meine Richtung. Wir konnten uns durch das Feuer nicht einmal berühren. Ich hätte alles dafür gegeben mich in seine Arme werfen zu können.

„Was machst du hier?" Meine Stimme zitterte vor Angst.

„Glaubst du, ich schaue tatenlos dabei zu, wie jemand versucht meinem kleinen Mädchen auch nur ein Haar zu krümmen?"

„Du hättest nicht kommen sollen!", jammerte ich. Dadurch machte er alles nur schlimmer.

„Es tut mir leid, dass wir dir nicht die Wahrheit über deine Herkunft gesagt haben", entschuldigte er sich plötzlich. „Das alles ist unsere Schuld!"

„Nein, nein, nein!", entgegnete ich ohne zu zögern. „Ihr seid die besten Eltern, die ich hätte haben können."

„Als Susan dich damals adoptieren wollte, war ich zuerst dagegen. Wir waren beide noch so jung und ich hatte Angst vor der Verantwortung für ein Kind."

„Aber du hast dein Leben für mich umgekrempelt und du warst mir immer ein toller Vater!"

Er schüttelte niedergeschlagen den Kopf. „Sieh dich doch mal um! Ich habe nicht geschafft dich zu beschützen. Das ist, was ein Vater tun sollte und ich habe versagt."

„Das ist nicht deine schuld!"

„Seid ihr mit eurem Geplauder endlich fertig?", fuhr Charles ungeduldig dazwischen. Es hatten sich noch mehr Schattenwandler eingefunden, die das Geschehen gespannt, aber mit ausdruckslosen

Mienen, beobachtete. „Ich will ja nicht stören, aber uns läuft die Zeit davon." Er deutete zur Sonne, die noch in voller Größe am Himmel stand.

Charles gab dem Medium ein Zeichen mit dem Ritual fortzufahren. Sie legte ihre Hände erneut über das Feuer vor sich, worauf die Flammen unserer Kreise züngelnd emporschossen.

„Die Stunde der Finsternis ganz nah
Leben und Tod vereint in Gefahr
Die Zeit überwunden
Die Grenzen sind verschwunden"

Plötzlich erlosch der Feuerkreis, der sich rund um den Zeitmaler gebildet hatte. Ehe er sich versah, tauchte Charles aus den Schatten vor ihm auf und schlang seine Hände um seinen Hals. Ohne zu zögern drückte er ihm so fest er konnte die Luft ab. Cian versuchte sich gegen ihn zu wehren und schlug mit den Händen nach ihm, doch der Angriff hatte ihn überrumpelt und Charles drückte so fest zu, dass der junge Mann keine Chance zur Gegenwehr hatte. Ihr Kampf dauerte nicht einmal eine Minute, da erschlaffte Cians Körper. Seine Augen waren weit aufgerissen und starrten leblos zu der Sonne empor.

Ein Zittern zog sich durch meinen gesamten Körper. Meine Zähne schlugen vor Angst aufeinander, als hätte ich Schüttelfrost. Würde meinen Dad und mich dasselbe Schicksal ereilen? Das durfte ich nicht zulassen!

„Lass meinen Vater gehen! Ich verstehe warum ich sterben muss, aber nicht er", bettelte ich Charles auf Knien an.

„Hör auf, Eliza!", fuhr George dazwischen.

„Nein, Winter und Mum brauchen dich! Ihr seid eine Familie." Ich hatte meiner Schwester schon genug angetan. Ich durfte ihr nicht auch noch den Vater nehmen. „Nimm jemand anderen", bat ich Charles. Selbst Emma wäre mir lieber gewesen, obwohl ich ihr gewiss nichts Böses wünschte.

„Nehmen Sie mich", rief plötzlich eine mir nur zu gut bekannte Stimme und zwischen den Schattenwandlern bahnte sich Lucas einen Weg hervor. Er trug genau wie sie eine Kutte, aber die Kapuze war von seinem Kopf gestreift und zeigte stattdessen sein Markenzeichen: die graue Mütze. „Für Sie ist es egal, ob er oder ich sterbe. Sie bekommen trotzdem, was sie wollen", redete er auf Charles ein. Mir wurde eiskalt. Es war Monate her, dass ich ihn zuletzt gesehen hatte und trotzdem wallten alle Gefühle für ihn in mir auf. Ich liebte ihn so sehr, dass es wehtat. Das könnte kein gutes Ende nehmen, weil sowohl der Tod meines Vaters als auch der von Lucas mich zerstören würden. Keiner von ihnen hatte das verdient! Ich wollte nicht, dass irgendjemand meinetwegen sterben musste.

Charles musterte Lucas spöttisch. „Du scheinst ja ein echter Held zu sein!"

„Nehmen Sie mein Angebot an! Für Sie macht es keinen Unterschied."

„Nein, das darf nicht passieren", schrie ich verzweifelt. Sowohl mein Vater als auch Lucas befanden sich nun in der Macht der Fomori. Wer von meiner Familie und meinen Freunden mochte sich noch unter den vielen Kutten verbergen? Um wessen Leben müsste ich noch fürchten?

„Das ist schon okay", versicherte mir Lucas.

Charles wandte sich an mich. Sein Grinsen war dabei am unerträglichsten. Wie konnte er sich nur so sehr an meinem Leid erfreuen? „Entscheide du, wen soll ich opfern? Deinen Daddy oder lieber deine große Liebe?"

Das war eine Entscheidung, die ich unmöglich treffen konnte. Ich schüttelte unwillig den Kopf, während das Medium mit dem Ritual fortfuhr.

„Die Stunde der Finsternis ganz nah
Leben und Tod vereint in Gefahr
Das Menschsein aufgeben
Um für immer zu leben"

„Entscheide dich!", schrie Charles mich an, als der Feuerkreis um meinen Vater erlosch.

Ich konnte es nicht, aber mir blieb auch keine Zeit, denn während Charles Lucas gegenüberstand, tauchte plötzlich Rhona direkt vor George auf und rammte ihm ein Messer direkt ins Herz. Seine Augen weiteten sich voller Unglauben als er in die Knie ging.

Nein. Nein! Nein!!!

Was hatte sie nur getan? Sie hatte versprochen mir zu helfen, stattdessen tötete sie meinen Vater. Ich konnte genau wie bei Cian sehen wie das Leben in seinen Augen erlosch bis sie nur noch leer und leblos vor sich hinstarrten. Der Schmerz in meiner Brust schien mich zu zerreißen und ich konnte nicht anders als zu schreien.

„Es tut mir leid, aber ich konnte nicht zulassen, dass du diese Entscheidung triffst!", sagte Rhona in meine Richtung. Ich konnte sie nicht ansehen, ohne sie zu hassen. Ihr Bild verschwamm vor meinen

Augen, sodass ich nicht einmal wusste, ob sie bedauerte, was sie getan hatte.

Lucas, der nun nutzlos für Charles war, wurde von zwei Wachen festgenommen.

Ein Blick zum Himmel bewies mir, dass wir den Höhepunkt beinahe erreicht hatten. Die schwarze Silhouette des Mondes schob sich langsam vor die Sonne, als das Medium fortfuhr.

„Die Stunde der Finsternis ganz nah
Leben und Tod vereint in Gefahr
Das Blut des Erben
Sorgt für ewiges Leben"

Das Feuer um mich herum erlosch und ich stand Charles völlig wehrlos gegenüber. „Komm zu mir, Tochter! Wir wollen uns ein erstes und letztes Mal umarmen."

Er breitete seine Arme aus und ich stolperte ihm entgegen. Ich wollte, dass es endete! Besser ich starb, als noch jemand, den ich liebte. Tod müsste ich zumindest nicht mehr diesen schrecklichen Schmerz ertragen. Er zog mich an sich und flüsterte mir ins Ohr: „Danke, dass es dich gibt!"

In diesem Moment zerriss ein markerschütternder Schrei das Ritual. Das Medium presste sich beide Hände an den Hals auf dem Blut hervorquoll. Hinter ihr stand Faye mit einem rotgefärbten Messer. Ihr Angriff war ohne jede Vorwarnung gekommen, genauso wie der Tumult der plötzlich unter den Schattenwandlern ausbrach. Aber auch Charles reagiert blitzschnell und zögerte nicht seine geladene Pistole auf meine Brust zu richten. Der laute Knall als er abdrückte, war das Letzte, was ich hörte, als ich zu Boden ging und mit meinem letzten Atemzug sah, wie die Sonne vollständig vom Mond verdeckt wurde.

28. Liam

Ich hatte mich schrecklich dabei gefühlt tatenlos neben Winter zu stehen, deren Herz in tausend Stücke zerbrochen sein musste als ihr Vater vor ihren Augen umgebracht worden war. Doch selbst in diesem Moment hatte sie unglaubliche Stärke bewiesen, indem sie nicht wie ihr Vater und Lucas vor ihr einfach drauf losgestürmt war, sondern sich an den Plan gehalten hatte. Ihr Körper hatte sich neben mir völlig versteift und ihr Gesicht war zu einer Maske erstarrt. Einzig die lautlosen Tränen, die über ihre Wangen gelaufen waren, hatten den Schmerz verraten, der in ihrem Inneren wie ein Orkan wüten musste.

Ihre Mutter Susan hatte nach Luft geschnappt und war kreidebleich geworden. Sie hatte unkontrolliert zu zittern begonnen und schien zu ersticken. Uns war nichts Anderes übriggeblieben als Aidan ihren Geist übernehmen zu lassen. Die Fomori mussten bereits ahnen, dass wir uns unter ihnen befanden, doch sie fürchteten uns dennoch nicht. Trotzdem war es wichtig, dass wir nicht noch einmal auffielen.

Fayes Angriff auf Ava war überraschend gekommen, denn sie hatte es mit keinem von uns zuvor abgesprochen. Vermutlich hatte sie gehofft das Ritual unterbrechen zu können, indem sie das Medium umbrachte, doch es schien bereits zu spät. Der darauffolgende Schuss aus Charles' Pistole ließ endgültig das Chaos ausbrechen. Aidan verlor die Kontrolle über Susan, die nicht einen Moment zögerte sich auf den vermeintlichen Mörder ihrer ältesten Tochter zu stürzen. Winter hastete ihrer Mutter hinterher. Sie waren zu zweit und Charles durch das Ritual angeschlagen, aber es könnte dennoch gefährlich für sie werden.

Ich selbst hatte das Versprechen einzulösen, welches ich Winter gegeben hatte. Es war nicht schwer Rhona in ihrem blutroten Kleid unter den vielen schwarzen Kutten auszumachen. Sie stach wie eine Signalfackel hervor. Im Bruchteil einer Sekunde fand ich mich vor ihr wieder und versetze ihr einen heftigen Stoß, der sie zu Boden schleuderte. Warum hatte sie George umgebracht? Hatte sie Eliza wirklich nur vor der Wahl bewahren wollen? Hätte sie wirklich eine Wahl gehabt?

Rhona schien unter der Wirkung des Rituals tatsächlich angeschlagen, denn sie floh nicht wie ich es erwartet hätte in die Schatten, sondern presste sich ihre Hand keuchend auf ihr Herz. Dabei wirkte sie orientierungslos. Vom Boden aus blickte sie mit getrübtem Blick zu mir empor. „Ich spüre wie ich unsterblich werde."

Ich nutzte ihre vorübergehende Schwäche aus und kniete mich neben sie. Aus meiner Kutte, die sie uns selbst vor dem Ritual besorgt hatte, zog ich ein Klappmesser, das ich vor ihrer Nase aufschnappen ließ. Sie sah, was ich tat und musste wissen, was ich vorhatte, doch sie wehrte sich nicht als ich ihr die Klinge an die Kehle setzte. „Es ist Zeit für dich zu sterben, damit deine Tochter weiterleben kann."

Ich würde nicht zögern, denn ich hatte es Winter versprochen. Sie hatte gerade ihren Vater verloren.

Es würde sie umbringen, wenn es uns nicht gelang Eliza zu retten. Sonst wäre alles umsonst gewesen.

Das Messer schnitt in die feine Haut von Rhonas Hals. Es bildete sich eine schwache Blutspur. Erst da schien sie wirklich zu realisieren, was geschah und klammerte ihre Hand um meine. „Tu das nicht!", brachte sie schwer atmend hervor.

„Wenn ich es nicht tue, stirbt Eliza. Das kann ich nicht zulassen."

„Sie wird nicht sterben!", behauptete Rhona und ihr Blick wurde langsam wieder klarer. Hatte ich womöglich schon zu lange gewartet? War die Verwandlung bereits abgeschlossen?

„Du täuschst mich nicht! Es kann nur eine von euch beiden überleben. Das hast du selbst gesagt!"

Entschlossen drückte ich die Klinge erneut gegen ihre Haut, was sie panisch keuchen ließ. „Ich habe gelogen! Eliza geschieht nichts. Sie wird wieder auferstehen und somit werden weder Charles noch ich unsterblich sein."

Ungläubig sah ich sie an. Dachte sie sich das gerade aus, um mich zu verwirren? Es hörte sich so verrückt und unmöglich an, dass es vielleicht tatsächlich wahr sein konnte. Sie spürte mein Zögern und drehte ihren Kopf in Richtung von Charles, der mit Susan und Winter kämpfte. Genau wie Rhona war er mittlerweile wieder bei vollem Bewusstsein. Sein weißes Hemd war an seinem Bauch blutgetränkt. Er schien eine schwere Schussverletzung zu haben. Susan lag jedoch mit einer blutenden Kopfverletzung am Boden, während Charles sich Winter zuwandte. Sie würde keine Chance gegen ihn haben.

„Wir müssen ihnen helfen, sonst bringt er sie um", drängte mich Rhona, die ich nach wie vor mit der scharfen Klinge meines Messers gefangen hielt. In dem Moment bekam Charles Winter zu fassen. Wenn ich nicht eingriff, würde sie im Bruchteil einer Sekunde sterben. Sie würde mich dafür hassen, dass ich mein Versprechen gebrochen hatte, aber zumindest würde sie leben. Ich zog die Klinge von Rhona zurück und stürzte mich auf Charles, der mit meinem Angriff nicht gerechnet hatte. Er ließ Winter los, die über den Boden zu ihrer verletzten Mutter krabbelte.

Charles war nun wieder im Besitz seiner vollen Kräfte und lachte mich höhnisch aus. „Was willst du tun? Ich bin unsterblich!" Sein Blick ging zur Sonne, die nun wieder voll und strahlend am Himmel stand. Der Mond war über sie hinweggezogen und das Ritual somit vollendet.

Doch im Augenblick seines scheinbar größten Triumphs weiteten sich plötzlich seine Augen geschockt. Aus dem Loch in seinem Bauch quoll Blut hervor, ebenso aus seinem Mund.

29. Mona

„Du bist nicht unsterblich und wirst es auch niemals sein", zischte Rhona, die hinter Charles stand, als sie das Messer in seinem Rücken herumdrehte und er qualvoll aufschrie. Mit ihm schrie Aidan.

Er stand neben mir und hatte die Kontrolle über Charles Geist übernommen, um zu verhindern, dass er Liam etwas antun konnte. Wir hatten beide nicht Rhona kommen sehen.

Charles stürzte mit dem Gesicht voran zu Boden, während ich Aidan auffing, der vor meinen Augen zusammenbrach. Blut lief ihm aus den Augen und aus der Nase. Die Verbindung zu dem Geist des Clanoberhaupts war gewaltsam unterbrochen worden und dennoch war es zu spät. In dem Moment als Charles' Herz zum letzten Mal schlug, erschlaffte auch Aidans Körper in meinen Armen. Sie waren beide tot.

Ich hatte das Gefühl, mein Herz würde stehen bleiben. Als wir zu dem Anwesen der Fomori aufgebrochen waren, hatte ich gewusst, dass wir uns in Gefahr begaben, dennoch hätte ich niemals damit gerechnet, dass Aidan sterben könnte. Er war zu einem Teil von meinem Leben geworden. Zu einem so wichtigen Teil, dass ich mir ein Leben ohne ihn nicht mehr vorstellen konnte. Er war das Beste, was mir je widerfahren war.

Es war, als würde sich ein schwarzer Schleier über die Welt legen. Ich war zu geschockt um zu weinen, stattdessen schrie ich ohne es auch nur zu merken. Wir hatten uns nicht einmal voneinander verabschieden können. Er war mir einfach entrissen worden – ohne Vorwarnung und völlig gnadenlos. Warum er? Er hatte doch nur helfen wollen! Er hatte niemandem etwas getan!

Die Geister der Toten streckten ihre dunklen Fühler nach mir aus und dieses Mal hieß ich sie willkommen. All ihre verbliebene Energie nahm ich in mir auf und ließ sie auf die Erde los.

Die Feuerschale, die von Avas Blut getränkt worden war, explodierte plötzlich unter einem lauten Knall. Flammen schossen in die Höhe und zogen sich über den Boden als wäre dieser mit Benzin getränkt.

Innerhalb weniger Minuten standen das gesamte Anwesen und die Fläche rund darum in Flammen. Sie verbreiteten sich ungehindert und sendeten eine gewaltige Rauchwolke dem Himmel entgegen. Schattenwandler flohen schreiend, aber selbst ihre Schatten konnten ihnen nicht mehr helfen. Der Rauch war so dicht und beißend, dass er ihnen jede Orientierung nahm.

Jemand packte mich an den Schultern und riss mich auf die Beine. Ich blickte in die dunkelbraunen Augen von Faye. Avas Blut klebte noch an ihren Händen. Das Medium hatte mich in den vergangenen Monaten gut unterrichtet. Ich hatte nicht die Kontrolle verloren, sondern meine Wut und meine Trauer ganz bewusst auf die Welt losgelassen. Die Flammen waren ein Zeichen meines Schmerzes, aber auch sie würden mir Aidan nicht zurückbringen können. Niemand konnte das.

„Sie lebt!", war plötzlich Winters aufgeregte Stimme durch all den Lärm zu hören. „Eliza lebt!"

30. Eliza

Im ersten Moment wusste ich nicht, wo ich war oder was geschehen war. Mein Kopf hämmerte, als hätte ich eine Flasche Whiskey alleine geleert. Dazu war mir übel. Galle stieg meinen Hals empor, sodass ich gierig Luft einzog, die nur noch mehr brannte. Es roch nach Rauch.

Als ich die Augen öffnete, war meine Sicht verschwommen. Alles schien sich zu einem bunten Farbstrudel aus Schwarz, Blau, Grau und grellen Rottönen zu vermischen. Jemand zog an meinen Schultern. Mein Name wurde gebrüllt. Menschen schrien, ob vor Schmerz oder Wut konnte ich nicht sagen.

Über mich hatten sich verschiedene Personen gebeugt, deren Gesichter nur langsam klar wurden. Winter! Ihr Anblick trieb mir die Tränen in die Augen und für einen Moment war es ganz egal, wer da noch alles war. Sie war alles, was zählte. Meine kleine Schwester! Ich hatte wirklich geglaubt, dass ich sie nie wiedersehen würde und auf einmal stürzten alle Erinnerungen auf mich ein. Cian war erwürgt und Lucas gefangen genommen worden, Rhona hatte meinen Vater erstochen und Charles hatte mich erschossen, nachdem Faye das Medium umgebracht hatte. Verwirrt tastete ich über meine Brust. Ich konnte das Blut an meinen Fingern spüren, doch da war kein Einschussloch, nicht einmal ein Kratzer. Es war fast, als wäre es gar nicht mein Blut.

Winter weinte und drückte ihr Gesicht an meines. Ihre Tränen hinterließen Spuren auf ihrer schmutzigen Haut. Sie war so blass und wirkte völlig hilflos und verzweifelt, aber ich konnte auch die unermessliche Erleichterung in ihrem Gesicht ablesen, dass sie mich nicht auch noch verloren hatte.

Langsam nahm ich auch die Personen um uns herum wahr. Da waren Susan und Rhona, sowie Liam, Faye und Dairine. Wo waren die anderen? Wo war Lucas?

Ich gab Winter zu verstehen, dass ich mich aufsetzen wollte. Um uns herum brannte es und Menschen rannten in Panik durcheinander. Wir mussten das Gelände verlassen.

Beinahe neben mir lag Charles auf dem Boden – eindeutig tot. Ein Messer ragte aus seinem Rücken. Ich hätte erwartet, dass sein Tod irgendetwas bei mir auslösen würde. Erleichterung, Genugtuung, vielleicht sogar Bedauern, weil ich ihm so wenig bedeutet hatte. Aber es regte sich nichts in mir.

Mein Blick glitt weiter und ich entdeckte Mona, die Aidans leblosen Körper wiegte. Er war genauso tot wie Charles. Was war geschehen? Ich wusste nicht viel über den Jungen. Wir hatten nie die Zeit gehabt einander wirklich kennenzulernen, aber er war meiner Schwester in dunkelsten Wochen ihres Lebens eine Stütze gewesen und alleine dafür war ich ihm dankbar. Zudem wusste ich, und konnte es auch jetzt sehen, wie sehr Mona ihn geliebt hatte. Sie waren alle nur meinetwegen hier und somit war ich in gewisser Weise auch an Aidans Tod schuld.

Winter und Susan halfen mir auf die Beine. Meine Mum drückte mich an sich und presste ihre

Lippen auf meine Stirn. Das war ihre warme Umarmung, nach der ich mich die ganze Zeit gesehnt hatte. Es war egal, dass sie eigentlich nur meine Tante war. Sie würde immer meine Mutter bleiben, weil uns die Erinnerungen verbanden, die sie mehr zu einer Mutter machten als Rhona es je für mich sein könnte, auch wenn sie am Ende ihr Versprechen mich zu beschützen gehalten hatte.

Während ich den Kopf an die Schulter von Susan presste, sah ich wie Winters erleichterter Gesichtsausdruck sich zu einer Maske des Schreckens verwandelte. Sie riss entsetzt die Augen auf, schlug sich die Hände vor den Mund und rannte an uns vorbei in eine Richtung, die ich nicht einsehen konnte. Ich löste mich von meiner Mum und sah ihr nach. Sie stürzte neben Evan zu Boden, der einen weiteren leblosen Körper in seinen Armen hielt. Ohne, dass ich das Gesicht der Personen sehen konnte, zog sich mein Magen krampfhaft zusammen und es breitete sich eine Eiseskälte in meinem Inneren aus. Ich taumelte ihnen hinterher und sah, was ich instinktiv bereits gewusst hatte. Es war Lucas. Seine Augen waren geschlossen und er sah so friedlich aus, als würde er nur schlafen. Winter tastete panisch nach seinem Puls, während Evan nur weinend den Kopf schüttelte. „Er ist tot."

„Was ist passiert?", fragte Dairine, die uns gefolgt war. „Gerade ging es ihm doch noch gut!"

„Er ist einfach zusammengebrochen", stammelte Evan verständnislos.

„Aber das ist nicht möglich", entgegnete Faye.

„Doch, das ist es!", sagte Rhona und lenkte damit unser aller Aufmerksamkeit auf sich. Sie sah mich eindringlich an. „Er ist für dich gestorben."

Ihre Worte waren wie Messer, die in mein Herz gerammt wurden. „Was soll das heißen?"

„Lucas und Ava haben im Vorfeld ein Ritual durchgeführt bei dem seine Seele an deine gebunden wurde. Im Falle deines Todes würde seine Seele in den Himmel aufsteigen, damit du leben kannst. Er ist in dem Moment gestorben als du wieder zum Leben erwacht bist."

Nein! Das durfte nicht sein! Wie sollte ich leben, wenn ich wusste, dass dafür Lucas hatte sterben müssen? Ich griff mir ans Herz, weil es sich anfühlte als würde es sonst zerreißen. „War das deine Idee?", krächzte ich schockiert.

„Ja, aber ich habe ihn zu nichts gezwungen. Ava hat es ihm angeboten und er hat sich ohne zu zögern dazu bereit erklärt. Er hat dich wirklich geliebt, Eliza!"

Mein ganzer Schmerz entlud sich in dem Fausthieb, den ich Rhona ins Gesicht donnerte. Ich schlug immer weiter auf sie ein. Wie hatte sie mir das nur antun können? So feige wie sie war, floh sie vor meinen Schlägen in die Schatten, während Winter ihre Arme um mich schlang und versuchte mich zu bändigen.

„Ich wollte das nicht!", schrie ich wimmernd. „Niemals!"

Rhona tauchte wieder auf. Sie vor mir zu sehen war schier unerträglich. „Es geht dabei nicht nur um dich und deine Gefühle, sondern um das Schicksal der Menschheit", rechtfertigte sie ihre Handlung. Die Menschheit war in diesem

Augenblick jedoch ziemlich egal. „Kannst du dir vorstellen, was Charles angerichtet hätte, wenn er unsterblich wäre? Die einzige Möglichkeit das zu verhindern, war gewesen dich am Leben zu erhalten!"

„Dir ist es also nie um mich gegangen! Du wolltest nur das Ritual verhindern und dafür hast du Lucas sterben lassen."

„Er wollte es so!"

„Nein, er wollte mich retten und war bereit dafür alles zu tun. Du hättest einen anderen Weg finden müssen! Warum musste es ausgerechnet Lucas sein?"

„Wäre es dir lieber gewesen ich hätte Susan oder Winter gefragt?", konterte Rhona. „Oder hätte ich einen Wildfremden dazu zwingen sollen? Hätte dieser jemand den Tod mehr verdient als Lucas? Eliza, die Welt ist ungerecht und deshalb müssen wir auch schwierige Entscheidungen treffen!"

Tief in meinem Inneren erkannte ich vielleicht sogar, dass sie Recht hatte, aber der Hass auf sie war unbändig. Ihretwegen lag Lucas nun tot vor mir und ich hatte ihm nicht einmal mehr sagen können, dass ich ihn liebte, wie ich ihn immer geliebt hatte und immer lieben würde.

„Es ist besser, wenn sich unsere Wege jetzt erst einmal trennen", entschied Susan. „Heute sind zu viele Menschen gestorben und wir brauchen Zeit, um zu trauern. Ich melde mich bei dir, sobald ich kann."

Rhona nickte, warf mir einen letzten bedeutungsschweren Blick zu und verschwand dann in den Schatten. In der Ferne waren bereits die Sirenen der Feuerwehr zu hören.

31. Winter

Die Beerdigung von meinem Vater, Lucas und Aidan fand eine Woche später in Wexford statt. Zusammen mit den Rileys und der Klinikleitung von *Velvet Hill* hatte meine Mutter beschlossen, dass ihnen gemeinsam in einem Trauergottesdienst gedacht werden sollte, nachdem sie auch gemeinsam ihr Leben bei dem Brand gelassen hatten. Offiziell handelte es sich um ein großes Unglück bei einer Familienfeier, zu der wir alle eingeladen gewesen waren. Es hatte ein Problem mit der Gasleitung gegeben, sodass es zu einer Explosion gekommen war. Die Wunden, die dem widersprochen hätten, waren zwar nicht ungeschehen zu machen, aber durch die Fähigkeiten der Schattenwandler schrieben die Gerichtsmediziner in ihren Berichten etwas Anderes als sie gesehen hatten. Ihre Gedächtnisse waren gelöscht und mit neuen Erinnerungen gefüttert worden. Auch Schattenwandler waren dem Feuer zum Opfer gefallen, doch ihre Bestattungen, ebenso die von Charles und Ava, fanden in Letterkenny statt. Rhona kümmerte sich darum. Nach Charles' Tod war sie zum neuen Oberhaupt der Fomori ernannt worden.

Es waren viele Menschen zu der Trauerfeier erschienen: Arbeitskollegen meines Vaters, langjährige Freunde und Bekannte, die Lehrer sowie die gesamte Oberstufe der Schule, selbst Schüler von anderen Schulen, die Lucas von

Fußballspielen gekannt hatten. Dazu noch Doktor O'Hare und zwei Schwestern von *Velvet Hill*. Sie waren die einzigen Menschen, die nur wegen Aidan erschienen waren. Er hatte keine Familie. Die wenigsten Anwesenden wussten überhaupt wer er war. Für mich war er die Rettungsleine gewesen als ich mich im freien Fall in ein tiefes, schwarzes Loch befunden hatte. Für Mona war er alles gewesen. Sie litt am meisten unter seinem Verlust und aß kaum noch etwas. Ihre Haut war noch bleicher als sonst, beinahe durchscheinend, und ihre Hände zitterten, sobald sie sie nicht aneinanderpresste. Es grenzte an ein Wunder, dass sie sich noch auf den Beinen halten konnte.

Die Kapelle unseres kleinen Friedhofs war für so große Menschenmengen eigentlich nicht ausgelegt, sodass nur die engsten Angehörigen in den Bänken Platz fanden. Der Rest er Trauergesellschaft musste davor warten. Immerhin regnete es nicht, auch wenn der wolkenverhangene Himmel vermuten ließ, dass der nächste Schauer nicht mehr lange auf sich würde warten lassen.

Ich saß in der vordersten Reihe und starrte zu den drei Särgen empor. Große Bilder der Verstorbenen waren neben weißem Blumenschmuck aufgestellt worden. Doch der Duft der Blumen kam nicht gegen den muffigen Geruch des alten Gemäuers an. Es roch nach Trauer. Zu viele Menschen hatten hier bereits den Tod eines geliebten Verstorbenen beweint. Während der Rede des Pfarrers, ergriff meine Mum die Hände von Eliza und mir. Sie saß zwischen uns und weinte unaufhörlich. Unser Vater war der einzige Mann gewesen, den sie je geliebt hatte und sein Verlust würde immer wie ein Stein auf ihrem Herzen liegen. Die Trauer würde sicher irgendwann weniger werden, aber sie wäre nie mehr die Gleiche. Eliza und ich versuchten ihr zuliebe umso stärker zu sein. Sie brauchte uns jetzt mehr denn je.

Von der Rede bekam ich nicht viel mit. Sie ging wie ein Rauschen an mir vorüber. Der Pfarrer erzählte davon, was für großartige drei Menschen viel zu früh aus unserem Leben gerissen worden waren, aber er wusste im Grunde nichts über sie. Er konnte nur das wiedergeben, was die Angehörigen ihm zuvor erzählt hatten. Es waren nur kleine Ausschnitte dreier Leben, die so viel mehr gewesen waren.

Zum Ende erhoben wir uns alle aus unseren Bänken, um dabei zuzusehen wie die Särge von jeweils sechs Männern als erstes aus der Kapelle getragen wurden. Ihnen folgten der Pfarrer und danach die Familien der Verstorbenen. Meine Mutter gab sich Mühe Haltung zu bewahren, aber sie zitterte am ganzen Körper und wischte sich immer wieder mit einem Taschentuch die Tränen aus dem Gesicht.

Wir schritten über den Friedhof, bis wir die Stelle erreichten an der bereits drei frische Gräber ausgehoben worden waren. Die Kreuze mit den Namen der Toten waren bereits angebracht worden.

Zu sehen wie die Särge in den Gräbern verschwanden, hatte etwas Endgültiges. Das war der Moment, in dem ich nicht mehr länger die Starke geben konnte. Eliza stützte unsere Mutter, die aussah als würde sie jeden Moment zusammenbrechen. Das Schluchzen blieb mir im Hals stecken, und ich konnte es nicht weghusten.

Ich weinte nicht, doch mein ganzer Körper bebte heftig, als sich plötzlich von hinten Arme um mich schlangen. Es war Liam. Ich spürte, wie sein Herz an meinem Rücken raste und fühlte sein Gesicht, als er es in meinen Nacken presste.

Er war fest, real und hier. Mir war egal, dass er mich belogen hatte, und dass uns nun alle zusammen sehen konnten. Was scherte mich noch länger das Gespött der anderen – ich hatte zwei meiner besten Freunde und meinen Vater verloren. Das Leben war so kurz.

„Versuch ruhig zu atmen", wisperte Liam und seine Stimme zitterte.

Das stetige Muster des Ganzen, das Heben und Senken seiner Brust hinter mir, war so beruhigend, dass sich mein Griff um seine Arme lockerte. Er drückte die Lippen auf meine Wange, während ich mich gegen ihn sinken ließ.

Nach der eigentlichen Beerdigung fand noch eine Trauerfeier im Gemeindehaus von Wexford statt. Es waren nicht nur viele Gäste anwesend, sondern auch viele Kuchen gespendet worden, sodass weder meine Mutter noch die Rileys sich um die Verpflegung hatten kümmern müssen. Ältere Damen des Gemeinderates versorgten uns zudem mit Kaffee. Der Pfarrer hatte sich zu meiner Mutter gesetzt, um ihr in einem Gespräch Trost zu spenden.

Dairine und Evan saßen mit Liam, Mona und Faye, die vorübergehend bei ihnen eingezogen war, an einem Tisch. Sie winkten mich zu sich, doch ich hielt nach jemand anderem Ausschau. Als ich sie nicht finden konnte, verließ ich das Gebäude.

Mittlerweile fielen dicke Regentropfen vom Himmel. Eliza lehnte ohne Regenschirm an einer Mauer. Ihr blondes Haar klebte ihr bereits nass am Kopf und den Schultern. Ihr musste entsetzlich kalt sein, doch sie zitterte nicht einmal. Stattdessen klammerte sie sich an eine Zigarette und inhalierte den Rauch. Früher hatte sie regelmäßig geraucht, um unsere Eltern damit auf die Palme zu bringen, doch diese Zeit lag eigentlich hinter uns.

Ich hielt mir meine Jacke über den Kopf, als ich zu ihr in den Regen rannte. Kaum, dass sie mich sah, ließ sie die Zigarette fallen und trat sie mit dem rechten Fuß in einer Pfütze aus. Sie machte einen ertappten Gesichtsausdruck und sah mich entschuldigend an. Bei dem Regen konnte ich nicht sehen, ob sie geweint hatte, doch ihre Augen waren gerötet.

„Was machst du hier draußen ganz alleine? Du bist schon ganz nass!"

Sie zuckte mit den Schultern und deutete mit dem Kopf auf das Gemeindehaus. „Ich bin da drin nicht sonderlich willkommen."

„Wer sagt das?", fragte ich empört. „Unser Vater ist gestorben. Du hast mehr Recht dort zu sein wie jeder andere."

„Niemand hat etwas zu mir gesagt. Das brauchen sie aber auch gar nicht. Insgeheim geben mir doch alle die Schuld an dem, was passiert ist. Mrs. Riley konnte mich noch nie leiden, aber jetzt sieht sie mich an, als hätte ich das Feuer höchstpersönlich gelegt. Dazu noch das Getuschel der anderen. Sie halten mich mehr denn je für eine Mörderin, die ihren eigenen Vater und ihren Freund auf dem Gewissen hat."

„Das ist doch totaler Blödsinn!", rief ich wütend aus. Am liebsten hätte ich sie an der Hand genommen und mir von ihr jede einzelne Person zeigen lassen, die sie schief angesehen hatte. Das alles war nicht ihre Schuld! Eliza konnte nichts dafür, wer ihre Eltern waren und zu was sie das gemacht hatte. Wenn sie die Wahl gehabt hätte, wäre sie niemals freiwillig eine Schattenwandlerin geworden.

„Nein, es stimmt! Wenn ich nicht gewesen wäre, würden alle noch leben. Du hast meinetwegen so viele Menschen verloren…"

Ich unterbrach sie und zog sie fest an mich. „Ich habe aber noch dich!" Ihr Rücken bebte, als ihr schluchzend die Tränen aus den Augen quollen und sie sich an mich presste. Ich konnte verstehen, dass sie sich schuldig fühlte, aber ich machte ihr keinen Vorwurf. Eliza hatte mindestens genauso schwer unter dem Verlust zu leiden wie ich. Dennoch bereute ich nicht sie gerettet zu haben. Sie war meine Schwester und das Gefühl sie verloren zu haben, war schlimmer als alles andere gewesen.

Wir blieben nicht lange auf der Trauerfeier, sondern fuhren stattdessen mit den anderen zu Liam und Mona in die Wohnung. Auf der einen Seite wollte zwar jeder von uns mit der Trauer alleine sein, aber auf der anderen Seite fürchteten wir uns genau vor dieser Einsamkeit – vor den ruhigen Momenten, in denen uns umso deutlicher bewusst wurde, was wir verloren hatten.

Eliza setzte sich neben Dairine auf die Couch und ließ zu, dass sie ihre Arme um sie schlang.

Evan nahm Platz auf einem der Sessel, während ich mich zu Mona und Faye an den Esstisch setzte.

Liam nahm am anderen Ende der Couch Platz und begann zaghaft ein paar ruhige Töne auf seiner Gitarre zu spielen.

„Sollen wir uns etwas zu essen bestellen?", fragte Faye in die Runde. „Der Kuchen war ja ganz nett, aber ich brauche etwas Herzhaftes!"

Sie schielte zu Mona. „Du siehst mir auch ziemlich hungrig aus."

„Bin ich aber nicht", kam prompt die Antwort.

Mir selbst war ebenfalls nicht nach Essen. Ich hatte schon im Gemeindehaus nur mit Mühe und Not ein Stück Kuchen heruntergewürgt, aber es würde uns vielleicht etwas ablenken und Mona brauchte in der Tat etwas im Magen, sonst würde sie uns noch krank werden. „Wir könnten auch selbst etwas kochen", schlug ich vor und ging zu der Küchenzeile. Der Kühlschrank gab neben ein Paar Dosen Bier, den Resten von einem chinesischen Schnellrestaurant und einer angebrochenen Flasche Sekt nicht viel her. Doch in den Schränken fand ich zumindest eine Packung Spaghetti, sowie eine ungeöffnete Flasche Ketchup.

„Soll ich dir helfen?", bot sich Evan hilfsbereit an, worauf Mona wütend schnaubte und mit anklagendem Gesicht zu uns herum schnellte.

„Ist das euer Ernst?"

„Was sollen wir denn sonst tun?", fragte Evan verständnislos.

„Wie wäre es mit einem Plan?!", fauchte Mona entschieden. „Wir können das doch nicht einfach so hinnehmen."

„Was hast du vor?", wollte Liam alarmiert wissen und ließ seine Gitarre sinken.

„Na, was wohl? Wir erwecken sie wieder zum Leben!", entgegnete Mona als wäre es selbstverständlich.

„Hast du aus der Vergangenheit gar nichts gelernt?", fuhr Liam sie an. „Beim letzten Mal wärst du beinahe gestorben."

„Aber es hat funktioniert. Du lebst schließlich auch wieder! Wenn ich dich retten konnte, dann kann ich auch Aidan und die anderen retten. Natürlich nicht alle auf einmal, aber nach und nach. Ich beherrsche meine Kräfte jetzt viel besser als früher."

„Sie wurden heute beerdigt. Willst du dich nachts auf den Friedhof schleichen und ihre Leichen wieder ausbuddeln?", fragte Faye skeptisch.

„Am besten kümmern wir uns noch diese Woche darum, bevor die Verwesung einsetzt", entschied Mona. Die Vorstellung die toten Körper meines Vaters und meiner Freunde wieder auszugraben, bereitete mir eine Gänsehaut. So sehr ich mir auch wünschte, dass alle noch am Leben wären, empfand ich es als falsch, ihre Totenruhe zu stören. Selbst bei Liam, wegen dessen Tod ich unter dem Jägersfluch gelitten hatte, war es mir schon falsch vorgekommen und ich hatte Recht gehabt.

„Für jedes Leben, das wir geben, müsste ein anderes genommen werden", wandte ich ein.

„Na und?", meinte Mona unbeeindruckt. „Es gibt genug schlechte Menschen auf der Welt mit deren Tod wir der Gesellschaft einen Gefallen tun würden. Aidan und die anderen haben niemandem je etwas Böses getan. Sie haben es nicht verdient zu sterben."

„Wir haben nicht das Recht darüber zu urteilen", entgegnete ich ihr. Sie blickte mich an, als hätte ich sie geschlagen.

„Aber es geht doch um deinen Vater! Willst du ihn nicht wiederhaben?"

„Nicht nur ihn, auch Lucas und Aidan, aber wir sind Menschen und keine Götter. Der Tod ist endgültig und wir sollten sie ruhen lassen."

Mona schüttelte unwillig den Kopf. „Wenn wir sie ruhen lassen sollten, warum gibt es dann die Wiedererweckung? Ich kann Aidan nicht aufgeben, wenn ich genau weiß, dass ich ihn retten kann."

Überraschend ergriff Eliza Partei für sie. „Wir brauchen gar niemand anderen umzubringen. Ich werde mein Leben für Lucas geben, so wie er es für mich getan hat."

„Nein!", entfuhr es mir sofort fassungslos. „Das hätte er niemals gewollt!"

„Ich wollte auch nicht, dass er für mich stirbt!"

„Aber er hat es getan und jetzt ist es zu spät. Wie soll das enden? Du stirbst für ihn, er für dich und dann wieder andersherum. Das ist doch Wahnsinn!"

„Das ist Liebe", entgegnete Eliza.

„Eigentlich ist alles ohnehin Rhonas Schuld", meinte Mona plötzlich. „Wir sollten sie zur Verantwortung ziehen."

„Wir sollten gar nichts tun!", brüllte Liam. Zumindest er war auf meiner Seite. „Merkt ihr nicht, dass egal, was ihr tut, ihr es nur noch schlimmer macht? Wir werden niemanden ins

Leben zurückholen können, sondern müssen lernen mit dem Verlust zu leben."

„Sagt der Mann, der mehrere Frauen getötet hat, um seine Schwester wieder zum Leben zu erwecken", fauchte Eliza.

„Meine Schwester, die du auf dem Gewissen hast", fuhr Liam sie sofort hasserfüllt an.

Die Menschen, die ich am meisten liebte, begannen wild aufeinander einzuschreien und sich mit Vorwürfen zu bombardieren. Mein Hals schnürte sich mir zu und ich hatte das Gefühl nicht mehr Atmen zu können. Fluchtartig stürmte ich aus der Wohnung.

32. Evan

Winter war so schnell verschwunden, dass es niemand außer mir überhaupt bemerkt zu haben schien. Mona und Eliza dachten nur noch daran die Toten wieder zum Leben zu erwecken, koste es was es wolle. Und Liam versuchte gegen sie anzukommen, wobei Faye immer wieder bissige Kommentare einwarf, die die angespannte Stimmung zusätzlich hochkochen ließen. Dairine beobachtete das ganze Geschehen mit weit aufgerissenen Augen von der Couch aus. Die Vorstellung war besser als jede Talkshow aus dem amerikanischen Fernsehen.

Es war bereits dunkel draußen und die zahlreichen Pfützen spiegelten das gelbliche Licht der Straßenlaternen. Mittlerweile regnete es nicht mehr, dafür zog leichter Nebel zusammen mit der nächtlichen Kälte auf. Winter hatte es eilig gehabt, denn ich sah nur noch wie ihr kupferroter Haarschopf hinter der nächsten Straßenecke verschwand. Rasch rannte ich ihr nach. Ich war mir nicht einmal sicher, was ich überhaupt von ihr wollte, aber sie hatte mir da oben in der Wohnung unglaublich leidgetan. Sie versuchte in dem ganzen Chaos die Ruhe zu bewahren und das Richtige zu tun, was immer es auch sein mochte. Wir beide vermissten Lucas und trotzdem wollten wir nicht das Leben eines anderen Menschen gegen seines eintauschen.

Als ich die nächste Straße erreichte, entdeckte ich sie auf einer Bank sitzend an einer Bushaltestelle. Sie saß dort wahrscheinlich nicht, weil sie tatsächlich auf einen Bus wartete, sondern weil sie nicht gewusst hatte, wo sie hinsollte. Um diese Zeit fuhr kein Bus mehr nach *Slade's Castle*.

Ich ging ihr langsam entgegen und setze mich wortlos neben sie. Kurz drehte sie den Kopf in meine Richtung und schenkte mir ein schwaches Lächeln. Dabei sah sie unglaublich müde aus.

„Es wird wieder passieren", meinte sie niedergeschlagen.

„Was wird wieder passieren?"

„Sie werden wieder jemanden umbringen. Mona wird nicht aufhören und Eliza bietet sich auch noch freiwillig als Opfer an. Am Ende wird sie sterben, Mona wird in der Finsternis ertrinken und Lucas' Tod wird völlig umsonst gewesen sein."

Vermutlich hatte sie Recht. „Das wäre das Letzte gewesen, was Lucas gewollt hätte."

Sie nickte und musterte dabei eingehend mein Gesicht. Es schien etwas zu geben, das sie mir sagen wollte, aber sich nicht traute.

„Wusstest du, dass er sich für Eliza opfern würde?", fragte ich sie, worauf sie energisch den Kopf schüttelte.

„Natürlich nicht! Ich hätte alles versucht, um es ihm auszureden. Das wusste er auch, deshalb hat er es für sich behalten. Du wusstest es doch auch nicht, oder?" In ihrer Stimme schwang Angst mit, die sich verflüchtigte, als ich ebenfalls den Kopf schüttelte. Es überraschte mich jedoch, dass sie mit ihrer Antwort so entschieden gewesen war. Sie hatte Eliza unbedingt retten wollen, doch scheinbar wäre sie dafür doch nicht bereit gewesen jeden Preis zu bezahlen.

„Lucas war auf einem guten Weg", sagte sie nachdenklich und blickte dabei auf die andere Straßenseite, wo das Schaufenster eines Geschäfts neu dekoriert wurde.

„Wie meinst du das?"

„Er war endlich bereit sich von Eliza zu lösen und nach vorne zu schauen." Sie sah mich eindringlich an. „Ich liebe meine Schwester, aber sie hat ihm nie gutgetan. Er war immer für sie da, aber sie konnte ihm nie dieselbe bedingungslose Liebe entgegenbringen. Lucas konnte dabei nur verlieren."

Ich sah es ganz ähnlich, doch es war erstaunlich, dass aus Winters Mund zu hören. Mein Herz begann schmerzhaft zu klopfen. „Gab es denn jemand neues in seinem Leben?"

An der zögerlichen Art wie sie von meinem Gesicht auf ihre gefalteten Hände blickte, merkte ich, dass das der Punkt war, der ihr auf der Seele brannte. „Kurz vor seinem Tod hatten wir ein Gespräch geführt. Er war sich seiner Gefühle nicht sicher und sehr verwirrt, aber ich glaube es war ihm ernst."

„Um wen ging es in dem Gespräch?"

Der durchdringende Blick mit dem sie mich bedachte, verriet mir bereits ihre Antwort. „Es ging um dich!"

Die Gefühle, die über mich hereinbrachen, waren unbeschreiblich. Auf der einen Seite klopfte mein Herz so aufgeregt und voller Freude, dass ich sie am liebsten umarmt und laut gelacht hätte. Lucas hatte meine Gefühle tatsächlich erwidert!

Wir hätten eine Chance gehabt! Gleichzeitig war da die unleugbare Tatsache, dass nichts von alledem jemals passieren würde, weil er tot war. Es gab keine Zukunft für uns. Es gab nicht einmal mehr eine Gegenwart. Mir wurde mein Herz so schwer, dass ich mich fragte wie es überhaupt noch in meiner Brust schlagen konnte.

Winter hielt mir ihre Hand hin, die ich ergriff. „Er hat sich nicht von dir abgewandt, weil er dich nicht mehr mochte, sondern weil er Angst vor seinen Gefühlen hatte. Du warst für Lucas ein ganz besonderer Mensch!"

„Ich weiß", flüsterte ich zurück, weil für mehr meine Stimme nicht reichte.

Winter legte ihren Kopf an meine Schulter. „Ich wünschte wir könnten die Zeit zurückdrehen."

Ich erstarrte neben ihr. Das war mein Stichwort. Ich hatte selbst schon so oft darüber nachgedacht, doch es war mir sinnlos erschienen. Wenn ich Lucas Tod verhindern wollte, müsste ich dafür sorgen, dass Charles Eliza nicht erschoss. Das wäre beinahe unmöglich. Ich müsste die Zeit soweit zurückdrehen, dass Lucas das Ritual mit Ava nicht durchführte, aber dann würde Eliza höchstwahrscheinlich sterben und Charles wäre unsterblich. Ich wollte gar nicht daran denken, was das für die Menschheit bedeuten könnte. Es reichte mir schon zu wissen, was Elizas Tod für Lucas bedeuten würde. Er käme nicht darüber hinweg und würde daran zerbrechen. Daran konnten weder Winter noch ich etwas ändern. Vielleicht würde Rhona auch eine andere Möglichkeit finden Lucas zu dem Ritual zu bringen. Ich konnte ihn schließlich nicht vierundzwanzig Stunden des Tages bewachen.

„Was würdest du tun, wenn es möglich wäre? Wie weit würdest du die Zeit zurückdrehen?", fragte ich sie, worauf sie den Kopf hob und angestrengt über meine Frage nachdachte.

„Es würde nicht reichen sie nur um ein paar Tage zurückzudrehen. Eigentlich hat alles schon viel früher begonnen."

„Weißt du wann?"

„Wenn Eliza Will nicht getötet hätte, wären die Fomori nie auf sie aufmerksam geworden."

„Aber dann würdest du noch unter dem Jägersfluch leiden."

„Eliza hätte nicht aufgehört nach einer Lösung zu suchen, genauso wenig wie jetzt. Es müsste also ein noch früherer Zeitpunkt sein. Wenn ich Liam nicht getötet hätte, hätte es auch keinen Jägersfluch gegeben."

„Wenn du Liam nicht getötet hättest, hätte er aber Eliza umgebracht, oder?"

Winter nickte betrübt. „Vermutlich."

„Dann hätte Eliza seine Schwester nicht töten dürfen."

„Selbst wenn man ihren Tod hätte verhindern können, wäre ihr sicher jemand anderes zum Opfer gefallen. Sie hatte sich gerade in eine Schattenwandlerin verwandelt und völlig die Beherrschung verloren."

„Aber sie ist von Geburt an eine Schattenwandlerin, oder? Diese Entwicklung lässt sich nicht verhindern."

„Das nicht, aber eigentlich hat sie erst die Kontrolle verloren als sie rausgefunden hat, dass unsere Eltern sie adoptiert haben. Das hat ihr den Boden unter den Füßen weggerissen. Wenn sie ihr früher die Wahrheit gesagt hätten und man sie auf ihre Verwandlung vorbereitet hätte, dann wäre alles vielleicht anders gekommen. Sie hätte zumindest nicht das Vertrauen in ihre Familie verloren."

„Das liegt nun über ein Jahr zurück, oder?"

„Ja." Sie zuckte traurig mit den Schultern. „Wir können es ja ohnehin nicht ändern. Was passiert ist, lässt sich leider nicht mehr ungeschehen machen und wir müssen mit den Folgen leben."

„Was, wenn nicht?", hauchte ich und hielt meinen Atem an.

Sie drehte sich sowohl misstrauisch als auch neugierig zu mir um. „Was meinst du?"

„Bei dem Ritual das dem Oberhaupt der Fomori die Unsterblichkeit bringen sollte, wurde als erstes ein Zeitmaler umgebracht. Weißt du was das ist?"

„Ich nehme an jemand der den Lauf der Zeit verändern kann."

„Richtig! Zeitmaler können einen bestimmten Punkt in dem Leben einer Person verändern. Sie haben jedoch keinen Einfluss auf den weiteren Verlauf ihres Lebens. Manche Veränderungen sind unbedeutend und ändern im Grunde kaum etwas. Alles kommt dennoch so wie es vorhergesehen ist. Andere erscheinen unbedeutend, aber verändern alles."

„Das heißt ein Zeitmaler könnte dafür sorgen, dass unsere Mutter Eliza die Wahrheit sagt bevor sie das mit der Adoption selbst herausfindet?"

„Das könnte er. Aber es ließe sich nicht vorhersagen, was danach geschehen würde. Die Zeit würde nicht zurückgedreht, sondern nur verändert. Wir hätten immer noch das Jahr 2015 und vielleicht würde dennoch alles so kommen wie jetzt, aber vielleicht wäre auch alles wirklich ganz anders."

Ihre Augen leuchteten vor Aufregung. „Vielleicht hätte Eliza dann niemals Liam kennengelernt und hätte somit auch nicht Beth umbringen können. Vielleicht wäre sie nie an die Fomori geraten. Niemand wäre gestorben!"

„Vielleicht."

„Also müssen wir versuchen einen Zeitmaler zu finden!"

Wenn ich ihr die Wahrheit offenbarte, gäbe es kein Zurück mehr. „Was, wenn du bereits einen kennen würdest?"

Ihre Augen weiteten sich ungläubig. „Du?"

Ich zuckte mit den Schultern. „Ich bin nicht stolz darauf."

„Aber du hast dadurch so viele Möglichkeiten!"

„Kann schon sein, aber stell dir vor du gestehst jemandem deine Liebe und dieser jemand weist dich ab. Nur weil du es ungeschehen machen kannst, bedeutet es nicht, dass du dich nicht mehr daran erinnern kannst. Der Schmerz sitzt genauso tief."

„Du hast Lucas deine Liebe gestanden?"

„Ja und er konnte gar nicht schnell genug von mir wegkommen!"

„Aber das war nicht, weil er nichts für dich empfunden hat, sondern weil er überfordert war. Wenn wir die Zeit zurückdrehen könnten, würde vielleicht auch mit euch beiden alles ganz anders kommen."

„Vielleicht auch nicht, aber zumindest bestände die Hoffnung, dass er noch am Leben wäre. Das würde mir schon reichen!"

„Mir auch", erwiderte sie euphorisch. Sie glaubte in meiner Person nun die Lösung für all ihre Probleme vor sich sitzen zu haben, aber ganz so einfach war es leider nicht.

„Winter, du musst aber wissen, dass ich keinen Einfluss darauf habe wie sich alles entwickeln wird. Niemand außer dir und mir wird sich daran erinnern können, was gewesen ist. Für sie wird die neue Vergangenheit entscheidend sein."

„Das ist mir egal, Hauptsache niemand stirbt."

„Das kann ich nicht beeinflussen! Vielleicht stirbt durch die Veränderung trotzdem jemand."

„Wir müssen es aber wenigstens versuchen!" Sie blieb stur und war von der Idee nun nicht mehr abzubringen.

„Es könnte auch sein, dass Dairine und du zum Beispiel niemals Freundinnen werdet."

„Dann freunde ich mich eben jetzt erst mit ihr an", erwiderte sie ungerührt. „Ich weiß doch, was für ein toller Mensch sie ist. Daran kann sich auch nichts durch eine kleine Veränderung in der Vergangenheit geändert haben."

„Vielleicht wirst du Liam niemals kennenlernen."

Die Möglichkeit schien sie schon mehr zu belasten, denn sie zuckte für einen Moment erschrocken zusammen, doch dann schüttelte sie entschieden den Kopf. „Dann werde ich ihn eben suchen! Du hast selbst gesagt, Dinge, die vorhergesehen sind, passieren, ganz egal, was wir in der Vergangenheit verändern. Wenn Liam und ich zusammengehören, dann werden wir auch irgendwie zueinander finden. Dasselbe gilt für Dairine oder dich und Lucas."

Sie ergriff flehend meine Hand. „Bitte, Evan! Wir müssen es einfach versuchen. Das ist unsere einzige Chance etwas zu verändern, ohne dass dafür noch mehr Menschen sterben müssen."

„Ich habe noch nie etwas verändert, was so weit in der Vergangenheit lag", gab ich zögerlich zu bedenken. Es war zwar meine Idee gewesen, aber plötzlich kamen mir Zweifel. Ich fürchtete mich vor meinen eigenen Fähigkeiten. Vielleicht war ich nicht gut genug.

„Wenn du daran glaubst, dass du es schaffen kannst, dann glaube ich auch daran!", beteuerte Winter und drückte meine Hand noch etwas fester. „Zumindest wird keiner von uns alleine dastehen. Wir beide werden die Wahrheit kennen und zusammen können wir alles in die richtigen Bahnen leiten!"

Sie würde mir keine Ruhe damit lassen bis ich zustimmte. Es war zu spät um noch einen Rückzieher zu machen. Ich griff nach der Kette, an der meine Uhr hing und zog sie unter meiner Jacke hervor. „Bist du bereit?"

„Was? Jetzt? Sofort?", fragte Winter plötzlich panisch. Ganz so sicher schien sie sich dann doch nicht so sein.

„Warum sollten wir noch länger warten?"

„Können wir nicht die anderen ebenfalls einweihen?"

Ich schüttelte den Kopf. „Nur wer die Uhr trägt, kann etwas in der Vergangenheit verändern. Sie wird mit viel Glück für uns beide reichen, aber nicht noch eine Person geschweige denn eine ganze Gruppe."

„Okay", flüsterte sie und holte tief Luft. „Niemand wird sich danach mehr an das erinnern, was passiert ist, oder?"

„Nein, es sei denn es passiert trotzdem, aber das kann ich nicht vorhersagen."

„Für Liam werde ich dann vielleicht nie existiert haben, oder?"

„Wenn ihr euch nie begegnet, wird er nichts von dir wissen."

Sie sah mich traurig an. „Kannst du hier kurz auf mich warten? Nur zehn Minuten? Ich möchte ihm gern noch etwas sagen und mich…" Ihre Stimme brach.

„Verabschieden?", schloss ich für sie, worauf sie nickte. „Geh nur. Vielleicht wird es das letzte Mal sein, dass du ihn siehst."

33. Winter

Es vergingen Sekunden, die sich wie Minuten anfühlten, als ich vor dem Haus stand, in dem Liam und Mona nun lebten und mich nicht dazu überwinden konnte die Klingel zu drücken. In meinem Hals hatte sich ein dicker Kloß breitgemacht, obwohl ich stark sein wollte. Liam durfte keinen Verdacht schöpfen. Er sollte glauben, dass ich in Trauer wegen der Beerdigungen war, aber nicht seinetwegen. Evan hatte Recht, vielleicht würde ich ihn nie wiedersehen. Vielleicht würde das unser letzter gemeinsamer Moment sein und während ich mich mein Leben lang an ihn erinnern würde, hätte ich für ihn nicht einmal existiert. Ich wollte ihn und die Art wie er mich ansah für die Ewigkeit einprägen, gleichzeitig fürchtete ich mich davor ihn anzusehen, weil es mir zeigen würde, was ich eventuell für immer verlieren würde.

Es hatte mich so wütend und traurig gemacht zu erfahren, dass er mir die ganze Zeit verheimlicht hatte, dass er wusste, wo Eliza war. Aber das spielte gerade keine Rolle mehr, denn meine Liebe zu ihm war ungebrochen.

Ich holte noch einmal tief Luft und wollte gerade die Klingel betätigen als plötzlich Licht im Hausflur aufflammte und ich glaubte hören zu können, wie eine Wohnungstür in einem der oberen Stockwerke laut zugeschlagen wurde. Ich lauschte angespannt, doch es war nichts mehr zu hören. Aus dem Augenwinkel nahm ich eine Bewegung neben mir wahr, wie ein Schatten. Erst als ich herumfuhr und Liam mit wutverzerrtem Gesicht erkannte, bemerkte ich, dass ich den Atem angehalten hatte und wie erstarrt vor der Haustür gestanden hatte.

Als er mich sah, wich seine Wut Verwirrung. „Was machst du hier unten?"

Wie ich es mir bereits gedacht hatte, hatte niemand bei der ganzen Streiterei gemerkt, dass Evan und ich gegangen waren.

„Frische Luft schnappen", erwiderte ich kleinlaut. Sein hellblondes Haar war selbst bei Nacht kaum zu übersehen. Einige Strähnen fielen ihm locker ins Gesicht und lösten in mir den Wunsch aus, sie ihm wegzustreichen.

Er trat einen Schritt auf mich zu. „Tut mir leid, dir das sagen zu müssen, aber deine Schwester ist absolut wahnsinnig."

Ich verzog meinen Mund zu einem schiefen Lächeln. „Deine Cousine ist nicht besser."

Er stieß frustriert Luft aus. „Das wusste ich bereits. Aber das Schlimme ist, dass sie sich nun auch noch gegenseitig anstiften. Ich weiß wirklich nicht wie wir verhindern sollen, dass noch etwas passiert."

Seine grauen Augen waren voller Wut und Sorge zugleich. Langsam streckte ich meine Hand nach seiner Wange aus. Als meine Haut seine berührte, sah er mich erst ungläubig an, bevor er seine Hand auf meine legte und sie an der Stelle festhielt. Ich konnte unter meinen Fingern die leichten Spuren seiner Bartstoppel spüren.

„Womit habe ich das verdient?", fragte er mich mit einem zarten Lächeln auf den vollen Lippen. Er küsste so gut. Unseren ersten Kuss hatte er sich bei einem Trinkspiel gestohlen und trotzdem hatte er mir völlig den Atem geraubt. Ich hatte tagelang nicht aufhören können daran zu denken. Immer wenn ich ihn angesehen hatte, war mir die Schamesröte ins Gesicht gestiegen, weil ich mir selbst hatte nicht eingestehen wollen wieviel der Kuss meines Entführers und eines Mörders mir bedeutete. Ich bezweifelte, dass ich in einem neuen Leben jemals wieder einem Mann begegnen würde, der mich auf dieselbe Weise küssen würde.

„Verdient hast du es vielleicht nicht", zwang ich mich zu scherzen, um den Eindruck von Normalität zu erwecken. „Aber das Leben ist zu kurz, um zu lange wütend auf jemanden zu sein. Du bist jetzt hier und das ist alles, was zählt!"

So ganz gelang es mir wohl nicht normal zu wirken, denn etwas Nachdenkliches trat in seinen Blick als er meine Handinnenfläche küsste.

„Machst du dir etwa Sorgen um mich?" Er trat dicht an mich heran, sodass ich seinen Atem auf meinen Wangen spüren konnte. „Das brauchst du nicht! Ich werde nicht zulassen, dass dir oder mir etwas passiert. Wir haben noch ein ganzes Leben vor uns und ich beabsichtige es an deiner Seite zu verbringen, ganz egal, was kommt."

Er wählte seine Worte so passend, als wüsste er ganz genau, was ich vorhatte. Aber das war unmöglich! Niemand außer mir wusste, dass Evan ein Zeitmaler war und welche Möglichkeiten das eröffnete. Liams Worte trieben mir Tränen in die Augen. Aber anstatt mich von ihm abzuwenden, schlang ich beide Arme um seinen Hals und küsste ihn. Seine Hände legten sich fest an meine Hüften und zogen mich noch dichter an ihn. Es war ein

Abschiedskuss – voller Verzweiflung, aber auch voller Liebe. Ich wollte, dass er wusste, dass ich ihm keinen Vorwurf machte für das, was er den unschuldigen Mädchen vor einem Jahr angetan hatte. Es war entsetzlich und dennoch liebte ich ihn. Er sollte wissen, dass er für mich zu einem Teil von meinem Leben geworden war, auf den ich nicht mehr verzichten wollte. Das zwischen uns war nicht nur ein Experiment oder ein Zeitvertreib für mich, sondern eine bewusste Entscheidung. Ich wollte mit ihm zusammen sein, mehr als alles andere. Ich wollte ihn, genauso wie er war – mit allen Stärken und Schwächen. Ich liebte ihn so sehr wie ich noch nie einen Jungen geliebt hatte.

Lucas hatte ich bewundert und zu ihm aufgeschaut. Ich hatte ihm gefallen wollen, weil ich ihn so unsagbar toll gefunden hatte. Mit ihm hatte ich mich sicher gefühlt, weil er immer dagewesen war, mich verstand und mich so mochte wie ich war. Er war mein bester Freund gewesen, aber jetzt wo ich Liam liebte, erkannte ich, dass es nicht das Gleiche war. Lucas hatte nie in mir dieses Verlangen ausgelöst einem Menschen so nah zu sein, dass man nicht mehr wusste wo der eine begann und der andere aufhörte.

Aber wie sollte ich das für Liam in Worte ausdrücken? Ein einfaches *Ich liebe dich* reichte dafür nicht aus.

Ich presste meine Hände gegen seine Brust und schob ihn sanft, aber bestimmt ein paar Zentimeter von mir. Unter meinen Fingern spürte ich die Konturen seiner Muskeln, die ich vor wenigen Tagen noch alle einzeln erkundet hatte. Damals hatte ich geglaubt, dass uns noch viele Nächte und Momente dieser Art bleiben würden.

Ein schelmisches Grinsen zog sich über sein Gesicht. „Wenn du willst, schmeiße ich alle raus und wir ziehen uns in mein Zimmer zurück."

Sein Grinsen brachte mich zum Lachen, obwohl mir zum Weinen zumute war. Ich schüttelte den Kopf, während Tränen über meine Wangen rannen. Er wischte sie mit dem Daumen weg. „Entschuldige, es ist sicher noch zu früh für dich, nach dem heutigen Tag."

„Nein, das ist es nicht!", behauptete ich. „Ich wäre einfach mit den Gedanken nicht dabei. Außerdem bin ich ehrlich gesagt schrecklich müde. Ich habe seit Tagen nicht mehr richtig schlafen können."

Er machte ein verständnisvolles Gesicht und streichelte mir übers Haar. „Ich könnte deine Gedanken für eine Zeit ruhen lassen, wenn du es möchtest."

Darauf hatte ich gehofft. Ihn von meinen Gefühlen trinken zu lassen, war die einzige Möglichkeit ihn spüren zu lassen wieviel er mir bedeutete. Es war mein Abschiedsgeschenk an ihn.

Meine Augen schienen in seinen zu versinken als ich seine Hände ergriff. „Ich könnte ein bisschen Ruhe gebrauchen."

In dem Moment als ich spürte wie meine Gefühle aus mir herausglitten, sagte ich: „Liam, ich liebe dich!" Mit diesem Satz beschwor ich alles, was ich für ihn empfand in mir empor. Er sollte nicht meinen Schmerz und meine Trauer schmecken, sondern pure, überwältigende Liebe.

Je mehr ich die Gefühle losließ, umso weniger dachte ich selbst noch darüber nach. Taubheit legte sich über meine Emotionen. Als Liam sich von mir löste, zog er mich an sich und presste seine Lippen auf meinen Scheitel. Ich inhalierte seinen Geruch, um ihn niemals zu vergessen. Doch er war so einmalig, dass ich ihn bereits Minuten später nicht mehr beschreiben könnte.

„Ich liebe dich auch!", hauchte er, wobei seine Stimme leicht zitterte.

Er bot mir an, mich nach Hause zu fahren, doch ich lehnte ab, da Evan angeblich im Auto schon auf mich wartete. Ich versprach Liam mich morgen bei ihm zu melden, wissend, dass es kein Morgen für uns geben würde. Schnell eilte ich in die Nacht davon, bevor ich es mir noch einmal anders überlegen konnte. Ich durfte nicht daran denken, was ich zurückließ, sondern was ich gewinnen würde. Liam würde, wenn alles gut ging, wieder mit seiner kleinen Schwester vereint sein und ich hätte meinen Vater und meinen besten Freund wieder zurück. Wir würden nie die Fomori in unser Leben lassen und Aidan müsste nicht sterben.

Trotzdem brach ich in Tränen aus, als ich die Bank erreichte, auf der Evan auf mich wartete. Ohne zu zögern schloss er mich in seine Arme und wiegte mich sanft hin und her.

„Bist du dir wirklich sicher? Wir müssen es nicht tun, wenn du Zweifel hast."

„Doch", schniefte ich und wischte mir die Tränen aus dem Gesicht. „Es hat nur so wehgetan ihm Lebwohl zu sagen. Aber ich bin mir sicher, dass wir das Richtige tun."

Evan nickte und zog eine silberne Uhr unter seiner Jacke hervor. Das Alter der Uhr war deutlich zu erkennen. Das Silber war bereits leicht angelaufen, dennoch spiegelte sich funkelnd das Licht der Straßenlaternen darin. Als er das Gehäuse aufklappte, sah ich das feingearbeitete Zifferblatt mit den drei Zeigern – einer für die Sekunden, einer für die Minuten und einer für die Stunden. Am untersten Rand befand sich noch ein kleines Feld für die Datumsanzeige.

Wir hielten uns in den Armen, als Evan die silberne Kette um meinen Kopf legte. Für jeden vorbeikommenden Passanten mussten wir wie ein Liebespaar aussehen. „Zwei Jahre?", fragte er, um sich noch einmal zu vergewissern, dass er keinen Fehler machen würde.

„Zwei Jahre!", bestätigte ich. Vor zwei Jahren war Elizas Leben völlig aus der Bahn geraten.

„Denke an den Moment in eurem Leben, den du verändern möchtest! Du hast nur diese eine Chance die Vergangenheit neu zu malen. Wir haben keinen Einfluss darauf wie sich diese Veränderung auswirken wird."

Evan begann den Stundenzeiger rückwärts zu drehen. Das Datum sprang Tag um Tag zurück. Ich schloss die Augen und dachte an meine Mum. In unserem neuen Leben würde es den Moment geben, indem ich sie bat Eliza die Wahrheit zu sagen. Sie würde mich erschrocken ansehen und nicht verstehen woher ich über alles Bescheid wusste, aber sie würde dennoch auf mich hören und das Gespräch mit meiner Schwester suchen. Eliza würde geschockt sein und sich einige Tage weigern mit unseren Eltern zu sprechen. Sie würde sich bei

Lucas verkriechen. Aber nachdem der erste Schock überwunden wäre, würde sie zu uns zurückkehren. Unsere Mum würde den Kontakt zu Rhona herstellen und so dafür sorgen, dass Eliza ihre Verwandlung zur Schattenwandlerin nicht unvorbereitet traf. Meine Schwester würde dadurch nicht zur Heiligen oder zur Musterschülerin. Sie würde weiter rebellieren, dumme Entscheidungen treffen und unüberlegt handeln, aber sie würde niemanden umbringen. Und was am allerwichtigsten war: Wir würden eine Familie bleiben!

Als das Datum die Grenze von zwei Jahren erreicht hatte, spürte ich wie ein gewaltiger Ruck durch meinen Körper ging. Ich riss die Augen auf und sah Evan, der vor meinen Blick verschwamm. Der Boden schien sich unter meinen Füßen aufzutun und ich stürzte. Es gab kein Zurück mehr.

34. Winter

Warmes Sonnenlicht fiel durch das gekippte Fenster und schien auf mein Gesicht. Der Duft von Frühling strömte durch den Spalt ins Innere, während die Vögel munter zwitscherten. Es war einer der ersten Morgen mit strahlend blauem Himmel in diesem Jahr. Zwar hatte es in der Nacht geregt, aber davon zeugten nun nur noch die nassen Wiesen und Straßen.

Ich streckte mich und ließ einen zufriedenen Seufzer los. Aus dem unteren Stockwerk waren die Geräusche von klapperndem Geschirr zu hören und leise Stimmen, die miteinander sprachen. Der Geruch von frisch aufgebrühtem Kaffee und aufgebackenen Brötchen kitzelte in meiner Nase. Bald wäre das Frühstück fertig.

Gähnend schwang ich meine Beine aus dem Bett und fuhr mir einmal mit der Hand durchs Haar, bevor ich mir dicke Socken anzog und in meinen Morgenmantel schlüpfte. Schlurfend verließ ich mein Zimmer und hielt vor der verschlossenen Badezimmertür inne. Ich drückte die Klinke runter, um auf mich aufmerksam zu machen

„Besetzt!", rief Eliza aus dem Inneren. *Wie immer!*

„Wie lange brauchst du noch?", maulte ich genervt. Gleich würde sicher Lucas vorbeikommen und wie üblich wäre meine Schwester bereits perfekt gestylt und die Schönheit in Person, während ich noch nicht einmal meine Zähne geputzt hätte. Irgendetwas irritierte mich an dem Gedanken. Es war wie ein leichtes Kitzeln, das zu einem Jucken anschwoll, das ich nicht ignorieren konnte. Etwas stimmte daran nicht – nur was? Lucas würde vorbeikommen...Lucas! Die Erinnerung traf mich wie einen Fausthieb, sodass ich erschrocken nach Luft schnappte. Mit einem Mal wusste ich wieder alles, was geschehen war. Die Fomori, das Ritual, die Beerdigung, Evan... Mir wurde übel. Kalter Schweiß brach auf meiner Stirn aus, als ich mich schwankend an den Türrahmen klammerte. Von unten sagte meine Mutter irgendetwas, das ich nicht verstand. Ihr antwortete eine männliche Stimme, die mir die Tränen in die Augen trieb.

Ich stieß mich ab und taumelte zur Treppe, nahm mehrere Stufen auf einmal und sprang die letzten vier sogar hinunter. Auf meinen Socken rutschte ich ins Esszimmer, wo mein Vater gerade den Kaffee in die Tassen eingoss. Als ich meine Arme um ihn schlang, verschüttete er vor Schreck das heiße Getränk und es kleckerte auf den Tisch und tropfte zu Boden.

Dad hob die Arme. „Winter, was ist denn los?", schimpfte er über die Sauerei, aber klang dabei gleichzeitig besorgt.

Heiße Tränen drückten sich gegen den Stoff seines weichen Pullovers. Auch wenn er nicht verstand, was mit mir los war, so stellte er nun die Kaffeekanne beiseite und schloss seine Arme um mich. Er wiegte mich wie er es früher getan hatte, als ich noch ein kleines Mädchen gewesen war und zum Einschlafen auf seinem Schoss Bilderbücher angesehen hatte.

„Ist irgendetwas passiert?", fragte er behutsam, während seine Hand auf meinem Rücken lag.

Ich schob mich von ihm und sah ihm in das bärtige Gesicht. Mein kupferrotes Haar hatte ich von ihm. „Ich habe nur schlecht geträumt", behauptete ich und wischte mir verlegen über die feuchten Wangen.

Erst blickte er ungläubig auf mich hinab, dann schüttelte er lächelnd den Kopf und strich mir übers Haar. „Das muss aber ein schlimmer Traum gewesen sein!"

„Es war ein Albtraum!", bestätigte ich nickend und erwiderte sein Lächeln. Es tat beinahe weh, mich von ihm zu lösen. Am liebsten hätte ich mich weiter an ihn geschmiegt, um sicher sein zu können, dass er wirklich am Leben war.

Es klingelte an der Haustür. Meine Mutter öffnete und eine weitere vertraute Stimme brachte mein Herz vor Freude zum Rasen. Doch dieses Mal schaffte ich es mich zu beherrschen. Mit wackligen Beinen trat ich in den Flur und sah wie Lucas seine Jacke an der Garderobe aufhängte, bevor er seine Schuhe auszog.

Als er mich bemerkte, breitete sich ein freundliches Lächeln auf seinem Gesicht aus. „Blockiert Eliza mal wieder das Badezimmer?", neckte er mich und deutete auf meinen Morgenmantel.

„Wie immer", grinste ich zurück und ging auf ihn zu. Ich breitete meine Arme zur Umarmung aus, worauf er irritiert die Stirn in Falten legte.

„Ist es schon so lange her, dass wir uns zuletzt gesehen haben?", fragte er belustigt, aber schloss mich in die Arme.

„Es kommt mir vor wie ein ganzes Leben", erwiderte ich und zwang die Tränen zurück, die erneut in meinen Augen brannten.

„Winter hatte einen Albtraum", erklärte mein Vater ihm, nicht ohne Schalk in der Stimme.

In dem Moment wurde im oberen Stockwerk die Badezimmertür geöffnet und Eliza stolzierte die Treppen hinunter. Ihr blondes Haar fiel ihr in perfekten Wellen über die schlanken Schultern. Sie trug ein dunkelgrünes Wollkleid, das eng an ihrem Körper anlag und knapp über ihren Knien endete. Als sie mich in Lucas' Armen sah, zog sie argwöhnisch die linke Augenbraue hoch. „Du kannst es einfach nicht sein lassen, oder?", fauchte sie spöttisch und schlang ihre Arme um Lucas' Schultern. Er ließ mich mit einem entschuldigenden Lächeln los, bevor er Eliza zur Begrüßung auf den Mund küsste. Dabei funkelten ihre Augen mich herausfordernd an. Sie streichelte ihm gönnerhaft über die Wange.

Bis zu diesem Augenblick hatte ich mein Glück kaum fassen können. Sowohl mein Vater als auch Lucas waren am Leben, dadurch, dass Evan und ich die Vergangenheit verändert hatten. Das war unser Plan gewesen und er hatte scheinbar funktioniert. Doch Elizas Auftauchen zeigte mir, wovor Evan mich bereits gewarnt hatte. Nicht alles veränderte sich so wie wir es uns wünschten. Eliza erinnerte sich nicht daran, was wir alles zusammen durchgemacht hatten. Für sie war ich nur die nervige kleine Schwester, wenn sie mich überhaupt noch so sah, die sich scheinbar permanent an ihren Freund ranmachte. Sie wusste nichts davon, dass wir einander beinahe verloren hatten. Die starken Gefühle, die uns einander in den letzten Monaten näher gebracht hatten, hatte sie nie empfunden. Die Erkenntnis schmerzte, aber wenn ich zwischen Lucas und meinem Vater hin und her sah, war es ein Opfer, das ich bereit war einzugehen. Niemand war gestorben, das war alles, was zählte. Ich kannte Eliza nun von einer anderen Seite und irgendwo musste diese Seite auch in der Schwester schlummern, die sich nun über mich lustig machte. Wenn ich nicht auf ihre Zankereien einging und stattdessen versuchte mit ihr auszukommen, würde sie vielleicht irgendwann wieder zu der Person werden, die bereit gewesen war ihr eigenes Leben für meines zu geben.

Als der Bus am Montagmorgen in die letzte Straße einbog, die zu unserer Schule führte, war ich extrem nervös und angespannt. Was würde sich durch die kleine Zeitmalerei in der Vergangenheit noch in der Gegenwart geändert haben? Ein großer Unterschied war, dass Eliza tatsächlich mit uns in die Schule fuhr. Sie saß auf meinem Platz neben Lucas und ignorierte die anderen Schüler, die sie in dieser Version unserer Welt genauso wenig leiden konnten wie in der vergangenen. Aber immerhin wagte es niemand so offensichtlich über sie zu lästern, dass sie es mitbekam. Einige begrüßten sie sogar höflich, fast so, als hätten sie Angst vor ihr. Ich hatte bei all der Sorge um sie, völlig verdrängt, warum ich meine eigene Schwester so oft zum Teufel gewünscht hatte: Sie war ein Miststück!

Es hatte aber bereits auch eine weitere erfreuliche Begegnung gegeben. Der Schulbus startete in *Churchtown* und fuhr danach erst *Slade's* Castle an. Als wir in den Bus eingestiegen waren, hatte dort bereits Alannah McClary gesessen – quicklebendig. Alannah war Liams erstes Opfer aus Wexford gewesen, als er Eliza aus Rache für den Tod seiner Schwester gejagt hatte. Ich konnte nicht so viele Fragen stellen, wie ich es gern getan hätte, aber zumindest schien Eliza keinen Mord begangen zu haben. Natürlich hätte ich trotzdem gern gewusst wie sich alles entwickelt hatte, aber ich hatte mich mit meinen unkontrollierten Heulkrämpfen schon verdächtig genug gemacht. Meine Eltern spürten, dass irgendetwas mit mir anders war, auch wenn sie es nicht benennen konnten.

Vor der Schule wartete an der Bushaltestelle bereits ein schwarzhaariges Mädchen mit eisblauen Augen. Sie dort stehen zu sehen, war mir so vertraut und trotzdem fürchtete ich mich davor, dass sie dort vielleicht gar nicht meinetwegen stand. Ich ließ mit Absicht alle anderen im Bus vor mir aussteigen, um einer peinlichen Szene aus dem Weg zu gehen. Doch als ich den Bus endlich verließ, stand sie immer noch da und rollte genervt mit den Augen. „Hast du heute deinen sozialen Tag oder was?", beschwerte sie sich und hakte sich bei mir unter.

Ein breites Grinsen stahl sich auf mein Gesicht. Dairine schien immer noch meine Freundin zu sein. Ich hatte sie nicht verloren. Am liebsten hätte ich sie genau wie meinen Vater und Lucas erst einmal vor Erleichterung an mich gedrückt, doch ich unterdrückte den Zwang, um nicht auch noch ihr Misstrauen zu wecken. Sie würde mich wesentlich schneller durchschauen als meine Eltern. Ihr hatte ich noch nie etwas vormachen können.

„Was haben wir in der ersten Stunde?", fragte ich sie, während ich mich von ihr durch den überfüllten Schulflur ziehen ließ.

Sie warf mir einen ungläubigen Blick zu. „Bist du irgendwie krank? Normalerweise kennst du doch den Stundenplan auswendig."

Ich zuckte mit den Schultern.

„Musik?", meinte sie, wobei sie das Wort in die Länge zog und jede Silbe einzeln betonte.

„Ach ja", lachte ich verlegen und schlug mir spielerisch gegen die Stirn. Gleichzeitig beschleunigte sich mein Herzschlag. War es möglich, dass Liam trotz allem, was *nicht* geschehen war, dennoch Lehrer an unserer Schule geworden war?

Wir betraten den Kursraum und setzten uns auf unsere üblichen Plätze in der letzten Reihe. Im letzten halben Jahr hatten Mona und Aidan in der Bank neben uns gesessen, doch nun gab es dort gar keine weitere Bank.

Der Lehrer war noch nicht da und so beugte ich mich erneut zu Dairine. „Kennst du eigentlich eine Mona Dearing?"

Sie runzelte die Stirn. „Nein, wer soll das sein?"

Ich winkte ab. „Nicht so wichtig."

Es war nicht zu übersehen, dass sie mir nicht glaubte, doch zumindest fragte sie nicht weiter nach, da in dem Moment Mrs. Kelly den Raum betrat. Sie hielt wie eine scheue Maus den Kopf gesenkt, murmelte ein *Guten Morgen*, das kaum einer erwiderte und bezog Stellung hinter dem Lehrerpult. Liam hatte sich immer seinen Stuhl vor das Pult gestellt und verkehrt herum darauf Platz genommen, oder sich direkt auf den Tisch gesetzt. Wenn er den Raum betreten hatte, war ihm die Aufmerksamkeit aller sicher gewesen. Ganz egal, ob in der Schule, in einem Café oder in einer Diskothek. Ich hatte mich so lange gegen seine Anziehungskraft gesträubt und gewehrt, trotzdem fehlte er mir jetzt. Es hatte mich so sehr gestört, dass er mein Lehrer gewesen war und nun wollte ich ihn einfach nur wiederhaben, egal als was. Wir müssten einander ja nicht einmal kennen, was nicht war, konnte ja noch werden. Evan hatte mich zwar davor gewarnt, dass so etwas passieren könnte, aber erst jetzt merkte ich, wie sehr es mich traf. Irgendwie hatte ich angenommen, dass ich allen Menschen, die mir im letzten Jahr wichtig geworden waren, dennoch auf dem einen oder anderen Weg begegnen würde. Der Ansicht war ich auch immer noch und so leicht würde ich nicht aufgeben.

Nach der Unterrichtsstunde bat ich Dairine schon einmal zur Cafeteria ohne mich vorzugehen, weil ich Mrs. Kelly noch etwas fragen wollte. Als ich mich vor ihr Pult stellte, sah sie mich verschreckt an. Sie war es nicht gewohnt, dass irgendjemand das Gespräch zu ihr suchte.

„Mrs. Kelly, wissen Sie, ob es einen neuen Lehrer an der Schule gibt?"

„Es kommen und gehen ständig neue Lehrer. Warum willst du das wissen?"

„Er heißt Mr. Dearing", versuchte ich es weiter, ohne ihre Frage zu beantworten.

Sie machte ein nachdenkliches Gesicht und schüttelte dann den Kopf. „Nicht, dass ich wüsste."

„Er hat hellblondes Haar, trägt meistens eine Lederjacke und Motoradboots und ist noch unter dreißig…Sie würden sich bestimmt an ihn erinnern."

Misstrauisch musterte sie mein Gesicht. „Ich kenne niemanden auf den deine Beschreibung passt. Aber wie kommst du darauf, dass so jemand Lehrer an unserer Schule sein könnte?"

„War nur so ein Gerücht", seufzte ich. „Danke, Sie haben mir trotzdem sehr geholfen!"

Ich ließ sie alleine in dem Raum zurück, bevor sie noch weitere Fragen stellen konnte.

In der Cafeteria entdeckte ich Dairine an einem Tisch mit Lucas, Eliza und einer weiteren Person: Evan! Mein Gesicht hellte sich automatisch auf. Die Erkenntnis spiegelte sich ebenfalls in seinen Augen, als er mich auf sich zukommen sah. Wir lächelten einander verstohlen an, ohne jedoch etwas zu sagen oder zu unternehmen. Dennoch war unsere Wiedersehensfreude nicht unbemerkt geblieben. Sowohl Dairine als auch Eliza sahen verwirrt zwischen uns hin und her.

„Wow, das war schräg!", meinte Eliza. „Gibt es da etwas über das ich Bescheid wissen sollte?"

Meine Wangen röteten sich. „Du musst nicht alles wissen."

Sie wandte sich glücklicherweise wieder ab und mischte sich in ein Gespräch von Lucas und Evan über das letzte Fußballspiel ein. Dairine hingegen stupste mich neugierig an.

„Wenn da etwas zwischen dir und Evan wäre, würdest du es mir doch sagen, oder?", flüsterte sie vertraulich.

„Du wärst die Erste!", versicherte ich ihr grinsend. „Evan und ich lästern manchmal nur gerne über eine bestimmte Blondine!" Ich deutete auf meine Schwester und Dairine nickte wissend. „Kann man sich für euren Club als Mitglied bewerben?"

„Du brauchst nur auf den nächsten Moment warten, wenn du ihr am liebsten den Hals umdrehen würdest."

„Das dauert sicher nicht einmal einen Tag", kicherte sie und wir beobachteten beide wie Eliza einem Mädchen, das sehnsüchtig zu Lucas blickte, einen hasserfüllten Blick zuwarf. Das Mädchen senkte sofort erschrocken den Blick, was Eliza mit einem selbstzufriedenen Grinsen registrierte. „Wo willst du eigentlich Freitag deinen Geburtstag feiern?", rief sie ungehalten in die Runde.

Lucas würde zwanzig Jahre alt werden! Daran hatte ich gar nicht gedacht, doch umso erstaunlicher war es, dass Eliza daran gedacht hatte. Zumindest in dieser Hinsicht hatte sie sich nicht zu ihrem Nachteil entwickelt. Lucas und sie schienen nun wirklich als Paar fest zusammen zu sein.

„Darüber habe ich mir ehrlich gesagt noch keine Gedanken gemacht", erwiderte Lucas desinteressiert. „Vielleicht könnten wir einfach zusammen etwas Essen gehen. Nächsten Monat steht schon die erste Prüfung an."

Eliza warf sich die blonden Wellen über die Schulter. „Wie gut, dass du mich hast! Ich habe bereits alles organisiert. Man wird schließlich nur einmal zwanzig."

„Das ist nicht nur so, wenn man zwanzig wird", murmelte Evan leise, was Eliza ignorierte. Es klingelte zur nächsten Unterrichtsstunde. Ehe meine Schwester aufbrechen konnte, berührte ich sie am Arm. „Kann ich dich kurz etwas fragen?"

Sie wirkte überrascht und sah sich nach Lucas um, der auf sie wartete, gab ihm dann aber zu verstehen, dass er ohne sie gehen sollte. Als wir alleine waren, sagte sie: „Was ist los? Stehst du doch auf Evan und erhoffst dir ein paar Tipps?"

In dieser Version der Gegenwart schien Evan sich nicht geoutet zu haben. Schnell schüttelte ich den Kopf. „Er ist nett, aber ich stehe nicht auf ihn!"

„Was war das dann gerade für ein Blick zwischen euch?", wollte sie neugierig wissen. „Habt ihr irgendwelche Geheimnisse?"

Wir hatten viele Geheimnisse, doch Eliza würde mir nicht eines davon glauben. „Wir verstehen uns einfach nur gut…"

„Auf einmal?", zog sie mich argwöhnisch auf. Das Thema schien ihr zu gefallen, doch es war nicht das, worüber ich mit ihr reden wollte. „Eliza, ich wollte eigentlich nur wissen, ob du einen Liam Dearing kennst?"

Ihre Augen formten sich zu Schlitzen. „Was ist los mit dir? Erst machst du Evan schöne Augen und jetzt fragst du mich nach einem anderen Typ…"

Sie ging mir auf die Nerven! Konnte sie nicht einfach meine Frage mit Ja oder Nein beantworten. „Kennst du ihn?", hakte ich ungeduldig nach.

Sie hob abwehrend die Hände. „Keine Ahnung, wie sieht er denn aus?"

Als ich ihr Liam beschrieb, begann sie zu grinsen, was mich hoffen ließ, dass sie ihn tatsächlich kannte, doch sie schüttelte nur tadelnd den Kopf. „So siehst also der Mann deiner schlaflosen Nächte aus?", neckte sie mich herablassend. „Aber beruhigend zu wissen, dass du nicht immer noch hoffst, dass Lucas sich je für dich entscheiden könnte."

Miststück! Es würde ein hartes Stück Arbeit werden, die arrogante und selbstverliebte Person, die vor mir stand wieder in die liebevolle Schwester zu verwandeln, die ich noch vor wenigen Tagen an meiner Seite gehabt hatte. Wir waren uns so nah wie nie zuvor gewesen und das alles hatte ich verloren, um meinen Vater und Lucas zu retten. Mir war bewusst gewesen, dass es nicht umsonst sein würde, aber ich hatte nicht geahnt, dass es mich so viel kosten würde.

„Glaub, was du willst", fauchte ich beleidigt und stürmte an ihr vorbei aus der Cafeteria. Ihr schallendes Gelächter hing mir nach.

Dummerweise wusste ich nicht einmal, was das nächste Fach auf meinem Stundenplan war. Dairine war bereits vorgegangen, sodass ich sie nicht fragen konnte. Doch das musste ich auch gar nicht, denn blitzschnell schloss sich eine Hand um meinen Arm und zog mich in die nächste Nische. Es war Evan. Sein Gesicht zeigte eine Mischung aus Erleichterung und Sorge. Wir beschlossen uns eine kleine Auszeit zu gönnen und schlichen uns aus der Schule in die Innenstadt, wo wir uns einen ruhigen Platz in einem Café suchten.

Evan lächelte mich über den Tisch hinweg an. Wenn uns jemand Fremdes so gesehen hätte, wäre die Vermutung, dass wir mehr als Freunde waren sicher naheliegend gewesen. „Geht es dir gut?", fragte er mich fürsorglich. Endlich konnten wir offen miteinander reden.

„Ja, es ist nur alles etwas verwirrend. Manche Dinge scheinen sich gar nicht verändert zu haben und andere sind so verschieden, dass man es kaum glauben mag."

„Sprichst du von Eliza?"

„Ist das so offensichtlich?"

„Ich glaube ehrlich gesagt nicht, dass sie sich wirklich verändert hat. In gewisser Weise war sie schon immer so, nur dass in den letzten Monaten ihre gute Seite überwogen hatte."

„Vermutlich hast du sogar Recht", seufzte ich. „Mir fehlt nur die alte Eliza!"

„Hauptsache alle sind am Leben", entgegnete er und nippte an seinem Cappuccino, welcher einen Milchbart auf seiner Oberlippe hinterließ.

„Unglaublich, dass wir Freitag schon Lucas' Geburtstag feiern. Ist es für dich nicht komisch ihn mit Eliza zu sehen, nach dem was zwischen euch war?", fragte ich ihn vorsichtig.

„Komisch?", fragte er mit traurigem Gesicht. „Es tut weh! Verdammt weh sogar, aber das ist immer noch besser, als wenn er tot wäre."

„Ich habe mich schon etwas nach Liam umgehört, aber niemand scheint ihn zu kennen."

Evan rührte nachdenklich in seinem Getränk, bevor er mich ansah. „Es wäre möglich, dass er nie nach Wexford kommen wird."

„Aber Eliza hat ihn damals hier kennengelernt!"

„Vielleicht war er auf Besuch und ist längst schon wieder fort."

„Zumindest Mona müsste noch in dem Anwesen der Familie in Waterford leben. Sie muss doch in Kontakt mit ihrem Cousin stehen!"

„Vielleicht lebt sie auch nicht mehr dort", gab Evan zu bedenken. „Eventuell hat Liam sie zu sich und seiner Schwester geholt."

Möglich wäre es natürlich, aber falls das der Fall war, wüsste ich nicht wie ich jemals Kontakt zu Liam aufnehmen sollte. Ich musste unbedingt nach Waterford und mich selbst davon überzeugen. Auch wenn ich genau wusste, dass es mir den Boden unter den Füßen wegreißen würde, wenn das Anwesen verlassen wäre. Es war meine letzte Hoffnung, dass ich Liam nicht für immer verloren hatte.

Evan bezahlte unsere Getränke und wir machten uns auf den Rückweg zur Schule. Dabei kamen wir auch an dem neugebauten Wohnblock vorbei, in dem Liam mit Mona vor wenigen Wochen erst eingezogen war. Ich blieb einen Moment davor stehen und schaute zum fünften Stock und der großzügigen Dachterrasse empor. Es sah alles aus wie in meiner Erinnerung, dabei wohnten dort nun andere Menschen, die mir so fremd waren, wie ich Liam. Wenn er irgendwo meinen Namen hören würde, würde es nichts bei ihm auslösen. Ein Foto von mir in der Zeitung würde er einfach überblättern, ohne auch nur einen Moment inne zu halten. Die Erkenntnis, dass mein Herz jemandem gehörte, der nichts von mir wusste, schmerzte entsetzlich.

Am liebsten wäre ich direkt am Montag noch nach Waterford gefahren, um zu sehen, ob ich jemanden im Familienanwesen der Dearings antreffen würde. Doch mit öffentlichen Verkehrsmitteln war es eine weite Strecke und mit dem Führerschein war ich auch in dieser Version der Gegenwart noch nicht fertig. Den alten *Triumph Dolomite* hatte ich zwar dennoch zu meinem achtzehnten Geburtstag von meinen Freunden geschenkt bekommen, aber ihm fehlte die bunte Innenverkleidung, die Mona und Aidan gemeinsam gestaltet hatten. Stattdessen waren schlichte dunkelblaue Bezüge über die Polster gezogen worden.

Ich hätte Evan bitten können mich zu fahren, doch ich hatte das Gefühl, dass ich diesen Weg alleine gehen musste. Ein Teil von mir suchte vielleicht sogar nach Ausreden, um den letzten Funken Hoffnung nicht aufgeben zu müssen.

Als es dann endlich Freitag war, hielt ich die Unwissenheit jedoch nicht länger aus und schlenderte so nach der Schule mit Dairine in die Stadt, anstatt wie üblich den Schulbus nach Hause zu nehmen. Ich war nervös, was ihr schon in der Schule aufgefallen war. Sie musterte mich immer wieder neugierig von der Seite. „Was schenkst du Lucas eigentlich zum Geburtstag?", fragte sie scheinheilig. In Wahrheit versuchte sie nur herauszufinden, warum ich so aufgeregt war.

Ich hatte seinen Geburtstag zwar nicht vergessen, aber mir war zu viel Anderes im Kopf herumgegangen, um mir Gedanken über ein Geschenk zu machen. „Ich habe noch nichts, deshalb fahre ich nach Waterford. Vielleicht finde ich dort ja etwas Passendes", behauptete ich und kam mir dabei auch noch sehr clever vor, da ich ihr so direkt einen Grund nennen konnte, warum ich die lange Busfahrt auf mich nahm.

Dairine runzelte die Stirn, was sie in dieser Woche schon häufiger getan hatte. Normalerweise vergaß ich weder meinen Stundenplan, Hausaufgaben noch Geburtstage. Geschenke besorgte ich meist mehrere Wochen im Voraus und nie ohne Bedacht. Sie deutete es jedoch völlig falsch. „Du stehst ziemlich unter Druck, weil er dir das Auto restauriert hat, oder?"

Verwirrt sah ich sie an bis ich verstand, was sie meinte. Sie glaubte ich wollte ihm etwas ähnlich Beeindruckendes schenken und wäre deshalb so nervös. Lachend winkte ich ab. „Den *Dolomite* kann niemand toppen!"

„Musst du auch gar nicht", versuchte sie mich dennoch zu beruhigen. „Ich bin sicher, Lucas erwartet gar nichts Großes von dir, sondern würde sich schon freuen, wenn Eliza und du euch nicht ständig in den Haaren hättet."

Obwohl ich mir große Mühe gegeben hatte, war die Woche tatsächlich nicht ohne die eine oder andere Zankerei ausgekommen. Elizas dominante und überhebliche Art machte mich wütend. Sie schien sich als etwas Besseres zu fühlen und ihre Schattenwandler Fähigkeiten trugen auch noch dazu bei. Wenn wir alleine waren, machte es ihr einen riesigen Spaß sich einfach in Schatten aufzulösen, wenn ich gerade dabei war ihr etwas zu erzählen. Sie gab mir dadurch das Gefühl, völlig unbedeutend und uninteressant zu sein. Generell hörte sie mir kaum zu, aber erwartete gleichzeitig meine ungeteilte Aufmerksamkeit, wenn sie mir eine Anweisung erteilen wollte. Sie kommandierte nicht nur mich, sondern auch Evan und Dairine herum, wie es ihr beliebte. Zwar hatte sie die Planung für Lucas' Party übernommen, aber die Ausführung war an uns hängen geblieben: Wir würden uns alle am Abend im *Devil's hell* treffen, wo wir eine eigene Lounge gemietet hatten. So ziemlich die gesamte Oberstufe war eingeladen worden. Es war nicht das, was Lucas sich für seinen Geburtstag gewünscht hatte, aber Eliza war von ihrem Plan wie üblich nicht mehr abzubringen gewesen.

„Ich finde diese Woche hatte ich mich erstaunlich gut im Griff", verteidigte ich mich, denn ich war mir sicher, dass ich sonst viel mehr über meine Schwester geschimpft hatte.

„Stimmt", bestätigte Dairine und sah mich nachdenklich an. „Aber ich hatte eher das Gefühl, dass du zu sehr mit etwas Anderem beschäftigt gewesen warst, um dich von ihr ärgern zu lassen. Du weißt, dass du mir alles sagen kannst, oder?"

Ich erwiderte ihren Blick. Sie spürte so deutlich, dass etwas anders war, dass ich auf der Stelle ein schlechtes Gewissen bekam, weil ich sie nicht einweihen konnte. Sie war der verständnisvollste Mensch, den ich kannte. Selbst in dieser Gegenwart wusste sie über Eliza Bescheid. Aber ihr etwas von einer Art Zeitreise zu erzählen, wäre etwas völlig Anderes. Ich könnte es ihr nicht beweisen. Alles, was ich hätte, wäre meine Aussage und die von Evan.

Sanft berührte ich ihren Arm. „Ich weiß und du hast Recht. Mir geht wirklich etwas durch den

Kopf, aber ich bin mir selbst so unsicher, dass ich noch nicht mit jemand anderem darüber reden möchte."

„Muss ich mir Sorgen machen?"

„Nein, es ist nichts Schlimmes." Mein Magen zog sich allein bei der Behauptung zusammen. Wenn ich Liam nie wiedersehen würde, wäre *schlimm* für mich die Untertreibung des Jahrhunderts. Ihn zu verlieren, glich einem Weltuntergang. Aber wie sollte ich ihr von jemandem erzählen, den ich eigentlich gar nicht kennen konnte?

Meine Antwort beruhigte sie zwar nicht, aber sie wusste, dass es zwecklos gewesen wäre weiter nachzufragen und so verabschiedeten wir uns am Busbahnhof. Während sie nach Hause ging, stieg ich in den Bus nach Waterford. Die Fahrt würde mit den vielen Zwischenstationen über eine Stunde dauern. Danach wäre ich jedoch noch lange nicht an meinem Ziel. Das Anwesen der Dearings lag weit außerhalb von der Stadt. Es gab keinen Bus, der in unmittelbarer Nähe hielt, so dass ich gezwungen sein würde mit dem Taxi zu fahren.

Ich lehnte meinen Kopf gegen die kalte Fensterscheibe und versuchte die Augen zu schließen, um etwas zur Ruhe zu kommen, doch meine Gefühle fuhren Achterbahn. Selbst einfach nur still auf meinem Platz zu sitzen, bereitete mir mit jeder vergangenen Minute mehr Anstrengung. Es hing so viel davon ab.

Der Taxifahrer warf mir einen sowohl skeptischen, als auch besorgten Blick zu als wir mitten im Wald vor der Einfahrt hielten, die zu dem Anwesen der Dearings führte. Von hier aus, war das alte Gebäude nicht zu erkennen. Er fragte mich zum bestimmten dritten Mal, ob ich mir sicher sei, dass ich die richtige Adresse hätte. Lächelnd versicherte ich ihm, dass ich nicht zum ersten Mal hier sei und er ruhig fahren könnte. Zwar hatte ich keine Ahnung wie ich von hier wieder wegkommen sollte, aber ich hoffte, dass das nicht nötig sein würde. Wenn ich erst einmal auf Mona oder gar Liam selbst stieße, wäre alles andere unwichtig.

Ich verließ das Taxi und winkte dem Fahrer zu, der mir einen letzten verunsicherten Blick zuwarf, bevor er das Fahrzeug wendete und davonfuhr. Mich umfingen das Zwitschern der Vögel, die herbe Waldluft und die zarten Sonnenstrahlen, die sich durch das dichte Blätterdach kämpften. Vor etwas mehr als einem halben Jahr war ich diesen Weg schon einmal entlanggegangen. Liam hatte mich erst entführt und mich dann wieder freigelassen, weil er mich, entgegen seiner ursprünglichen Pläne, nicht für etwas bestrafen wollte, was meine Schwester ihm angetan hatte. Etwa auf dieser Höhe war ich umgekehrt und freiwillig zu ihm zurückgegangen. Schon damals hatte diese Verbindung zwischen uns bestanden, die ich mir nicht hatte erklären, und erst auch nicht hatte wahrhaben wollen. Wir zogen einander an wie Magnete, dabei war ich das komplette Gegenteil seines üblichen Beuteschemas und er war der Typ Mann, um den ich normalerweise einen großen Bogen machte.

Je weiter ich dem Weg folgte, umso näher fühlte ich mich ihm. Ich erwartete beinahe seinen schwarzen Audi in der Einfahrt stehen zu sehen, so sicher war ich mir, dass es nicht mehr lange dauern konnte, bis wir einander wieder gegenüberstehen würden.

Doch vor dem Anwesen stand weder ein Audi noch ein anderes Auto. Es sah alles genauso verlassen und verwittert aus wie beim letzten Mal, als ich dort gewesen war. Jedoch hatte es nie anders ausgesehen, weshalb ich mich davon nicht entmutigen lassen wollte.

Das Efeu und der wilde Wein hatten das gesamte Gebäude in Beschlag genommen. Selbst die Fenster waren kaum noch zu erkennen. Ganze Dachziegel fehlten und gaben den Blick auf Löcher im Dach frei. Eine einzelne Krähe erhob sich fauchend in den Himmel.

Die Eingangstür wirkte morsch und wäre leicht aufzubrechen gewesen, doch ich wollte niemanden verschrecken und so klopfte ich kräftig gegen das feuchte Holz. Der dumpfe Schlag schien im Inneren widerzuhallen. Eine Klingel gab es nicht.

Ich wartete und klopfte noch einmal. Auch wenn es mir schwer fiel, zwang ich mich eine Minute runterzuzählen, um sicher sein zu können, dass niemand kam um mir zu öffnen. Angespannt trat ich einige Schritte von dem Gebäude zurück und spähte zu den bewachsenen Fenstern empor. Mona war schon immer schüchtern, geradezu scheu gewesen. Es war nicht auszuschließen, dass sie sich in dem Anwesen versteckte und sich nicht traute die Tür zu öffnen. Doch vielleicht konnte ich ihr bleiches Gesicht hinter einer der Fensterscheiben ausmachen. Doch sie waren so trüb, dass dahinter nichts als Schwärze zu liegen schien. Ich atmete tief ein und aus. Das war noch lange nicht das Ende! Ich war nicht den weiten Weg hierhergekommen, um mich von einer verschlossenen Tür abschrecken zu lassen.

Der Ersatzschlüssel befand sich immer noch, verborgen hinter dicken Efeuranken, in einem Loch in der Hauswand. Meine Hände waren vor Nervosität so feucht, dass er mir schier aus der Hand gerutscht wäre. Mit zittrigen Fingern schob ich ihn in das alte Schloss und öffnete die knarrende Tür.

Sofort schlug mir der Geruch von abgestandener Luft entgegen. Es roch nach Mottenkugeln, Staub und Schimmel. Nichts machte den Anschein als könnte hier jemand leben. Vorsichtig setzte ich den Fuß auf den alten Dielenboden. Meine Schritte hinterließen Abdrücke auf dem Staub, als ich mich durch den Flur zum Wohnzimmer vortastete. Der Efeu vor den Fenstern verdunkelte den gesamten Innenraum als wäre es bereits später Abend – der ideale Ort für einen Schattenwandler, um sich zu verstecken.

„Hallo?", rief ich in die Stille und kam mir dabei dumm vor. Niemand antwortete mir.

Das Wohnzimmer sah noch genauso aus, wie ich es in Erinnerung hatte. Die Möbel waren die Gleichen und alles stand an seinem vertrauten Platz. Hier hatten Liam und ich uns zum ersten Mal geküsst.

Auch die Küche weckte bei mir sämtliche alte Erinnerung - Hier war Liam gestorben.

„Mona?", fragte ich laut, als ich den Weg durch das Wohnzimmer zurückging und mich an der Treppe empor tastete. Die Stufen quietschten unter meinen Schritten. „Du brauchst vor mir keine Angst zu haben!"

Es blieb still – totenstill. Ich kam mir selbst schon bescheuert vor, weil ich immer noch nicht wahrhaben wollte, dass niemand hier war. Alle Zimmer des oberen Stockwerks waren durch Türen verschlossen. Ich drückte die erste Tür zu meiner linken auf und blickte in einen leeren Raum – dort hatte Liam mich gefangen gehalten und zum ersten Mal von meinen Gefühlen getrunken. Unvorstellbar, dass das nun niemals geschehen sein sollte.

Der nächste Raum war Monas Zimmer gewesen. Außer einem Bett, einem Schreibtisch und einem Kleiderschrank befand sich auch dort nichts, was darauf hätte schließen lassen, dass hier jemals jemand gelebt hatte. Vorsichtig trat ich an den Schrank heran und öffnete die knarrenden Türen. Derselbe muffige Geruch, der im ganzen Haus hing, schlug mir in geballter Ladung entgegen. Eine Motte flatterte mir aus dem Inneren ins Gesicht.

Erschrocken wich ich zurück, bevor mein Blick auf zwei Kleidungsstücke fiel: ein verschlissenes schwarzes Kleid, wie Mona sie oft getragen hatte, und eine Strickjacke, die ihrer Größe hätte entsprechen können. Das war der erste Hinweis dafür, dass Mona hier tatsächlich einmal gelebt haben könnte. Doch selbst für ihre bescheidenen Verhältnisse waren zwei Kleidungsstücke zu wenig, um davon ausgehen zu können, dass sie immer noch hier war. Es fiel mir immer schwerer weiter an meiner Hoffnung festzuhalten. Enttäuscht strich ich über die zerlöcherte Tagesdecke, die über das schmale Einzelbett ausgebreitet war. Staub wirbelte auf und kitzelte in meiner Nase, sodass ich niesen musste. Es hatte seit Wochen, wenn nicht gar Monaten, niemand mehr in diesem Bett geschlafen. Der Kloß in meinen Hals wurde immer größer, während Tränen in meine Augen stiegen. Ich biss mir auf die Lippe, um nicht weinen zu müssen und verließ hektisch das Zimmer.

Obwohl ich wusste, dass es sinnlos war, stieg ich auch in den zweiten Stock empor. An den Wänden hingen die Gemälde der längst verstorbenen Familienmitglieder. Nur die letzten beiden Bilder waren neueren Datums. Sie zeigten Mona und Liam. Ich stand nicht zum ersten Mal vor den Porträts. Schon damals hatte ich Mona in dem Bildnis des lachenden Mädchens mit den langen Zöpfen kaum wiedererkennen können. War es möglich, dass sie nun vielleicht irgendwo dieses Mädchen war? Hatte die Veränderung in der Vergangenheit sie unbeschwerter leben lassen? Wenn es so war, bedeutete es dann, dass Eliza und ich das Unheil erst in ihr Leben gebracht hatten? War es vielleicht sogar besser, wenn ich sie niemals fand?

Mein Blick glitt weiter zu dem Gemälde von Liam. Im Gegensatz zu Monas Bild hatte der Maler ihn perfekt getroffen. Seine Lippen umspielte das siegessichere Grinsen eines jungen Mannes, der immer bekam, was er wollte. Das Grau seiner Augen strahlte selbst auf der Leinwand voller Zuversicht und Willensstärke. Sein helles Haar war der einzige Lichtfleck in dem dunklen Flur. Unwillkürlich streckte ich meine Hand nach der Leinwand aus und strich über seine Gesichtszüge –

meine Finger hinterließen Spuren auf der hohen Staubschicht. Er fehlte mir so sehr! Selbst, als er tot gewesen war, hatte ich ihn nicht auf dieselbe Weise vermisst. Ich hatte ihn immer bei mir gespürt. Sein Geist war nie fortgewesen.

Doch jetzt gab es nichts mehr, was ihn und mich verband, außer meiner Erinnerung, die sich immer mehr wie eine Fantasie anfühlte. Was sollte ich jetzt nur tun? Das Anwesen war meine große Hoffnung gewesen, aber hier gab es nichts, was mir weiterhalf. Ich konnte hier nicht einziehen und darauf warten, dass Liam oder Mona jemals hier vorbeikommen würden. Alle Menschen, die die beiden gekannt hatten, konnten sich nicht mehr an sie erinnern. Ich hielt inne – alle Menschen? Erinnerte sich wirklich niemand mehr an sie? Ich hatte die ganze Zeit nur an Personen gedacht, die sie etwa zur selben Zeit wie ich kennengelernt hatten. Aber was, wenn es jemanden gab, der Liam lange vor mir gekannt hatte? Jemand, der mit ihm zur Schule gegangen war – Will!

Will war von Eliza umgebracht worden, um durch seinen Tod Liam wieder zum Leben zu erwecken und so den Jägersfluch zu brechen. Doch Liam war in dieser Version der Vergangenheit nie gestorben. Es hatte somit auch nie einen Jägersfluch gegeben und Eliza kannte Will nicht einmal. Er musste noch am Leben sein und konnte mir vielleicht sagen, wo ich Liam finden könnte. Die Hoffnung war zwar gering, da die beiden nie befreundet gewesen waren, aber zumindest gab es noch Hoffnung. An diesen Gedanken klammerte ich mich, als ich das einsame Haus verließ und durch den Waldweg zur Straße lief. Ich konnte nicht wieder eine Woche lang warten, sondern musste sofort zu Will. Blöderweise wusste ich nur, dass er in Waterford in einer Einzimmerwohnung gelebt hatte. Aber sobald ich aus dem Wald raus wäre, hoffte ich, dass mein Handy wieder Internetempfang haben würde und ich so nach seiner Adresse suchen könnte.

Will hatte ich nicht im Telefonbuch finden können, dafür jedoch seine Mutter, die ebenfalls in einer ruhigen Wohngegend von Waterford wohnte. Es war bereits Abend als ich ihre Straße erreichte. Der Duft von gekochtem Essen strömte aus den Wohnhäusern. Lichter brannten in den Fenstern, während es draußen dunkel wurde.

Wills Mutter lebte in einem rotgeziegelten Mehrfamilienhaus. Ich erlaubte mir nicht einmal kurz durchzuatmen, bevor ich entschlossen auf ihr Klingelschild drückte. Bereits nach wenigen Sekunden ertönte summend der Türöffner und ich wurde in den Flur gelassen. Kinderwägen standen vor den Briefkästen und es roch nach Eintopf. Im ersten Stock wurde eine Tür geöffnet. „Hallo? Wer ist denn da?", rief eine Frauenstimme.

Schnell folgte ich den Treppen in das obere Stockwerk und erblickte eine Frau mittleren Alters, die aus einer halbgeöffneten Tür hervorblickte. Ich hatte Wills Mutter nie persönlich kennengelernt, doch Will hatte seine warmen Augen eindeutig von ihr geerbt, so wie seinen freundlichen und offenen Gesichtsausdruck. Auch wenn seine Mutter mich gerade äußerst misstrauisch musterte. „Guten Abend, wollten Sie zu mir?"

„Nicht ganz", erwiderte ich mit einem höflichen Lächeln und trat auf sie zu. „Eigentliche suche ich nach Will. Ich bin…" Ich hatte mir bereits eine Geschichte überlegt, woher ich ihn kannte, doch sie schien sie gar nicht hören zu wollen, denn sie unterbrach mich augenblicklich und ihre zuvor so freundlichen Gesichtszüge verhärteten sich. „Will ist nicht hier!"

„Wissen Sie vielleicht, wo ich ihn finden kann?"

Sie starrte mich beinahe wütend an und klammerte sich am Türrahmen fest, sodass ihre Fingerknöchel weiß hervortraten. „Er ist tot!"

Ihre Aussage traf mich wie ein Schlag ins Gesicht. Wie war das möglich? Eliza kannte ihn doch gar nicht! „Das…das tut mir leid…", stammelte ich ratlos. Damit hatte ich nicht gerechnet.

„Woher kannten Sie ihn denn?", fragte seine Mutter nun doch.

„Wir haben bei uns bei einer Studienreise kennengelernt", behauptete ich. „Ich war für ein Jahr im Ausland und hätte ihn gern wiedergesehen."

Sie machte einen versöhnlichen Gesichtsausdruck. „Er ist etwa vor einem halben Jahr gestorben. Es war ein Unfall."

„Was ist denn passiert?", fragte ich und hoffte, dass sie mich nicht für unverschämt hielt.

„Er war zu Besuch bei seinem Vater und ist auf einer Wandertour gestürzt. Man konnte nichts mehr für ihn tun." Tränen traten in ihren Augen, die sie verzweifelt zurückzuhalten versuchte. Mir bescherten ihre Worte jedoch eine Gänsehaut. Ich hatte Charles Crawford selbst erlebt: Er war ein gewissenloser Mann, der ohne zu zögern seine Tochter für seine Unsterblichkeit geopfert hätte. Für seinen Sohn galt sicher das Gleiche. Wills Tod war kein Unfall gewesen!

Als ich endlich wieder in Wexford ankam, war es bereits so spät, dass mir nicht mehr viel Zeit für ein aufwendiges Partystyling blieb. Aber selbst wenn, mir gingen ganz andere Probleme im Kopf herum. Ich hatte nicht einmal ein Geschenk für Lucas besorgt, aber selbst das war egal. Während der Rückfahrt hatte ich nicht einmal bedauern können, dass es für mich keine ersichtliche Chance gab, Liam wiederzufinden. Wills Tod war das Einzige, worüber ich nachdenken konnte. Evan und ich hatten versucht an alles zu denken, als wir die Vergangenheit verändert hatten, aber Will hatten wir dabei völlig vergessen. Oder zumindest hatten wir nicht daran gedacht, dass wenn Eliza ihn nicht töten würde, er vielleicht dennoch sterben könnte.

Ich wechselte meine Schuluniform gegen dunkle Jeans und ein Pailettentop, kämmte mir die Haare und trug Puder und Mascara auf. Zuletzt tupfte ich eine Spur Lipgloss auf meine Lippen, bevor ich auch schon die Treppe wieder runtergestürzt kam, die ich nur zehn Minuten zuvor hochgerannt war. Eliza war längst los, sodass ich meinen Vater bitten musste, mich zu der Diskothek zu fahren, in der Lucas' Geburtstag stattfinden sollte.

Er merkte mir meine Unruhe an, aber schob es genau wie Dairine am Mittag auf die bevorstehende Party. Ich dachte weder an Lucas noch an Liam, sondern nur daran, dass ich dringend mit Evan reden musste.

Kurz bevor wir das *Devil's hell* erreichten, spürte ich wie mein Vater mich von der Seite her ansah. Auf seinen Lippen lag ein liebevolles Lächeln.

„Mach dir keine Sorgen, Schatz, du siehst hübsch aus, ganz egal was du anhast."

Ich wusste seinen Aufmunterungsversuch zu schätzen. „Das müssen die guten Gene sein", scherzte ich zurück, worauf er sich versuchte lässig durch das kupferfarbene Haar zu fahren. Es sah albern aus und brachte mich zum Lachen – ein winziger Moment Ablenkung in dem ganzen Chaos! Aber es erinnerte mich auch daran, was wir durch die Veränderung der Vergangenheit gewonnen hatten: Mein Vater und Lucas waren am Leben! Selbst wenn wir dadurch womöglich die ganze Welt ins Verderben gerissen hatten, war es mir das wert. Ein egoistischer Gedanke, aber wenn man wirklich ehrlich zu sich selbst ist, würden das die meisten Menschen wohl genauso sehen.

Als wir vor der Diskothek hielten, drückte ich meinem Vater ganz unerwartet einen Kuss auf die Wange, bevor ich aus dem Auto stieg. Es hatte sich bereits eine lange Schlange vor dem Eingang gebildet und ich stellte mich darauf ein, mindestens eine halbe Stunde warten zu müssen, doch da hörte ich jemanden meinen Namen rufen. „Winter!"

Ich suchte die Schlange nach einem bekannten Gesicht ab und entdeckte Dairine hinter dem Türsteher, die mich aufgeregt zu sich winkte. „Sie ist ein VIP!", schrie sie dem Mann grinsend ins Ohr, der mir bereits mitteilen wollte, dass ich mich wie alle anderen anstellen sollte.

„Ich bin eine Freundin von Lucas Riley, der hier heute seinen Geburtstag feiert. Wir haben eine Lounge gemietet", versuchte ich ihm zu erklären.

„Nicht irgendeine Freundin, sie ist die Beste!", rief Dairine erneut aus, wobei sich der Türsteher genervt das Ohr zuhielt. Sie schien schon ein paar Sekt getrunken zu haben und wirkte etwas beduselt.

Der Mann zögerte noch einen Moment und schien abzuwägen, ob er sich noch länger das grölende Mädchen hinter sich antun wollte, oder nicht lieber doch ein Auge zudrücken sollte. Schließlich winkte er mich durch, was Dairine mit lautem Applaus begrüßte. Sie umarmte mich fest. „Und? Hast du ein Geschenk gefunden?", brüllte sie gegen den lauten Bass der Musik an, während wir zur Garderobe gingen, um meine Jacke abzugeben.

„Nein, aber das ist nicht schlimm. Lucas wird heute schon genug beschenkt!"

Sie riss ungläubig die Augen auf, aber machte dann eine wegwerfende Handbewegung. „Morgen weiß er bestimmt nicht mehr, wer ihm was geschenkt hat."

Die Musik umhüllte uns und ließ den Boden vibrieren. Ich ließ meinen Blick durch den großen Raum wandern und entdeckte Eliza in einem roten Minikleid auf der Empore der Lounge – Sie war nicht zu übersehen. Sämtliche männliche Gäste schienen immer wieder in ihre Richtung zu blicken, doch sie machte ihnen deutlich, dass sie zumindest heute nur Augen für einen hatte: Lucas. Sie hatte ihm ihre Arme um den Hals gelegt und flüsterte ihm etwas ins Ohr, was ihn zum Schmunzeln brachte. Irgendwie rührte mich der Anblick. Es war das, was Lucas sich immer gewünscht hatte. Er hatte nie mehr gewollt, als mit Eliza zusammen zu sein. Sie war sicher nicht die perfekte Freundin und hatte ihre Macken und Fehler, aber ihre Gefühle für Lucas waren aufrichtig.

Dairine wollte gerade meine Hand ergreifen, um mich auf die Tanzfläche zu ziehen, als ich Evan mit mürrischem Gesicht an der Bar entdeckte.

„Ich brauche erst einmal etwas zu trinken", vertröstete ich Dairine und schickte sie schon mal alleine auf die Tanzfläche. Schnell bahnte ich mir einen Weg durch die Feiernden und ließ mich auf den Hocker neben Evan sinken. Er hob traurig den Blick. Doch ehe er irgendetwas sagen konnte, beugte ich mich zu ihm vor. „Wir haben etwas Schreckliches getan."

Evan drehte sich in Richtung von Lucas und Eliza. Eifersucht spiegelte sich auf seinem Gesicht. „Das denke ich mir auch jedes Mal, wenn ich ihn mit ihr sehe."

„Das meine ich nicht!", raunte ich ihm ins Ohr. „Ich war heute bei Will, um über ihn Liam zu finden. Dabei habe ich rausgefunden, dass Will tot ist!"

Ich hatte augenblicklich seine ungeteilte Aufmerksamkeit. Er schüttelte verständnislos den Kopf. „Aber Eliza kann ihn nicht umgebracht haben. Sie kennt ihn doch nicht einmal."

„Es war sein Vater!", brüllte ich gegen den Lärm an. „Weißt du was das bedeutet?"

Evan verstand sofort. Selbst bei dem Dämmerlicht sah ich, wie er bleich im Gesicht wurde. „Er ist jetzt unsterblich."

„Ja und mächtiger als je zuvor. Wir müssen etwas unternehmen! Ein Mann wie Charles Crawford gibt sich nicht mit der bloßen Unsterblichkeit zufrieden, sondern will alles. Vielleicht sogar die ganze Welt!"

Evan drehte sich erneut zu Lucas herum, der ihn jedoch gar nicht beachtete. „Ich glaube er würde gar nicht merken, wenn wir weg sind. Sollen wir zu mir gehen und über alles in Ruhe reden?"

Ich war sofort einverstanden, auch wenn ich mir dafür am nächsten Tag sicher eine verdiente Strafpredigt von Dairine anhören durfte. Evan ging voraus und ich versuchte ihm zu folgen, was nicht so leicht war, wenn man ständig von allen Seiten angerempelt wurde. Es gelang mir gerade so einem Getränk auszuweichen, das neben mir zu Bruch ging. Dabei stieß ich jedoch gegen einen fremden Körper. Ich hob den Kopf, um mich zu entschuldigen und erstarrte.

Hellblondes Haar.

Graue Augen.

Die wundervollsten Lippen, zu einem spöttischen Grinsen verzogen.

Liam.

Hier.

Jetzt.

Im *Devil's hell* waren wir uns zum ersten Mal begegnet, doch ich hatte niemals erwartet, dass es wieder so kommen könnte. Ich hatte in den letzten Stunden nicht einmal mehr an ihn gedacht. Und nun stand er direkt vor mir und sah amüsiert auf mich hinab.

„Diese Reaktion bin ich gewohnt", hauchte er mir ins Ohr, wobei sich automatisch sämtliche

Härchen in meinem Nacken aufstellten und mir ein Schauer über den ganzen Körper jagte. Ich verstand erst nicht, was er meinte, bis mir bewusst wurde, dass ich ihn anstarrte. Verlegen blinzelte ich und rang nach Fassung. „Entschuldigung", presste ich gerade so hervor.

Er zwinkerte mir zu, bevor er sich an mir vorbei drängte. Ihm folgte ein Mädchen mit dunkelrot gefärbten Haaren: Faye. Sie warf mir einen feindseligen Blick zu, sowie jedem Mädchen, dem Liam seine Aufmerksamkeit schenkte. Ich konnte nicht anders, als ihm nachzusehen. Meine große Liebe ging an mir vorbei, als hätten wir uns noch nie zuvor im Leben gesehen. Ich konnte ihn nicht einfach gehen lassen. Vielleicht war das meine einzige Chance wieder Kontakt zu ihm zu bekommen! Aber es würde nichts bringen ihm hinterher zu rennen und zu versuchen in ein Gespräch zu verwickeln. Was sollte ich ihm schon sagen? Alles, was die Wahrheit war, würde er für die Hirngespinste eines durchgeknallten Mädchens halten. Es fiel mir schwer ihm den Rücken zu kehren und die Diskothek zu verlassen. Draußen wartete bereits Evan ungeduldig auf mich. „War noch etwas?"

„Ich habe Liam gesehen!", stieß ich hervor. Seine Augen weiteten sich vor Überraschung. Ich musste ihm nicht erklären, was das für mich bedeutete.

„Und jetzt?"

„Kannst du dein Auto holen? Die Nacht ist noch jung und wie ich Liam kenne, wird er nicht vor dem Morgengrauen die Party verlassen. Dann folgen wir ihm! Ich muss wissen, wo er wohnt."

Evan stellte keine weiteren Fragen, sondern machte sich direkt auf den Weg, während ich Stellung vor dem Ausgang des *Devil's hell* bezog. Wie zu erwarten, tauchte Liam in der Zeit nicht mehr auf, sodass ich mich nach etwa einer halben Stunde zu Evan in den Wagen gleiten ließ. Wir beobachteten beide wie die Leute kamen und gingen.

„Sind wir jetzt eigentlich Detektive oder Stalker?", fragte er mich nach einiger Zeit plötzlich grinsend.

Mir war bis gerade nicht zum Lachen zu Mute gewesen, denn meine Angst Liam doch wieder aus den Augen zu verlieren, war zu groß. Immerhin waren er und Faye Schattenwandler. Vielleicht verließen sie den Club nicht auf gewöhnliche Weise. Aber als ich mir bewusst machte, wie Evan und ich in seinem Auto kauerten und den Ausgang beobachteten, musste ich doch grinsen.

„Danke, dass du das mit mir machst!"

„So bekommt vielleicht wenigstens einer von uns sein Happy End!"

Ich hörte die Frustration und Trauer in seiner Stimme. Er hatte Lucas das Leben gerettet, aber dafür seine Chance auf die Liebe verloren. Als Elizas Schwester hätte ich ihm das vielleicht nicht sagen sollen, aber es war das, woran ich selbst fest glaubte: „Nur weil Lucas jetzt mit Eliza zusammen ist, bedeutet das nicht, dass sich seine Gefühle für dich geändert haben. Er ist immer noch derselbe und wenn er zuvor etwas für dich empfunden hat, dann tut er das auch jetzt noch."

Evan sah mich überrascht an. „Es macht nicht den Eindruck, als würde er sich für mich interessieren."

„Das hat es zuvor auch nicht. Lucas ist in dieser Hinsicht etwas langsam. Sag ihm wie du empfindest. Du weißt dieses Mal wie er und die anderen reagieren werden. Aber ganz egal, was kommt, ich halte zu dir!"

Ohne den Blick von dem Ausgang zu lassen, verschlossen sich unsere Finger miteinander. Vielleicht hatten wir beide unsere große Liebe verloren, aber dafür hatten wir einen guten Freund ineinander gefunden. Das konnte uns niemand mehr nehmen! Gemeinsam würden wir rausfinden, was mit Will passiert war und was Charles als Unsterblicher vorhatte. Wir könnten nicht alleine gegen ihn kämpfen, aber wir würden einen Weg finden ihn aufzuhalten, was immer er auch plante.

Erst als die Dämmerung bereits einsetze, verließen Liam und Faye zusammen die Diskothek. Ich war froh, dass ich nicht mitansehen musste wie sie sich umarmten oder gar küssten. Auch wenn in dieser Version der Gegenwart der Kontakt zwischen ihnen nie abgebrochen zu sein schien, so waren sie zumindest auch jetzt kein Paar geworden. Sie schlenderten über den Bürgersteig. Evan wollte bereits den Motor starten, doch es erschien mir zu auffällig, wenn wir ihnen als einziges Auto langsam hinterherfahren würden. Leise verließ ich den Wagen und folgte ihnen in sicherem Abstand zu Fuß.

Der Weg, den sie einschlugen, kam mir schon nach kurzer Zeit seltsam bekannt vor. Sie steuerten geradewegs auf den neugebauten Wohnblock zu, in dem Liam zuvor mit Mona eingezogen war. Als sie tatsächlich im Inneren davon verschwanden und nur wenige Minuten später im fünften Stock das Licht anging, konnte ich kaum glauben, dass das gerade tatsächlich passierte.

Vor nur fünf Tagen war ich genau vor diesem Gebäude gestanden und hatte zu der großen Dachterrasse sehnsüchtig emporgeblickt, ohne jegliche Hoffnung, dass Liam immer noch dort wohnen könnte. Dabei hätte ich nur einen Blick auf die Klingelschilder werfen müssen, um zu wissen, dass sich doch nicht alles verändert hatte. Ich wusste nun, wo ich ihn finden konnte und das war ein Anfang.

ENDE DES VIERTEN BUCHES

Weiter geht es in Band 5 „Schattenchance"

Danksagung

Ich habe das große Glück im Laufe meiner schriftstellerischen Tätigkeit Menschen kennengelernt zu haben, auf die ich mich ganz verlassen kann und die mir bei jedem meiner Projekte unterstützend zur Seite stehen. Das sind zum einen meine Familie, aber zum anderen auch Menschen, die erst Fremde waren und die ich nun voller Stolz als Freunde bezeichnen kann. Danke Bianca Holzmann, für deine Korrekturen und die wundervollen Cover, die du für die Neuauflage von „Dear Sister" entworfen hast. Du hast genau meinen Geschmack getroffen und es macht unglaublich viel Spaß mit dir zu arbeiten!

Die ganze „Dear Sister"-Reihe ist für mich ein Herzensprojekt, weil sie mich mit einem ganz besonderen Menschen verbindet, dem jedes Buch dieser Reihe auch gewidmet ist: Meine beste Freundin Sabrina Stocker. Wir kennen uns nun schon über zehn Jahre. In dieser Zeit habe ich viele verschiedene Menschen getroffen. Einige sind geblieben, aber viele auch wieder gegangen. Doch ich habe nie jemanden gefunden, dem ich mich so verbunden fühle wie dir. Es sind nicht nur unsere gemeinsamen Erlebnisse, sondern vor allem eine Verwandtheit der Seele. So eine Erfahrung ist etwas ganz seltenes und Wertvolles, was nur wenigen Menschen je zum Teil wird. Ich bin unglaublich dankbar dich zu haben.